W0349723

Anna Rosina Fischer

The Words on Your Skin

ANNA ROSINA FISCHER

# The Words on Your Skin

Roman

everlove by PIPER

Mehr über unsere Autorinnen, Autoren und Bücher:
*www.everlove-verlag.de*

Wenn dir dieser Roman gefallen hat, schreib uns unter Nennung des Titels »The Words on Your Skin« an *empfehlungen@piper.de*, und wir empfehlen dir gerne vergleichbare Bücher.

Von Anna Rosina Fischer liegen im Piper Verlag vor:
Songbird
Für immer und dich
The Words on Your Skin

Unser Versprechen für mehr Nachhaltigkeit
Klimaneutrales Produkt
FSC®-zertifiziertes Papier
Hergestellt in Europa

FSC
www.fsc.org
MIX
Papier | Fördert gute Waldnutzung
FSC® C083411

ISBN 978-3-492-06237-4

Redaktion: Friedel Wahren
Satz: Satz für Satz, Wangen im Allgäu
Gesetzt aus der Dante
Druck und Bindung: CPI Books GmbH, Leck
Printed in the EU

*Für den tollsten Mann der Welt*
*25 Jahre und ich hab noch lange nicht genug*

# Prolog

*Ich gehe über eine Wiese, doch das Gras ist so grau wie der Himmel.*

*Das ist jetzt also deine neue Adresse?*

*Ohne dich dagegen wehren zu können, endet dein Dasein hier?*

*Ich glaube, es wäre der letzte Ort, den du gewählt hättest.*

*In sicherem Abstand lehne ich mich an eine hohe Kiefer.*

*Die Augen einzig und allein auf die Urne in den Händen deiner Mutter gerichtet.*

*Das ist alles, was von dir übrig geblieben ist. Ein Häuflein Asche.*

*Tränen kullern mir lautlos über die Wangen, vermischen sich mit den Regentropfen auf meinem Gesicht und kitzeln an den Mundwinkeln.*

*Ich lecke sie weg, doch die Quelle versiegt einfach nicht.*

# 1

## Juli

Ich bin leidenschaftliche Sammlerin.

Nein, nicht im eigentlichen Sinn. Ich häufe keine Dinge an und kann mich auch leicht von Gegenständen trennen. Ich sammle keine Teddybären oder Schutzengel, keine Autogrammkarten oder Funko-Pop-Figuren.

Ich sammle Momente.

Genauer gesagt: flüchtige Augenblicke. Erste Augenblicke oder erste Worte, die zwischen mir und einem mir bis dahin unbekannten Menschen gewechselt werden.

So wie gerade in diesem Moment.

Und wenn ich in das Gesicht meines Gegenübers sehe, bin ich mir absolut sicher. Dieser Augenblick wird auf keinen Fall einen Platz unter meinen persönlichen Top Ten erhalten.

»Wie … du kannst nicht bezahlen?!«

»Tut mir leid«, stottere ich. »Ich weiß auch nicht … mein Portemonnaie ist verschwunden.« Verzweifelt durchforste ich den gesamten Inhalt meines Rucksacks.

Er ist alles, was ich noch habe. Minus achthundertsiebenunddreißig Euro und zweiundzwanzig Cent. Minus meines Ausweises. Minus eines Fotos von meiner besten Freundin und mir in glücklicheren Tagen.

Ich fasse es nicht.

Vor gerade einmal fünf Stunden habe ich das Haus meiner Eltern verlassen, und jetzt das. Ich merke, wie mir vor Wut über mich selbst Tränen in die Augen schießen, wende mich ab und ziehe erneut einen Reißverschluss nach dem anderen auf, in der Hoffnung, ich hätte meine metallgrüne Geldbörse irgendwo übersehen. Aber nichts.

Die Verkäuferin in der kleinen Bäckerei sieht mich nur verständnislos an und entfernt die Tasse mit dem dampfend heißen Tee, die beinahe mir gehörte, wieder von der Theke.

Es fühlt sich fast so an, als zöge jemand einen Rettungsring ein, bevor ich danach greifen kann.

Ich atme tief durch, um zu verhindern, wieder einmal etwas Falsches zu sagen. Zum Beispiel, dass sie ein herzloses Miststück mit einer scheußlichen Frisur ist. Oder dass ich einen Ort kenne, wo sie sich ihren verdammten Tee hinstecken könne. Doch ich kneife die Lippen zusammen und sehe sie flehentlich an. »Bitte, ich bezahle ihn ein anderes Mal«, appelliere ich an ihr Mitgefühl und schäme mich beinahe dafür.

Fünf Stunden auf der Straße, und ich muss schon betteln.

Aber mir ist einfach nur furchtbar kalt, und ich brauche etwas Wärmendes. Wie kann man sich wegen etwas heißem Wasser mit einem Teebeutel darin bloß so haben? Ich wette, sie kippt den Tee in den Ausguss, sobald ich den Laden verlassen habe, und ich sehe ihr an, dass sie diesen Verlust lieber in Kauf nimmt, als mir das Getränk kostenlos zu überlassen.

»Sehe ich aus wie die Wohlfahrt?«, fragt sie mich kopfschüttelnd, bevor sie sich an den nächsten Kunden wendet und mir damit das Signal gibt, dass unser Gespräch beendet ist.

Mit hängendem Kopf weiche ich ein paar Schritte zurück und starre aus dem großen Fenster zur Straße hinaus. Berlin präsentiert sich grau, nass, windig und dunkel, obwohl es gerade mal Mittag ist. Es ist einer dieser Tage, an denen es nie richtig hell wird.

Einer dieser Tage, an denen ich fürchte, nie wieder glücklich zu werden.

Es war eine Schnapsidee, mitten im Januar die Sachen zu packen und einfach abzuhauen. In eine Stadt, die ich nie zuvor besucht habe und in der ich niemanden kenne. Doch als ich heute Morgen nach einer schlaflosen Nacht verheult auf dem Bahnsteig stand, ohne zu wissen, wohin, stieg ich eben in den erstbesten Zug. Und der fuhr nach Berlin.

Ich stelle meinen schweren Rucksack auf den Boden und setze mich auf einen hohen Barstuhl am Tresen, der die gesamte Fensterfront einnimmt. Ich hoffe, die Verkäuferin ist zu beschäftigt mit ihrer Kundschaft, um zu registrieren, dass ich den Laden noch nicht verlassen habe, denn ich brauche gerade einen geschützten, warmen Ort, um nachzudenken. Das kann ich unmöglich dort draußen in dem immer stärker aufkommenden Schneesturm.

*Was bist du auch mitten im Januar abgehauen?*, flüstert mir eine Stimme zu, die ich nicht hören will.

*Hätte ich auf besseres Wetter warten sollen?*, denke ich bitter.

Kurzfristig überkommt mich der Gedanke, meinem Freund (meinem Ex-Freund) und meiner besten Freundin (meiner ehemaligen besten Freundin) zu schreiben, dass es mir lieber gewesen wäre, sie hätten mich im Sommer so mies hintergangen. Doch dann erinnere ich mich sofort wieder daran, dass sie das ja getan hatten.

Nur leider habe ich es erst gestern Abend bemerkt.

Dann noch der Druck in der Schule, dem ich überhaupt

nicht mehr gewachsen bin, und der Stress zu Hause mit meinen ewig streitenden Eltern (meistens meinetwegen), und das Fass war übergelaufen. Dass das nicht schon viel früher passiert ist, grenzt an ein Wunder, denn ich fühle mich bereits seit Monaten so, als ob ich selbst nur noch auf Zehenspitzen in diesem Fass stünde, während mir das Wasser längst bis zum Kinn reicht. Und nun sitze ich hier, habe weder Geld noch Unterkunft.

Und auch kein Rückfahrticket.

Aber ich kann auch nicht zurück. Ich *will* auch nicht zurück. Nicht jetzt.

In zwei Tagen geht die Schule wieder los, doch ich habe das Gefühl, die zwei Wochen Weihnachtsferien haben mir nichts gebracht. Ich bin noch genauso erschöpft wie am letzten Schultag. Von meinem seelischen Zustand ganz zu schweigen. Zu Hause überfordert mich im Moment einfach alles.

Ich schüttele über mich selbst den Kopf, als ich realisiere, dass meine Überforderung nicht ortsabhängig ist. Sie begleitet mich überallhin.

Immerhin habe ich es geschafft, in weniger als vierundzwanzig Stunden meine kompletten Ersparnisse der letzten Jahre zu verlieren und völlig mittellos dazustehen. Trotzdem bringe ich es nicht über mich, mein Telefon einzuschalten und einen der Menschen, derentwegen ich das Weite gesucht habe, anzurufen und darum zu bitten, mich wieder abzuholen. Im Moment erfriere ich lieber jämmerlich unter einer Brücke. Und so wie es gerade aussieht, stehen meine Chancen dafür nicht allzu schlecht.

Seufzend starre ich ins Leere, bis mir die Welt außerhalb der Ladentüren vor den Augen verschwimmt und ich irgendwann nur noch ratlos meinem eigenen Spiegelbild gegenübersitze. Das Haar hängt mir winterfeucht ins Gesicht, und ich mache bereits jetzt schon einen ziemlich verwahrlosten Eindruck. Doch ich bin mir sicher, dass ich niemandem weiter auffalle. Selbst wenn bundesweit Fahndungsbilder von mir verbreitet würden, könnte sich niemand daran erinnern, dem Mädchen mit der undefinierbaren Haarfarbe, die vor wenigen Wochen noch ein knalliges Blau gewesen ist, und dem kleinen Ring in der Nase irgendwann einmal begegnet zu sein.

Zu Hause hat mein Aufzug ausgereicht, um damit aufzufallen wie ein bunter Hund und meine Mutter zur Weißglut zu treiben, sodass sie sich mit mir zusammen kaum noch irgendwo blicken lassen wollte. Aber hier in Berlin … hier könnte ich wahrscheinlich auf Stelzen, mit einer Trompete an den Lippen und Haaren in den Farben des Regenbogens durch die Straßen laufen, und keiner würde sich daran stören.

Zwei große Tassen werden neben mir auf dem vollgekrümelten Holztresen abgestellt und ein Hocker laut scharrend darunter hervorgezogen. »Tee?«, fragt mich eine männliche Stimme.

Sie klingt warm und sympathisch.

Überrascht blicke ich auf und erkenne den jungen Mann, der kurz nach mir die Bäckerei betreten hat.

Genau das meine ich. Das ist einer dieser seltenen Top-Ten-Momente. Ein Augenblick, eine Frage, ein Mensch, mit dem ich keine Sekunde lang gerechnet habe.

Erleichtert atme ich auf und lächele ihn dankbar an. »Sehr gern. Danke.« Ohne zu zögern, schließe ich die Hände um den heißen Becher und wärme mich daran. »Wie tief musstest du ihr dafür in den Hintern kriechen?«, frage ich ihn und nicke in Richtung der unmenschlichen Verkäuferin.

»Puh«, seufzt er. »Unfassbar tief.«

Ich muss über seinen gequälten Gesichtsausdruck lachen.

»Was ist dein Geheimnis?«, will ich wissen, beantworte meine

Frage jedoch, ohne über meine Worte nachzudenken, gleich selbst. »Wahrscheinlich findet sie dich attraktiv.«

Skeptisch hebt er die Augenbrauen. »Wahrscheinlich. Und vielleicht konnten sie auch die ein Euro neunzig in bar überzeugen.«

Ich schlucke peinlich berührt und starre auf den Dampf, der sich zwischen meinen Fingern schon beinahe hypnotisierend nach oben schlängelt.

Eigentlich nehme ich keine Almosen an und schon gar nicht von Fremden. Aber ich bin verzweifelt. Wirklich verzweifelt.

Verlegen beobachte ich aus den Augenwinkeln, wie er an seiner Tasse nippt und währenddessen aus dem Fenster blickt. Schweigen breitet sich zwischen uns aus, und es scheint, als wäre er mit einem Mal ganz woanders, aber das stört mich nicht. Im Gegenteil. Ich brauche Ruhe, um das Durcheinander zu entwirren, das seit gestern in meinem Kopf herrscht, und um nachzudenken. Darüber, wie es ohne einen Cent in der Tasche weitergehen soll.

Ich trinke einen Schluck und spüre, wie sich die Wärme wohltuend in meinem ganzen Körper ausbreitet. Nichts brauche ich gerade dringender, obwohl mich mein geräuschvoll knurrender Magen Lügen straft.

»Hast du Hunger?«, fragt er mich plötzlich und sieht mir tief in die Augen.

Ich erwidere seinen Blick, schüttele aber rasch den Kopf.

Ich möchte auf keinen Fall, dass er noch mehr Geld für mich ausgibt, und noch viel weniger will ich für völlig hilflos und verzweifelt gehalten werden.

Offensichtlich akzeptiert er meine stumme Aussage ohne weitere Einwände, belässt es dabei und sieht wieder zum Fenster hinaus.

Ich bin froh, dass er mir kein weiteres Gespräch aufdrängt

und mich nicht ausquetscht, warum ich mir augenscheinlich nicht einmal eine Tasse Tee leisten kann. Denn wenn er das täte, bräche ich mit ziemlicher Sicherheit in Tränen aus und würde ihn vollheulen.

Verstohlen sehe ich erneut zur Seite und betrachte ihn über den Rand meiner Teetasse hinweg neugierig ein wenig genauer.

Weil ich selbst den ganzen Tag erbärmlich friere, fällt mir an ihm als Allererstes auf, dass er für die Temperaturen viel zu dünn angezogen ist. Er trägt nur ein schwarzes T-Shirt und darüber eine Collegejacke in Schwarz und Grau. Außerdem trägt er um sein linkes Handgelenk eine Uhr. Ein Accessoire, das ich – außer bei mir – nur noch selten bei Leuten in meinem Alter sehe. Er ist schlank, wirkt aber nicht schmächtig. Selbst sein Hals und sein Nacken wirken muskulös, und er hat einen ausgeprägten Kehlkopf, der beim Schlucken auf- und abhüpft. Ich weiß auch nicht, warum ich gerade darauf achte, aber vielleicht fällt es mir nur deshalb auf, weil alle anderen bei diesem Wetter dick eingemummelt in Schals und Rollkragenpullovern durch die Gegend laufen. Mein Blick wandert weiter, und ich analysiere für einen kurzen Moment sein Profil. Für einen sehr, sehr kurzen Moment, denn ich komme nach dem Bruchteil einer Sekunde zu folgendem Ergebnis: Er ist schön. Oder genauer gesagt, *ich* finde ihn schön. Das spräche ich jetzt auf keinen Fall laut aus, für keinen Tee der Welt und nicht einmal dann, wenn wir uns näher kennen würden, aber er sieht zweifellos sehr gut aus. Alles an ihm scheint perfekt. Die hellbraunen, kurzen Haare, die aussehen, als wäre er gerade aus dem Bett gefallen, und welche die Farbe von flüssigem Karamell oder Haselnusssirup haben (ich schreibe diese Assoziation meinem leeren Magen zu), die blaugrauen Augen, die markanten Wangenknochen, die gerade Nase und am meisten die Lippen.

In meiner Schule galt Elias unbestritten als der coolste und schönste Typ, und wir waren fast drei Jahre das Vorzeigepaar. Aber das ist vorbei, und von nun an sind wohl Elias und Wanda das neue Traumpaar.

Mein Magen meldet sich erneut zu Wort, ich seufze laut und trinke einen weiteren Schluck meines Tees.

Mein Retter in der Not ignoriert es dieses Mal und wirft einen Blick auf die Uhr. Dann steht er auf, bringt, ohne ein weiteres Wort zu sagen, seine Tasse zurück und verlässt die Bäckerei.

*Okay,* denke ich und bin leicht enttäuscht. Ich hätte doch sehr gern die Möglichkeit gehabt, mich zumindest von ihm zu verabschieden und ihm anzubieten, mich bei Gelegenheit zu revanchieren.

Obwohl es ziemlich abwegig erscheint, dass wir uns in dieser großen Stadt noch einmal über den Weg laufen, hätte ich schwören können, dass wir einen dieser besonderen Momente hatten. Einen, der etwas zu bedeuten hatte. Aber vielleicht irre ich mich auch. Trotzdem bin ich ihm dankbar, dass ich durch seine Hilfe nicht sofort wieder hinaus in die Kälte muss, und beobachte weiter die Menschen, die sich dort draußen mit zusammengekniffenen Augen und versteckt unter dicken Kapuzen gegen den eisigen Schneesturm anstemmen.

Mein Tee ist mittlerweile nur noch lauwarm, und ich trinke ihn bis auf einen kleinen Alibirest aus. Aus meiner Manteltasche fische ich das Smartphone hervor und will aus lauter Gewohnheit googeln, wo ich gerade bin und wo ich als Nächstes hinkönnte, bis mir wieder einfällt, dass es ja ausgeschaltet ist. Niemand soll mich finden. Niemand soll mich zur Rückkehr überreden.

Ich beschließe, mir fürs Erste ein großes Kaufhaus oder Einkaufszentrum zu suchen, wo ich wenigstens bis zweiundzwanzig Uhr Unterschlupf finde, als mir die unfreundliche Verkäuferin einen Teller vor die Nase knallt. »Hier, mit bestem Gruß von unserm jungen Adonis«, sagt sie und mustert mich mit hochgezogenen Brauen. Dann verwandelt sich ihr skeptischer Blick in ein wohlwollendes Lächeln. »Lass es dir schmecken, und nix für ungut wegen vorhin! Meine charmante Art ist berühmt-berüchtigt … Deswegen läuft der Laden auch wie geschmiert.«

Suchend sehe ich mich um, entdecke meinen Gönner aber nirgends. Ich starre auf den Teller vor mir, und beim Anblick des riesigen, saftigen Franzbrötchens läuft mir das Wasser im Mund zusammen. »Danke«, stottere ich, doch da ist sie schon wieder hinter der Theke und pflaumt bereits den nächsten Kunden an.

Anderthalb Stunden später breche ich satt, gewärmt und erholt in Richtung Alexanderplatz auf.

Die Verkäuferin hat mir den Weg dorthin beschrieben, aber da ich keinerlei Geld mehr besitze, bleibt mir nichts anderes übrig, als zu Fuß zu gehen. Ich klappe den Kragen meines Mantels hoch, schlinge mir die Arme fest um den Körper und lege ein schnelles Tempo vor. Sehnsüchtig blicke ich einem Bus nach dem anderen hinterher, die auf den nassen grauen Straßen laut an mir vorbeirauschen. Mir ist so kalt, dass es mir glatt egal wäre, wohin sie unterwegs sind, solange ich mitfahren könnte.

Immer noch kann ich es nicht fassen, dass mein Portemonnaie weg ist. Über achthundert Euro. Damit wollte ich mich eine Zeit lang in einem billigen Hostel einmieten, bis ich weiß, wie es weitergeht, aber dieser Plan wurde nun komplett zunichtegemacht. Ich überlege hin und her, wer es mir wann geklaut haben könnte, und bin mir ziemlich sicher, dass es nur im Zug passiert sein kann, als ich für einen kurzen Moment eingeschlafen war.

Normalerweise wäre ich als Allererstes zur Polizei gelaufen, um den Verlust zu melden, aber davon bekomme ich erstens mein Geld nicht zurück, und zweitens würden meine Eltern ziemlich schnell herausfinden, wo ich mich aufhalte. Fürs Erste muss ihnen der Brief reichen. Sie wissen, dass ich nicht entführt wurde, sondern einfach eine Auszeit brauche. Ich bin neunzehn, niemand kann mir sagen, was ich zu tun oder zu lassen habe. Das ist ab sofort vorbei.

Dachte ich jedenfalls.

Wie lange ich ohne einen Cent in der Tasche mitten im Winter durchhalte, darüber habe ich mir vor meinem völlig überstürzten und undurchdachten Aufbruch überhaupt keine Gedanken gemacht.

# 2

## Juli

Der Alexanderplatz überfordert mich maßlos.

Menschenmassen strömen an mir wie im Zeitraffer vorbei. Alle scheinen es eilig zu haben, und ich stehe ihnen ziellos im Weg. Wie in Trance bewege ich mich auf das riesige Shoppingcenter zu und werde zusammen mit Touristen, Jugendlichen und vielen unzufrieden dreinblickenden Gestalten geradezu hineingeschwemmt.

Dies ist der letzte Ort, an dem ich mich im Augenblick aufhalten möchte. Ich will Ruhe, ich will Dunkelheit, ich will mir eine Decke über den Kopf ziehen und nichts und niemanden sehen. Stattdessen finde ich mich in einem glitzernden Konsumtempel wieder, in dem immer noch die Weihnachtsdekoration von den Decken hängt, und bin total reizüberflutet. Ich steuere die Buchhandlung an, doch alle Plätze in der kleinen Leselounge sind schon besetzt.

*Habt ihr kein Zuhause?*, denke ich enttäuscht und fahre auf der Rolltreppe immer weiter bis ganz nach oben.

Dort suche ich mir eine freie Ecke im Food Court und lasse

mich von der Geräuschkulisse aus Stimmengewirr und Besteckgeklapper einlullen. Eine ganze Weile halte ich es zwischen den vielen Menschen aus, doch als ich beim Blick aus der gigantischen Glasfront bemerke, dass sich der Wind gelegt hat und nur noch zarte Flocken vom Himmel schweben, suche ich das Weite.

Ich lasse mich richtungslos durch die Gegend treiben, komme an klassischen Konzerthäusern vorbei, überquere große Plätze von architektonischer Schönheit, doch solange mir beinahe die Füße und Hände abfrieren, kann ich meiner kleinen Sightseeingtour überhaupt nichts abgewinnen.

Ich habe Angst. Wie soll das nur heute Nacht werden, wenn ich es jetzt schon draußen kaum aushalte?

Verzweifelt suche ich Zuflucht im nächstbesten Kaufhaus und finde auf einer Kunstlederbank Platz zwischen zwei älteren Herren, die dort anscheinend von ihren Frauen zurückgelassen wurden und nun ihre Zeit absitzen. Ich beobachte die Menschen, die an mir vorbeieilen, ihre Geschenke umtauschen oder Gutscheine einlösen, und frage mich still und leise, ob sie wirklich glücklich sind. Ob sie erfüllt, was sie machen, und ob es jemanden in ihrem Leben gibt, mit dem sie ihre Leidenschaften teilen können.

Für mich kann ich diese Fragen allesamt mit Nein beantworten.

In letzter Zeit habe ich mich nicht einmal mehr von meinem eigenen Freund verstanden gefühlt, obwohl ich früher dachte, er sei mein Seelenverwandter.

Elias … Elias war auch einer dieser wunderbaren Top-Ten-Momente, damals in der neunten Klasse.

Er war der Neue und haute mich auf der Stelle um. Wortwörtlich. Ich wollte kurz vor Unterrichtsbeginn nur noch schnell auf die Toilette, und als ich die Tür aufriss, um hinauszustürmen, stand er wie eine Wand davor. Wie ein Flummi prallte ich an seiner Brust ab und ging zu Boden.

K. o. und Herz verloren in der ersten Runde.

Doch nach und nach drifteten wir anscheinend in unterschiedliche Richtungen ab, ohne dass ich es merkte.

Oder merken wollte.

Er war schon immer zielstrebig, wusste genau, was er wollte, und plante sein Leben durch. Ich hingegen fühlte mich, je näher das Abitur rückte, immer unentschlossener und eingeengter. Nichts füllte mich mehr aus oder machte mich glücklich. Irgendwann gab ich es auf, allen Erwartungen gerecht zu werden, die in mich gesetzt wurden. Damit trieb ich ihn wahrscheinlich geradewegs in Wandas offene Arme.

Ich bemerke, dass ich unwillkürlich den Kopf schüttele und mich der alte Mann links von mir leicht mitleidig betrachtet. Ich lächele ihn zaghaft an und hebe tief durchatmend die Schultern.

»Wird schon wieder alles, Mädchen. Wird schon …«, versucht er mich unbeholfen aufzumuntern.

»Das hoffe ich auch«, flüstere ich kaum hörbar, kann mir aber gleichzeitig überhaupt nicht vorstellen, wie das geschehen sollte.

Kurz vor zweiundzwanzig Uhr werden alle Kunden über eine Lautsprecherdurchsage informiert, dass der Laden gleich schließt und man uns einen schönen Abend wünscht. Natürlich woanders. Am liebsten würde ich mich in einer der Umkleidekabinen verstecken, aber bei dieser extremen Kameraüberwachung hat solch eine Aktion wenig Sinn, und ich verlasse das Geschäft.

Unentschlossen stehe ich auf dem großen Platz und weiß nicht, wohin. Mir knurrt der Magen, und mir wird bewusst, dass ich in meinem Leben bisher selten echten Hunger spüren musste. Zum Glück war ich vorhin noch auf dem Klo und habe mir meine Wasserflasche im Waschbecken aufgefüllt, auch wenn es mir total unangenehm war, an der Toilettenfrau vorbeizugehen, ohne ihr die geforderten fünfzig Cent zu bezahlen.

Ich suche mir eine geschützte Ecke, krame ein Paar dicke Socken, ein langärmeliges T-Shirt und einen weiteren Pullover aus meinem Rucksack und versuche, mich durch mehrere Klamottenschichten vor der Kälte zu schützen. Dann schultere ich mein Gepäck, ziehe mir die Pulloverärmel bis über die Hände und verfluche mich, dass ich meine Handschuhe zu Hause liegen gelassen habe.

Orientierungslos irre ich durch die Straßen Berlins. Ich vermeide kleine, dunklere Wege und halte mich ausschließlich an die Hauptstraßen. Als ich an einem größeren Bahnhof vorbeikomme, überlege ich kurz, dort die restliche Nacht zu verbringen, aber das Licht in dem wenig einladend wirkenden Gebäude ist mir zu grell, der beißende Gestank nach Ammoniak und Erbrochenem steigt mir in die Nase, und ich habe Angst vor den Obdachlosen, die besoffen und auf was weiß ich, worauf drauf sind. Außerdem ist es in der großen Vorhalle nicht viel wärmer als draußen.

Wieder auf der Straße, komme ich an der East Side Gallery vorbei, betrachte die Bilder an der ehemaligen Mauer und ertappe mich bei dem Gedanken, dass ich sie gern wie jeder andere Tourist auch einfach nur mit der Kamera meines Smartphones festhalten möchte.

Vielleicht mache ich das auch eines Tages … wenn sich mein Dunkel ein wenig gelichtet hat.

An einer wunderschönen Brücke mit roten Türmen überquere ich die Spree und vergesse für einen Moment, dass es mitten in der Nacht ist. Hier auf der anderen Seite des Wassers pulsiert mit einem Schlag das Leben. Die Bars und Restaurants sind voll besetzt. Überall auf den Gehwegen stehen Leute und rauchen, lachen und trinken. Ich entdecke sogar einige junge Frauen in Miniröcken, die nur knapp den Hintern bedecken, und fühle mich augenblicklich übertrieben warm gekleidet.

Aber im Gegensatz zu ihnen kann ich nach einer Zigarette nicht ins Warme flüchten.

Ich gehe immer weiter. Unter anderen Umständen würde mir diese Gegend sehr zusagen. Ich mag die kleinen Läden, die zwar geschlossen, deren Schaufenster aber so liebevoll und kreativ dekoriert sind, dass ich beinahe froh bin, kein Geld zum Ausgeben bei mir zu haben. Und hätte ich Geld, müsste ich mich entscheiden, ob ich lieber türkisch, mexikanisch, persisch, indisch oder doch lieber Pommes und Burger essen möchte. Ich würde Wochen brauchen, um alles auszuprobieren.

Mein Weg führt mich an mehreren Clubs vorbei, ich beobachte Partygänger, die aus der überirdischen U-Bahn strömen, Menschen um mich herum, laut und fröhlich. Dennoch fühle ich mich so allein wie nie zuvor.

Und eigentlich dachte ich, das sei gar nicht mehr möglich.

Ich biege in eine breite Straße ein und stelle fest, dass sie mir irgendwie bekannt vorkommt. Die schönen Altbauten im Gründerzeitstil waren mir heute schon einmal aufgefallen. Frustriert erkenne ich, dass ich wohl den ganzen Tag damit verbracht habe, im Kreis zu laufen, muss mir aber gleichzeitig eingestehen, wie egal das ist, da ich sowieso kein Ziel habe. Erschöpft und mit schmerzenden Schultern, verursacht durch meinen unbequemen Rucksack, bleibe ich vor einer riesigen Baulücke stehen, die durch einen Bauzaun gesichert ist, und werfe einen Blick auf die grau verputzte alte Fassade vom Haus des Nachbargrundstücks.

*WHAT HAPPENED TO US?*, steht in gigantischen schwarzen Lettern unterhalb des Dachsims.

»Ja … genau das frage ich mich auch«, sage ich zu mir selbst und verzweifle bei dem Gedanken, wie es weitergehen soll.

»Was fragst du dich?« Eine mir irgendwie vertraut klingende Stimme reißt mich plötzlich aus meinen Grübeleien.

Ich erschrecke, als eine dunkle Gestalt behände über den Zaun klettert und vor mir stehen bleibt. Ich hatte ihn auf der anderen Seite gar nicht bemerkt, doch ich erkenne sofort, wer es ist. »Ach … nichts«, antworte ich perplex meinem Retter von heute Mittag. »Was machst du hier?«

Er steckt sein Handy in die Hosentasche. »Fotos … ich fotografiere Street-Art. Und du … was führt dich hierher?«

»Ganz ehrlich? Ich habe keine Ahnung.« Es tut gut, genau diese Worte auszusprechen, und augenblicklich fühle ich mich etwas leichter. »Aber weshalb machst du die Fotos im Dunkeln?«

»Bin wohl eher ein Nachtmensch.« Unschlüssig zuckt er mit den Achseln. »Außerdem sind mir hier tagsüber zu viele Bullen unterwegs, und ich habe keinen Bock auf eine Anzeige wegen Hausfriedensbruchs.«

Ich blicke wieder auf die Worte an der Wand, die mich genau an dieser Stelle innehalten ließen. »What happened to us?«, murmele ich kaum hörbar. »Dabei war doch vor Kurzem noch alles irgendwie okay.«

Ich spüre seinen Blick und sehe ihn an. Er mustert mich. So intensiv, als würde er mich lesen wie ein Buch. Als könne er tief in mein Innerstes vordringen und alle meine Gedanken entschlüsseln.

»Vielleicht …«, sagt er und zögert kurz. »Vielleicht entspricht *irgendwie okay* nicht deinen Erwartungen.«

Ich schnappe nach Luft, als hätte ich sie die ganze Zeit angehalten. Und dann bricht es aus mir heraus, und ich kann die Tränen nicht mehr aufhalten. Still fließen sie aus mir heraus, weil vor mir ein Mensch steht, der mich überhaupt nicht kennt und dennoch genau das ausspricht, was ich die ganze Zeit fühle.

»Es tut mir leid … das wollte ich nicht.« Hilflosigkeit spiegelt sich in seinen Augen wider.

»Schon gut.« Ich ringe mir ein Lächeln ab und wische mir mit dem Ärmel die Tränen aus dem Gesicht. »Du kannst ja nichts dafür, dass du richtigliegst. Und wenn du nicht gewesen wärst, wäre ich heute glatt verhungert. Dafür würde ich mich bei Gelegenheit gern revanchieren.«

»Ich kenne eine gemütliche kleine Kneipe in der Nähe. Hast du Lust?«, fragt er prompt.

Ich schüttele den Kopf. »Mein Portemonnaie wurde mir heute geklaut, und ich bin völlig mittellos. Aber ein anderes Mal unbedingt.«

»Klingt nach einem richtigen Scheißtag«, stellt er nüchtern fest. »Dann lade ich dich eben noch mal ein, und du revanchierst dich später umso großzügiger.«

Ich werfe ihm einen skeptischen Blick zu.

»Oh … ähm … das hat jetzt tatsächlich irgendwie merkwürdig geklungen.«

»Ja«, lache ich zustimmend.

»Nein, also völlig ohne Hintergedanken. Du siehst aus, als könntest du einen Drink gebrauchen, meinetwegen auch eine Tasse Tee, und ich würde dich sehr gern … ein weiteres Mal … dazu einladen.« Er schenkt mir ein leichtes Lächeln. »Und weil man ja nicht mit Fremden mitgehen soll … Ich bin Ruben.«

»Juli«, sage ich etwas schüchtern und lächele zurück.

»Juli«, wiederholt er meinen Namen, und es klingt wunderschön, wie er ihn ausspricht.

# 3

## Juli

Wir müssen nicht weit gehen. Nur das kurze Stück zurück zur Straße, aus der ich gekommen bin, und dann ein paar Querstraßen weiter nach rechts. Ruben bleibt vor einer Kneipe mit dem Namen *Soul Kitchen* stehen, hält mir die Tür auf und bedeutet mir mit einer Handbewegung, ich möge eintreten.

Ich fühle mich sofort wohl. Hier ist es urig, die Wände sind in dunklem Grün gestrichen, überall hängen und stehen kleine Lampen, die warmes Licht spenden. Fotos und Gemäldedrucke, zum Teil wild zusammengewürfelt, sind an die Wände genagelt, und das rustikale Mobiliar aus dunklem Holz scheint schon bessere Tage gesehen zu haben.

Genau wie der Wirt hinter dem großen Tresen. Gerade angelt er eine Flasche aus dem Regal, das zum Bersten mit Spirituosen aller Art gefüllt ist, und schenkt erst dem ziemlich desolat wirkenden Gast auf dem Barhocker und dann sich selbst einen Kurzen ein. Hier ist es zwar nicht so voll wie in den anderen Restaurants und Bars, an denen ich vorbeigekommen bin, aber auch nicht so leer, dass uns beim Betreten des Ladens jeder anstarrt. Das Publikum wirkt normal. Normalsterbliche, keine hippen Selbstdarsteller.

Ruben und der Wirt nicken sich kurz zu, doch am Tresen sind alle Plätze besetzt, und so folge ich ihm in den hinteren Bereich der Kneipe, und wir setzen uns in eine gemütliche Ecke. Das Licht ist schummerig, ringsum wird geraucht, und die Musik spielt leise im Hintergrund.

Ich entledige mich meines Gepäcks und meines Mantels und ziehe mir beide Pullover gleichzeitig über den Kopf.

»Was möchtest du trinken?«, fragt er mich und beugt sich zu mir herüber.

Unentschlossen sehe ich mich um. Eigentlich ist mir wirklich nur nach einem Tee zumute, aber der alte Kerl hinter dem Tresen macht mir nicht den Eindruck, als ob er so etwas des Öfteren servieren muss, also entschließe ich mich für ein Bier.

Mein Vater sagt immer, früher haben sie hungrigen Kindern Bier gegeben, weil es nahrhaft ist. Dann kann das bei meinem leeren Magen ja nicht verkehrt sein.

Ruben geht zum Tresen, wird dieses Mal vom Kneipier mit Handschlag begrüßt und augenblicklich in ein angeregtes Gespräch verwickelt.

Ich beobachte die beiden. Sie wirken vertraut miteinander, fast wie alte Freunde, obwohl sie wahrscheinlich ein Altersunterschied von mehr als fünfzig Jahren trennt. Gleichzeitig sehen sie plötzlich in meine Richtung, und der Wirt zwinkert mir freundlich zu, während er ein Glas poliert. Möchte mal wissen, was die über mich reden …

Nach einigen Minuten kommt Ruben mit einem großen Krug frisch gezapften Biers und einer Cola zurück an den Tisch. Er reicht mir das Bier, und ich habe wirklich keine Ahnung, wie ich diese Unmenge bewältigen soll. Ein Weilchen sitzen wir uns gegenüber und schweigen. Es ist kein unangenehmes Schweigen, vielmehr habe ich das Gefühl, Ruben respektiert möglicherweise, dass ich nicht zu persönlich werden möchte, doch aus irgendeinem Grund würde mich das andererseits auch gar nicht stören. Aber vielleicht täusche ich mich auch, und er ist einfach nicht an meiner Geschichte interessiert.

»Hier finde ich dich also, wenn ich mich revanchieren und dich auf ein Bier einladen will«, durchbreche ich die Stille und greife mit beiden Händen nach dem schweren Bierkrug.

»Meistens. Aber eine Cola reicht völlig … ich trinke keinen Alkohol.«

»Nie?«

»Nie.«

*Na toll*, denke ich. *Und ich sitze hier mit einem unbezwingbaren Krug voll mit diesem widerlichen Gebräu.*

Ich nippe kurz daran. Es schmeckt mir viel zu herb, ich verziehe das Gesicht und muss mich kurz schütteln.

Er mustert mich skeptisch. »Wenn dir Bier nicht schmeckt, weshalb hast du es dann bestellt?« Ohne den Blick abzuwenden, schiebt er mir seine Cola herüber.

»Doch, doch«, versichere ich hastig und schiebe die Cola wieder zu ihm zurück. »Es schmeckt mir … mir ist nur immer noch kalt.«

Ich fühle mich, als hätte er mich bei einer Dummheit ertappt. Wie kann er mit nur wenigen Worten erreichen, dass ich mein Handeln reflektiere und genau spüre, was eigentlich in meinem Leben falschläuft?

»Schön, du hast recht«, gebe ich zu, lasse den Kopf sinken und starre auf meine Hände, die von der Kälte immer noch gerötet sind. »Ich dachte, es wäre nicht angemessen, sich nachts in einer Kneipe eine Tasse Tee zu bestellen. Und ich dachte, du trinkst höchstwahrscheinlich auch ein Bier.«

Mit zwei großen Schlucken mache ich mich daran, das Getränk hinter mich zu bringen. Überraschenderweise tut es gut. Es schmeckt ekelhaft, füllt mir aber wohltuend den Magen. »Bei mir in …« Ich verstumme kurz und starre ihn erschrocken an.

Ruben lächelt wissend. »Du meinst, wo du herkommst …«

»Genau.« Dankbar, dass er nicht nachhakt, übernehme ich seine Worte. »Da, wo ich herkomme, gehört Alkohol zum guten Ton. Keine Party ohne Bier. Keine Party ohne Wodka mit Cola. Ohne Whisky mit Cola. Ohne Rum mit Cola.«

»Na, wenigstens gibt es Cola«, scherzt er und trinkt sein Glas halb leer.

»Und weshalb trinkst du nicht?«, frage ich ihn neugierig, denn wenn ich es mir genau überlege, kenne ich wirklich niemanden, der älter als vierzehn ist und keinen Alkohol mag.

Er zuckt mit den Achseln und lehnt sich zurück. »Es schmeckt mir einfach nicht. Außerdem befürchte ich, dass ich ein ziemlich ausgeprägtes Suchtgen habe. Und ich lasse mich ungern in gesellschaftliche Normen zwängen und stoße mit Sekt an, nur weil es zum *guten Ton* gehört und von mir erwartet wird.« Er macht Anstalten aufzustehen. »Ich schau mal, ob sich hier eine Tasse Tee für dich organisieren lässt.«

»Nein, nein. Schon gut!«, halte ich ihn zurück. »Da muss ich jetzt wohl durch.« Unschuldig lächelnd führe ich den Krug erneut an die Lippen.

Er sieht mir unverwandt in die Augen. »Du. Musst. Gar. Nichts!«, sagt er ganz langsam und ruhig, als wolle er sichergehen, dass ich auch wirklich jedes Wort verinnerliche.

»Aber ich will! Ich habe Hunger, und das …« Ich trinke einen weiteren Schluck und wische mir mit dem Ärmel den Schaum vom Mund. »… macht satt.«

Außerdem will ich nicht noch mehr in seiner Schuld stehen als ohnehin schon.

Ruben schüttelt nur den Kopf, belässt es aber dabei.

»Also … Ruben«, lenke ich das Gespräch in eine andere Richtung. »Du fotografierst also Street-Art. Macht das in Berlin nicht jeder Zweite?«

»Schon möglich. Ich mache die Fotos aber nur für mich und nicht, um sie irgendwo zu posten und Likes zu kassieren.«

»Ich habe das Gefühl, du tust nichts, um anderen zu gefallen«, stelle ich fest. »Das soll keine Kritik sein. Ehrlich gesagt bewundere ich das.«

Er hebt die Brauen. »Vielleicht mache ich dir auch nur was vor. Immerhin kennst du mich nicht.«

»Das glaube ich nicht. Warum solltest du?« Ich weiß nicht, weshalb, aber ich habe das Gefühl, noch nie einem ehrlicheren Menschen als ihm begegnet zu sein.

Nachdenklich fixiert er einen unbestimmten Punkt an der Wand. »Ich komme besser klar, wenn ich nur mein Ding durchziehe. Auch wenn es einsam macht. Aber ich muss niemandem Rechenschaft ablegen, ich enttäusche keinen … und ich werde nicht enttäuscht.« Er ringt sich ein Lächeln ab, beugt sich über den Tisch und sieht mir verschwörerisch in die Augen. »Also … Juli …«

Die Art und Weise, wie er meinen Namen ausspricht, verursacht bei mir Gänsehaut. Ich atme tief ein und umfasse mit beiden Händen den schweren Krug, um mich an etwas festhalten zu können.

»… was treibt dich hierher?«

Mein Mund ist trocken, mein Magen schmerzt, und ich merke, wie mir das Bier Röte in die Wangen zaubert.

»Ich glaube …«, sage ich und habe die Hoffnung, dass ich mich leichter fühle, wenn ich einfach alles bei ihm loswerde. Auch weil ich spüre, dass er mich versteht. »… ich brauche einfach eine Auszeit von meinem Leben. Am liebsten möchte ich die Zeit für eine Weile anhalten. Die Welt irgendwie daran hindern, sich weiterzudrehen, damit ich für einen Moment innehalten und durchatmen kann und endlich wieder klarkomme.«

»Ich weiß, was du meinst«, sagt er leise und starrt in sein halb volles Glas. »Meine Auszeit dauert mittlerweile fünf Jahre an.«

Überrascht sehe ich ihn an. Er kommt mir geerdet, mit sich im Reinen, irgendwie angekommen vor. Als würde er seine Auszeit in vollen Zügen leben.

»Ich habe das Gefühl, ich renne seit Jahren kopflos durch ein Hamsterrad, und mit einem Mal … Ganz plötzlich war da diese Frage, weshalb ich mich abhetze, wenn ich nicht einmal mein Ziel kenne.«

»Und?« Ruben deutet auf meinen Rucksack. »Bist du deinem Ziel schon näher gekommen?«

Ich lache bitter auf und schüttele den Kopf, während ich den verstrichenen Tag noch einmal Revue passieren lasse. »Im Gegenteil. Es fühlt sich an, als würde ich mich immer mehr entfernen.«

Er schenkt mir ein Lächeln, das irgendwie ermutigend ist. »Das ist okay. Mit ein bisschen Abstand sieht man die Dinge meistens klarer, und es wird deutlich, was wirklich wichtig ist.«

»Du redest wie ein weiser alter Mann mit langem Bart.« Ich lache und versuche, die Stimmung ein wenig aufzulockern. »Wie alt bist du überhaupt? Für neunzig hast du dich erstaunlich gut gehalten.«

»Zweiundzwanzig. Und du?«

»Neunzehn.«

Er beugt sich wieder zu mir vor und senkt die Stimme. »Lass das bloß nicht Henry hören!« Er deutet auf den alten Wirt, der sich gerade wieder selbst einen Schnaps gönnt, und wackelt mit den Augenbrauen. »Er lässt eigentlich niemanden unter einundzwanzig hier rein.«

»Meine Lippen sind versiegelt«, hauche ich zurück und verliere mich für einen kurzen Moment in seinen Augen.

# 4

# Ruben

Keine Ahnung, was heute in mich gefahren ist.

Seit über einer Stunde schon verendet sie an ihrem Bier, und es wird und wird einfach nicht weniger. Jetzt hat es mir gereicht, und ich stehe bei Henry am Tresen und warte darauf, dass er mir endlich den Tee für sie bringt.

Juli.

Ich habe selten einen schöneren Namen gehört. Er passt irgendwie zu ihr, und sie scheint sich nicht bewusst zu sein, wie unaufgeregt hübsch sie ist. Das macht sie irgendwie noch schöner.

Schon in der Bäckerei sind mir als Allererstes ihre schulterlangen, glatten Haare aufgefallen. Sie haben eine undefinierbare Farbe. Türkis, silbrig … irgendwie metallisch. Und danach gleich der kleine Ring im rechten Nasenflügel und diese verdammt roten Lippen.

Ich bin mir nicht sicher, ob sie mir die Wahrheit über ihr Alter gesagt hat oder ob sie gelogen hat, weil sie von zu Hause abgehauen ist. Aber wer bin ich schon, um darüber zu urteilen?

Eigentlich wirkt sie auch nicht wie eine kleine Ausreißerin. Verzweifelt schon ... aber trotzdem wild entschlossen. Entschlossen, ihr Leben zu ändern.

»Endlich muss ich mir keine Sorgen mehr um dich machen«, erklärt Henry und reißt mich aus den Gedanken. Gleichzeitig schiebt er mir ein Bierglas mit einem Teebeutel entgegen.

War irgendwie klar, dass es in diesem Schuppen keine Tassen gibt.

Ich sehe ihn fragend an. »Weshalb machst du dir Sorgen um mich?«

»Weil du viel zu jung bist, um so lange allein zu sein. Das ist erst erlaubt, wenn man so alt ist wie ich.« Sein faltiges, vom Leben gezeichnetes Gesicht verzieht sich zu einem breiten Grinsen.

Verständnislos schüttele ich den Kopf. »Echt jetzt? Du machst dir Sorgen, ich könnte einsam sein?«

Wenn er wüsste, was ich sonst noch alles treibe, würde er nachts kein Auge mehr zumachen.

Er nickt und genehmigt sich einen weiteren Schnaps. Dann deutet er mit dem Zeigefinger auf mich und drückt ihn mir auf die Brust, mitten ins Herz. »Ich bin sogar so weit, dass es mich nicht mal stören würde, wenn du schwul wärst ... Hauptsache, du hast jemanden. Und du weißt genau, dass ich tief in meinem Innern ein konservativer alter Sack bin.«

»Tief in deinem Innern? So tief kann das nicht sein. Jeder weiß, dass du ein konservativer alter Sack bist.« Ich nehme den Teekrug und verlasse den Tresen. »Und verbohrt!«, rufe ich zurück und versuche, Jimi Hendrix' Gitarre aus dem Lautsprecher zu übertönen.

Ich drängele mich an den drei aufdringlich lauten Typen vorbei, die ich hier noch nie zuvor gesehen habe – wahrscheinlich Touris – und bahne mir einen Weg zu unserem Tisch. Als ich

Juli entdecke, lasse ich augenblicklich den heißen Tee sinken und seufze. Sie hat sich an ihren Rucksack gekuschelt, hält ihn mit beiden Armen fest umklammert und schläft.

Bin ich etwa so ermüdend? Ich sehe auf die Uhr … es ist zwei Uhr nachts. Für normale Menschen keine ungewöhnliche Zeit, um zu schlafen, doch ich werde jetzt erst richtig wach.

Unsicher, was ich tun soll, rüttele ich leicht an ihrer Schulter, aber da ist nichts zu machen. Sie schläft tief und fest. Ich atme kurz durch und raufe mir die Haare. Ich könnte sie hier sitzen lassen, Henry darum bitten, ab und zu mal nach ihr zu sehen, und mein Ding machen. Oder aber … ach, verdammt … kurz entschlossen greife ich ihr unter die Kniekehlen, lege mir ihren rechten Arm um die Schultern und hebe sie vorsichtig hoch. Nicht einmal davon wacht sie auf, sondern kuschelt sich an mich und nuschelt irgendetwas Unverständliches. Ich trage sie durch die Kneipe, und als Henry mich mit ihr sieht, begreift er sofort und verlässt seinen Platz hinterm Tresen, um mir die Tür aufzuhalten.

Ich habe es nicht weit nach Hause. Einfach nur zur Kneipentür raus und die schmale Treppe in Henrys Keller hinunter.

Oder wie er es liebevoll bezeichnet … ins Souterrain.

Ich kämpfe mich durch den vollgestellten Lagerraum in meinen Wohnbereich, ängstlich darauf bedacht, nirgends mit Juli anzustoßen. Mit wenigen Schritten erreiche ich mein Bett und lege sie behutsam darauf ab.

»Elias«, seufzt sie und rollt sich wie eine Katze zusammen.

*Elias*. Ich weiß nicht, warum, aber es versetzt mir einen Stich, wie sie diesen Namen sagt. Wo ist er? Dieser *Elias*?

Kopfschüttelnd kehre ich in die Kneipe zurück und schnappe mir ihr ganzes Zeug. Rucksack, Pullover, Mantel.

Henry wischt geschäftig über den Tresen und beobachtet mich währenddessen. Ich weiß genau, dass dies seine feinsinnige Art ist, den Feierabend einzuläuten und seine Gäste zum Verlassen des Schuppens zu bewegen. »Na? Muss ja ganz schön langweilig mit dir gewesen sein, wenn sie hier an Ort und Stelle einschläft!«, ruft er mir grinsend hinterher.

Mein Mittelfinger juckt, aber aus Respekt vor Henrys Alter verlasse ich einfach nur wortlos den Laden.

Juli liegt immer noch genauso da, wie ich sie verlassen habe. Ich decke sie zu, schalte das Licht aus und setze mich in den Sessel. *Du bringst meine ganzen Pläne für heute Nacht durcheinander*, denke ich, wende den Blick von ihr ab und starre aus dem schmalen Oberlicht in die Dunkelheit hinaus.

# 5

## Juli

Ich wache auf und weiß nicht, wo ich bin.

Erschrocken fahre ich hoch und sehe mich um. Ich liege in einem großen Bett, stelle aber sofort erleichtert fest, dass ich komplett angezogen bin. Ich trage sogar noch meine Schuhe.

Das Bett steht inmitten eines ziemlich dunklen Raumes, dessen Wände bis auf die dunkelgrünen Metrofliesen über der kleinen Küchenzeile komplett aus unverputztem Backstein bestehen. Über der Küchenfront in circa zwei Metern Höhe sind Fenster eingelassen, die nur wenig Licht spenden.

Offenbar befinde ich mich in einem Keller.

An der Wand rechts von mir stehen Regale aus schwarzem Metall und honigfarbenem Holz. Darin stapeln sich haufenweise Werkzeug und Seile, Pappkartons, ein Plattenspieler und eine Holzkiste mit Schallplatten in uralten Hüllen. Davor steht ein großer Tisch mit zwei Stühlen, links neben dem Bett ein hellbrauner Ledersessel. Daran lehnt, wie ich entdecke, mein Rucksack, und darüber hängt mein Mantel.

Es ist still, und ich höre fast ohrenbetäubend laut mein Herz hämmern. Es schlägt mir bis zum Hals.

Ich klappe die graue Bettdecke beiseite, stehe auf und ziehe mir einen der beiden Pullover über. Den anderen befestige ich so leise wie möglich an den Schnallen meines Rucksacks. Vorsichtig klettere ich auf die kleine Arbeitsfläche neben dem Herd, werfe einen Blick aus dem Fenster und kann die Straße sehen. Draußen herrscht reger Verkehr, und ein Auto nach dem anderen rauscht vorbei. Ein viktorianisch anmutendes rostiges Metallgeländer sichert eine Treppe, die auf den Gehweg führt. Ich springe wieder hinunter, ziehe mir den Mantel über und entdecke zwei Türen. Die eine ist eine dunkelbraune Schiebetür, die wirkt, als wäre sie gerade aus einer Scheune ausgebaut worden, die andere führt mich höchstwahrscheinlich nach draußen. Ich schnappe mir den Rucksack und will gehen, doch ein Poltern auf der anderen Seite der Tür lässt mich innehalten.

Suchend sehe ich mich um. Mir ist schleierhaft, wie ich hierhergekommen bin und wer mich in diesen Keller gebracht hat, aber ich will weg.

Auf dem Herd entdecke ich eine gusseiserne Bratpfanne. Ich greife danach, doch sie ist so schwer, dass ich mir fast den Arm ausrenke. Mit ihr bewaffnet und mit angehaltener Luft öffne ich beinahe geräuschlos die Tür. Ein weißhaariger Mann hat mir den Rücken zugewandt und stapelt leere Bierkästen übereinander. Leise fluchend stemmt er die Hände in die Hüften und stöhnt. Auf Zehenspitzen nähere ich mich ihm und versuche, die schwere Pfanne schützend vor mich zu halten. Obwohl ich sie selbst kaum halten kann, würde ich damit zuschlagen. Wenn es sein muss.

Plötzlich und unvermittelt dreht er sich zu mir um und reißt Augen und Mund gleichzeitig auf. Ich erkenne ihn sofort wieder. Es ist der alte Wirt aus der Kneipe.

Abwehrend hält er die Hände hoch. »Holla, junge Lady! Was soll denn das werden, wenn es fertig ist?«

»Haben Sie mir K.-o.-Tropfen ins Bier gekippt, oder wie komme ich sonst hierher?« Meine Stimme ist zitterig und überschlägt sich beinahe.

»Wovon redest du? K.-o.-Tropfen?« Verständnislos schüttelt er erneut den Kopf. »Das habe ich nun wirklich nicht nötig. Ich brauche eher etwas, um mir die Frauen vom Leib zu halten.«

»Das beantwortet meine Frage immer noch nicht.«

Er wendet sich von mir ab und inspiziert einen Karton voller Weinflaschen. »Ruben hat dich hergebracht«, sagt er fast nebenbei. »Nachdem du eingeschlafen warst, hätte er dich auch in meinem Laden liegen lassen können. Aber dann hätte ich dich raustragen müssen, und das macht mein Rücken einfach nicht mehr mit.«

Verblüfft lasse ich die schwere Bratpfanne sinken. »Wohnt er hier?«

»Vorübergehend«, brummt er. »Und jetzt leg die Pfanne zurück und hilf mir lieber, die Bar aufzufüllen!«

Da ich ziemlich sicher bin, dass von dem alten Mann keine Gefahr ausgeht, tue ich wie mir geheißen und bringe die Bratpfanne und meinen Rucksack zurück in Rubens *Wohnung*. Oder was immer diese Behausung ist.

»Also, junge Dame, ich bin Henry. Und du bist …?«

»Juli«, sage ich und bekomme postwendend einen Weinkarton mit sechs Flaschen in die Arme gedrückt.

Nachdem ich ungefähr fünfmal vom Keller ins *Soul Kitchen* und wieder zurück gestiegen bin und mir sogar ein bisschen warm geworden ist, scheint Henry endlich mit dem Inhalt seiner Bar zufrieden zu sein und schiebt mir ein Glas Orangensaft zu. »Hier, Kleine, vielen Dank für deine Hilfe.« Er zwinkert mir zu, und ich kann mir nicht helfen, aber ich finde ihn irgendwie nett.

»Wie spät ist es eigentlich?«, frage ich ihn und stürze den Saft in einem Zug hinunter.

»Gleich elf.«

»Ehrlich?« Ich bin total verblüfft, dass ich offenbar den halben Tag verschlafen und mir immer noch keine Gedanken gemacht habe, wie es mit mir so ganz ohne Geld weitergehen soll. »Haben Sie eine Toilette?«

»Dort hinten ... zweite Tür links, und hör gefälligst auf, mich zu siezen! Sonst fühle ich mich wirklich alt. Reicht doch schon, dass ich alt *bin,* da muss ich mich nicht auch noch so fühlen.«

Ich nicke lächelnd und folge seiner Beschreibung. Meine Blase platzt fast. Von einem Bein auf das andere hin- und herhüpfend, knöpfe ich mir umständlich die Hose auf und betrachte währenddessen die unzähligen Sticker und Kritzeleien an den Wänden. Hier könnte ich stundenlang auf der Klobrille sitzen und hätte mir immer noch nicht alle dummen Sprüche und Telefonnummern von freizügigen Menschen mit großer Lust auf unverbindlichen Sex durchgelesen. Danach wasche ich mir die Hände und werfe einen Blick in den Spiegel. Er ist gesprungen, und ein großer Riss teilt ihn in zwei Teile. Frustriert betrachte ich mich und wünsche mir, ich hätte wenigstens meine Zahnbürste dabei. Aber fürs Erste muss es reichen, mir das Gesicht unter eiskaltem Wasser zu waschen. Warmes Wasser ist nämlich Fehlanzeige. Mit den Fingern kämme ich mir kurz durchs Haar, atme einmal tief ein und wieder aus und trete zurück in den dunklen Gang, der zum Schankraum führt.

»Sie ist weg«, höre ich Ruben sagen. »Einfach so. Weg.«

»Junge, Junge, du schaffst es wirklich, jedes Mädchen in Rekordzeit zu vergraulen.« Aus Henrys Stimme spricht der Schalk, und ich muss schmunzeln.

»Gar nichts habe ich.« Ruben klingt tatsächlich leicht ungehalten. »Ich war nur kurz beim Bäcker.«

Ich beschließe, ihn zu erlösen, bevor er noch weiter von Henry getriezt wird, und trete aus dem dunklen Flur heraus. »Ich hoffe doch, du warst bei dieser überaus charmanten Bäckerin.«

Überrascht sieht er mich an, und für einen kurzen Augenblick huscht ein Lächeln über sein Gesicht. »Natürlich.« Er nickt und hält eine Papiertüte hoch. »Ich genieße ihren ganz besonderen Charme fast täglich. Kann einfach nie genug davon bekommen. Frühstück?«

»Wer kann dazu schon Nein sagen?«, antworte ich dankbar, und erst in diesem Moment spüre ich das leere Gefühl im Magen.

»Ach, dieses Mädchen meinst du«, mischt sich Henry ein und schlägt sich die Hand vor die Stirn. »Sag das doch gleich!« Er wackelt mit den struppigen Augenbrauen. »Nimm dich bloß in Acht vor ihr! Ich konnte sie gerade noch davon abhalten, mir mit deiner fettigen Bratpfanne eins überzubrezeln.«

Ruben blickt erstaunt von mir zu Henry und wieder zu mir. Ich setze eine Unschuldsmiene auf und hebe entschuldigend die Schultern.

»Dann hast du's wohl nicht anders verdient, alter Mann«, fasst er nüchtern zusammen und schiebt mich zu dem Tisch, an dem wir schon letzte Nacht saßen.

»Werd bloß nicht frech!« Drohend hebt Henry die rechte Faust, kann sich ein Lachen aber nicht verkneifen und widmet sich kurz darauf stirnrunzelnd den Einnahmen der letzten Nacht.

»Also …« Ich beiße genüsslich in mein Croissant und könnte schwören, dass mir noch nie etwas besser geschmeckt hat. »Henry sagt, du wohnst vorübergehend hier unten.«

Ruben verschluckt sich an einem Krümel und kriegt einen Hustenanfall. »Vorübergehend?«, krächzt er und wischt sich eine Träne aus dem Augenwinkel. »Das ist ziemlich wohlwollend ausgedrückt, wenn ich bedenke, dass es mittlerweile mehr als vier Jahre sind.«

»Vier Jahre?« Ungläubig sehe ich ihn an. »Seitdem du achtzehn bist?«

»Eigentlich war nur geplant, dass es vorübergehend ist … ich helfe ihm ein bisschen in der Kneipe und kann dafür in seinem Keller pennen.«

»Aber?«

»Vier Jahre vergehen unheimlich schnell.« Ratlos zuckt er mit den Achseln. »Und außerdem finde ich es sehr gemütlich da unten.«

»Wenn du meinst … ich dachte im ersten Moment, ich wäre bei einem Perversling im Folterkeller gelandet.«

Rubens Augen verengen sich zu schmalen Schlitzen. »So wie ich das mitbekommen habe, wollte hier nur einer foltern. Und zwar du mithilfe meiner Bratpfanne.«

Ich muss lachen. »Ja, und die hat dringend eine gründliche Reinigung nötig. Die ist so fettig, dass sie mir fast aus den Fingern geflutscht wäre.«

»Auch noch Ansprüche an die Folterinstrumente anderer stellen …« Kopfschüttelnd zupft er sich ein Stückchen vom Croissant ab und schiebt es in den Mund.

Ich hingegen muss mich zusammenreißen, damit ich mir das süße Teil nicht wie bei einem Hot-Dog-Wettessen quer in den Mund stopfe. Dennoch inhaliere ich mein Croissant in Rekordzeit und spüle es mit dem Leitungswasser aus dem Kaufhausklo hinunter. Ruben beobachtet mich aufmerksam, und ich merke, dass ich rot anlaufe. Verschämt starre ich auf den rustikalen Holztisch und fege nervös ein paar Krümel auf den

Boden. »Na, jedenfalls … vielen Dank, dass du mich gerettet hast … mal wieder.«

»Pass auf, dass das nicht zur Gewohnheit wird!« Energisch schüttele ich den Kopf, doch er schenkt mir ein wärmendes Lächeln und erhebt sich vom Stuhl. »Jederzeit gern. Und wenn du mal wieder in der Nähe bist, weißt du ja, wo du mich findest.«

»Musst du schon gehen?«, frage ich verwirrt und leicht enttäuscht.

Er wirft einen Blick auf seine Armbanduhr. »Ja, leider. Aber wie soll ich sonst diesen hochherrschaftlichen Palast und meinen ausschweifenden Lebensstil finanzieren, wenn nicht durch harte Arbeit?« Er grinst, wird im nächsten Augenblick aber wieder ernst. »Und du kommst sicher klar?«, fragt er mich eindringlich.

Ich muss schlucken und starre ihn wahrscheinlich an wie ein verschrecktes Reh. »Ja … Ja, ich komme klar.« Um meine Worte zu unterstreichen (und vielleicht auch, um mich selbst davon zu überzeugen), nicke ich heftig.

»Gut.« Das Misstrauen steht ihm geradezu ins Gesicht geschrieben. »Dann … Juli … es war schön, dich kennengelernt zu haben.«

Ich muss mich räuspern. »Ja, fand ich auch.« Meine Stimme versagt und ist kaum mehr als ein Flüstern.

Sein Blick ruht noch einen Moment lang auf mir und geht mir durch und durch. Ich spüre, wie mir die Wärme aus sämtlichen Gliedmaßen entweicht und in den Kopf fährt. Kalter Schweiß breitet sich auf meinen Handflächen aus, und ich nage an der Unterlippe. Kurz bevor ich hyperventiliere, wendet er sich von mir ab und geht. Perplex starre ich ihm hinterher und bleibe zurück wie ein begossener Pudel.

Was war das denn gerade?

# 6

## Juli

»Na, nun schau mal nicht so bedröppelt drein, Kleine!«, versucht Henry mich aufzumuntern, nachdem Ruben die Kneipe verlassen hat. Ächzend setzt er sich neben mich und macht jetzt schon den Eindruck, als könne der Tag seiner Meinung nach gern schon wieder vorbei sein. »Ich bin ja auch noch da.«

Obwohl ich diesen alten Mann überhaupt nicht kenne, fühle ich mich bei ihm unglaublich wohl. Er hat diese vertrauenswürdige großväterliche Seite an sich, und am liebsten möchte ich mich an seine Schulter lehnen und ihm mein Herz ausschütten. Und das liegt nicht nur an seinen großen Ohren, aus denen die gleichen schneeweißen Haare herauswachsen wie auf dem Kopf, oder an den buschigen Augenbrauen und den tiefen Falten, die sich im Lauf des Lebens in sein Gesicht gegraben haben, sondern an der Wärme, die er ausstrahlt. Vielleicht täusche ich mich, und er ist einfach nur ein guter Menschenkenner, der aufgrund seiner Arbeit hinter der Theke ein versierter Hobbypsychologe ist und genau weiß, wie er mit unsicheren jungen Mädchen umzugehen hat, dennoch … ich mag ihn irgendwie.

»Wenn du Zeit und Lust hast, kannst du mir gern noch Gesellschaft leisten.«

»Natürlich habe ich Zeit.« Ich freue mich aufrichtig, dass er mich nicht sofort wieder auf die Straße setzt. »Und Lust auch«, füge ich schnell hinzu.

»Das ist schön.« Stöhnend erhebt er sich. »Dann lass uns mal für Stimmung sorgen!« Er verschwindet hinter der Bar und legt eine Kassette in eine uralte, staubige Musikanlage ein.

Ich höre, dass er einige Knöpfe drückt, dann holt er das Tape wieder heraus, dreht es um und spult es zurück. Kurz spielt er es ab, und nach ein paar leiernden Tönen spult er weiter zurück. So geht es eine ganze Weile, bis er anscheinend bei dem Song seiner Wahl angekommen ist.

Eine Gitarre erklingt wie aus der Ferne, scheint immer näher zu kommen und setzt plötzlich fulminant ein. Ich kenne das Lied und bin mir ziemlich sicher, dass es *Foxy Lady* heißt.

Mein Vater ist nämlich nicht nur Besitzer einer beachtlichen Plattensammlung, nein, er hat mir auch mehr als einmal mitteilen müssen, dass meine Zeugung zu *All Along The Watchtower* stattfand. Natürlich zur vierminütigen Coverversion von Jimi Hendrix und nicht zum Zweieinhalb-Minuten-Original von Bob Dylan. Das betonte er jedes Mal ausdrücklich, doch ich hätte wirklich liebend gern auf diese Informationen verzichtet.

Henrys trübe Augen leuchten jedenfalls bei den Klängen von Jimi Hendrix' Gitarre auf, und zu allem Überfluss singt er auch noch mit und lässt die steifen alten Hüften kreisen, als wäre er der lüsterne John Travolta in *Grease.* Dann tänzelt er auf mich zu, greift nach meinen Händen und zieht mich von der Bank hoch.

Augenblicklich nehme ich jeden Gedanken über seine steifen Hüften zurück, denn wenn sich hier einer grobmotorisch und wie eingerostet bewegt, dann bin ich das.

*»I won't do you no harm, no … You've got to be all mine, all mine … Ooh, foxy lady«*, singt er in gebrochenem Englisch, und ich muss lachen.

Er schwenkt mich hin und her, bis ich endlich etwas lockerer werde und mich die Absurdität dieses Moments nicht mehr blockiert. Ohne darüber nachzudenken, dass im Moment eigentlich alles, aber auch wirklich ausnahmslos alles scheiße ist, tanze ich mit diesem fremden alten Mann schon fast wie von Sinnen.

Wahrscheinlich war LSD in meinem Croissant. Anders kann ich mir diese Situation beim besten Willen nicht erklären.

Als ich gestern früh im deprimierenden Lehrte in den Zug stieg, um meinem deprimierenden Leben für eine Weile den Rücken zu kehren, hätte ich nie damit gerechnet, in diesem Schuppen zu landen. In einer alten Kreuzberger Kneipe tanzend mit einem ebenso alten und kauzigen Kerl, der mir fast schon obszöne Songtexte ins Ohr säuselt.

»Ich kann mich gar nicht mehr erinnern, wann so ein hübsches Mädchen wie du das letzte Mal mit mir getanzt hat!«, stößt Henry außer Atem hervor, während die letzten Klänge des Lieds verhallen. Doch statt sich hinzusetzen und zu verschnaufen, schnappt er sich den Besen und fängt an, den alten Holzboden zu kehren. »An die hässlichen erinnere ich mich nur zu gut und versuche sie zu vergessen, leider vergeblich. Meine Altersdemenz lässt wohl noch ein bisschen auf sich warten.«

Ohne weiter auf seinen Spruch einzugehen, nehme ich ihm den Besen aus der Hand und verteile den Dreck und Staub der letzten Nacht in den daumenbreiten Fugen. Henry lässt es kommentarlos geschehen und stellt einen Stuhl nach dem anderen hoch, damit ich auch unter den Tischen sauber machen kann. Ehe ich mich versehe, nehme ich ihm diese Handgriffe auch noch ab. Andernfalls käme es mir so vor, als sähe ich meinem eigenen Großvater beim Arbeiten zu. Und ich finde, Großväter sollten im Sessel sitzen und Zeitung lesen. Am besten mit karierten Pantoffeln an den Füßen und einer Pfeife im Mund.

Ich weiß, ich leide unter einem Helfersyndrom. Das war schon immer mein Problem. Sowieso hat mich meine Angewohnheit, ständig jedem und allen helfen zu wollen und immer für andere da zu sein, erst in diese Situation gebracht. Niemandem kann ich einen Gefallen abschlagen und vergesse mich am Ende selbst.

Auch wenn ich mich innerlich wie tot fühle.

Ich stehe trotzdem bereit und höre mir die Sorgen und Probleme aller anderen an. Bis mir auffällt, dass ich nicht nur bei mir selbst zu kurz komme, sondern auch bei meinen Freunden und der Familie in Vergessenheit gerate … dass ich einfach ausrangiert werde, sobald ich nicht mehr gebraucht werde.

Vorletzte Nacht, als mir das richtig bewusst wurde, bin ich völlig ausgeflippt. Ich habe geweint und geschrien, mir die Haare gerauft, auf dem Boden gelegen, gejammert und gelitten. Aber ich habe niemanden mit meinem Kram belästigt. Nicht Elias. Nicht Wanda. Und schon gar nicht meine Eltern. Wieder typisch für mich, meinen seelischen Ballast mit mir herumzuschleppen, ohne mich irgendjemandem anzuvertrauen und mir Erleichterung zu verschaffen. Ich habe das alles so satt. Ich muss etwas ändern. Auch mich.

Und genau deswegen bin ich jetzt hier gelandet.

Natürlich könnte ich auch an jedem anderen Ort sein, aber aus diesem Grund musste ich von zu Hause abhauen. Wäre ich geblieben, wäre ich geplatzt. Explodiert. Amok gelaufen. Wahrscheinlich alles gleichzeitig.

Daran, wie ich den Besen malträtiere, merke ich, dass ich immer wütender werde. Es fühlt sich so schrecklich eng in der

Brust an, wenn mir Elias und Wanda in den Sinn kommen. Wenn ich daran denke, wie wichtig mir beide sind (wichtig waren) und mich so hintergangen haben. Ich weiß, ich trage auch einen Teil der Schuld. Trotzdem … Ich bin wirklich sauer. Am allermeisten auf Wanda. Ich fühle mich von ihr verraten und bin unfassbar enttäuscht, dass ihr unsere Freundschaft anscheinend nichts wert war. Dass sie sie einfach in die Tonne getreten hatte … für einen Kerl. Für Elias. Wahrscheinlich war er alles, was ihr noch zu ihrem persönlichen Glück fehlte. Denn ansonsten hat sie eigentlich alles.

Sie ist schön, um nicht zu sagen wunderschön. Neben ihr zu stehen, war wie unsichtbar zu sein. Sie ist talentiert, spielt begnadet Klavier, während mir schon in der Grundschule abgeraten wurde, die Blockflöte weiterhin zu quälen. In *Ein Sommernachtstraum* spielte sie die Hermia, ich die Wand.

Es störte mich selten, in ihrem Schatten zu stehen, denn nie, wirklich keinen einzigen Tag lang wollte ich mit ihr tauschen. Umso mehr riss es mich von den Füßen, als ich begriff, dass ich etwas besaß, das sie haben wollte. Einen Freund. Meinen Freund. Und er hatte nichts Besseres zu tun, als meine Liebe mit Füßen zu treten und mich zu betrügen. Sofort spüre ich wieder diesen schrecklichen Stich im Herzen und fasse mir an die Brust. Monatelang haben die beiden mich hintergangen. Mich verarscht. Belogen und betrogen. Ich muss blind gewesen sein. War mir ihrer Freundschaft und Liebe so sicher, dass ich nie im Leben so etwas vermutet hätte.

Meine Güte, wie gutgläubig ich doch war!

Ich stand auf einer unheimlich langen Leitung und muss schon das Gespött für die gesamte Schule gewesen sein. Denn ich bin mir sicher, bevor ich Wanda und Elias vorgestern Abend mit eigenen Augen in seinem Bett sah, wussten es schon alle anderen.

Ich kneife die Lider zusammen und will das Bild der beiden aus meinem Kopf verbannen, doch es gelingt mir nicht. Ich höre sogar noch das Kichern und schwere Atmen, während ich lautlos und mit heftig pochendem Herzen die Tür zu Elias' Zimmer öffnete und da schon ahnte, was mich erwartete.

Wie in Trance stürme ich zu Henrys Anlage, um die Musik lauter zu drehen. Ich will vergessen. Deshalb bin ich hier.

»Dir gefällt wohl mein Musikgeschmack«, stellt Henry zufrieden fest. »Das ist selten für solch einen jungen Menschen.«

»Ich bin nicht wie alle anderen«, sage ich und klinge verbitterter als beabsichtigt.

»Das trifft sich gut … ich nämlich auch nicht.« Lächelnd zwinkert mir Henry zu.

Mir wird es etwas leichter ums Herz, aber das Stechen ist immer noch spürbar, und ich habe Angst, dass es nie wieder verschwindet. So fühlt es sich im Moment jedenfalls an.

»Hör mal, Julikind, wenn du magst, kannst du mir gern jeden Vormittag unter die Arme greifen. Mir ein paar Stunden beim Putzen helfen.«

Ich schaufele gerade den Dreck mit dem Handfeger und Kehrblech zusammen und blicke erstaunt auf.

»Also, nur wenn du … ach, nein, schon gut«, stottert er und winkt ab. »War ein blöder Vorschlag.«

»Nein, nein!« Hastig springe ich auf. »Ich helfe echt sehr gern.«

»Wirklich?« Er wirkt skeptisch und scheint nicht mit dieser Antwort gerechnet zu haben.

»Ja, wirklich.«

»Das freut mich. Früher hat mir Ruben geholfen, aber seit er einen *richtigen* Job hat, bekomme ich ihn morgens kaum noch aus den Federn. Wann könntest du denn bei mir anfangen? Ich bezahle gut … Fünfundsechzig Cent mehr als Mindestlohn … bar auf die Hand.«

»Sofort.« Zwanzig Euro am Tag sind nicht viel, aber damit kann ich überleben. Vorerst.

»Sofort?«, wiederholt er meine Antwort. »Wartet denn niemand auf dich?«

»Doch, doch. Ich wohne bei einer Freundin, bis ich was Richtiges gefunden habe. Sie wartet mit Sicherheit schon auf mich«, lüge ich und merke, dass ich rot werde. »Ein bisschen Arbeit kommt mir da wie gerufen. Dann kann ich sie bei der Miete unterstützen.«

»Einverstanden.« Henry reicht mir die Hand, um unser Geschäftsverhältnis zu besiegeln. Mit festem Druck hält er sie fest und mustert mich abwägend. »Wir sehen uns morgen früh. Pünktlich um zehn.«

# 7

# Juli

Ich starre auf die zwanzig Euro zwischen meinen Fingern, als hätte ich noch nie Geldscheine in den Händen gehalten.

Henry bestand darauf, mich schon heute für meine Hilfe zu bezahlen, und duldete keine Widerworte. Ich habe mich natürlich nur kurz und zugegeben eher halbherzig dagegen gesträubt, denn ich brauche dieses bisschen Geld mehr als meinen falschen Stolz.

Ich falte den Schein zusammen, verstaue ihn so tief wie möglich in der rechten Tasche meiner Jeans und blicke an der Altbaufassade hinauf. Auf dem einen Balkon über der Kneipe baumeln tibetische Gebetsfahnen in verblichenem Bunt. Auf dem anderen hängen fadenscheinige Unterhosen über einer Wäscheleine. Dann mache ich mich mit meinem Rucksack auf den Weg und erkunde die Gegend. Irgendwie muss ich die Zeit bis morgen früh totschlagen und – viel wichtiger – eine preiswerte Unterkunft finden.

Ich komme an einem kleinen Spielplatz vorbei und beobachte einen obdachlosen Mann, der gerade seine Isomatte zusammenrollt und in einem löcherigen Beutel verstaut. Mir schnürt es die Kehle zu, als mir bewusst wird, wie ich drauf und dran war, letzte Nacht genauso zu enden. Wäre Ruben nicht gewesen …

Ich kann mir nicht vorstellen, auch nur eine Nacht in der Kälte zu überleben, und schäme mich augenblicklich für meine Naivität. Wie konnte ich nur so planlos Hals über Kopf mein Zuhause verlassen, ohne jemandem mitzuteilen, was ich vorhatte?

Wie ein orientierungsloser Tourist stolpere ich durch die Gegend und versuche mir die Straßennamen, kleinen Läden, Imbisse und U-Bahn-Stationen einzuprägen. Wenn ich morgen früh den Weg zurück ins *Soul Kitchen* – meinem einzigen Zufluchtsort – finden will, sollte ich wieder an der urigen Weinhandlung, dem stark frequentierten Fahrradladen, der antiquarischen Buchhandlung und der kleinen Boutique mit den abgefahrenen Klamotten vorbeikommen. Wenn nicht, habe ich ein ziemliches Problem … zusätzlich zu meinen anderen Problemen.

Der Winter zeigt sich auch heute von seiner eiskalten Seite, und mir gefriert der Atem. Ich bewege mich mit raschen Schritten, als hätte ich ein Ziel, doch trotz meiner Eile kann ich nicht verhindern, dass meine Zehen schon bald schmerzen und sich anfühlen, als könnten sie jeden Moment absterben. Unvorstellbar, wie Menschen in dieser Jahreszeit draußen überleben können. Wie grausam das sein muss. Ich weiß nicht, ob mir das an anderen Tagen auch aufgefallen wäre oder ob mich meine jetzige Situation dafür sensibilisiert oder ob ich nur gerade in Selbstmitleid bade. Allerdings wird mir erschreckend klar, wie hart und ungerecht das Leben ist. Wie gleichgültig sich einer dem anderen gegenüber verhält. Gerade hier in dieser großen, anonymen Stadt.

Ich komme an Cafés vorbei, in denen geschlemmt und gelacht wird, während draußen Menschen mit mehreren Klamottenschichten, die ihnen steif und starr vor Dreck und in undefinierbaren Farben am Körper kleben, mit verfilzten Haaren und mit all ihrem Hab und Gut an den Schaufenstern vorbeischlurfen. Ich muss schlucken. Bis gestern habe ich daran kaum einen Gedanken verschwendet. Klar weiß ich, dass die Welt ungerecht ist. Dass sie ein Ort voller Rassismus, Diskriminierung, Armut und Gewalt ist. Aber ich will nicht leugnen, dass ich bis gestern eindeutig zu der Fraktion gehörte, die sich trotz dieses Bewusstseins mit einem Chai Latte gemütlich in die Kissen gekuschelt und ein Selfie mit Heißgetränk auf Instagram gepostet hätte.

Heute habe ich mir noch nicht einmal die Zähne geputzt.

So schnell kann es gehen.

Ich will schon fast aufgeben, über meinen Schatten springen und nach Hilfe fragen, als ich endlich entdecke, was ich die ganze Zeit suche.

Ein Hostel. Ein ziemlich schäbiges und heruntergekommenes Hostel. Also genau das Richtige für mich.

Erleichtert trete ich durch die Tür und nähere mich der Rezeption, vorbei an Leuten in meinem Alter, die wie an einer Schnur aufgereihte Perlen nebeneinanderhocken und auf ihre Smartphones und Notebooks starren. Ein junger, hübscher Typ begrüßt mich freundlich und fragt mich in holperigem Englisch, wie er mir helfen kann.

»Ich suche ein Zimmer für heute Nacht«, antworte ich ihm auf Deutsch.

»Okay, are you looking for a single bedroom?« Sofort klimpert er energisch auf der Computertastatur herum.

»No … äh … nein. Ich brauche nur ein Bett. So preiswert wie möglich. Cheap … you know?«, füge ich verlegen lächelnd hinzu.

»Ah … all right. There's one bed left in a female twelve-bedroom.«

Ich bekomme schon bei dem Gedanken Schweißausbrüche, mir mit elf fremden Frauen ein Zimmer teilen zu müssen, nicke dennoch zustimmend. »Wie viel kostet es?«, frage ich und weigere mich stoisch, mich der offenkundig englischen Amtssprache zu bedienen.

»Eighteen ninety … how long do you stay?«

Achtzehn Euro neunzig. Bleiben mir nur noch ein Euro und zehn Cent für Lebensmittel.

»Maybe eine Woche or two«, verfalle ich ins Denglisch. »Aber ich kann heute nur für eine Nacht bezahlen.«

»Okay, ich merke mir«, sagt er mit ziemlich starkem Akzent und hat wahrscheinlich aufgegeben, mit mir weiter auf Englisch zu kommunizieren.

Ich überlege, ob er vielleicht Spanier ist.

»Ich reserviere für dich morgen, aber möglicherweise du musst Zimmer wechseln.«

»Kein Problem. Damit kann ich leben.« Erleichtert lasse ich die angestaute Luft heraus.

Endlich habe ich eine Unterkunft, und die kann ich bezahlen. Nichts macht mich im Moment glücklicher.

Kurz darauf haben wir alle Formalitäten erledigt. Ich erkläre ihm, dass mir mein Ausweis geklaut worden ist, und beteuere, ihm meinen korrekten Namen und die richtige Anschrift genannt zu haben. Dann reiche ich ihm die zwanzig Euro über den Tresen und erhalte im Gegenzug eine Plastikkarte mit der Zimmernummer 43. Angespannt und leicht nervös schiebe ich mich durch die engen Gänge und suche mein Zimmer. Es ist erstaunlich ruhig im Haus, daher befürchte ich, dass es nachts umso lauter ist. Als ich vor der Tür mit der Nummer 43 ankomme, atme ich tief durch und halte die Karte gegen das

Schloss. Ein kleines grünes Licht erscheint, und ein leises Knacken signalisiert mir, dass die Tür offen ist. Vorsichtig drücke ich die Klinke hinunter und wage einen Blick ins Innere des Zimmers. Es ist leer. Und klein. Unfassbar klein, und ich kann kaum glauben, wie viele Betten in ein solch kleines Zimmer passen. Ich sehe mich kurz um. Sechs Doppelstockbetten, ein Mülleimer, ein winziges Waschbecken. Mehr ist hier nicht drin. Und mehr würde beim besten Willen auch nicht hineinpassen. Ich will mir gar nicht vorstellen, wie es ist, wenn sich wirklich zwölf Frauen gleichzeitig hier aufhalten. Auf meiner Karte steht, dass Bett Nummer sechs meines ist. Es steht zum Glück am Fenster. Zu meinem Pech ist es aber das obere Bett. Das ist insofern Pech, weil ich schon auf der zweiten Stufe einer Leiter Höhenangst bekomme.

Laut seufzend suche ich nach meinem Zahnputzzeug, und als ich es endlich gefunden habe, stelle ich mich vor den Spiegel über dem kleinen Waschbecken. Ich sehe weniger verwahrlost aus, als ich mich fühle, und bin mir nicht sicher, ob das ein gutes oder ein schlechtes Zeichen ist. Mit der Zahnbürste im Mund starre ich wütend auf mein Spiegelbild und warte darauf, dass mein innerer Zustand nach außen sichtbar ist. Aber nichts.

Ich war schon immer eine Meisterin im Verbergen meiner Gefühle. Eine wahnsinnig talentierte Schauspielerin, wenn es darum ging, allen vorzumachen, dass es mir prima geht. Selbst als Wand während der Schulaufführung war ich grandios.

Angewidert von mir selbst, weil ich mir immer alles gefallen lasse, spucke ich den Schaum aus. *Das muss ein Ende haben*, denke ich. Ab sofort zähle nur noch ich. Frustriert blicke ich mich um, lasse die Schultern hängen und schüttele den Kopf.

Wirklich ein beschissener Neustart.

Ich wuchte den schweren Rucksack auf mein Bett und klettere vorsichtig hinauf. Beim Anblick der widerlichen Gummimatratze muss ich fast heulen, aber ich bleibe tapfer und versuche, das Laken irgendwie auf der rutschigen Oberfläche zu befestigen. Irgendwann gebe ich entnervt auf, befreie mich endlich von meinen Klamotten und krieche unter die Bettdecke. Ich habe Hunger, aber ich kann und will meinen letzten Euro nicht gleich ausgeben und möchte diesen Tag einfach nur beenden … auch wenn es erst kurz nach fünfzehn Uhr ist.

Mitten in der Nacht wache ich auf. Mein Magen knurrt geräuschvoll, mein Mund ist trocken, und in meinem Schädel pochen wie wahnsinnig Kopfschmerzen und übertönen das Schnarchen meiner Mitbewohnerinnen. An Schlaf ist nicht mehr zu denken.

Zwischendurch war ich immer mal wieder aufgeschreckt. Wenn die Tür geöffnet, Licht ein- und ausgeschaltet und leise geredet wurde oder das Bett wackelte. Aber im Großen und Ganzen waren alle ziemlich rücksichtsvoll und leise, und es ist hier weniger schlimm als erwartet.

Unbeholfen und mit zitterigen Beinen klettere ich aus dem Bett, tappe zum Waschbecken und fülle meine Flasche unter dem Wasserhahn. Dann setze ich mich in meine Decke gekuschelt ans Fenster und beobachte das Nachtleben auf der immer noch stark befahrenen Straße. Ich habe nicht die geringste Ahnung, wie spät es ist. Dreiundzwanzig Uhr? Drei Uhr? Hier machen Tag und Nacht keinen Unterschied. Das Leben pulsiert dort draußen.

Für mich scheint es gerade stillzustehen.

Ich lege mich wieder hin und warte, dass ich endlich in den Schlaf zurückfinde, doch mein leerer Magen und die Kopfschmerzen gönnen mir keine Ruhe. Wäre es nicht so kalt, ginge ich jetzt raus an die frische Luft, aber keine zehn Pferde kriegen mich bei diesen Temperaturen vor die Tür. Also harre ich aus, bis eine wunderbar rote Sonne über Berlin aufgeht und den Himmel in den schönsten Pastellfarben rosa anstreicht. Ich weiß jetzt schon, dass mich klirrende Kälte erwartet.

Gerädert von der kaum erholsamen Nacht, schäle ich mich aus der Decke und will die leeren Waschräume nutzen. Ich dusche so lange und so heiß wie nur möglich und wasche währenddessen meine Unterwäsche und Socken mit der Hand.

Könnte mich meine Mutter jetzt sehen …

Eigentlich bin ich von zu Hause weg, damit ich mich endlich besser fühle, aber das Gegenteil ist der Fall. Ich habe mich noch nie so schlecht und tief unten gefühlt wie in diesem Augenblick.

In Lehrte bin ich jeden Morgen wenigstens noch joggen gewesen und konnte dabei immer abschalten und den Kopf freibekommen. Im Moment fühle ich mich aber so schlapp, dass ich mich gerade so eben aufrecht halten kann.

Ich muss mir dringend etwas zu essen besorgen.

# 8

# Ruben

*Fuck.*

Ich könnte schwören, dass ich mir heute Nacht den Wecker gestellt hatte.

Wie von der Tarantel gestochen springe ich aus dem Bett, hechte ins Bad und putze mir rasch die Zähne. Erst in diesem Moment sendet mein Körper ein schmerzhaftes Signal an mein Gehirn. Mit angehaltenem Atem betrachte ich das große Hämatom über den Rippen und befühle die geschwollene Stelle. Schnell ziehe ich mir ein T-Shirt über, verfluche mich, dass ich letzte Nacht nicht aufmerksamer war, und eile zur Tür hinaus, die Treppen hoch ins *Soul Kitchen.*

Wie üblich ertönt Jimi Hendrix laut aus der verstaubten Anlage. Unüblich hingegen ist, dass nicht Henry den Besen schwingt.

Sondern Juli.

Ich bleibe hinter der Tür stehen und genieße ihren Anblick. Ausgelassen, schon fast ein wenig lasziv tanzt sie um den Besen herum und singt mit. Schief, aber textsicher. Dann schwingt sie den Besenstiel von einer Hand in die andere und benutzt ihn als Mikrofon. Die Haare wirft sie wie wild hin und her.

Ich ertappe mich bei dem Gedanken, dass ich mich am liebsten anschleichen und von hinten an sie schmiegen würde, um mich mit ihr im Takt der Musik zu wiegen. Kopfschüttelnd schließe ich die Augen und versuche, meine abstrusen Gedanken in andere Bahnen zu lenken. Ich sollte mich unbedingt von ihr fernhalten und dringend mal wieder bei Sandy melden … wird höchste Zeit für unverfänglichen Sex.

»Morgen!«, bellt laut neben mir eine vertraute Stimme. »Wer nimmt die Lieferung entgegen?«

Juli dreht sich erschrocken um und registriert anscheinend sofort, dass sie nicht unbeobachtet war. Ihre hübschen Augen verengen sich zu schmalen Schlitzen.

»Morgen, Frank, bin schon da!«, ruft Henry, kommt aus dem Hinterzimmer und drängt sich an mir vorbei, ohne dabei Notiz von mir zu nehmen.

Ich laufe ihnen hinterher, zur Laderampe des Lkws. »Das mache ich«, mische ich mich ein. »Wie immer.«

»Wie immer?« Henry schnaubt, klingt aber dennoch amüsiert.

»Ja … wie immer!«

»Nun mach den Jungen mal nicht so fertig, bloß weil er die letzten zwei Wochen verpennt hat.« Mit breitem Grinsen wuchtet Frank die schweren Bierfässer auf die Sackkarre und lässt die Laderampe hinunterfahren. »Du weißt doch, wie die Jugend ist.«

Henry will schon die Fässer entgegennehmen, aber ich schiebe ihn beiseite. »Ich mach das! Verstanden? Dir fällt am Ende noch ein Fass auf die Finger, und ich darf dir für den Rest meines Lebens die Schuhe zubinden. Nein, danke.«

Abwehrend hebt Henry die Hände. »Du meinst wohl eher

den Rest *meines* Lebens … wenn du Glück hast, dürfte das nicht allzu lange mehr dauern.«

»Was hat Juli überhaupt hier verloren?«, frage ich und will ihn davon ablenken, mich weiter wegen meiner Unpünktlichkeit vollzunölen.

»Mir den Rest meines Lebens versüßen.« Er zwinkert vielsagend mit den Augen.

Mein Gesichtsausdruck daraufhin muss verstörend sein, denn aus dem Zwinkern wird ein Augenrollen. »Nicht so, wie du denkst, du Sau. Sie nimmt mir das vermaledeite Putzen ab. Du weißt, wie sehr ich das hasse.«

»Ja«, seufze ich. »Wer tut das nicht?«

Ich bringe die Bierfässer in den Laden, während Henry den Lieferschein unterzeichnet und noch eine Zigarette lang mit Frank quatscht. Von Juli fehlt jede Spur, und beinahe bin ich froh darüber. Dann stelle ich die nervige Musik leiser. Nach vier Jahren Jimi Hendrix in Dauerschleife hängt er mir wirklich zum Hals raus. Ich schließe eines der vollen Fässer unter dem Zapfhahn an und will gerade wieder gehen und noch eine Runde schlafen. Da kommt Juli aus den Toiletten, zerrt sich die gelben Gummihandschuhe von den Fingern und wischt sich mit dem Unterarm eine verirrte Haarsträhne aus dem verschwitzten Gesicht.

»Du bist jetzt also öfter hier«, stelle ich fest und klinge unhöflicher als beabsichtigt.

Sie starrt mich mit großen Augen an und nickt. »Wieso? Nehme ich dir den Job weg? Sag bloß, du bist auf Kloputzen genauso scharf wie ich.«

»Keine Sorge, ich stehe dir und deiner Leidenschaft nicht im Weg.«

Sie wendet sich von mir ab, holt sich hinter dem Tresen ein Glas aus dem Regal und füllt es mit Leitungswasser. Gierig trinkt sie es in einem Zug aus. Danach zieht sie sich mit einem schelmischen Ausdruck im Gesicht die Gummihandschuhe wieder über und sieht mich an, als wolle sie jeden Moment meine Prostata abtasten.

»Wenn du jetzt sagst: *Bück dich!,* spendiere ich dir nie wieder etwas von meiner Lieblingsbäckerin«, warne ich sie.

Juli schiebt enttäuscht die Unterlippe vor, zieht den Handschuh noch einmal in die Länge, lässt ihn herausfordernd knallen und mich links liegen.

Meine Blicke folgen ihr quer durch die gesamte Kneipe, bis sie an ihrem riesigen Rucksack hängen bleiben. Ich folge ihr ins Damenklo. Gerade schrubbt sie das Waschbecken, um den Dreck der letzten zehn Jahre – seit dem Tod von Henrys Frau – zu beseitigen.

»Du sagtest, du kommst klar«, fahre ich sie unwirsch an.

Überrascht schnappt sie nach Luft. Unsere Blicke treffen sich im Spiegel.

»Hast du heute Nacht hier geschlafen, oder was?«, hake ich nach.

»Wie kommst du darauf?« Juli dreht sich immer noch nicht um und redet mit meinem Spiegelbild.

»Dein Rucksack …«

»Was ist mit dem?«

»… ist immer noch hier.«

»Ja … und?«

Wir schmeißen uns die Worte hin und her wie Pingpongbälle, ohne die Augen voneinander abzuwenden.

»Also hast du hier geschlafen.«

»Nein.«

»Wo dann?«

»Bei … einer Freundin.«

»Und diese Freundin hat gesagt: *Du kannst gern hier pennen.*

*Aber morgen früh, wenn du in deiner neuen Lieblingskneipe die Klos putzt, nimmst du bitte deinen Rucksack mit.*«

»Und was geht dich das an?«

»Ich mag es einfach nicht, angelogen zu werden.«

»Wer mag das schon? Außerdem habe ich dich nicht angelogen. In dem Rucksack sind Klamotten für den Waschsalon.«

»Du sagtest, du kommst klar«, wiederhole ich und kann den Vorwurf in meiner Stimme nicht unterdrücken.

Sie dreht sich zu mir um und ist mir plötzlich ganz nah. Mit festem Blick sieht sie mich an. »Das tue ich.«

Ich glaube ihr kein Wort.

# 9

# Juli

Ruben lässt mich einfach stehen und geht.

Es war ein Fehler, den Rucksack wieder mit herzuschleppen, aber ein noch größerer Fehler wäre es gewesen, ihn im Hostel zu lassen.

Eine Weile verharre ich regungslos und starre auf den ekligen Lappen in meiner Hand. Das eben fühlte sich merkwürdig an. Ich fühle mich merkwürdig. Einerseits bin ich froh, dass er weg ist und mich nicht mehr aushorcht, andererseits habe ich ihn gern um mich und genieße seine Gesellschaft. Henry und er sind schließlich die einzigen Personen in dieser großen Stadt, die ich kenne.

Ich schüttele den Kopf über mich selbst. Wie kann ich behaupten, jemanden nach anderthalb Tagen zu kennen? Aber zumindest kenne ich die beiden mehr als jeden anderen hier. Und ich habe das Gefühl, Ruben kennt mich besser als Elias, besser als Wanda, besser als meine Familie.

Besser, als mir lieb ist.

Ich mache mich wieder an die Arbeit und bringe zu Ende,

was ich angefangen habe. Das Damenklo ist zum Glück bei Weitem nicht so widerlich wie die Männertoilette.

Ich war einmal in meinem Leben bei einem Konzert in Hannover auf dem Männerklo, weil mir die Schlange bei den Frauen zu lang war. Ohne zu übertreiben, stand ich bis zu den Knöcheln in Pisse. Das hier ist ähnlich, nur dass mittlerweile alles getrocknet ist. Ich könnte in Henrys Kneipe täglich zehn Stunden schrubben, und es gäbe immer noch genug zu tun, doch wir hatten zwei Stunden vereinbart.

Nachdem er mir noch eine Cola spendiert hat, die sich wie Fensterreinigungsmittel in meinem leeren Magen anfühlt, streife ich gegen halb eins wieder ziellos durch die Straßen. Ich tue so, als wäre ich eine Touristin, und bemühe mich, nur die schönen Seiten dieser Stadt zu sehen, aber es gelingt mir nicht. Alles ringsum wirkt kalt, grau und abweisend. Als ich es vor Hunger beinahe nicht mehr aushalte, betrete ich einen Supermarkt und kaufe mir zwei Brötchen – eins für sofort, das andere für heute Abend – und einen Apfel. Wie war das noch? *An apple a day keeps the doctor away*. Das macht mich um genau siebzig Cent ärmer, und ich überschlage im Kopf, wie viele Tage ich im *Soul Kitchen* putzen muss, bis ich mir ein Paar preiswerte Handschuhe leisten kann und trotzdem noch jeden Tag etwas zu essen habe.

Acht. Acht Tage. Neun, wenn ich vorhabe, meine Mutter anzurufen. Und ich sollte sie auf jeden Fall anrufen, ob ich nun will oder nicht.

Nach drei weiteren Tagen hat sich bei mir schon fast so etwas wie Routine eingestellt. Pünktlich um zehn Uhr stehe ich vor der Kneipe, Henry öffnet mir dann verschlafen und verknittert die Tür, spult die Jimi-Hendrix-Kassette an die Stelle, bei der *Foxy Lady* einsetzt, schenkt mir ein Glas Orangensaft ein, verschwindet für eine Weile und erscheint bald darauf frisch rasiert und nach Altherren-Aftershave duftend aus einem Hinterzimmer.

Ich vermute, dass die Kneipe sein Zuhause ist und irgendwo hinter einer der Türen sein Bett steht.

Dann machen wir uns beide an die Arbeit. Ruben hat sich seit unserem letzten Zusammentreffen nur ein einziges Mal blicken lassen, und das auch nur, um die Getränkelieferung entgegenzunehmen. Nach zwei Stunden bekomme ich das obligatorische Glas Cola plus zwanzig Euro, und danach erkunde ich wieder die Stadt.

Mittlerweile kenne ich mich in *meinem* Viertel schon ganz gut aus und wirke hoffentlich nicht mehr wie ein angeschlagenes Landei. Gestern musste ich tatsächlich das Zimmer räumen, weil eine Gruppenreservierung vorlag, und in ein anderes Zwölf-Bett-Gehege umziehen, aber es war keine großartige Veränderung. Außer dass alles spiegelverkehrt ist und ich nicht mehr oben schlafen muss, ist alles gleich. Keine der Frauen und Mädchen in meinem Zimmer reist allein, und niemand hat Lust, sich mit mir zu unterhalten. Die meisten bleiben nur für eine Nacht und sind tagsüber kaum anwesend.

Nach der Arbeit esse ich immer ein trockenes Brötchen und einen Apfel sowie ein zweites abends im Bett. So kann ich wenigstens schlafen, denn das habe ich in den wenigen Tagen gelernt … hungrig wälze ich mich nachts nur von einer Seite auf die andere und finde keine Ruhe.

Während ich durch die Straßen schlendere, zähle ich die Münzen in meinen kalten Händen und beschließe, dass die Handschuhe noch etwas warten müssen. Dann mache ich mich auf die Suche nach einem Telefon. Doch das stellt sich schwieriger dar als erwartet. Ich bin mir sicher, dass sich kaum ein Mensch vorstellen kann, wie schwer es heutzutage ist, eine öffentliche Telefonzelle zu finden. Eine funktionstüchtige öffentliche Telefonzelle.

Die erste, die ich entdecke und auf die ich zielstrebig zusteuere, entpuppt sich bei näherem Betrachten als Bücherzelle. Das ist insofern ein glücklicher Umstand, dass ich endlich ein wenig Abendlektüre habe, um mich von den fremden Geräuschen und den ewig fremden Frauen im Zimmer abzulenken. Zwei Krimis von Agatha Christie mit vergilbten Seiten wandern sofort in meine tiefe Manteltasche und geben mir das Gefühl, mir seit Langem endlich mal wieder etwas Gutes getan zu haben.

Die nächsten Telefonzellen sind allesamt zerstört. Die Hörer herausgerissen, die Scheiben geborsten, Blutflecken auf dem Boden, und es stinkt barbarisch nach Urin. Es ist wirklich merkwürdig. Ganz gleich, wohin ich mich wende, überall starren die Leute auf ihre Smartphones, doch ich bin nicht in der Lage, kurz mit meinen Eltern zu kommunizieren. Klar, ich könnte eine Passantin oder einen Passanten bitten, mir kurz das Handy zu leihen. Dazu müsste ich aber über meinen Schatten springen, und das habe ich im Moment nicht vor. Jedenfalls nicht, wenn es darum geht, mit meinen Eltern eine Diskussion zu führen. Und fest steht, dass sie dann definitiv mit mir diskutieren und versuchen würden, mich zur *Vernunft* zu bringen.

Ich hätte natürlich auch von Henrys Festnetztelefon aus anrufen können, aber dann erführe Henry, dass ich von zu Hause abgehauen bin, und meine Eltern könnten herausfinden, wo genau in Berlin ich mich aufhalte. Eigentlich sollen sie nicht einmal erfahren, in welcher Stadt ich gelandet bin. Da sich das bei einer öffentlichen Telefonzelle leider nicht vermeiden lässt, erweitere ich meinen kleinen Radius und suche außerhalb meines Dunstkreises nach einer Möglichkeit, meinen Eltern wenigstens kurz Bescheid zu geben, dass ich keinem Verbrechen zum Opfer gefallen und wohlauf bin.

So wohlauf man in meinem Zustand sein kann.

Ich bin mir ziemlich sicher, dass ich mich nicht mehr in Kreuzberg befinde, als ich endlich eine Telefonsäule entdecke. Im Moment ist mir zwar so kalt, dass mir jede vollgekotzte, stinkende Zelle lieber gewesen wäre, aber ich muss nehmen, was sich bietet.

Mit klammen Fingern tippe ich zuerst die Vorwahl ein, dann atme ich tief durch und gebe die restlichen Zahlen ein. Es klingelt einmal, zweimal … das Herz schlägt mir bis zum Hals … dreimal … ein Kloß bildet sich und gibt mir das Gefühl, dass ich kein Wort über die Lippen bringen könnte. Ich höre ein Knacken … und lege auf.

Mit gesenktem Kopf halte ich mir den Hörer an die Brust und ringe nach Luft. Ich habe Angst. Angst vor den Fragen, Angst vor Vorwürfen. Angst, dass mich meine Eltern zur Rückkehr überreden könnten.

Und das will ich nicht.

Sofort fühle ich mich entschlossener. Ich weiß, was ich will und was ich nicht will … eine gute Ausgangssituation für jedes Gespräch, bei dem man auf keinen Fall die Kontrolle verlieren will. Ich gehe noch einmal in Gedanken durch, was ich eigentlich sagen will, und gebe erneut die Telefonnummer ein. Nach nur einmal Klingeln geht jemand dran.

»Julika?« Die panische Stimme meiner Mutter erklingt am anderen Ende der Leitung. »Julika, bist du's?«

Ich hasse es, meinen vollständigen Namen zu hören. Ich hasse ihn schon immer.

»Ja«, antworte ich mit belegter Stimme und muss mich kurz räuspern. Es fühlt sich so an, als wäre sie während der letzten schweigsamen Stunden eingerostet.

»Wo bist du? Geht es dir gut?«

»Es geht mir gut, mach dir keine Sorgen.«

»Keine Sorgen? Ich soll mir keine Sorgen machen? Wie stellst du dir das vor? Du kannst doch nicht einfach so verschwinden … kurz vor dem Abitur. Was hast du dir dabei gedacht?«

Ich schließe für einen kurzen Moment die Augen und atme tief durch. Genau diese Worte habe ich von ihr erwartet. »Ehrlich gesagt habe ich mir nicht wirklich viel gedacht …«

»Das merke ich.« Aufgebracht schnaubt sie mir ins Ohr: »Egal, wo du bist, du kommst sofort nach Hause! Was ist nur in dich gefahren? Und was soll dieser Brief? Denkst du, wir sind dadurch beruhigt?«

*Der Brief.* Ja, der war zugegebenermaßen keine literarische Glanzleistung von mir, und ich kann mich noch genau daran erinnern, etliche Minuten über der Anrede gebrütet zu haben. *Liebe Mama, lieber Papa. Ihr Lieben. Hallo.* Alles strich ich durch, weil jedes Wort falsch klang.

*»Ich mache mal eine Zeit lang allein weiter«,* liest sie mit vorwurfsvollem Ton eine Passage daraus vor.

Bei ihr klingt es ganz anders, als ich es gemeint habe, und ich sehe sie ganz deutlich vor mir. Wie sie den Zettel zwischen den Fingern hält und die Brille wie eine Lupe benutzt, nur weil sie diese nie aufsetzen will.

*»Bitte, macht euch keine Sorgen um mich!«,* fährt sie unaufgefordert fort. *»Aber ich muss hier weg.* Und da glaubst du, wir machen uns keine Sorgen?« Die Stimme meiner Mutter schwillt immer mehr an. »Da malen wir uns sonst was aus.«

Still frage ich mich, was wohl? Dass ich mit dem verheirateten Gabelstaplerfahrer aus dem Baustofflager durchgebrannt bin, eine Bank ausgeraubt habe oder drogensüchtig bin? So gut sollte sie mich eigentlich kennen.

»Wieso wirfst du deine Zukunft weg?«

»Welche Zukunft?« Ich spüre, wie es in mir brodelt. »Die, die ihr für mich vorgesehen habt? Abi, BWL-Studium und dann in eurem Betrieb arbeiten? Vielleicht will ich das nicht … vielleicht will ich nicht jetzt schon wissen, wie ich die nächsten vierzig Jahre verbringen werde. Nein. Vergiss das *Vielleicht!* Ich weiß ganz genau, dass ich *das* nicht will.«

»Das Leben ist kein Wunschkonzert, Julika Hansen. Komm nach Hause, und wir reden ganz in Ruhe darüber«, versucht mich meine Mutter zu beschwichtigen.

Allerdings weiß ich ganz genau, dass das ihre Masche ist, um mich wieder auf Kurs zu bringen.

»Ich kann nicht. Jetzt noch nicht.« Entschlossen knalle ich den Hörer auf die Gabel.

Die Menschen eilen an mir vorbei, als wäre ich unsichtbar. Vielleicht bin ich das auch. Denn sonst würde sich irgendjemand dafür interessieren, wie es um mein Herz bestellt ist. Aber da ist niemand. Nur eine verständnislose Mutter, die meine Wünsche als sinnlose Träumereien abtut.

# 10

## Juli

»Kannst du eigentlich Bier zapfen?«, fragt mich Henry am nächsten Morgen völlig unvermittelt.

»Keine Ahnung. Hab's noch nie ausprobiert.«

»Heute Abend ist unsere monatliche Skatrunde, und da dachte ich mir, du könntest vielleicht eine Weile den Laden schmeißen. Also nur, wenn du nichts anderes vorhast.«

»Ich?«

»Na ja, ich bin auch noch da, aber so hätte ich wenigstens eine Chance, mal wieder zu gewinnen. Du musst nämlich wissen, dass meine Skatbrüder jeden Moment nutzen und in meiner Abwesenheit bescheißen, was das Zeug hält.«

»Aber ich habe nicht mal einen Gesundheitsausweis.«

»Ach …« Er winkt ab. »Unnützer Bürokratenwisch, alles reine Abzocke. Und du wirst natürlich dafür bezahlt. Was meinst du? Traust du dir das zu?«

Unentschlossen verziehe ich das Gesicht, nicke aber nach einem kurzen Moment zögernd. »Außer dass ich Gläser fallen lasse, mich beim Kassieren verrechne und falsche Bestellungen austeile, kann ja eigentlich nicht viel schiefgehen, oder?«

»Genau. Getränke ausschenken ist keine Gehirnchirurgie«, räumt Henry in ermutigendem Ton ein und hält es wohl für eine gute Idee, mich auf seine Gäste loszulassen. Ehe ich mich versehe, schiebt er mich an den Schultern hinter den Tresen und drückt mir ein leeres Glas in die Hand. »Helles, Export und Pils musst du zapfen. Hefe- und Kristallweizen lagere ich nur in Flaschen. Mit Cola, Fanta und Sprite kennst du dich ja selbst aus. Beim Schnaps orientierst du dich einfach am Eichstrich, und wenn jemand der Meinung ist, einen Cocktail bestellen zu müssen, darfst du ihn gern rausschmeißen. Alles klar?«

Ich nicke. »Alles klar.«

»Na dann. Versuch dein Glück! Jedes Bier, das ich nicht verkaufen kann, musst du selbst trinken.«

»Danke, dass du mich so gar nicht unter Druck setzt«, antworte ich grinsend und fülle das erste Glas komplett nur mit Schaum. »Mhm …« Grübelnd kratze ich mir das Kinn. »Bei dir sieht es immer viel einfacher aus.«

Henry kippt den Schaum einfach weg und reicht mir erneut das Glas. »Versuch's noch mal! Und jetzt halte das Glas schräger, achte darauf, dass der Hahn komplett geöffnet ist, und zapfe geduldiger!«

Ich halte mich genau an seine Anweisung und bediene hoch konzentriert den Zapfhahn. Dieses Mal klappt es schon viel besser, das Glas ist tatsächlich bis zur Hälfte mit Bier gefüllt, trotzdem kippt Henry es wieder weg.

»So, und jetzt das Ganze noch mal ohne diesen verkrampften Ausdruck im Gesicht. Und lass gefälligst die Zunge im Mund!«

Ich entspanne meine Gesichtsmuskulatur, kreise knackend den Hals, schüttele die Finger aus, setze ein Lächeln auf und versuche abermals mein Glück. Das dritte Bier ist perfekt. Geradezu stolz überreiche ich es Henry.

»Sehr schön. Du hast den Job. Ruh dich bis heute Abend noch ein bisschen aus, und sei dann nicht später als acht Uhr wieder hier!«

Die nächsten Stunden verbringe ich wie ein Häufchen Elend zusammengekauert in meinem Bett. Alle meine Mitbewohnerinnen sind entweder abgereist oder erkunden die touristischen Sehenswürdigkeiten Berlins. Ich habe das Zimmer für mich allein.

Schon wieder allein.

Eigentlich dachte ich bisher immer, dass ich mir selbst genug wäre, aber ich spüre, wie die Einsamkeit mich nach und nach auffrisst. Langsam und Stück für Stück gewinnt sie die Oberhand und raubt mir jegliche Lebenslust und Freude.

In den letzten Tagen war Henry mein einziger Gesprächspartner, und ich sehne mich mittlerweile so sehr nach Gesellschaft, dass ich am liebsten 24/7 im *Soul Kitchen* wäre. Aber das kann ich Henry erstens nicht zumuten, außerdem würde er zweitens ziemlich schnell begreifen, dass ich ihn belogen habe und mutterseelenallein in der Stadt herumirre.

Die Stille in diesem Zimmer nimmt extrem viel Raum ein und greift nach mir wie ein achtarmiger Krake, um mich in die Dunkelheit hinabzuziehen. Ich hole tief Luft, um das beklemmende Gefühl in der Brust zu verjagen. Dieses Gefühl, das einem Stich ins Herz gleicht. Dieses Gefühl, das mir den Atem raubt. Dieses Gefühl, das in den Eingeweiden brennt und mich ganz verrückt macht.

Denn obwohl ich so weit von zu Hause weg bin, von den Menschen, die mir vor wenigen Tagen die wichtigsten und liebsten waren und mir genau deshalb den größten Schmerz zufügen konnten, spüre ich immer noch eine große Belastung. In mir steckt noch zu viel Trauer und Wut, und mit meinem überstürzten Weglaufen habe ich mir jede Chance genommen, meinen Zorn und meine Enttäuschung rauszulassen. Ich brauche einen Menschen. Jemanden, bei dem ich einfach mal alles loswerde. Bei dem ich weinen und schreien könnte, bis sich alles auflöst, was mich blockiert. Bis ich nur noch eine leere Hülle bin, die völlig neu gefüllt werden kann. Ich habe Angst, mich auf keinen Neuanfang konzentrieren zu können, bevor ich nicht irgendein Ventil für meine Emotionen gefunden habe. Ich könnte natürlich auch schreiend am Kanal entlanglaufen und mir auf diese Weise Luft machen, aber dann wäre ich lediglich eine weitere kaputte Irre auf den Straßen Berlins, deren Sicherungen rausgesprungen sind. Und davon gibt es hier einfach schon mehr als genug. Ich befürchte, dass ich wohl oder übel platzen muss, wenn ich nicht bald eine Schulter zum Anlehnen und Ausheulen finde.

Kopfschüttelnd drehe ich mich auf den Rücken und stelle mir die dämlichen Gesichter meiner Zimmermitbewohnerinnen vor, wenn sie meine Eingeweide überall verteilt an den beige getünchten Wänden vorfänden. Das wäre doch mal ein interessanter Beitrag zum Thema: *Mein schönstes Ferienerlebnis*.

Dieses Bild ist derart absurd, dass es mich augenblicklich ablenkt, und ich spüre, wie der Krake mit seinen Saugnäpfen von mir ablässt und allein in meinem elenden Jammertal zurückbleibt. Geschieht ihm ganz recht.

Ich verschränke die Finger hinter dem Kopf und blicke hinaus in den Himmel. Kleine Flocken rieseln herab, doch nach einer Weile erkenne ich, dass es nicht schneit. Irgendjemand aus dem Zimmer über mir ascht mir mit seiner Zigarette einfach nur aufs Fensterbrett.

Weit vor acht Uhr fällt mir endgültig die Decke auf den Kopf, und ich verlasse das mir mittlerweile vertraute Hostel und mache mich im Dunkeln auf den Weg zur Kneipe. Ich freue mich wie wahnsinnig auf den Extralohn und kann es kaum erwarten, mir davon endlich ein Paar Handschuhe und etwas Nahrhaftes zum Essen zu kaufen. Schon seit Tagen sind meine Finger nicht mehr richtig warm geworden, Hunger und Kopfschmerzen meine ständigen Begleiter. Irgendwie hoffe ich natürlich auch, dass Ruben sich im Lauf des Abends blicken lässt. Bisher habe ich jede Sekunde seiner Anwesenheit genossen und muss zugeben, dass mich sein zunehmend abweisendes Verhalten ziemlich irritiert und in gewisser Weise auch enttäuscht. Denn ehrlich gesagt ... ich mag ihn. Und ich möchte, dass er mich auch mag. Vielleicht gelingt es mir doch noch, ihn davon zu überzeugen, dass ich weder unselbstständig noch hilflos und auf Almosen angewiesen bin. Auch wenn es mir momentan schwerfällt, mich selbst davon zu überzeugen.

Für gewöhnlich bin ich ein pünktlicher und zuverlässiger Mensch, heute jedoch lasse ich mir Zeit und nehme auf einer eiskalten Parkbank am Landwehrkanal Platz. Auf keinen Fall will ich auch nur eine Minute zu früh bei Henry eintrudeln und in irgendeiner Weise verzweifelt oder gar auf der Suche nach Gesellschaft wirken.

Ich hasse es, zu spät zu kommen, und genauso wenig kann ich es leiden, dass man mich warten lässt. Wanda hat mich meistens warten lassen, und jedes Mal hatte ich das Gefühl, vergessen worden zu sein. Nicht wichtig zu sein. Auch wenn es wahrscheinlich nie ihre Absicht war, mich damit zu quälen, war es dennoch meine Lebenszeit, die währenddessen flöten ging und sich zäh wie ein alter Kaugummi in die Länge zog. Trotzdem war ich nie lange sauer. Niemand konnte Wanda böse sein. Da konnte man schon eher einem Katzenbaby böse sein. Oder einem Hundewelpen. Oder jedem anderen flauschigen Tier mit glänzenden großen Augen. Aber dieses Mal … dieses Mal bin ich wirklich sauer. Unwiderruflich.

Ich erinnere mich an viele erste Momente, etwa an die ersten Worte meiner Grundschullehrerin, die unsere Beziehung während der folgenden Jahre nachhaltig prägen sollten. »Nicht so trödeln, Frollein!«, rügte sie mich am Tag der Einschulung und schob mich (für mein Gefühl viel zu rabiat) an den Schultern zu den anderen Kindern.

Seitdem war die Frau für mich erledigt, allerdings sorgte sie damit auch für einen Augenblick, der bis heute einen der vordersten Plätze meiner persönlichen Liste innehat. Nämlich der Moment, als ich Wanda kennenlernte. Ängstlich stand ich mit meiner schweren Schultüte neben ihr in der Reihe und hatte Panik, irgendetwas falsch zu machen, als Wanda plötzlich nach meiner Hand griff und mir beruhigend mit dem Daumen über den Handrücken strich. Von da an waren wir unzertrennlich.

Tief in meinem Innern ist sie zwar immer noch meine beste Freundin, aber ich weiß nicht, ob wir das wirklich wieder hinbekommen. Zurzeit bin ich nicht einmal sicher, ob ich je wieder einen Versuch starten will, unsere Freundschaft zu retten. Den entstandenen tiefen Riss zu kitten oder wie die Japaner die kaputte Stelle aufwendig mit Gold zu verzieren, damit danach alles noch schöner und wertvoller erscheint. Nein. Im Moment kommt das für mich in keiner Vorstellung von meiner Zukunft infrage. Auch wenn meine Zukunftsvorstellungen kaum vom Morgen bis zum Abend reichen, haben weder Wanda noch Elias Anspruch auf einen Platz in meinem Herzen. Nicht mehr. Vielleicht niemals wieder.

Tief vergrabe ich die Hände in den Ärmeln meines Mantels und presse mir die Arme schützend vor die Brust. Suche Schutz vor der Kälte und vor dem Schmerz. Beides gelingt mir kaum.

Völlig steif gefroren erhebe ich mich endlich von der mit Eiskristallen verzierten kalten Bank und gehe weiter. Ich verlasse den Uferweg und folge der Straße in Richtung Görlitzer Park. Mittlerweile finde ich mich in der Gegend ganz gut zurecht und lerne jeden Tag neue Ecken in Kreuzberg kennen. Ich sauge alles in mich auf. Alles Schöne und alles Hässliche. Alles Merkwürdige, Kreative und Verrückte. Einfach alles. An einer kleinen Mauer entdecke ich einen Schriftzug, und ich bleibe davor stehen.

*I FEEL LIKE I'M BREAKING* steht dort schwarz auf grau geschrieben.

Mit meinen kalten roten Fingern fahre ich jeden einzelnen Buchstaben Linie für Linie nach. Es ist eine schöne, filigrane Schrift, obwohl sie gesprüht wurde. *Ja*, denke ich. *Genauso fühlt es sich an.*

Als würde ich zerbrechen.

# 11

## Juli

Fünf nach acht (später hätte es mein Pflichtgefühl nicht zugelassen) erreiche ich die Kneipe. Ich öffne die alte Eingangstür und ersticke fast augenblicklich an dem Zigarettenqualm, der mir entgegenwabert.

Henry steht wie gewöhnlich hinter dem Tresen, poliert ein Bierglas und hebt, sobald er mich entdeckt, missbilligend die buschigen Augenbrauen. »Fängst du jetzt auch schon so an wie Ruben?«, fragt er mich vorwurfsvoll.

»Nein, tut mir leid. Ich war mit einer Freundin noch was essen und habe von da aus den Weg unterschätzt. Ich kenne mich hier doch noch nicht so gut aus«, lüge ich schlecht und versuche ihn zu beschwichtigen. Ohne weiter Zeit zu verlieren, hänge ich meinen Mantel auf und geselle mich voller Tatendrang zu ihm.

»Na schön, dir sei verziehen. Aber nur weil unser dritter Mann immer noch fehlt.«

Die Kneipe ist wie neulich Nacht sehr gut besucht. Überall unterhält man sich angeregt in einer Lautstärke, die keinen deutlicheren Kontrast bilden könnte zu der Stille, in der ich mich sonst befinde. Mein Blick schweift durch den stickigen Raum, und enttäuscht stelle ich fest, dass Ruben nicht da ist.

An einem Tisch mit zwei Frauen und zwei Männern versucht einer der Männer durch intensives Fingerschnippen und Gestikulieren unsere Aufmerksamkeit auf sich zu lenken. »Äh … ich glaube, der Herr dort hinten will noch etwas bestellen oder bezahlen. Soll ich das erledigen?«

»Auf gar keinen Fall«, sagt Henry und hält mich auf. »Gewöhn das meinen Gästen bloß nicht an!«, warnt er mich und schüttelt den Kopf. »Das wäre ja noch schöner …«

»Aber …«, stottere ich.

»Nichts aber! Früher oder später begreift er, dass er zu uns kommen muss, wenn er was will. Oder sehe ich aus wie ein Oberkellner?«

Mit großen Augen betrachte ich Henry. Seine kakifarbene Bundfaltenhose, das klein karierte helle Hemd, den blauen Strickpullunder mit Zopfmuster … und die Gesundheitslatschen. »Nein, wirklich nicht.«

»Ganz genau. Wer was will, bestellt am Tresen und bezahlt sofort. Und wem das nicht passt, der hat in meinem Laden nichts verloren. Verstanden?«

»Verstanden.«

Es dauert eine ganze Weile, aber irgendwann haben die Gäste am Vierertisch begriffen, dass sie nicht bedient werden, und verlassen kopfschüttelnd und empört das *Soul Kitchen*.

»Beehren Sie uns bald wieder!«, ruft Henry ihnen übertrieben freundlich hinterher. »Siehst du? Ich wusste gleich, dass sie nicht hierherpassen. Touristen!« Das letzte Wort speit er aus, als wäre es ein besonders schlimmes Schimpfwort.

Die nächste Viertelstunde schmeißen wir gemeinsam den Laden. Genauer gesagt gibt Henry mir Anweisungen, und ich befolge sie brav. Ich zapfe einige Biere (in sehr unterschiedlicher Qualität), kassiere ab, entferne leere Gläser von den Tischen und spüle sie sofort aus. Henry tut so, als würde er mich nicht beobachten, aber ich spüre seinen prüfenden Blick im Nacken.

Zufrieden legt er mir nach einer Weile seine Hand, die einer großen Pranke gleicht, auf die Schulter. »So, mein Julikind. Das klappt doch alles ganz ausgezeichnet. Ab jetzt übernimmst du. Und wenn du ein Problem hast … erzähl es mir morgen.« Lachend lässt er mich stehen, schlurft in seinen Schlappen zum Tisch gleich links neben der Eingangstür und setzt sich zu einem Kerl, der mich schon die ganze Zeit über irgendwie unangenehm anstarrt.

Okay. Ich atme tief durch und stemme die Hände in die Hüften. Ich werde das Kind schon schaukeln. Was soll daran so schwierig sein? Wie schon gesagt … ich operiere ja schließlich nicht am offenen Herzen oder so.

Es dauert nicht lang, und die erste Bestellung trifft ein. Eine Runde Damen, die schon die ganze Zeit laut lachend vor ihren Sektgläsern sitzen, ordern zur Steigerung des Alkoholpegels fünfmal Tequila. Neugierig inspiziere ich zum ersten Mal von oben bis unten das spiegelverkleidete überdimensionale Wandregal mit den unzähligen Schnapsflaschen. Darin befindet sich wahrscheinlich so ziemlich alles, wonach sich die Fettleber eines Alkoholikers sehnt. Brauner Rum, weißer Rum, goldener Rum, Whisky, Wodka, Korn, Cognac, Tequila, Liköre aller Art und, und, und … Ich öffne gerade eine Flasche Tequila mit einem besonders schönen Etikett und schnuppere daran, als ich einen kalten Windhauch im Rücken spüre. Ich blicke auf und erkenne durch den Spiegel, dass Ruben wie erstarrt in der Tür steht und mich regungslos mustert. Ich schenke ihm ein leichtes Lächeln, weil ich mich wirklich freue, dass er hier ist, aber es gefriert mir auf der Stelle, denn er hat nur ein knappes, völlig unterkühltes Kopfnicken für mich übrig und setzt sich, ohne ein Wort mit mir zu wechseln, zu Henry und dem anderen Kerl an den Tisch.

»Ruben, schön, dich zu sehen!«, freut sich Henry aufrichtig. »Uns fehlt ein dritter Mann … hast du Zeit?«

Ruben brummt etwas Unverständliches, aber Henry und der unangenehme Typ reden so lange auf ihn ein, bis er sich offenbar geschlagen gibt und sich mürrisch von seiner Jacke befreit.

Für einen kurzen Moment stockt mir der Atem.

Bisher hatte ich ihn noch nie ohne diese Collegejacke gesehen, aber jetzt – nur in diesem simplen schwarzen T-Shirt – erkenne ich, dass seine Arme komplett tätowiert sind. Das hatte ich nicht erwartet. Ich schlucke schwer.

Elias hatte auch ein Tattoo, und ich mochte es nie. Er hatte sich die Fratze von Heath Ledger als Joker auf die rechte Wade stechen lassen. Den Grund dafür habe ich bis heute nicht verstanden. Ich mag auch die *Gilmore Girls*, aber deswegen lasse ich mir doch nicht Rory, Jess oder Miss Patty auf die Brust tätowieren. Ich meine, das bleibt für immer auf der Haut. FÜR IMMER. Auch dann noch, wenn wir alt, grau und faltig sind. Und wir vielleicht nur noch *Das Traumschiff* sehen wollen. Mit dem Sohn von *BibisBeautyPalace* und Julienco als Kapitän.

Als ich checke, dass Ruben merkt, wie offensichtlich ich ihn gerade anstarre, überkommt mich ein leichter Anflug von Panik, und ich wische geschäftig über den blitzblank polierten Tresen. Vergeblich. Er kommt zu mir herüber und bleibt dicht vor mir stehen. Ich könnte auf der Stelle im Boden versinken.

»Hallo«, sagt er nur. Blickt nach rechts. Blickt nach links. Überallhin. Nur nicht zu mir.

»Hi«, antworte ich und bin wieder mal nur verwundert. Keine Ahnung, was zwischen uns geschehen ist. Ich weiß nur, dass er nicht mehr der freundliche Ruben ist, den ich vor knapp einer Woche kennengelernt habe. »Willst du was trinken?«, frage ich ihn und lächele verkrampft.

»Hat der Alte dich jetzt in Vollzeit eingestellt, oder was?«, übergeht er meine Frage. »Pass lieber auf! Ehe du es dich versiehst, endest du hier als sechzigjährige wasserstoffblonde Tresenschlampe.«

»Vielleicht gefällt es mir ja, und ich will genau das«, antworte ich pampig. Ich finde, dass er kein Recht hat, schlecht über blondierte alte Tresenschlampen zu reden. »Also ... was darf's sein?«

»Eine Cola ... bitte.«

Ich nicke und würdige ihn keines weiteren Blickes. »Ich bringe sie dir an den Tisch.«

»Ich ...«, setzt er an, entscheidet sich aber anscheinend doch gegen die Fortführung des Gesprächs, dreht sich weg und gesellt sich wieder zu den anderen an den Tisch.

Für einen kurzen Moment fürchte ich, jeden Augenblick loszuweinen, und beiße mir auf die Lippen. Gleich darauf würde ich ihm gern einfach nur den nassen Lappen hinterherschmeißen oder in den Nacken klatschen.

Auch wenn wir uns kaum kennen, komme ich schlecht damit klar, wie abweisend er sich plötzlich mir gegenüber verhält, denn wenn ich ehrlich bin, hatte ich ein klitzekleines bisschen die Hoffnung, Ruben und ich könnten Freunde werden. Denn ich brauche einen Freund. Nicht nur um mich bei ihm auszuheulen, sondern auch um wieder das Gefühl zu haben, am Leben teilzunehmen. Aber das kann ich mir wohl abschminken.

Im Bewusstsein, einsamer als je zuvor zu sein, kümmere ich mich um die Tequilas der Damenrunde, schneide Zitronen in Spalten und fülle die Cola für Ruben in ein großes Glas. Erst bediene ich die lustigen Frauen und befreie sie von den leeren Sektgläsern. Dann balanciere ich diese samt der Cola zum Skattisch. Ruben bedankt sich, ohne mich anzusehen. Dafür spüre ich aber den neugierigen Blick des anderen Typen. Ich schätze ihn auf Ende vierzig. Das dunkle Haar, das an den Schläfen leicht ergraut ist, hat er im Nacken zu einem Zopf zusammengeflochten. Er trägt einen gepflegten Vollbart, ist für mein Empfinden stilsicher gekleidet und ziemlich gut aussehend. Ich sehe ihm sofort an, dass er sich seiner Attraktivität durchaus bewusst ist. Ein Grund mehr, mich in seiner Gegenwart unbehaglich zu fühlen.

»Oh, là, là«, sagt er und grinst mich an. »Wer ist denn deine neue Perle, Henry? Willst du uns nicht einander vorstellen?«

»Eigentlich nicht«, brummt Henry ungehalten und sieht zwischen dem Kerl und mir hin und her. Anhand seines mürrischen Gesichtsausdrucks kann ich nur erahnen, dass ihm die Frage überhaupt nicht gefällt. Oder dass er einfach nur ein mieses Blatt hat. »Das ist Juli«, erklärt er, ohne von seinen Karten aufzublicken. »Sie hilft mir, wenn Ruben mich mal wieder im Stich lässt.«

»Ich habe dir gleich gesagt, der Junge taugt nichts und ist zu nichts zu gebrauchen.« Der Kerl zieht an seiner Zigarette und macht den Eindruck, als amüsiere er sich köstlich.

»Hey … ich bin zufällig anwesend«, beschwert sich Ruben, doch niemand schenkt seinem Protest Aufmerksamkeit.

Plötzlich und völlig unerwartet greift der Typ nach meiner Hand und haucht mir, noch bevor ich zu einer Reaktion fähig bin, einen zarten Kuss auf den Handrücken. Allzu gern würde ich ihm jetzt das Tablett auf den Schädel donnern, begnüge mich aber damit, mir vorzustellen, welches Geräusch wohl entstünde, wenn sein Kopf auf Hartplastik träfe.

»Juli also«, sagt er und senkt die Stimme. »Schön, dich kennenzulernen. Mein Name ist Rocco, aber hier im Kiez heiße ich nur *der Wolf.*« Er gibt sich übertrieben geheimnisvoll.

Aus den Augenwinkeln beobachte ich, dass Ruben auf seinem Stuhl unruhig hin und her rutscht.

»Aha«, antworte ich betont gelangweilt und entziehe ihm schnell meine Hand. »Und weshalb?«

»Weil er Rocco Wolf heißt«, beantwortet Ruben meine Frage und zerstört damit Roccos mysteriöse Aura komplett.

Rocco Wolf ignoriert, dass wir ihn offenbar nicht ernst nehmen, und wendet sich wieder an mich. »Du könntest deine vorhandenen Fähigkeiten bei mir viel besser einbringen.« Er mustert mich von oben bis unten.

»Und die wären, Herr Wolf?« Ich komme mir vor wie bei einem Gutachter.

»Das können wir gern gemeinsam herausfinden. Aber ich sehe jetzt schon dein Potenzial. Ich habe einen Blick dafür.«

»Verstehe. Röntgenblick sozusagen.«

Er grinst wieder – irgendwie schmierig – und scannt mich erneut ungeniert ab. »Korrekt.«

Keine Ahnung, was er sieht, aber in meinen dicken Wollleggings, dem weiten Kapuzenpullover und den Thermosocken fühle ich mich ausreichend vor seinen anzüglichen Blicken geschützt.

»Jetzt konzentriere dich mal wieder aufs Spiel!«, mischt sich Henry ungehalten ein. »Und wehe, du setzt deinen Röntgenblick bei mir oder bei den Karten ein!«

Rocco Wolf seufzt. »Schon gut, schon gut.« Doch als ich gehen will, hält er mich ein weiteres Mal am Handgelenk zurück, sodass ich das Tablett ganz schön hin und her balancieren muss, damit mir die Sektgläser nicht umfallen.

Ruben macht den Eindruck, als wolle er sich jeden Moment auf ihn stürzen.

»Bleib doch noch!«, fordert Rocco mich auf. »Als mein Glücksbringer.«

Ich winde mich aus seinem Griff und werfe einen Blick in seine Karten. »Das ist ja ein Ding.« Anerkennend pfeife ich durch die Zähne. »Alle vier Buben auf der Hand. Ich habe zwar keine Ahnung von Skat, aber das ist bestimmt ein Superblatt.« Unschuldig sehe ich ihm in die Augen. »Sind Sie sicher, dass Sie einen Glücksbringer brauchen?«

Henry lacht laut, und auch Ruben wirkt nicht mehr so angespannt, während Rocco Wolf seine Karten fluchend auf den Tisch feuert.

Ich nutze den Moment und verschwinde schnell wieder hinter dem schützenden Tresen.

# 12

# Ruben

Ich hasse mein Verhalten Juli gegenüber. Ich hasse es wirklich. Aber sie lässt mir einfach keine andere Wahl. Wie soll ich einem Menschen auf freundliche Weise beibringen, dass er verschwinden soll? Ich weiß es nicht.

Und jetzt hat dieserReckswolf auch noch ein Auge auf sie geworfen. Wenn sie dem in die Fänge gerät, wird alles nur noch komplizierter, das ist das Letzte, was ich gebrauchen kann. In meinem Leben ist kein Platz dafür. In meinem Leben ist kein Platz für irgendwen. Ganz gleich, wie sehr ich ihre Nähe auch genieße.

Humpelnd komme ich endlich in meiner Straße an und verfluche diese Nacht. Seit ich die Kneipe vor mehr als drei Stunden verlassen habe, stehe ich total neben mir. Und das ist ganz und gar nicht gesund. Wenn ich weiterhin so unkonzentriert bin und meinen Fokus nicht bald wieder in die richtige Position lenke, kann es für mich sehr schnell sehr gefährlich werden. Mit stechenden Schmerzen im Knie bewältige ich die Treppe hinunter zu meiner Wohnung ausnahmsweise wie ein normaler

Mensch und springe nicht, wie gewöhnlich, über das rostige Geländer. Ich will gerade die Tür aufschließen, als ich höre, wie sich Henry von Juli verabschiedet. Ich drücke mich in die dunkelste Ecke und werfe einen Blick auf die Uhr. Es ist kurz nach zwei.

»Gute Nacht, Julikind. Und schlafe schön«, höre ich den alten Mann sagen.

»Danke, du auch.« Ihre Stimme klingt müde und erschöpft.

»Hast du es denn noch weit?«, hakt er nach.

»Nein, nur ein paar Stationen bis zur Warschauer Straße.«

»Soll ich dich nicht lieber noch ein Stückchen begleiten? Wenigstens bis zum U-Bahnhof?«

Was denkt er sich? Dass er sie in irgendeiner Weise beschützen kann?

»Nicht nötig«, antwortet sie. »Ich komme schon klar.«

»Na schön. Aber gib auf dich acht!«

»Mach ich. Bis morgen, Henry.«

»Du meintest wohl eher *Bis gleich*.« Ich höre, wie er leise lacht.

Ihr hingegen entfährt ein tiefer Seufzer. »Stimmt. Also dann … bis gleich.«

Henry schließt die Tür ab, und ich drücke mich mit angehaltener Luft noch dichter an die Wand, damit sie mich nicht entdeckt, wenn sie an meiner Tür vorbeigeht. Aber sie kommt nicht. Nach einer Weile wage ich einen Blick auf die Straße und erkenne, dass sie schon die nächste Straße überquert hat. Doch sie schlägt die falsche Richtung ein. Auf diesem Weg erreicht sie niemals die U-Bahn-Station. Dabei meinte sie doch gerade, sie komme schon klar. Ich atme tief durch und verfluche erneut diese Nacht. Dann folge ich ihr, immer darauf bedacht, ausreichend Abstand zu ihr zu halten.

Die Arme eng um den Körper geschlungen, eilt sie schnellen

Schritts zielstrebig die dunkle Straße entlang. Gelegentlich sieht sie sich um, macht aber keineswegs den Eindruck, als sei sie orientierungslos, sondern eher so, als fühle sie sich verfolgt und sei auf der Flucht. Und damit hat sie nicht so ganz unrecht. Aber von mir hat sie wirklich nichts zu befürchten.

Vielmehr sollte sie sich vor dem Typen hüten, der in einem schwarzen S-Klasse-Mercedes sitzt und dessen Zigarette im Dunkeln seiner Luxuslimousine orange glühend aufglimmt. Der würde ihr, ohne mit der Wimper zu zucken, jede Art von Drogen andrehen, von deren Existenz sie mit ziemlicher Sicherheit bislang noch nichts wusste. Ich möchte wirklich nicht wissen, wie viele Opfer dieser Penner auf dem Gewissen hat, weil sie sich mit seinem Dreckszeug das Hirn weggepustet haben. Als Juli an seinem Wagen vorbeikommt, halte ich für einen kurzen Augenblick die Luft an, aber er nimmt zum Glück keine Notiz von ihr.

Trotzdem frage ich mich allmählich, wo sie wohl hinwill, denn eins ist mir klar: So, wie sie sich vorwärtsbewegt, weiß sie ganz genau, wohin sie will. Und das anscheinend möglichst schnell. Juli hat ein Tempo drauf, dass ich mir Mühe geben muss, den Schmerz im linken Knie auszublenden, um sie nicht aus den Augen zu verlieren. Etwa hundert Meter vor mir wechselt sie die Straßenseite und biegt kurz darauf ab. Ich beiße die Zähne zusammen und renne das kurze Stück, doch als ich um die Ecke biege, bremse ich ab und drücke mich in den nächstbesten Hauseingang. Sie kramt nach irgendetwas in ihrer Manteltasche, und als sie es anscheinend gefunden hat, hält sie eine kleine Karte in Kreditkartenform vor ein Lesegerät und lässt es scannen. Ein Summen ertönt, und sie verschwindet hinter den Türen einer wirklich miesen Absteige. Mit hängenden Schultern hinke ich auf den gegenüberliegenden Gehweg und betrachte die Fassade.

Ich kenne dieses furchtbare Hostel. Vor fast genau fünf Jahren, als ich nicht mehr ein noch aus wusste, kam ich hier unter. Es war eine wirklich beschissene Zeit, an die ich mich nur ungern erinnere.

Im dritten Stock geht in einem der schäbigen Zimmer für den Bruchteil einer Sekunde das Licht an und sofort wieder aus. Ich weiche aus dem Schein der Straßenlaterne in den Hintergrund und frage mich, ob es wohl ihr Zimmer ist. Plötzlich erscheint am Fenster Julis blasses Antlitz. Mit ausdrucksloser Miene blickt sie hinaus, ohne etwas wahrzunehmen. Dann reibt sie sich über das Gesicht und wendet sich ab.

Ich wusste doch, dass sie nicht klarkommt.

# 13

## Juli

Die Nacht war viel zu kurz und nicht im Geringsten erholsam.

Eine der Frauen im Zimmer hat im Schlaf unentwegt gewimmert, eine andere als Reaktion darauf pausenlos genervt gestöhnt. Dieses Zusammenspiel war so unerträglich, dass ich mir die Bettdecke zwar über den Kopf zog, trotzdem konnte ich von erholsamem Schlaf nur träumen. Ich weiß echt nicht, wie es Henry schafft, jeden Tag bis tief in die Nacht in seinem Laden zu stehen und morgens wieder topfit zu sein. Aber wahrscheinlich ist das alles eine Frage der Gewohnheit. Ob ich mich je daran gewöhnen kann (oder überhaupt will), ist indes eine ganz andere Sache.

Ich weiß, es ist wenig ratsam, mitten im Winter mit nassem Haar auf die Straße zu treten (mein Vater behauptet, davon bekommt man Haarausfall und endet früher oder später mit einer Glatze), aber heute bleibt mir nichts anderes übrig. Auch wenn ich keine Sekunde länger als nötig den Geruch nach kaltem Zigarettenrauch im Haar und in den miefenden Klamotten ertragen wollte, war ich letzte Nacht zu erschöpft und musste das Duschen auf den Morgen verschieben.

Mittlerweile sind meine Finger schon ganz wund, weil ich meine Kleidung fast täglich mit der Hand wasche, und ich sehne mich tatsächlich ein ganz klein wenig nach den Annehmlichkeiten meines ehemaligen Lebens zurück. Aber nein, lieber schrubbe ich mir die Finger blutig, als zurückzukriechen. So weit unten bin ich doch noch nicht.

Mit knurrendem Magen komme ich an der Cafeteria im Erdgeschoss vorbei. Es duftet nach Kaffee und verbranntem Toast, und im Moment kann ich mir keinen appetitlicheren Geruch vorstellen. Obwohl ich mir durch den zusätzlichen Lohn und das stattliche Trinkgeld heute zum ersten Mal wirklich ein Frühstück leisten könnte, fehlt mir leider die Zeit dazu. Aber ich freue mich schon, mir später endlich wieder etwas Köstliches zu gönnen und mir warme Handschuhe zu kaufen. Und eine neue Tube Zahnpasta.

An der Rezeption sitzt jeden Tag ein anderer Mitarbeiter, und ich frage mich so langsam, ob die Geschäftsführung irgendwo im Keller einen 450-Euro-Jobber-Pool auf Lager hat. Vielleicht ist ja noch eine Stelle frei … für mich. Mit einem kurzen Kopfnicken gehe ich an der Rothaarigen mit dem gelangweilten Blick vorbei und trete hinaus auf die Straße. Es ist stark bewölkt und fühlt sich nicht mehr ganz so kalt an wie in den letzten Tagen, aber ich spüre sofort, dass mir die fehlende Sonne aufs Gemüt schlägt.

Ich war schon immer ein guter Kandidat für eine ausgeprägte Winterdepression.

Ich gehe keine drei Meter die Straße entlang, als mich jemand am Arm packt. Erschrocken fahre ich herum, will schon um mich schlagen, doch als ich erkenne, wer es ist, halte ich inne. Ruben.

»Hol deine Sachen! Wir verschwinden von hier«, befiehlt er in einem Ton, der keine Widerrede duldet.

Verwirrt mustere ich ihn. »Was … wieso?«, stottere ich. Ihn hier zu sehen, verblüfft mich. Dass er glaubt, mir Anweisungen geben zu können, ärgert mich. »Ich denke gar nicht daran. Wohin soll ich denn deiner Meinung nach?«

»Erst einmal zu mir.«

»Und was soll an deinem Kellerloch besser sein?«

»Das kann doch unmöglich dein Ernst sein.«

»Und ob. Außerdem habe ich keine Zeit für schwachsinnige Aktionen. Henry wartet auf mich.«

»Lass ihn warten! Mit so viel Pünktlichkeit kann er gar nicht umgehen. Wenn du ihn weiterhin jeden Morgen Punkt zehn aufweckst, bekommt er noch einen Herzinfarkt. Also …?«

»Was … *also?*« Bockig verschränke ich die Arme und denke nicht daran, auch nur ein winziges bisschen nachzugeben.

»Jetzt sei nicht so stur! Du sollst doch nur so lange bei mir wohnen, bis wir für dich etwas Geeignetes gefunden haben.«

»Ich habe doch schon was Geeignetes«, widerspreche ich vehement und deute mit ausladender Handbewegung auf das heruntergekommene Hostel.

Verständnislos schüttelt Ruben den Kopf und wirkt fast wütend. »Hol. Deine. Sachen … Jetzt!«, befiehlt er mir.

Unnachgiebig bewege ich mich keinen Millimeter.

Er seufzt und rauft sich die Haare. »Meinst du, deine Eltern wollen, dass du in einer miesen Absteige wie dieser haust?«

Beim Gedanken an meine Familie muss ich schlucken, gebe mich aber längst noch nicht geschlagen. Unverschämtheit, dass er die Elternkarte ausspielt. »Ich glaube, meine Eltern sehen mich lieber in diesem Hostel als im Keller eines tätowierten Schönlings.«

Ein Lächeln stiehlt sich auf seine Miene. »Soso, du findest mich also schön?!«

»Dreh mir die Worte nicht im Mund um!«, fauche ich und werde langsam richtig sauer.

»Juli.« Er kommt einen Schritt auf mich zu und klingt plötzlich versöhnlich. »Mit wie vielen Menschen, von denen du überhaupt nichts weißt, schläfst du dort in einem Zimmer? Sechs? Acht?«

»Elf«, nuschle ich leise und starre auf meine Schuhe.

Er mustert mich weiter mit ernster Miene. »Also … ich verspreche dir hoch und heilig, ich rühre dich nicht an. Ich lasse dir deinen Freiraum, und du bist sicher bei mir. Und jetzt tu mir bitte den Gefallen und pack deine verdammten Sachen!«

»… sagte der Mädchenmörder.« Ich lächele ihn an, doch er verdreht nur genervt die Augen. »Schon gut, schon gut, aber du wirst sehen, was du davon hast. Zufälligerweise bin ich nämlich eine superchaotische Mitbewohnerin … schon fast ein Messie. Also behaupte später nicht, ich hätte dich nicht gewarnt.«

Keine drei Minuten darauf stehe ich vor meinen Habseligkeiten, quetsche alles in den Rucksack und blende währenddessen das lebhafte Geschnatter meiner Mitbewohnerinnen aus. Ich wusste gar nicht, dass es in diesem Zimmer so hoch hergehen kann. Anscheinend gab es in den letzten Tagen keinerlei Schnittpunkte zwischen ihnen und mir. Entweder schliefen sie alle, waren unterwegs oder schon längst wieder abgereist. Ich verlasse das Zimmer, das nach einer unangenehmen Mischung aus Deo und Schweiß riecht, und checke ohne sentimentale Abschiedsgefühle aus. Ich kann mir sowieso gut vorstellen, schon bald wieder hier zu landen. Nämlich dann, wenn Ruben feststellt, dass er doch keine Mitbewohnerin erträgt. Oder ich ihn nicht ertrage.

Mit zufriedener Miene nimmt er mir den schweren Rucksack

ab und schultert ihn. Eine Weile gehen wir schweigend nebeneinander her, doch als ich ihn so von der Seite betrachte, fällt es mir plötzlich wie Schuppen von den Augen. »Sag mal, du Gentleman … du hast doch nicht rein zufällig vor dem Hostel gestanden und bist mir über den Weg gelaufen, oder?! Hast du mich etwa verfolgt?«

»Ja, habe ich«, antwortet er ohne Zögern und macht nicht den Eindruck, sich schuldig zu fühlen. »Und es tut mir auch nicht leid, falls du eine Entschuldigung erwartest.«

Ich will etwas erwidern, aber leider fällt mir absolut nichts ein. Also seufze ich nur kopfschüttelnd und wechsele lieber das Thema. »Wie kommt es eigentlich, dass ihr mit so einem unangenehmen Typen wie Rocco Wolf abhängt? In meiner Vorstellung existiert kein einziges Universum, in dem er und Henry Gemeinsamkeiten haben könnten.«

Ruben mustert mich mit merkwürdigem Gesichtsausdruck. Ein bisschen so, als würden bei ihm gerade sämtliche Alarmglocken schrillen.

»Sie haben mehr gemeinsam, als du glaubst«, antwortet er gleichgültig, und ich frage mich, ob mich mein Eindruck gerade wirklich so täuscht und ich möglicherweise seine Emotionen nicht entschlüsseln kann.

»Wirklich? Was soll das sein?«

»Na ja, zum einen sind sie ziemliche Kiezgrößen und genießen einigen Respekt. Und zum anderen sind sie schon seit vielen Jahren Nachbarn. Rocco Wolf gehört die *Bar* gleich neben Henrys Kneipe.« Er setzt das Wörtchen *Bar* in Anführungszeichen. »Und sie unterstützen sich gegenseitig … und lieben beide Skat.«

»Welche Bar?«, frage ich. »Die ist mir noch gar nicht aufgefallen.«

»Ist auch besser so … das liegt wahrscheinlich daran, dass du immer schon tief und fest schläfst, wenn sie öffnet. Und ich rate dir, dich von Rocco und seinem Etablissement fernzuhalten. Dort hat jemand wie du absolut nichts zu suchen. Die Nähe zu Rocco ist nicht ungefährlich.«

»Und weshalb spielst du dann mit ihm Karten?«, will ich wissen.

Ruben zuckt nur mit den Achseln. »Eigentlich ist er nicht so verkehrt und ein ziemlich korrekter Typ. Ich mag nur seine Geschäftspraktiken nicht.«

»Daraus soll ich nun schlau werden«, nuschele ich vor mich hin. Mir ist wirklich schleierhaft, was ich von diesem Kerl halten soll. Wo ich ihn einordnen soll. »Für mich klingt es so, als wäre er ein ganz mieser Bordellbesitzer und übler Zuhälter, mit dem man aber supernett übers Wetter quatschen kann.« Ich schnaube verächtlich.

»Damit hast du den Nagel auf den Kopf getroffen.« Ruben packt mich am Ärmel und schleift mich hinter sich her über die Straße, damit wir nicht von dem rasenden DriveNow-Mini-Cooper überfahren werden. »Aber ich empfehle dir, dich überhaupt nicht mit ihm zu unterhalten.« Er bleibt stehen und betrachtet mich eindringlich. »Seit gestern hat er dich bestimmt sowieso schon auf dem Kieker.«

Ich muss schlucken und beschließe, das Gespräch besser in eine andere Richtung zu lenken. »Weshalb bist du gestern Abend eigentlich so schnell abgehauen?«

Wir bleiben an einer roten Fußgängerampel stehen, und Ruben mustert mich verblüfft. »Was heißt hier *so schnell?* Immerhin habe ich bis dreiundzwanzig Uhr mit den alten Männern Skat gespielt. Ich finde, das war mehr als lang genug.« Dann grinst er mich frech an und wackelt mit den Augenbrauen. »Wieso? Habe ich dir gefehlt?«

Wortlos überquere ich die Straße, sobald die Ampel auf

Grün gesprungen ist, sodass es ihm schwerfällt, Schritt mit mir zu halten, und verdrehe bloß die Augen. Nie im Leben werde ich ihm verraten, dass es im *Soul Kitchen* für mich nicht mehr dasselbe war, nachdem er so plötzlich verschwunden war. Irgendetwas fehlte mir.

# 14

## Juli

Mein Verantwortungsgefühl treibt mich geradezu in Henrys Arme.

Deshalb verzichte ich dankend auf Rubens Kellerführung und überlasse ihm mein Gepäck. Doch obwohl ich durch diese unplanmäßige *Umzugsaktion* viel später dran bin als an jedem anderen Tag, öffnet mir Henry genauso verschlafen und unrasiert wie sonst die Tür und verschwindet kurz darauf griesgrämig in einem Hinterzimmer. Inständig hoffe ich, dass nicht ich der Grund für seine miese Laune bin.

Mit hochgekrempelten Ärmeln mache ich mich an die Arbeit und widme mich den ekelhaften Herrentoiletten. Nach wie vor ist es mir unbegreiflich, weshalb es rings um die Pissoirs so aussieht, als hätte jemand einen außer Kontrolle geratenen Gartenschlauch in der Hand gehalten. Ich stehe ganz kurz davor, einen Pinkeltrichter zu entwickeln und dafür ein Patent anzumelden. Mit angehaltenem Atem und so schnell wie möglich bringe ich diesen Teil des Jobs hinter mich und gönne mir eine kurze Pause, nachdem ich endlich damit durch bin.

Mir ist schwindelig, ich habe Kopfschmerzen und spüre, wie mir das karge Essen zu schaffen macht und mir langsam, aber sicher die Kraft fehlt, Henrys Kneipe wirklich porentief zu reinigen. Der Magen hängt mir bis in die Kniekehlen, die Säure des täglichen Orangensafts verbreitet sich schmerzhaft im Bauchraum und löst heftige Übelkeit aus. Als wolle mein Körper ihn sofort wieder von sich geben wie eine giftige Chemikalie.

Ich unterdrücke das unangenehme Gefühl, wische die Tische ab und fege den Boden. Mittlerweile bin ich so schwach, dass nicht einmal Jimi Hendrix es schafft, mich zum Tanzen zu bewegen. Ich will einfach nur die Arbeit im Schnelldurchlauf erledigen, um danach endlich meine Reserven wieder auffüllen zu können. Henry ist heute auch das Gegenteil von gesprächig, und so habe ich ruck, zuck alle Spuren der vergangenen Nacht beseitigt und kann früher als gedacht Schluss machen. Mir steckt sowieso noch der gestrige Abend in den Knochen, und Henry … Henry steckt wahrscheinlich das gesamte Leben in den Knochen.

Ich werfe mir trotz des kurzen Wegs den Mantel über und will gehen, da kommt Ruben zur Tür herein. Er riecht nach Wind, nach frischer Luft und irgendwie nach Vertrautheit.

Warum, weiß ich nicht, aber in seiner Gegenwart vergesse ich für einen kurzen Moment, dass in meinem Leben gerade so ziemlich alles schiefläuft. Er lässt mich vergessen, dass ich unglücklich bin, dass ich allein bin und dass ich zurzeit lieber versiffte Klos putze, statt fürs Abitur zu lernen. In den letzten zwei Stunden hatte ich zudem ausreichend Zeit, mich mit dem Gedanken anzufreunden, bei ihm Unterschlupf zu finden, und freue mich mittlerweile sogar ein bisschen darauf. Es muss schön sein, die Tage nicht mehr so einsam und schweigend zu verbringen.

»Oh, du holst mich ab? Hast du etwa Angst, ich verlaufe

mich bis zu dir?«, scherze ich, doch Rubens Lächeln wirkt gequält.

Für einen kurzen Augenblick befürchte ich, dass er es sich doch anders überlegt hat und ich wieder ins Hostel ziehen muss.

»Nein, eigentlich wollte ich dir nur die Zweitschlüssel vorbeibringen. Ich muss los ... arbeiten ... einer muss sich schließlich um die Miete kümmern.« Er hält zwei Schlüssel an einem Karabinerhaken in die Höhe. Ich halte die Hand auf, und er lässt sie hineinfallen. »Fühl dich wie zu Hause und warte nicht auf mich! Ich komme erst spät zurück.« Dann lässt er mich ohne ein Wort des Abschieds stehen und verschwindet.

Enttäuscht streife ich den Mantel wieder ab. Welchen Unterschied macht es, ob ich im Hostel oder in Rubens Wohnung einsam bin? Genau! Keinen. Und weil ich im Moment nur schwer mit mir allein zurechtkomme, sammele ich als Beschäftigungstherapie kurzerhand alle Aschenbecher ein, gönne ihnen ein Vollbad und schrubbe sie so lange, bis sie glänzen, als wären sie nie zuvor benutzt worden.

»Es gibt Tage, an denen dieses kleine bisschen Leben keinen Sinn hat, oder?« Henry seufzt schwer und lässt sich stöhnend auf einen Stuhl fallen.

Ganz so dramatisch hätte ich es vielleicht nicht beschrieben, aber wenn ich sein unglückliches Gesicht genauer betrachte, glaube ich kaum, dass er meinen Gemütszustand damit gemeint hat. Und erst recht nicht bemerkt hat.

»Und heute ist für dich einer dieser Tage?«, hake ich nach.

»Der Januar ist für mich schon lange ein schwerer Monat. Zehn lange Jahre schon.«

Ich weiß, das ist der Zeitpunkt, an dem ich eigentlich nachfragen sollte, aber ich bringe es einfach nicht übers Herz. Ich bin nicht gut in Beileidsbekundungen ... also lasse ich es lieber.

Mit Sicherheit hat Henry jemanden verloren, den er sehr geliebt hat, und wenn er mir davon erzählen will, wird er es auch tun.

»Schnaps?«, fragt er mich stattdessen und blickt mich aus trüben, wässerigen Augen an.

Ich mag keinen Schnaps und schon gar nicht auf leeren Magen, trotzdem nicke ich zustimmend.

Er will sich gerade schwerfällig von seinem knarrenden Stuhl erheben, da komme ich ihm zuvor. »Bleib ruhig sitzen! Wozu hast du mich gestern sonst so mühsam eingearbeitet? Also … was darf's sein?« Mit einem aufmunternden Lächeln verschwinde ich hinter dem Tresen.

»Jim, Jack oder Johnnie … ist mir alles recht.«

Ich atme tief durch, suche das Regal nach besagten drei Herren ab und entscheide mich (rein aus optischen Gründen) für eine Flasche Johnnie Walker.

Das kann ja heiter werden.

Während sich der erste Schluck noch wie Feuer in meiner Kehle ausbreitete, schmeckt das zweite Glas gar nicht mehr so übel. Wie eine wärmende Decke hüllt mich der Whisky ein und lässt meine Wangen rosig schimmern (was ich nur weiß, weil Henry mich schon mehrmals belustigt darauf hingewiesen hat). Währenddessen lausche ich der Geschichte von Hanne.

Henrys Frau war seine erste und einzige große Liebe. Schon mit vierzehn hatten sie sich unsterblich ineinander verliebt, mit achtzehn Jahren sofort geheiratet und waren von da an keinen einzigen Tag mehr voneinander getrennt. Bis Hanne schwer an Krebs erkrankte und bald darauf verstarb. Das war heute vor genau zehn Jahren. Henry macht seitdem allein weiter, und obwohl er gut klarkommt, gibt es Tage, an denen ihm alles schwerer fällt. So Tage wie dieser.

»Weißt du«, sagt er irgendwann mit zittriger Stimme. »Ich

wünsche mir, ich könnte sie wieder zum ersten Mal treffen und dann wieder und wieder. Einfach, weil es so schön war.«

Statt ein tröstendes Wort zu finden, fange ich an, wie wild zu hicksen, und kann gar nicht mehr damit aufhören.

»Wird höchste Zeit, dass du nach Hause gehst, Julikind.« Lächelnd und ganz sanft legt er mir seine Pranken auf die Schenkel. »Und du wohnst jetzt also auch in meinem Souterrain?«

Ich bin mir nicht sicher, ob er damit einverstanden ist, und nicke zögernd.

»Das freut mich … Ich dachte schon, der Lump fragt dich gar nicht mehr.«

»Wieso?«, frage ich etwas verwirrt.

»*Wieso,* fragst du? Weil du die miserabelste Lügnerin bist, die mir jemals untergekommen ist.« Er lächelt mich großväterlich an und tätschelt mir den Kopf. »Kein Mensch hat dir abgenommen, dass du bei einer *Freundin* wohnst.«

Ich weiß nicht, was ich darauf erwidern soll. Meine Gedanken sind derart nebulös, und selbst wenn ich sie irgendwie in Worte fassen könnte, würden sie sich wahrscheinlich auf ihrem langen Weg von meinem Gehirn zum Mund in Luft auflösen. Also schweige ich lieber.

Alkohol soll ja bekanntlich die Zunge lösen, aber bei mir ist das Gegenteil der Fall. Ich fühle mich, als hätte ich statt Whisky ein paar Gläser Pattex getrunken, die mir am Gaumen festkleben. Ich will aufstehen, doch meine Beine und mein Kopf wollen etwas anderes, und ich sinke wieder zurück. Trotzdem entgeht mir keineswegs Henrys skeptischer Blick.

Hilfsbereit oder möglicherweise auch einfach nur, weil er mich endlich loswerden will, zieht er mich vom Stuhl hoch und schiebt mich an den Schultern in Richtung Ausgang. »Du verträgst ja gar nichts, Mädchen!«, tadelt er mich und meine mangelnde Trinkfestigkeit. »Und das mit einundzwanzig, ts, ts, ts.«

»Neun … hicks … zehn.«

»Neunzehn? Wenn das so ist …« Er öffnet mir die Tür. »Unter Einundzwanzigjährige haben keinen Zutritt ins *Soul Kitchen*. Da habe ich so meine Prinzipien.«

»Aber …«

»Kein Aber!« Er schubst mich schon fast zur Tür hinaus.

Fehlte nur noch, dass er mir einen Tritt verpasst und mir die Hunde hinterherjagt.

»Aber ich brauche den Job!«, flehe ich ihn würdelos an.

»Ja und? Wo ist das Problem? Arbeiten darfst du natürlich weiterhin bei mir.«

Kopfschüttelnd betrachte ich den alten Mann. »Du hast wirklich merkwürdige Prinzipien. Schwarzarbeiten darf ich bei dir, aber nicht dein Gast sein?«

»Das hast du perfekt zusammengefasst.«

»Damit kann ich gut leben.« Ich lächele ihn an, hickse zum Abschied und stolpere die Treppe zum Souterrain hinunter.

Der erste Schlüssel passt nicht, der zweite auch nicht, der dritte … verflixt … *Reiß dich zusammen, Juli! Du hast doch nur zwei Schlüssel.* Hoch konzentriert peile ich mithilfe beider Hände und herausgestreckter Zunge das Schlüsselloch an und treffe mein Ziel beim zweiten Anlauf.

Vorsichtig quetsche ich mich an den vielen Getränkekisten- und Kartons vorbei und achte darauf, ja nichts umzustoßen. Dann arbeite ich mich langsam und Schritt für Schritt bis zu Rubens Wohnungstür vor. Nachdem ich auch hier wieder zwei Versuche benötige, um den richtigen Schlüssel zu finden, stehe ich endlich in meiner neuen Unterkunft. Mein Magen knurrt vorwurfsvoll, doch das große Bett inmitten des Raums dicht vor dem stützenden Betonpfeiler lockt mich mit geradezu magischer Anziehungskraft an. Geräuschvoll, mit dem Gesicht voran, falle ich hinein und bleibe regungslos liegen. *Nur fünf Minuten schlafen,* denke ich. *Dann mache ich mir etwas zu essen.*

Als ich wieder aufwache, ist es stockfinster. Nur die Straßenlaterne wirft einen Lichtschein durch die schmalen Fenster über der Küchenfront. Im ersten Moment noch völlig orientierungslos, schrecke ich hoch und sehe mich suchend um. Ich erkenne den Umriss einer Stehlampe und knipse das Licht an. Ein Blick auf die Uhr beruhigt mich. Es ist erst kurz nach fünf und nicht, wie befürchtet, mitten in der Nacht. Und ich bin immer noch allein.

Neugierig begutachte ich zum ersten Mal meine Umgebung, und erst jetzt fällt mir auf, dass ich mich nicht in einem hässlichen, zu einer vorübergehenden Behausung umfunktionierten Keller befinde, sondern tatsächlich in einem von vorn bis hinten, von oben bis unten geschmackvoll ausgebauten, wirklich schönen großen Raum. Ich könnte auch glatt in einer dieser schicken Londoner Souterrainwohnungen stehen. Die Metrofliesen waren mir zwar schon letzte Woche aufgefallen (als Tochter eines Baustoffhändlers habe ich ein Auge dafür), nicht aber, dass dieses Zimmer perfekt und geradezu liebevoll eingerichtet ist. Backstein, honigfarbenes Echtholz und dunkles Metall bilden eine gelungene Mischung aus Industriedesign und Landhauscharme, und durch die vielen verschiedenen Küchenkräuter und Grünpflanzen wirkt alles noch einladender und gemütlicher. Alles macht einen sauberen und ordentlichen Eindruck. Sogar die schlichte hellgraue Bettwäsche fügt sich ideal in das Gesamtbild.

Und genau jetzt denke ich ein paar Takte weiter.

Ein Bett. Es gibt nur ein Bett. Nicht einmal ein Sofa … nur einen Sessel.

Ich suche das Zimmer nach einer weiteren Tür ab, entdecke

aber wie schon letztes Mal einzig die Schiebetür, die wie ein alter Scheunenfund aussieht und unter Garantie lediglich ins Bad führt. Sie wackelt bei der leisesten Berührung, und ich befürchte schon, dass sie aus der Führung rutscht. Trotzdem schiebe ich sie vorsichtig auf, nur um meine Vermutung bestätigt zu sehen, denn dahinter verbirgt sich ein sehr kleines Badezimmer. Winzig, aber wunderschön. Kleine Feldsteine sind mit der Wand verputzt, und den Boden zieren bunte Mosaike. Die Dusche vereinnahmt mehr als die Hälfte der Gesamtfläche, sodass nur noch Platz für ein Waschbecken und ein Klo bleibt. Eigentlich müsste ich ziemlich dringend pinkeln, und wenn ich schon einmal hier bin … Verstohlen checke ich noch einmal die Umgebung ab, um sicherzustellen, dass ich wirklich völlig allein bin, bevor ich mich endlich erleichtere.

Danach durchforste ich den Kühlschrank. Das dauert nicht lang, denn er ist quasi leer. Ich schreibe mir eine Einkaufsliste und hoffe, Ruben leidet nicht unter irgendwelchen Lebensmittelunverträglichkeiten oder aber ist Frutarier und isst lediglich Obst, das freiwillig vom Baum fällt. Anhaltspunkte gibt mir seine Vorratshaltung kaum … alles ist möglich.

Ich stecke mir zwanzig Euro tief in die Hosentasche und ziehe mir lustlos den Mantel über. Eigentlich ist mir nur nach einem weiteren Nickerchen zumute. Eigentlich möchte ich ein paar Tage einfach nur liegen bleiben. Nichts tun. Nur sein. Einatmen und ausatmen. Mehr nicht. Aber ich kann nicht. Ich habe das Gefühl, Ruben etwas zurückgeben zu müssen. Auch wenn nur in Form eines Abendessens. Ich ziehe die Tür hinter mir zu und verschwinde wie unsichtbar in den dunklen Berliner Straßen.

Um die Frage mit dem Bett mache ich mir später Gedanken.

# 15

## Juli

»Autsch! Verdammt!«

Lautes Poltern, gefolgt von Flüchen, reißt mich unsanft aus dem Schlaf. Diesmal muss ich nicht lange überlegen, wo ich bin, und ich erinnere mich sofort. Daran, dass ich einen kompletten Wocheneinkauf nach Hause geschleppt habe. Daran, dass ich die halbe Wohnung auf der Suche nach Küchenutensilien auf den Kopf gestellt habe. Daran, dass ich eine riesige Schüssel superleckeren Nudelsalat mit Rucola und getrockneten Tomaten zubereitet habe, und daran, wie ich ihn ganz allein essen musste, weil Ruben einfach nicht kam. Nicht um zehn, nicht um elf Uhr und auch nicht um Mitternacht.

Als ich mich irgendwann dabei ertappte, dass ich mich wie eine versetzte Geliebte fühlte, reichte es mir und ich ging ins Bett. Dort machte ich mich so richtig breit, damit er erst gar nicht auf den Gedanken kommt, sich danebenzulegen. Irgendwo in den Tiefen von Henrys Keller wird schon ein Feldbett oder eine Luftmatratze aufzutreiben sein, und ich bin auch gewillt, darauf zu schlafen. Wirklich. Nur eben nicht heute.

Ich taste nach der Stehlampe, knipse das Licht an und betrachte schockiert das Bild, das sich mir in diesem kurzen Augenblick präsentiert.

Ruben wendet mir den Rücken zu und wollte sich wohl im Schutz der Dunkelheit seines T-Shirts entledigen. Zu dumm nur, dass er so viel Krach gemacht hat, während er meinen Rucksack umrannte. Sonst hätte ich weitergeschlafen, und uns beiden wäre *das hier* erspart geblieben.

Und dem Blick, den er mir über die Schulter zuwirft, entnehme ich, dass er der gleichen Meinung ist.

»Was ist mit dir passiert?«, frage ich ihn leise. Mein Mund ist ganz trocken, und ich sehne mich nach einem Schluck Wasser.

»Nichts. Alles in Ordnung. Schlaf weiter!«, antwortet er kurz angebunden.

»Nichts? Das ist das Gegenteil von nichts.« Ich springe aus dem Bett, ziehe mir das Unterhemd so lang, dass es meinen Hintern bedeckt und vor allem meine Unterhose, die blaue Herzchen zieren.

Vorsichtig nähere ich mich ihm wie einem verschreckten Tier. Wie zur Salzsäule erstarrt bleibt er stehen, bewegt sich keinen Millimeter und scheint das Atmen eingestellt zu haben. Ich sinke auf die Knie und nehme die große, frische Wunde in Augenschein, die sich flächig von seiner rechten Hüfte bis zum Rücken erstreckt. Es eine Schürfwunde zu nennen, wäre eine krasse Untertreibung. Seine Haut sieht aus, als wäre sie mit einem stumpfen Sparschäler bearbeitet worden. Blutig und nässend.

Überfordert von dem Anblick und starr vor Entsetzen, sage ich das Erste, was mir durch den Kopf geht. »Glück gehabt. Du hast dein Tattoo knapp verfehlt.«

Er lässt den Kopf sinken, atmet tief durch und macht Anstalten, sich das T-Shirt anzuziehen. »Diese Tätowierung ist nicht für die Augen anderer bestimmt.«

»Passiert ist passiert. Und du kannst mir glauben, ich hätte gern darauf verzichtet. Wo hast du Verbandszeug?«

»Habe ich nicht.«

Schwerfällig erhebe ich mich wieder, ziehe mir schnell meine Jeans über und tappe zur Tür. »Wehe, du ziehst dir das blutige Shirt wieder über!«, warne ich ihn und verschwinde in Henrys kaltem Lagerraum.

Suchend sehe ich mich um. Irgendwo muss hier doch eine Mullbinde oder etwas Ähnliches aufzutreiben sein. Ich kämpfe mich durch dichte Netze aus Spinnweben, inspiziere die überfüllten Kellerregale und entdecke ganz hinten einen Erste-Hilfe-Kasten für Kraftfahrzeuge. Na bitte! Er ist zwar staubig und das Haltbarkeitsdatum schon vor vielen Jahren abgelaufen, aber beim Öffnen sehe ich, dass er noch völlig unbenutzt ist.

»Tadaaa!« Triumphierend präsentiere ich Ruben mein Fundstück, doch er wendet mir stoisch den Rücken zu und verzieht immer noch keine Miene.

Ich ignoriere seine unterirdische Laune, denn im Prinzip befolgt er ja meine Anweisungen. Er hat sich nicht vom Fleck bewegt. Und er ist immer noch halb nackt. Ich krame ein großes Dreieckstuch und eine Mullbinde aus dem Kasten. Das Tuch halte ich im Waschbecken in der Küche so lange unter lauwarmes Wasser, bis es komplett vollgesogen ist. Ich wringe es aus, streiche mir mit dem Handrücken eine verirrte Haarsträhne (oder vielleicht auch Spinnweben, aber darüber möchte ich lieber nicht nachdenken) aus dem Gesicht und überwinde die Distanz zwischen ihm und mir.

Sie scheint mir in diesem Moment unendlich groß zu sein.

Vorsichtig tupfe ich die Wunde ab, um sie wenigstens ein bisschen zu reinigen. Dass sein T-Shirt die ganze Zeit daran geklebt hat, macht die Sache nicht einfacher. Unzählige winzige schwarze Fasern haben sich untrennbar mit seinem Fleisch verbunden. Ich habe Angst, ich könnte ihm wehtun, und beiße mir auf die Lippen. Allein schon der Anblick schmerzt mich, doch Ruben dringt kein Laut über die Lippen.

»Hast du Kokosöl oder Honig?«, frage ich mit zusammengebissenen Zähnen. »Das pflegt und schützt deine Haut und wirkt desinfizierend.«

Über die rechte Schulter hinweg blickt er auf mich hinab. »Übertreib's nicht!« Er schüttelt den Kopf, doch ich erkenne ein winziges Lächeln um seine Mundwinkel. »Wenn du Honig willst, schmier dir ein Brot!«

Die nächsten Sekunden kommen mir wie Stunden vor. Ich versuche, mich auf die Verletzung zu konzentrieren, doch es gelingt mir nicht. Ich bin viel zu abgelenkt von seinem Körper (der zugegebenermaßen wirklich, wirklich durchtrainiert ist) und von den Bildern und filigranen Schriftzügen darauf. Obwohl ich mich innerlich dagegen wehre, kann ich den Blick nicht abwenden. Ich starre ihn an. So intensiv, dass die Worte, die für immer und ewig seinen Unterarm zieren, vor meinen Augen verschwimmen und nicht zu entziffern sind. Drei schwarze Raben mit ausgebreiteten Schwingen vereinnahmen seinen rechten Oberarm. Schwarze Farbe fließt wie Pech zweien von ihnen aus dem Gefieder, um sich in langen Fäden mit der Schrift auf dem Unterarm zu verbinden. Die Zeichnungen wirken melancholisch und haben einen morbiden Charakter, trotzdem sind sie wunderschön. Genau wie das Tattoo, das sich über den gesamten Rücken erstreckt.

Schrecklich und schön. Schrecklich schön. Und bei dem Versuch, nicht zu sehr über dessen Bedeutung nachzudenken, scheitere ich kläglich.

Nachdem ich die Wunde so gut wie möglich gereinigt habe, wickele ich Ruben den Verband um die Hüften. Er lässt es ohne Widerworte über sich ergehen. »Danke«, sagt er, als ich endlich damit fertig bin, und zieht sich tatsächlich das dreckige, blutverkrustete Shirt wieder über. Erst dann dreht er sich zum ersten Mal in dieser Nacht zu mir um.

»Also«, sage ich und stemme die Hände in die Hüften. »Was ist passiert?«

Er geht in Abwehrposition und verschränkt die Arme vor der Brust. »Also … wenn du es gern in diese Richtung haben willst, fangen wir doch lieber bei dir an. Wer ist Elias, und wovor läufst du davon?«

Ich will gerade etwas erwidern, doch vor Schreck bleibt mir der Mund offen stehen. »Woher … woher kennst du Elias?«, flüstere ich.

»Ich kenne ihn nicht. Aber in der Nacht, in der wir uns kennengelernt haben, hast du im Schlaf seinen Namen gesagt. Und aufgrund deiner Reaktion gehe ich ganz stark davon aus, dass du vor ihm wegläufst. Also sag mir lieber gleich, ob ich mich darauf einstellen muss, dass demnächst irgendein bulliger Typ mit Besitzansprüchen vor meiner Tür steht und mir die Visage polieren will.«

Ich schüttele den Kopf und sinke aufs Bett. »Elias ist mein Ex-Freund, und ich glaube, er will mich um keinen Preis zurückhaben.« Frustriert lasse ich die Schultern hängen. »Außerdem weiß niemand, wo ich bin.«

»Was ist mit deiner Familie?«

»Nicht mal die.« Schuldbewusst blinzele ich ihn an. »Ich habe mein Handy ausgeschaltet. Aber«, fällt mir ein, und ich hoffe, dass meine Erklärung die ganze Sache etwas besser macht. »Aber ich habe letztens meine Mutter von einer Telefonzelle aus angerufen und ihr gesagt, dass es mir gut geht.«

Ruben rauft sich die Haare und wirkt ziemlich ratlos.

»Und ich habe Nudelsalat gemacht«, füge ich hinzu, um hastig das Thema zu wechseln. »Willst du ihn probieren?«

Leicht verwirrt blickt er sich in seiner Wohnung um, als überprüfe er, hier auch wirklich richtig zu sein, nickt aber nach kurzem Zögern. Als ich seinen Gesichtsausdruck sehe, muss ich schmunzeln. Er wirkt wie ein kleiner Junge, dessen Mami ihm gerade seine Leibspeise gekocht hat. Offenbar ist diese Küche bisher nur selten genutzt worden. Bis auf die fettige Bratpfanne, die bildet eine Ausnahme. Ich beobachte ihn, wie er sich eine gigantische Portion auf einen Teller schaufelt und die erste Gabel noch im Gehen in den Mund schiebt. Als sei er so hungrig wie ich in den letzten Tagen.

Mit dem Teller in der einen und der Gabel in der anderen Hand setzt er sich zu mir aufs Bett. Ich am linken Fußende. Er am rechten Kopfende. »Und wie lange hast du vor … was auch immer du vorhast?«

Mit ziemlicher Sicherheit mache ich den gleichen ratlosen Eindruck wie kurz zuvor er. »Ich habe eigentlich gar nichts vor. Ich weiß auch nicht, was ich will. Ich weiß nur, was ich nicht will.«

»Und das wäre?«

Eine ganze Weile denke ich nach. »Also, ich will nicht in der Schule hocken, während das Leben an mir vorbeizieht und nur das Abitur wichtig ist. Ich will nicht, dass meine Eltern meine Zukunft verplanen und ich der Grund für ihre ständigen Streitereien bin. Ich will kein fremdbestimmtes Leben führen, und ich will nichts mit Menschen zu tun haben, die angeblich meine besten Freunde sind, mich hinter meinem Rücken aber belügen und betrügen.« Es tut gut, das alles endlich mal auszusprechen, und wirkt geradezu befreiend.

Ruben mustert mich dennoch nur skeptisch. »Dein Freund hat dich also betrogen«, stellt er nüchtern fest und schlingt weiter den Nudelsalat hinunter.

Ich nicke. »Mit meiner besten Freundin.«

Er seufzt und hält kurz inne. »Davon geht die Welt nicht unter.«

Ich sehe ihn verständnislos an. »Aber meine vielleicht!«

Was ist das für eine beschissene Reaktion? Ein bisschen Mitgefühl wäre jetzt doch eigentlich angebracht.

»Im Moment vielleicht. Aber früher oder später wirst du ihnen entweder verzeihen, oder es ist sowieso nicht mehr wichtig. Gefühle können sich ändern.«

»Ich glaube nicht, dass ich das jemals vergessen oder verzeihen kann.«

»Niemals?«

Ich schüttele den Kopf.

Er sieht mich nachdenklich an, bevor er eine Nudel mit der Gabel aufspießt. »Das ist ziemlich lange.«

Ich verziehe das Gesicht und muss fast über mich selbst lachen. »Du siehst, ich kann ziemlich nachtragend sein, also pass gut auf, was du sagst. Da wir schon mal dabei sind … Wie schmeckt dir der Nudelsalat?«

»Ausgezeichnet. Wirklich ganz ausgezeichnet«, nuschelt er mit vollem Mund und grinst mich an.

Zufrieden lege ich mich hin und verschränke die Hände hinter dem Kopf. Ich muss über Rubens Worte nachdenken. Er hat ja recht. Irgendwie. Denn was würde aus mir, wenn ich jede Kränkung, jedes Wort, das mich verletzt hat, in mir speichern würde und nie vergeben und vergessen könnte? Ich wäre immer unglücklich und von schlechten Gefühlen vergiftet. Trotzdem … selbst wenn ich Elias und Wanda das irgendwann einmal verzeihen kann, heißt das noch lange nicht …

»Naaaaa«, unterbricht Ruben meine Gedanken. »Gib's zu! Ich habe recht. Du hast zwar auf wenig schöne Art erkennen müssen, dass dein Freund nicht der perfekte Prinz ist, aber vielleicht ist es trotzdem tausendmal besser, ihm eine zweite

Chance zu geben, statt bis in alle Ewigkeit auf den Märchenprinzen zu warten, der sich nie blicken lässt.«

Ich richte mich auf. »Hast du einen Knall? Ich bin neunzehn Jahre alt. Natürlich warte ich auf den Prinzen!«

Kopfschüttelnd trägt er seinen Teller in die Küche und spült ihn sofort unter fließendem Wasser ab.

»Genau deswegen habe ich doch das Weite gesucht. Weil ich weiterträumen will. Weil ich nicht irgendwann ernüchtert feststellen will, dass ich mit einem schrecklichen Mann zusammenlebe und jeden Tag einen Job mache, den ich hasse.«

»Und kamen in deinen Träumen auch mein Keller und ich vor?«

Ich nage an der Unterlippe. »Natürlich nicht. Aber das ist ja das Schöne. Dass Dinge passieren, die man so nicht erwartet hätte, und dass man Menschen trifft, von deren Existenz man sonst nie erfahren hätte. Und außerdem nehme ich das mit deinem *Kellerloch* zurück … du hast es hier wirklich sehr schön.«

Er setzt sich wieder aufs Bett und mustert mich mit einem Blick, der – *Lieber Gott!* – dafür sorgt, dass sich der Nudelsalat in meinem Magen wie Hunderte krabbelnder Würmer oder Raupen anfühlt. »Ich mag es eben schön«, erklärt er schlicht.

Wie paralysiert starre ich zurück und schlucke. Meine Kehle ist immer noch völlig ausgetrocknet, doch wenn ich jetzt aufstehe, um mir ein Glas Wasser zu holen, stolpere ich garantiert über die eigenen Füße und lege mich der Länge nach hin.

Zum Glück beendet Ruben unser peinliches Blickduell, indem er aufsteht und zum Bad geht. Er zieht sich das T-Shirt über den Kopf und befühlt zischend die Wunde.

»Also …«, rufe ich ihm hinterher. »Was ist denn nun eigentlich passiert?«

Er bleibt stehen, dreht sich aber nicht um. »Nichts Spektakuläres. Nur ein kleiner Arbeitsunfall. Ich arbeite in einer Boulderhalle und habe den neuen Parcours getestet. Dabei hat sich herausgestellt, dass er komplizierter war als erwartet.« Mit diesen Worten verschwindet er endgültig im Bad.

Ich beschließe, ihm zu glauben. Fürs Erste.

Das Rauschen der Dusche lullt mich nach und nach ein, und ich kann kaum noch die Augen offen halten. Ich knipse das Licht aus, lege mich an den äußersten Rand des Bettes und ziehe mir die Decke bis über die Ohren. Sie riecht frisch gewaschen und knistert bei jeder Bewegung so schön. In der Dunkelheit rasen meine Gedanken, und sie führen mich unweigerlich zu dem Tattoo auf Rubens Rücken.

Dieses Bild bekomme ich einfach nicht aus dem Kopf.

# 16

# Ruben

Sie ist weg. Schon wieder.

Ein Blick auf die Uhr reicht, und ich weiß, dass ich mich auch beeilen sollte, um nicht ein weiteres Mal von Henry abgestraft zu werden, weil er die schweren Bierfässer selbst in die Kneipe hieven muss.

Ich springe aus dem Bett, doch gleich darauf stöhne ich laut auf und taste vorsichtig nach der Verletzung am Rücken. Ohne Pablo auf Tour zu gehen, war schon riskant, aber jetzt auch Finn nicht mehr an meiner Seite zu haben, ist nichts anderes als gefährlich. Trotzdem will ich mir nicht eingestehen, dass ich allein nicht weitermachen kann. Ich muss einfach weitermachen. Es ist alles, was mir bleibt. Es ist alles, was mich am Leben erhält.

Ich sehe in den Spiegel. Die letzten Jahre haben viele Narben hinterlassen, doch die schmerzhaftesten sitzen tief verborgen im Innern.

Das erschrockene Einatmen war ohrenbetäubend laut zu hören, als Juli meine Tätowierungen zu Gesicht bekam. Was hätte ich in jenem Moment für ihre Gedanken gegeben. Obwohl … ihre Körpersprache war schon eindeutig genug. *Bleib fern von mir!*

Ich glaube kaum, dass sie wirklich viel geschlafen hat, immerhin lag sie im Bett so weit am Rand, dass sie bei der kleinsten Bewegung hätte herausfallen müssen, und traute sich kaum zu atmen. Der Abstand zwischen uns war vielsagend … Es hätten locker noch mindestens zwei weitere Personen in meinem Bett Platz gehabt. Ich muss Henry unbedingt fragen, wohin er seine riesige Luftmatratze verstaut hat, die er in seiner Teleshoppingsuchtphase kurz nach Hannes Tod erstanden hatte. Dann muss sie nicht länger neben mir liegen.

Ich verschiebe das Frühstück auf später und hechte die Treppen zur Kneipe hoch. Juli tänzelt wie schon am ersten Tag um den Besen herum, singt laut mit Jimi im Duett, und ihr Anblick verschlägt mir die Sprache.

Sie zu sehen, raubt mir jedes verdammte Mal aufs Neue den Atem.

Heute trägt sie, sehr zu meiner Freude, ausnahmsweise mal nicht diesen überdimensional großen Hoodie sowie sämtliche Klamotten auf einmal, die sie zu besitzen scheint, sondern ein schlichtes, aber ziemlich kurzes weißes T-Shirt, eine bunt geblümte Strumpfhose und einen Minirock. Sie wirkt glücklich, lebendig. Anders als in den letzten Tagen. Es fiel mir schon heute Nacht auf, wie extrem sie innerhalb nur einer Woche abgebaut hatte. Sie muss tagelang kaum etwas gegessen haben … ein Grund mehr, meine Entscheidung nicht weiter infrage zu stellen, dass ich sie praktisch zum Einzug in meine Bude genötigt habe.

Henry ist nirgends zu sehen, der Getränkelieferant zum Glück noch nicht vorgefahren, und Juli hat meine Anwesenheit bislang nicht registriert. Also nutze ich den Moment und genieße für eine Weile ihre kleine Showeinlage. So lange, bis ich schnalle, dass ich diese nicht allein genieße, denn Rocco kommt gerade mit Henry aus dem Hinterzimmer und bleibt mit offenem Mund hinter dem Tresen stehen.

Sein Blick gefällt mir gar nicht.

Er betrachtet Juli, als wäre sie Rotkäppchen und er der böse Wolf. Lüstern, gierig, hungrig. Wenn er könnte, wie er wollte, würde er sicher in sämtlichen Schulen Berlins Rekrutierungsstände einrichten, um alle halbwegs hübschen Mädchen, sobald sie achtzehn werden, für seinen Stripclub anzuwerben.

Ich stelle mich dicht vor ihn und versperre ihm die Aussicht. »Du solltest nicht einmal daran denken«, knurre ich ihn an.

Er grinst und fletscht die Zähne. »Zu spät.«

»Sie wird nicht für dich arbeiten. Sie ist tabu. Verstanden?!«

Sein Grinsen wird zu einer Maske. An seinen Augen aber erkenne ich, wie heftig es in seinem Innern brodelt. Wahrscheinlich würde er mir gern verdeutlichen, dass ihm niemand (am wenigsten ich) in sein Geschäft reinzureden hat. Aber dies ist Henrys Laden, und ich bin quasi sein Ziehsohn. »Wir werden sehen«, sagt er lediglich und schnalzt mit der Zunge.

Ich kann nur hoffen, dass Juli unter dem gleichen Schutz steht wie ich. Andernfalls wird die Beziehung zwischen Rocco und mir demnächst ziemlich ungemütlich.

Henry sieht nervös zwischen uns beiden hin und her, und auch Juli bemerkt, dass sie und der Besen nicht mehr allein sind, was aber wohl nur daran liegt, dass der Song mittlerweile zu Ende ist.

»Hey«, begrüßt sie uns mit strahlendem Lächeln und leicht außer Atem. Sie trinkt einen großen Schluck Wasser und gesellt sich zu uns. Ahnungslos wie ein Lamm auf dem Weg zur Schlachtbank.

Besitzergreifend, als würde ich mein Revier abstecken, lege

ich ihr den Arm um die Schultern und spüre, wie sie sich sofort versteift. Sie anzusehen, traue ich mich nicht, aber ich wette, ihr sind soeben sämtliche Gesichtszüge entgleist. »Du hättest mich wecken sollen«, sage ich zu ihr, den Blick jedoch weiterhin herausfordernd auf Rocco gerichtet.

Bevor sie antworten kann (obwohl … ich bin mir nicht ganz sicher, ob sie zu einer Antwort überhaupt fähig ist), wendet sich Rocco an Henry. »Also … wie besprochen, du lässt mein Angebot überprüfen, und ich überdenke mein Konzept noch einmal.« Er klopft mit der Faust zweimal kurz auf die Theke und tippt sich an die Stirn. »Man sieht sich.« Dann hält er die Hand ans Ohr, geht zum Ausgang und redet währenddessen scheinbar zusammenhangsloses Zeug.

Henry sieht ihm hinterher und schüttelt den Kopf. »Man könnte ihn glatt für verrückt halten und glauben, er führt Selbstgespräche, dabei telefoniert er nur.«

»Als ob das eine das andere ausschließt«, sage ich trocken und nehme meinen Arm von Julis Schultern, kaum dass Rocco aus der Tür verschwunden ist. Schon fast fluchtartig verlasse ich kurz nach ihm die Kneipe und beschließe, draußen auf die Lieferung zu warten.

Ich brauche dringend frische Luft.

# 17

## Juli

Wir haben einen gut strukturierten Tagesablauf.

Ich stehe auf. Ruben schläft. Ich helfe Henry, und wenn neue Fässer geliefert oder angeschlossen werden müssen, stürmt Ruben auf den letzten Drücker mit verwuscheltem Haar und Kissenabdruck im Gesicht in den Laden und hilft ihm. Danach verschwindet er jedes Mal wortlos, und ich bleibe zurück und fühle mich, sobald er weg ist, als hätte mir jemand einen Eimer eiskaltes Wasser über den Kopf gekippt. Wie ein Schleier umhüllt mich die Kälte, die bei seinem Verlassen durch die geöffnete Eingangstür ins Innere dringt, und weicht den ganzen Tag über nicht mehr von mir.

Sobald die Kneipe einigermaßen sauber ist und keine Gefahr mehr besteht, dass das Gesundheitsamt gerufen wird, gehe ich joggen. Endlich habe ich wieder die Kraft dazu und erlaufe mir auf diese Art und Weise Berlin. Jeden Tag lerne ich so diese Stadt, die nie zu schlafen scheint, ein bisschen besser kennen, und sie gefällt mir immer mehr. Jetzt, mit einem richtigen Dach über dem Kopf, empfinde ich sogar die hässlichen Seiten als schön, triste Gegenden als charmant und die hin und wieder ausgesprochen schrullige Unfreundlichkeit der Menschen als liebenswerte Besonderheit.

Mein Herz fühlt sich etwas leichter an, spürt aber mit einem schmerzhaften Stich, dass Ruben weder, bevor ich joggen gehe, noch danach zu Hause ist. Kein einziges Mal.

Das hat allerdings auch seine Vorteile. Erstens kann ich in Ruhe meine Klamotten in das Regal einsortieren, das er für mich frei gemacht hat, und zweitens duschen und mir währenddessen die Beine rasieren, ohne Angst haben zu müssen, er könne jeden Moment die wackelige Bauernhoftür aufschieben.

Drei Nächte lang haben wir noch zusammen in seinem Bett geschlafen, so weit voneinander entfernt wie nur irgend möglich, bis er endlich eine fast schon luxuriöse Luftmatratze von Henry bekommen hat.

Drei Nächte lang haben wir darüber diskutiert, wer darauf schlafen soll. Er hat sich durchgesetzt und mir das komfortable Bett überlassen.

Drei Nächte lang habe ich versucht, ihn davon zu überzeugen, dass ich mich wenigstens ein bisschen an der Miete beteilige, aber er wollte nichts davon hören.

Um dennoch das Gefühl zu haben, etwas zu unserem Zusammenleben beizutragen, sorge ich seitdem dafür, dass die Wohnung ordentlich und sauber und der Kühlschrank einigermaßen gefüllt ist. Ich koche jeden Abend für uns, doch ich esse immer allein. Ruben ist nie vor zwei oder drei Uhr nachts zu Hause. *Zu Hause* … eine seltsame Bezeichnung und trotzdem genau das, was es für mich ist.

Wie schon alle Nächte zuvor liege ich auch heute wach und warte. Ich warte auf Ruben, weil ich einfach nicht einschlafen kann, wenn er nicht hier ist. Wenn er nicht bei mir ist. Er verhält sich mir gegenüber zwar weiterhin extrem distanziert, aber

Henry und er kommen im Moment für mich der Vorstellung einer Familie noch am nächsten.

Beim Gedanken an meine echte Familie überkommt mich ein schlechtes Gewissen. Unruhig wälze ich mich hin und her, während mein Gedankenkarussell volle Fahrt aufnimmt und sich immer und immer wieder im Kreis dreht. Wenn ich tief in mich hineinhorche, weiß ich, dass meine Eltern es nicht verdient haben, so plötzlich keinen Kontakt mehr zu mir zu haben. Ganz bestimmt machen sie sich Sorgen. Aber ich ahne auch, was sie eigentlich am meisten besorgt. Und zwar, dass ich mir meine Zukunft ruiniere. Die Zukunft, die sie sich für mich vorstellen.

Sobald ich darüber nachdenke, geht mein Körper sofort in Abwehrhaltung und reagiert mit Magenschmerzen. Ich war schon immer ein Bauchmensch. Selten habe ich Entscheidungen mit dem Kopf getroffen, sondern immer ganz spontan und mit dem Herzen. Nicht immer zu meinen Gunsten, aber immer so, dass ich mit meinem Entschluss gut leben und dazu stehen konnte. Auch jetzt spüre ich, dass es richtig war, von zu Hause abzuhauen. Ich musste raus aus der Enge. Musste der Autorität und Unnachgiebigkeit meiner Eltern entfliehen. Gerade meine Mutter war immer sehr streng mit mir. Vielleicht strenger, als sie eigentlich sein wollte, denn sie sagte oft, dass sie mich liebe, ich ihr aber keine andere Wahl ließe. Ich weiß noch immer nicht, was ich davon halten soll. Es ist ein Sammelsurium an Emotionen, die zwischen Wut, Enttäuschung und Schuldgefühlen hin und her schwanken. Es stimmt, dass ich schon immer etwas zu verträumt, zu verspielt und nie ehrgeizig genug war, aber so bin ich nun mal. Alle Versuche, mich zu einem zielstrebigen und erfolgsorientierten Menschen zu formen, sind grandios gescheitert. Mit Pauken und Trompeten. Dabei habe ich es versucht. Wirklich. Jahrelang. Stets habe ich mich bemüht, mein Bestes zu geben. Jede gute Note musste ich mir hart erarbeiten. Nichts fiel mir einfach so in den Schoß, im Gegensatz zu Elias und Wanda, bei denen alles immer so leicht wirkte. Es war anstrengend, mit ihnen mithalten zu wollen.

Nein. Stopp.

Laut stöhnend presse ich mir das Kissen aufs Gesicht. Ich will nicht über die beiden nachdenken. Auf gar keinen Fall. Mitten in der Fahrt ziehe ich die Notbremse und steige aus dem Karussell aus.

In den nächsten Tagen werde ich endlich mal wieder meine Eltern anrufen, auch wenn ich diesen Entschluss danach ganz sicher bitter bereuen werde. Aber es hilft mir, den Kopf freizubekommen und meine Gedanken in eine andere Richtung zu lenken.

Unweigerlich landen sie bei Ruben.

Wir kennen uns jetzt seit genau zwei Wochen und drei Tagen, und seit einer Woche und drei Tagen wohne ich bei ihm. Ich wusste es. Ich wusste es vom allerersten Augenblick an, dass er in meinem Leben eine größere Rolle spielen wird. Es war einer dieser Momente.

Mir fällt auf, dass ich mich in letzter Zeit immer öfter dabei erwische, mehr an ihn zu denken, als ihn zu sehen. Es ist mittlerweile ein Uhr in der Nacht, und das letzte Mal habe ich ihn vor über vierzehn Stunden gesehen, als er die übliche Montagslieferung entgegennahm. Aber an ihn gedacht habe ich erst vor weniger als vier Sekunden.

Ich habe so viele Fragen an ihn, es aber noch nicht gewagt, auch nur eine davon zu stellen. Ich glaube kaum, dass selbst in einer Stadt wie Berlin die Kletterhallen länger als bis dreiundzwanzig Uhr geöffnet sind, weshalb ich nur zu gern wüsste, wo er sich die restliche Zeit herumtreibt. Und ich frage mich (und das mehr als zu Recht, weil er beinahe täglich mit neuen kleineren und größeren blauen Flecken nach Hause kommt), wieso er mit seinem Körper (seinem äußerst attraktiven Körper) so viel Schindluder treibt. Zudem bin ich wahnsinnig neugierig, was es wohl mit seinen Tattoos auf sich hat. Solche Bilder lässt man sich nicht einfach so unter die Haut stechen. Sie müssen eine Bedeutung haben.

Da mich meine unbeantworteten Fragen wie jede Nacht wach halten, gebe ich es fürs Erste auf, endlich etwas Schlaf zu finden, verlasse das warme Bett und ziehe einen Pullover und Jeans an. Mir fehlt mein Smartphone unheimlich … und die Zerstreuung, die es mir geboten hat. Auf der Suche nach einem Buch oder einer Zeitschrift knipse ich die Stehlampe an und tappe auf Zehenspitzen über den kalten Betonfußboden zu den Regalen. Ich brauche irgendeine Lektüre, die mich vom Grübeln abhält. Doch Fehlanzeige. Mit den Händen in den Hüften stehe ich davor und analysiere den Inhalt. Ich komme mir vor wie im Baumarkt. Akkuschrauber, Brecheisen, Werkzeuge und Equipment zum Klettern noch und nöcher. Seile, Klettergurte, Bohrhaken, Karabiner in schönsten Farben und ganz viel Zeug, dessen Funktionen ich nicht mal annähernd erahne oder dessen Namen ich zumindest kenne. Es gibt zwar noch einige Pappkartons, aber ich traue mich nicht, mir den Inhalt anzusehen. Ich will ja auch nicht, dass jemand meine Schränke durchforstet. Seinem Hab und Gut nach zu urteilen, scheint Ruben jedenfalls mit Literatur wenig im Sinn zu haben, allerdings tatsächlich aktiver Kletterer zu sein, was zumindest seine Verletzungen erklärt (und seinen äußerst, äußerst durchtrainierten Körper). Bleibt mir also nur der alte Plattenspieler und die noch antikeren Schallplatten.

Müde und dennoch schlaflos hocke ich vor der Holzkiste und durchstöbere sie nach guter Musik, aber nichts davon gefällt mir. Die muffig riechenden Platten sind uralt, ihre Hüllen verschlissen und vergilbt. Ich schätze, dass sie schon wesentlich länger als Ruben ihr Dasein in diesem Keller fristen. Kopfschüttelnd befördere ich eine Kuriosität nach der anderen zutage. Es ist sozusagen alles dabei, was ich nicht hören will. Angefangen bei *Tschaikowskys Sinfonie Nr. 5*, gespielt von den Leningrader Symphonikern, *Orgelwerken* von Johann Sebastian Bach und *Unsere Schönsten Weihnachtslieder*, gesungen vom Bielefelder Kinderchor, über Duke Ellington 1952 in Pasadena, einer Band namens *Ten Years After* bis zu *Schlagerrendezvous mit Peter Alexander 2. Folge* (unglaublich, dass es davon anscheinend Fortsetzungen gab).

Am Ende erscheint mir *The Doors Vol. 2* aus der Star Collection das kleinste Übel zu sein. Jetzt bleibt mir nur noch zu hoffen, dass die Technik funktioniert und die Platte nicht leiert. Vorsichtig lege ich sie auf den Plattenteller, überprüfe, ob die Kabel vom Lautsprecher mit dem Gerät verbunden sind, und lasse ganz sacht die Nadel sinken. Es kratzt und knackt, doch dann ertönt ein ausgesprochen kurzes Schlagzeugintro, und kurz darauf singt Jim Morrison *Hello, I love you. Won't you tell me your name?*

Wow, der fällt ja echt mit der Tür ins Haus! Ich glaube, ich liefe schreiend auf und davon, wenn mich jemand auf solch plumpe Art und Weise anmachen würde. Trotzdem tanze ich ausgelassen nach der leichten Melodie und vertreibe somit die Stille und die dadurch entstandenen Gedanken.

Ich fühle mich mittlerweile wie aus der Zeit gefallen. Ohne Handy bekomme ich kaum noch mit, was in der Welt passiert, und bei Henry höre ich ausschließlich und notgedrungen nur Musik aus den Sechzigern. Man könnte meinen, ich komme von einem anderen Stern. Andererseits ist es auch unglaublich befreiend. Mit ausgebreiteten Armen und geschlossenen Augen drehe ich mich im Kreis, bis mir ganz schwindelig wird. Wenn ich so weitermache, spüle ich höchstwahrscheinlich demnächst mein Telefon im Klo hinunter, um alles, was darauf enthalten ist, endgültig aus meinem Leben zu verbannen, sehe nie wieder fern oder höre Radio, kaufe mir Schlaghosen und bin bereit, mit siebenundzwanzig an meiner eigenen Kotze zu ersticken.

Der nächste Song beginnt mit einer Orgel oder einem ähnlichen Instrument. Ich greife zum Cover und suche den Titel. *Soul Kitchen.* Aha … daher also der Name für Henrys Kneipe.

Anfangs tippe ich nur ein bisschen mit den Zehenspitzen und nicke mit dem Kopf im Takt, doch bei genauerem Hinhören finde ich die Musik eigentlich gar nicht mal so schlecht. Nach und nach baut sich der Song immer weiter auf, sodass ich unmöglich noch länger stillstehen kann und förmlich dazu gezwungen werde, völlig losgelöst zu tanzen. *»Learn to forget«*, singe ich wie von Sinnen mit, beinahe so, als wolle ich mich selbst von der Richtigkeit des Satzes überzeugen. *»Learn to forget.«* Meine Güte! Irgendwas muss im Berliner Leitungswasser sein … wahrscheinlich Halluzinogene.

Ich drehe mich um, öffne die Augen und falle vor Schreck fast in Ohnmacht.

# 18

## Juli

Vor mir steht Ruben.

Obwohl … das drückt es nicht ganz korrekt aus. Vor mir hampelt Ruben albern herum und bewegt sich wie Elvis Presley auf Drogen.

Ich sage doch, irgendetwas stimmt mit dem Wasser hier nicht.

Ich kann nicht anders und muss lachen. »Was soll das werden?«, frage ich ihn. Er bewegt sich so dermaßen lächerlich, und es ist mir nur noch halb so peinlich, dass er mich während meiner kurzen Hippiephase erwischt hat.

»Ich weiß nicht … sag du es mir!« Er wechselt den Tanzstil (offenbar versucht er sich gerade an Lambada) und kommt mir gefährlich nahe. Ich atme seinen Geruch ein. Er riecht wie immer nach Winter. »Ich dachte, du warst möglicherweise Waldorfschülerin, und wir tanzen jetzt unseren Namen.«

Okay, es ist mir doch peinlich. »Hör auf damit!«, weise ich ihn streng zurück. »Du siehst aus, als wolltest du mich begatten, und ich weiß gerade nicht, wo meine Vergewaltigungspfeife liegt.« Ich drehe die Musik auf Hintergrundlautstärke und verschränke die Arme schützend vor der Brust. »Und außerdem … was kann ich dafür, dass deine Plattensammlung so miserabel ist? Spotify wäre mir auch lieber, aber …« Ich breche mitten im Satz ab.

»Aber was?«

»… aber der Akku meines Handys ist leer, und ich habe das Ladekabel zu Hause vergessen.«

»Na, dann nimm eben eins von mir.« Ohne lange zu zögern, kramt er in einem der vielen Kartons herum und zieht einen beachtlichen Kabelsalat hervor. »Hier. Da ist mit Sicherheit ein passendes dabei.« Er hält mir das verworrene Knäuel hin, doch ich schüttele nur den Kopf.

»Nein … schon gut, das ist es nicht.« Ich atme tief durch und sehe zu Boden. »Mein Handy ist sozusagen gerade tabu für mich.«

Ruben nickt verständnisvoll. »Du machst also gerade eine Smartphone-Entziehungskur.«

»Nein … nicht wirklich. Ich will es zurzeit eben einfach nur nicht einschalten.«

»Und weshalb nicht?«

»Damit ich nicht die ganzen Nachrichten lesen muss, die mich da erwarten. Und ich will nicht geortet werden«, füge ich schnell noch hinzu.

»Ein bisschen schräg bist du schon, oder?!«

Ich zucke mit den Achseln. »Kann schon sein … wer ist das nicht?«

Ruben reibt sich nachdenklich die Schläfe. »Kann ich mal dein Handy sehen?« Er hält mir die ausgestreckte Hand hin.

»Wozu?«, frage ich, suche aber dennoch in den Untiefen des Rucksacks danach und reiche es ihm zögernd.

Mit einem Stückchen Draht öffnet er das Fach für die SIM-

Karte und betrachtet sie skeptisch. Dann stöbert er in einem weiteren Karton, findet aber anscheinend nicht, wonach er sucht, sieht sich kurz um, holt eine kleine schwarze Schachtel ganz oben vom Regal und zieht ein Smartphone heraus. Es ist in einem elenden Zustand. Das Display ist nicht nur gesprungen, sondern ganze Stücke davon sind herausgebrochen, und ein Teil der Technik liegt frei. Ruben hantiert ein wenig daran herum und fummelt nach wenigen Augenblicken die SIM-Karte aus dem Gerät. »Mhm … dachte ich mir schon … nicht die gleiche Größe.« Er legt die beiden Karten übereinander. Meine ist um einiges kleiner.

In der Küche zieht er ein Schubfach auf und legt eine Schere, Klebeband, Fineliner und einen Schmierzettel auf die Arbeitsfläche. Er befreit sich weder von seiner Jacke noch den Schuhen, sondern überträgt sofort die Umrisse meiner SIM-Karte akribisch auf den kleinen Zettel, schneidet die Schablone aus und befestigt sie mithilfe des Tesafilms auf der zu großen Karte.

Die Platte ist mittlerweile zu Ende, und ich drehe sie auf die B-Seite.

In der Zwischenzeit schneidet Ruben die andere SIM-Karte zu, und als er mit seinem Werk zufrieden zu sein scheint, baut er diese in mein Handy ein, schaltet es an und gibt kopfschüttelnd ein Passwort oder Ähnliches ein. »Funktioniert einwandfrei.« Er reicht mir mein Telefon. »Eigentlich müsste das meiste auf der Karte gelöscht sein. Die PIN lautet 0815. Du kannst sie aber gern ändern … falls sie dir zu gewöhnlich ist.« Er grinst mich an, zieht sein eigenes Handy aus der Hosentasche (das in keinem wesentlich besseren Zustand ist als das ausrangierte) und tippt darauf herum.

Als er wieder aufsieht, hat sich sein Gesichtsausdruck dramatisch verändert. Düster, traurig, mit tiefen Sorgenfalten auf der

Stirn. Als hätte er ein Bild vor Augen, das er auf keinen Fall wahrnehmen will.

Ein leises Vibrieren in meiner Hand reißt mich im nächsten Augenblick aus den Gedanken und mein Smartphone aus seiner Zwangspause. Auf dem hell erleuchteten Display prangt ein Name. *MotHeRfcKnG Homie.*

»Brauchst nicht ranzugehen … bin nur ich.«

»Echt jetzt??? Motherfucking Homie?« Ich mustere ihn skeptisch. »Wem gehört das Handy?«

Ruben wendet sich von mir ab und steckt den Kopf in den Kühlschrank. »Einem meiner besten Freunde. Aber er hat es geschrottet und braucht es nicht mehr. Na, jedenfalls kannst du jetzt etwas anderes hören als die alten Platten von Henrys Frau und musst trotzdem nicht befürchten, vom BND geortet zu werden.« Er klingt so beiläufig wie nur möglich, aber ich spüre genau, dass ihn etwas belastet. Schon allein deshalb, weil er mich kein einziges Mal ansieht.

»Ach … ich finde die Schallplatte eigentlich gar nicht so übel.« Rücklings falle ich aufs Bett und strecke stöhnend alle Gliedmaßen aus. »Hast du Hunger?«, frage ich in ebenso beiläufigem Ton. »Auf dem Herd steht Suppe.«

Neugierig wirft er einen Blick in den Topf und rümpft die Nase. »Was für Suppe?«

»Möhren-Ingwer-Kokosnuss.«

Er kommt zu mir herüber, zieht sich endlich die Jacke aus und lässt sich neben mir aufs Bett fallen. »Möhrensuppe … bah!« Ganz langsam wendet er den Kopf zu mir um und betrachtet mich. »Du musst mich wirklich sehr hassen.«

»Eigentlich nicht.« Ich sehe ihm in die Augen und muss schlucken.

Wir liegen nebeneinander, ohne uns auch nur irgendwo zu berühren. Das Gesicht dem anderen zugewandt. Seine Züge sind schön. Wenn ich Maß nähme, käme es dem Goldenen Schnitt vermutlich sehr nahe. *Riders On The Storm* läuft, und es klingt, als regne es in unserem Zimmer. Wir sehen uns während des ganzen Songs schweigend an.

Sieben lange Minuten.

Etwas Intimeres habe ich noch nie erlebt, und ich weiß nicht, warum oder was hier gerade mit mir geschieht, aber ich will nicht, dass es aufhört.

»Wow«, sagt Ruben, nachdem sich die Nadel von der Platte gelöst hat.

»Ja … wow«, flüstere ich und blinzele mehrmals hintereinander. Die letzten Minuten waren absolut surreal.

»Dieser Text … Wahnsinn! Ich habe ihn mir gerade zum ersten Mal bewusst angehört. Wie fandest du ihn?«

Ich schlucke schwer und begreife, dass ich soeben wieder in die Realität zurückgekehrt bin. »Toll.« Ich muss mich räuspern und wende mich schnell von ihm ab.

Soll ich ihm etwa gestehen, dass ich kein einziges Wort verstanden habe, obwohl ich des Englischen durchaus mächtig bin? Dass ich überhaupt nicht auf den Songtext geachtet habe, weil ich mich sieben Minuten lang nur gefragt habe, wie es sich wohl anfühlen würde, Ruben durchs Haar zu fahren? Wie sich seine Haut anfühlt? Seine Lippen? Ganz sicher nicht. Eher sterbe ich freiwillig.

»Ja, oder?« Er steht auf, schiebt die Schallplatte vorsichtig zurück in die Hülle und redet währenddessen weiter.

Ich beobachte ihn dabei, verstehe aber kein Wort. Als hätte jemand den Ton abgestellt. Als wäre ich nicht in der Lage, Sehen und Hören miteinander zu kombinieren. Wahrscheinlich stehe ich unter Schock. Ja, das wird es sein. Es gibt doch diesen Test. Diesen Liebestest, bei dem man sich über dreißig Fragen stellt und sich danach mehrere Minuten lang in die Augen sehen muss. Anscheinend brauche ich die Fragen nicht. Mir hat der Blickkontakt völlig gereicht, und es ist passiert. Etwas völlig Unerwartetes. Ja, ich fand Ruben vom ersten Moment an attraktiv und sympathisch, aber jetzt … jetzt sehe ich ihn an und verspüre dieses wundervolle und zugleich beängstigende Kribbeln im Bauch, das ich glaubte nie wieder fühlen zu können. Die Situation überfordert mich völlig, denn damit habe ich einfach nicht gerechnet.

Bevor ich mich noch irgendwie verplappere oder er mich wie ein offenes Buch liest (und ich bin sicher, dass er dazu fähig ist), verschwinde ich mit meinen verwirrenden Gedanken und Gefühlen im Badezimmer. Ich drehe den Wasserhahn auf und lasse mir eiskaltes Wasser über die Handgelenke laufen. Frustriert betrachte ich währenddessen mein Spiegelbild. Das Blau in meinen Haaren ist schon lange herausgewaschen. Es wirkt in diesem künstlichen Licht beinahe silbern, und am Ansatz wächst schon zwei Fingerbreit meine natürliche dunkelbraune Haarfarbe nach. Normalerweise hätte ich wahrscheinlich schon längst wieder nachgefärbt, aber im Moment ist einfach nichts normal. Und schon gar nicht, dass ich darüber nachdenke, ob Ruben mich möglicherweise unattraktiv findet. Im Gegensatz zu mir scheint ihn mein Anblick nämlich völlig kaltgelassen zu haben. Ich atme tief durch, halte das Gesicht übers Waschbecken und wasche mir das Glühen von den Wangen. Ist vielleicht auch besser so. *Wir sind nur vorübergehende Mitbewohner,* rede ich mir ein. Vielleicht nicht einmal das. Wir nutzen nur dieselbe Wohnung, und das meistens nicht mal zur gleichen Zeit.

Und im Moment kann ich wirklich keine Lovestory gebrauchen.

Mit dieser Einstellung und gestrafften Schultern verlasse ich das Bad, nur um gleich darauf festzustellen, dass ich allein bin.

Schon wieder.

Barfuß tappe ich zur Tür hinaus, durch Henrys Lager hindurch und werfe einen Blick die Straße hinunter, doch Ruben entdecke ich nirgends. Dafür fällt mir erstmals Roccos Bar einen Hauseingang weiter auf. Sonst sind dort tagsüber immer die Rollläden heruntergelassen, und nichts deutet auch nur ansatzweise darauf hin, dass sie jemals hochgezogen werden. Neugierig betrachte ich den Laden ein wenig genauer. So sieht er also aus … der ominöse Club oder was auch immer dieser Laden sein soll. Nicht besonders einladend, aber wahrscheinlich gehöre ich nicht zu der Zielgruppe, die hier angesprochen werden soll. Die Fensterscheiben bestehen entweder aus Milchglas oder sind von innen mit blickdichter Folie beklebt. Trotzdem schimmert rötliches Licht hindurch. Ein leuchtendes Schild mit verspielter Schnörkelschrift verweist auf den Namen des Etablissements. *Red Mill.*

Auf Zehenspitzen husche ich über den eiskalten Gehweg und werfe einen Blick durch den schmalen freien Streifen in der Glastür. Ich sehe runde Bistrotische, ringsum rote Cocktailsessel, die vereinzelt besetzt sind, eine kleine Bühne, auf der sich eine spärlich bekleidete junge Frau gelangweilt an einer Poledancestange rekelt.

Und ich sehe eine Bar, vor der Ruben mit einem Glas Cola steht.

Hinter dem Tresen entdecke ich eine Blondine, die unter ihrem dicken Make-up wahrscheinlich kaum älter ist als ich. Die beiden scheinen sich angeregt zu unterhalten. Und das muss ich meinem Teilzeitmitbewohner wirklich hoch anrechnen … Ich könnte mich auf keinen Fall auf ein Gespräch konzentrieren, wenn mein Gegenüber mir so tiefe Einblicke in ihr Dekolleté gewähren würde. Ich kann nicht leugnen, dass mir der Anblick eine gewisse Genugtuung verschafft. Trotzdem ist er gerade lieber bei ihr als bei mir.

Ich spüre, wie mir die Kälte von den Füßen langsam in den ganzen Körper kriecht, sich unaufhaltsam ausbreitet, und flüchte zurück in die Wohnung, bevor ich vor Roccos Bar noch zu einer Eisskulptur gefriere. Bibbernd schlüpfe ich unter die wärmende Decke und ziehe sie mir über den Kopf.

Hier lassen sich Schwermut und Selbstzweifel perfekt genießen.

# 19

## Juli

Ungefähr eine halbe Stunde später kommt Ruben zurück.

Ich stelle mich schlafend. Zu groß ist sonst die Gefahr, dass ich ihm Fragen stelle, als wäre ich seine betrogene Ehefrau. Im Grunde genommen geht es mich nämlich überhaupt nichts an, wo er sich nachts herumtreibt. Obwohl ich es sogar ein bisschen unverschämt finde, dass ich mich von Roccos Bar fernhalten soll, während er dort anscheinend ein und aus geht. Bei passender Gelegenheit werde ich ihm auf jeden Fall mal die Bedeutung des Wörtchens *Doppelmoral* erläutern.

»Juli? Schläfst du schon?«

Was meint er mit *schon?* Es ist nach halb drei.

»Mhm.«

»Auch wenn ich dir etwas mitgebracht habe?«

Ich weiß wirklich nichts, was ich aus dem *Red Mill* haben wollte. Außer vielleicht eine Dose gesalzene Erdnüsse.

»Mhm.«

»Dann schlaf schön«, flüstert er. »Ich lege es dir neben das Bett, okay?!«

Langsam öffne ich ein Auge, das andere kneife ich zu.

»Du schläfst ja doch nicht.« Er grinst mich an und hält mir einen Zettel und eine Spotify-Gutscheinkarte hin. »Ich dachte mir, du brauchst vielleicht Guthaben für deine *neue* SIM-Karte und hier … der Schlüssel zu einem Monat Musik deiner Wahl. Dann musst du dir nicht mehr die verstörenden Songtexte von Jim Morrison anhören.«

»Hatte ich auch nicht vor«, gebe ich mürrisch zurück. »Als Nächstes wäre Peter Alexander dran gewesen.« Ich richte mich im Bett auf und greife kopfschüttelnd nach meinen Geschenken. »Woher hast du das um diese Uhrzeit?«

»Späti.«

»Ehrlich … Ich verstehe dich nicht.«

»Was verstehst du nicht?«

»Dich.«

»Wieso? Was ist mit mir?«

»Manchmal bist du total nett … geradezu gesellig und dann wieder …«

»Was?«

»Nicht.«

»Ich bin nicht nett?« Ruben wirkt tatsächlich verwundert und setzt sich mit nachdenklicher Miene ans Fußende des Bettes.

»Na ja … das ist vielleicht nicht ganz richtig formuliert … aber manchmal verhältst du dich so distanziert, richtig abweisend. Dabei hast *du* mich doch gedrängt, hier einzuziehen.«

»Ja, das wollte ich«, gibt er zu. »Gleichzeitig habe ich dir aber auch versprochen, dass ich dich in Ruhe lasse und du genug Freiraum hast.«

»Vielleicht will ich gar nicht in Ruhe gelassen werden. Ich habe so viel Freiraum, ich weiß gar nicht, womit ich den füllen soll. Und ich merke immer wieder, dass ich dich eigentlich überhaupt nicht kenne. Nicht mal deinen Nachnamen kenne ich. Du hast kein Klingelschild, keinen Briefkasten.«

»Ja und? Ich kenne deinen Namen doch auch nicht.«

»Hansen«, antworte ich prompt. »Juli Hansen.«

»Kramer.« Förmlich hält er mir die Hand hin. »Ruben Kramer.«

Zaghaft ergreife ich sie und schüttele sie lächelnd. Er lächelt zurück.

Ein absurder Moment!

»Soso … Ruben Kramer, zweiundzwanzig, Boulderhallenmitarbeiter. Gibt es sonst noch etwas Spannendes über dich zu erfahren?«

»Eigentlich nicht … Juli Hansen, neunzehn, Ausreißerin.«

»Perfekt zusammengefasst. Aber wir reden jetzt nicht über mich … Du weißt sowieso schon zu viel von mir.«

Ihm entfährt ein Seufzer, während er sich nervös durchs Haar streicht. Bei diesem Anblick denke ich sofort wieder daran, dass ich sieben Minuten lang nichts anderes machen wollte. Verwirrt wende ich den Blick ab und überlege, wie ich ihm weitere Informationen über sich selbst entlocken kann.

»Zum Beispiel frage ich mich, weshalb es hier immer so wahnsinnig ordentlich aussieht. Ich kenne wirklich kein Exemplar der männlichen Spezies, bei dem es so akkurat aufgeräumt ist.«

»Ich brauche einfach Ordnung um mich herum«, sagt er und macht den Eindruck, als wolle er sich entschuldigen. »Mir reicht schon das Chaos in meinem Kopf.«

Ich finde, das ist der beste Grund fürs Aufräumen, den ich jemals gehört habe, und nehme mir vor, ihm nicht noch mehr Chaos zu bereiten, solange ich bei ihm wohne.

»Und weshalb bist du so ein Literaturbanause? Noch nie habe ich eine Wohnung ohne Bücher gesehen … Deine ist die erste.«

Ruben erhebt sich vom Bett, zieht aus seiner Jackentasche ein ziemlich ramponiertes grünes Taschenbuch und reicht es mir wortlos.

»Charles Bukowski, *Das Schlimmste kommt noch*«, murmele ich vor mich hin und sehe ihn an. »Es geht doch nichts über eine positive Lebenseinstellung, nicht wahr?«

Er zuckt nur mit den Achseln. »Es ist das einzige Buch, das ich noch besitze. Da lernt man jedes Wort, jeden Satz sehr zu schätzen, ganz gleich, wie kurz er ist.«

*»Noch?«*, frage ich ihn einsilbig.

Er setzt sich auf den Boden und lehnt sich mit dem Rücken ans Bett. »Alle anderen Bücher habe ich zu Hause zurückgelassen.« Ruben sieht mich an und gleichzeitig auch wieder nicht. Er blickt durch mich hindurch.

Ich setze mich neben ihn auf den kalten Betonboden und wickele mir die Decke um die nackten Beine. »Erzähl mir von deinem Zuhause!«, fordere ich ihn auf. Am liebsten würde ich ihm den Kopf an die Schulter lehnen, doch ich traue mich nicht. Stattdessen lege ich ihm zaghaft eine Hand auf den Unterarm. Als wolle ich ihn ermutigen, mehr über sich preiszugeben.

»Da gibt es nichts zu erzählen.«

Er wirkt abweisend, doch ich lasse mich nicht einschüchtern. Ich will endlich wissen, wer er ist und weshalb er so ist, wie er ist.

»Mutter?«

»Vorhanden«, antwortet er knapp.

»Vater?« Ich spüre, wie sich Rubens Muskeln anspannen, und nehme die Hand sofort wieder weg.

»Ein sogenannter *Stiefvater.*« Seine Stimme hat einen Klang, wie ich sie selbst in seinen abweisendsten Momenten mir gegenüber so noch nicht vernommen habe. Hart und kalt.

»Geschwister?«

»Ja.« Rubens Ton wird merklich sanfter.

Ich betrachte ihn von der Seite. Er erwidert den Blick, und ein kaum erkennbares Lächeln zeichnet sich auf seinem Gesicht ab. Doch ich bemerke das Strahlen seiner Augen.

»Eine kleine Schwester … Daisy … Sie war vier und das Wertvollste, das ich damals zurücklassen musste.«

»Hast du sie seitdem nicht wiedergesehen?«

Er schüttelt den Kopf.

»Wieso nicht?«

»Das weiß ich nicht. Vielleicht bin ich zu stolz. Oder zu dumm. Oder beides. Sie ist mittlerweile neun, geht zur Schule und hat mich bestimmt längst vergessen.«

»Dich kann man nicht vergessen!«, platzt es aus mir heraus. »Unmöglich.« Auch wenn ich es genauso meine, wie ich es sage, halte ich dem Blick nicht stand, den mir Ruben zuwirft. Verlegen starre ich auf meine Hände und zupfe mir nervös an den Fingernägeln. »Und du kannst auch nicht davon ausgehen, dass du anderen so gleichgültig bist wie du dir selbst.«

»Wie meinst du das?«

Mir entfährt ein verzweifelter Seufzer. »Na, sieh dich doch mal an! Du kommst praktisch jede Nacht verletzt nach Hause, und das ist dir total egal. Du schläfst viel zu wenig und hast kaum soziale Kontakte.«

»Das sagt die Richtige.«

»Das ist etwas völlig anderes«, verteidige ich mich. »Ich bin schließlich neu in dieser Gegend.«

»Wenn du meinst … aber die Tatsache, dass du gerade halb nackt mitten in der Nacht neben mir sitzt, beweist doch nur, wie erfolglos ich eigentlich als sozialer Außenseiter bin. Immerhin helfe ich dir permanent aus der Patsche. Und bloß weil ich mich nicht um mich selbst kümmere, bedeutet das noch lange nicht, dass mir andere egal sind. Erst recht nicht meine Schwester.«

Ich ziehe die Decke schützender an mich. »Dann geh sie besuchen!«

Ungehalten rauft er sich die Haare. »Das ist nicht so einfach, wie du dir das vorstellst.«

»Und du stellst es dir bestimmt komplizierter vor, als es eigentlich ist.«

»Sagt wieder genau die Richtige. Oder weshalb bist du hier und nicht zu Hause? Du wirst sehen, je mehr Zeit vergeht, umso unmöglicher ist die Rückkehr zu deinen Eltern. Du kannst nicht einfach verschwinden, Wochen, Monate, Jahre, um plötzlich wieder aufzutauchen und *Hi* zu sagen, als wäre nichts gewesen.«

»Und du hast anscheinend schon wieder vergessen, dass es hier nicht um mich geht«, widerspreche ich mit selbstgefälligem, breitem Lächeln, um erstens die Stimmung aufzulockern und zweitens von mir und meinen persönlichen Baustellen abzulenken. »Deine Schwester freut sich bestimmt, dich endlich wiederzusehen, und deine Mutter …«

»Meine Mutter …«, fällt er mir kopfschüttelnd ins Wort. »Meine Mutter liebt jedes halb leere Glas Wein mehr als mich.«

»Ist sie Alkoholikerin? Trinkst du deswegen nichts?«

Ruben schnaubt verächtlich. »Sie würde es jedenfalls abstreiten, aber Betrunkene sagen bekanntlich immer die Wahrheit und was sie von dir halten. Was sie …« Er bricht mitten im Satz ab.

Ich halte den Atem an. Worte können schmerzen. Worte können zerstören. Worte bewirken, dass von einem Moment zum nächsten nichts mehr so ist wie vorher. Ich sehe es Ruben an. Sein verbitterter Gesichtsausdruck verrät, dass er die Verletzung kaschieren will, doch es gelingt ihm nicht. Unruhig windet er sich hin und her, unschlüssig, ob er weiterreden soll. Ich rücke von ihm ab, gehe auf Abstand, lasse ihm und seinen Gefühlen Raum. Schuldgefühle überwältigen mich bei seinem

Anblick. Ich wollte doch nur etwas mehr über ihn erfahren und ihn nicht zum Seelenstriptease drängen.

»Und sie hat ja recht«, sagt er nach einer Weile, fast als hätte er ihre Worte in seinem Kopf noch einmal Revue passieren lassen. »Ich bin zu viel. Zu viel von allem. Zu extrem. Zu ganz oder gar nicht.«

»Das hat sie zu dir gesagt?«, wage ich zu fragen. Mein Kopf fühlt sich immer schwerer an, und ich kann die Augen kaum noch offen halten. Wie gern würde ich mich jetzt bei ihm anlehnen. Ich spüre, das täte uns beiden gut, aber ich berühre ihn lediglich mit der Hand am Oberarm, in der Hoffnung, ihm und mir ein wenig Halt zu verleihen.

»Sie sagte …« Er schluckt hart und legt den Kopf in den Nacken. »Sie sagte … dich zu lieben, ist ein Albtraum, und wärst du nicht mein Kind, wollte ich nichts mit dir zu tun haben.«

Ich lasse die Worte einen Augenblick lang sacken.

In letzter Zeit habe auch ich mich nur noch mit meinen Eltern gestritten. Viel zu oft habe ich ihnen etwas an den Kopf geknallt, das ich gar nicht so meinte. Aber es war mir irgendwann einfach nur noch unerträglich, dass sie mein Leben bis ins Letzte durchplanten. Trotzdem … obwohl wir nur noch selten einer Meinung sind, weiß ich doch, dass sie mich lieben. »Sie hat es mit Sicherheit nicht so gemeint«, versuche ich ihn zu überzeugen. »Bestimmt sagte sie das in einer Situation, in der sie hilflos oder überfordert war.«

»Dann war sie ziemlich oft hilflos und überfordert«, stellt er trocken fest. »Und dass ich gegangen bin, war das Beste für alle … besonders für meinen *Stiefvater.*«

»Aber ich weiß nicht, ob dir aufgefallen ist, dass in diesem Satz nicht nur das Wort *Albtraum* fiel, sondern auch *Liebe.*«

»Was zählt das, wenn sie am Ende doch nur noch zu *ihm* gehalten hat? Und er … er hat mir einmal zu oft … ach, ist auch nicht mehr wichtig.« Gleichgültig winkt er ab und wirkt frustriert.

»Doch! Was hat er?«

»Er sagte mir ständig, dass er kaum meinen achtzehnten Geburtstag erwarten könnte, damit ich endlich ausziehe und sie dann eine richtige Familie sind.« Für einen Moment dreht er den Kopf in meine Richtung, und ich spüre seinen Atem im Haar. »Letztendlich wollte ich ihn nicht so lange warten lassen und bin schon mit siebzehn gegangen.«

»Und was ist mit deinem leiblichen Vater?«

»Der ist genau so ein Reinfall. Jeder Mann mit zeugungsfähigem Sperma kann Kinder in die Welt setzen, das macht ihn aber noch lange nicht zum Vater.« Er atmet tief durch und lässt den Kopf sinken. »Ich hoffe, Daisy hat da mehr Glück als ich.«

Die Haare hängen ihm vor den Augen, und ich kann kaum erkennen, ob sie offen oder geschlossen sind. Nervös knetet er die Finger im Schoß. Sie sehen aus, als hätte er sich damit durch felsiges Gestein gegraben, und feine Farbsprenkel zeichnen sich auf seiner rechten Hand ab, als wäre er durch schwarzen Nebel gelaufen.

»Das Mädchen auf deinem Rücken …« Ich erkenne sofort, dass sich seine Kiefermuskulatur anspannt, und bereue schon meine Frage, doch es ist zu spät zum Zurückrudern. »Ist das … Daisy?«

»Ja.«

»Und der Junge?«

»Hör zu, Juli! Das geht niemanden etwas an«, stößt er ungehalten hervor und starrt mich wütend an.

»Und der Junge?«, frage ich dennoch erneut.

Rubens Augen funkeln. »Bin ich.«

# 20

## Ruben

»Habe ich dir schon gesagt, dass es mir leidtut?«, nuschelt Juli schläfrig.

Den Kopf an meine Schulter gelehnt, versucht sie krampfhaft, wach zu bleiben.

»Nur so an die dreißigmal«, antworte ich leise, wende den Kopf ein wenig zur Seite, um so unauffällig wie möglich den Duft ihrer Haare zu inhalieren.

Wir sitzen noch immer auf dem nackten Boden, und eigentlich möchte ich ihr nur sagen, dass sie doch endlich ins Bett gehen soll. Aber ich tue es nicht. Ich bin egoistisch und will sie neben mir wissen. Ich bereue es, sie vorhin so angefahren zu haben. Das wollte ich nicht. Und ich will auch nicht, dass sie sich ständig für ihre Fragen entschuldigt. Doch mir wäre es lieber gewesen, sie hätte das Bild auf meinem Rücken nie zu Gesicht bekommen. Es ist einzig für mich bestimmt.

Ganz plötzlich schreckt sie auf, ein Zeichen dafür, dass ihr abermals die Augen zugefallen sind und sie sich geradezu zwingt, nicht an Ort und Stelle einzuschlafen. »Hast du mir schon verziehen?«, flüstert sie und mustert mich schuldbewusst.

»Es gibt nichts zu verzeihen.« Ich verfluche mich, weil sie meinetwegen Schuldgefühle hat.

»Sonst kann ich aber nicht schlafen«, quengelt sie wie ein kleines Kind.

Ich seufze ergeben. »Okay … schon gut. Deine unerträgliche Neugier sei dir verziehen.«

»Hey!«, ruft sie entrüstet und rückt ein Stück von mir ab.

Sofort vermisse ich ihre Nähe.

»Ich bin nicht neugierig … ich bin nur interessiert.«

»Das läuft aufs Gleiche hinaus. Und jetzt ab ins Bett!«, sage ich in strengem Ton, auch wenn ich es schön fände, wenn sie die ganze Nacht neben mir säße. »Du musst schließlich bald wieder aufstehen.«

»Und was ist mit dir?«

»Ich bin nicht müde«, lüge ich.

Die Wahrheit ist, ich fühle mich so müde, dass selbst ein hundertjähriger Schlaf nicht reichen würde. Aber ich kann nicht schlafen. Ich will nicht schlafen. Denn sonst sehe ich *ihn* fallen. Ich sehe ihn fallen. Jede verdammte Nacht. Und vorhin nach so langer Zeit seine Nummer zu wählen, ließ meinen sorgsam errichteten Schutzmechanismus beinahe zusammenbrechen.

Seit Juli da ist, geht es mir spürbar besser. Jeder noch so winzige Augenblick mit ihr ist besser als alle Sekunden der letzten drei Jahre zusammen. Wut und Trauer, Trauer und Wut waren meine einzigen Begleiter. Und wenn ich nicht gerade wütend oder traurig war, fühlte ich mich einfach nur leer. Komplett leer. Aber seit sie bei mir wohnt, hat sich alles verändert. Seitdem treten andere Gefühle in den Vordergrund. Sorge darüber, dass sie hier allein, ohne Freunde und Familie nicht klarkommt. Freude über jedes Wort, das wir miteinander wechseln, und jedes Lächeln, das sie mir schenkt. Und das Schlimmste … Begierde. Ich begehre sie seit der ersten Nacht. Ich wehre mich jeden Tag dagegen und habe mir geschworen, sie um jeden Preis auf Abstand zu halten. Denn eins ist sicher … jeder, der mir allzu nahe kommt, stürzt früher oder später in einen tiefen Abgrund. Doch nachts, wenn sie tief und fest schläft, werfe ich sämtliche Vorsicht über Bord und betrachte sie stundenlang.

»Wenn du nicht schläfst, dann schlafe ich auch nicht.« Juli gähnt ausgiebig und reibt sich über das Gesicht. »Es lohnt sich sowieso kaum noch. Der Tag bricht bald an.« Sie rappelt sich vom Boden auf, schmeißt die Decke aufs Bett und wirft einen Blick in den Kühlschrank. »Du hast doch immer noch nichts gegessen, oder? Wie wäre es mit Frühstück? Ich könnte uns Rührei machen.« Ihre Müdigkeit scheint wie weggeblasen zu sein, und sie sprüht förmlich vor Tatendrang.

Schwerfällig erhebe ich mich. Jeden Tag schmerzt ein anderer Körperteil, aber ich verkneife mir ein Stöhnen. »Du musst nichts für mich kochen«, sage ich und nehme ihr die Eierpackung aus der Hand.

Es sind sogar Bioeier. Sie kauft Bioeier und sagt so merkwürdige Sachen wie *Der Tag bricht bald an.* Oder neulich sagte sie so etwas in der Art wie *Ihm den Garaus machen.* Das hat mich fast umgehauen, und als ich meinte, sie rede komisch, hat sie es nicht mal abgestritten. Sie ist echt merkwürdig. Aber süß merkwürdig. So süß, dass ich mir eigentlich jedes Mal, nachdem ich mit ihr zusammen war, dreißig Einheiten Actraphane injizieren müsste.

»Und du musst auch nicht einkaufen, hier aufräumen und putzen. Ich habe nie Bedingungen daran geknüpft, dass du bei mir wohnen darfst.«

»Aber ich will dir etwas zurückgeben.«

*Das tust du schon, mehr, als du denkst.*

»Das brauchst du nicht. Henry verlangt eine lächerlich niedrige Miete. Wenn er nur ein bisschen Ahnung vom Berliner Wohnungsmarkt hätte, würde er wahrscheinlich das Fünffache verlangen. Wie wär's … du ziehst dir etwas an, und wir gehen frühstücken.«

*Denn wenn du noch länger in Unterwäsche und T-Shirt in meiner Küche herumstehst, gibt es keine Garantie, dass ich meinem Vorsatz, Abstand zu wahren, treu bleibe.*

»Es ist gerade mal vier. Da hat mit Sicherheit nicht mal deine Lieblingsbäckerin geöffnet.«

»Daran erkennt man mal wieder, dass du dich hier überhaupt nicht auskennst. Aus welchem Dorf kommst du noch mal?«, frage ich sie so beiläufig wie möglich, denn wirklich erzählt hat sie es mir noch nie.

»Aus Lehrte. Das ist kein Dorf.« Entrüstet verzieht sie das Gesicht.

Ich unterdrücke ein Grinsen. »Nie davon gehört. Wo soll'n das sein?«

»Gleich bei Hannover.«

»Aha … und gibt es irgendwas Spannendes in … Lehrte?«

»Es heißt, dort sprechen wir das beste Hochdeutsch.«

»Klingt idyllisch«, scherze ich. »Wie konntest du aus diesem Paradies bloß abhauen?«

»Blödmann.« Sie lacht und schlägt mir leicht gegen den Oberarm.

Ich bin ganz kurz davor, sie mir zu schnappen. Will sie gegen die Wand drücken. Meine Brust an ihren Körper pressen und … Ich schüttele mich kurz und starre sie an. »Zieh dir endlich etwas an! Ich sterbe vor Hunger.«

Hastig greife ich nach meiner Jacke und beschließe, draußen vor der Tür auf sie zu warten. Vielleicht treibt mir ja die eisige Januarkälte wenigstens ein bisschen die Hitze aus dem Körper.

Für den Rest verlasse ich mich voll und ganz auf Sandy. Ich bin gerade mehr als froh, vorhin noch ein Treffen mit ihr vereinbart zu haben.

Nach ein paar Minuten, die sich hier draußen wie eine kleine Ewigkeit anfühlen, kommt Juli endlich die Treppe hochgestolpert. »Ich mag diese Tageszeit«, sagt sie verträumt, schlingt sich die Arme um den Körper, schließt die Augen und atmet die morgendliche Winterluft in tiefen Zügen ein. »Die ganze Welt gehört uns ganz allein.«

Wortlos nickend stimme ich ihr zu und schiebe die Hände in die Hosentaschen. Zu groß ist sonst die Verlockung, sie in die Arme zu nehmen und ihr ein wenig Wärme zu spenden. Gemeinsam gehen wir durch die menschenleeren Straßen und genießen die Stille. Nur selten kommt die Stadt zur Ruhe, aber es gibt ein kurzes Zeitfenster. Einen Augenblick, in dem Berlin kurz durchzuatmen scheint, um sich für den nächsten Tag zu wappnen. Ein winziger Moment zwischen Nicht-mehr-wach und Noch-nicht-wach.

Genau dann bin ich am aktivsten.

# 21

## Juli

Ich könnte ewig mit ihm durch die Nacht spazieren, doch wir erreichen viel zu schnell unser Ziel, und Ruben hält mir die Tür zu einer kleinen türkischen Bäckerei auf, die anscheinend 24/7 geöffnet ist.

Hinter der Theke steht eine Frau um die vierzig mit pechschwarzem Haar, atemberaubenden Wimpern und einem beneidenswert präzise gezogenen Lidstrich. Mir dürfte um diese Uhrzeit niemand Eyeliner oder Mascara in die Hand drücken. Bei mir gäbe das ein Massaker, doch sie wirkt erstaunlich wach. Ich hingegen könnte jeden Augenblick im Stehen einschlafen, reiße mich aber zusammen.

Schon allein deshalb, weil sie es sicher nicht guthieße, wenn ich schlaftrunken mit meinem fettigen Haaransatz die Glasscheiben der Auslage beschmieren würde.

Der Laden ist winzig, hat lediglich einen schmalen Tresen entlang des Fensters, und es gibt keine Sitzplätze, was in meinem Zustand eine kleine Katastrophe ist, aber die Theke quillt über vor Gebäck. Stundenlang könnte ich mir die Nase an der

Auslage platt drücken und hätte immer noch nicht alles entdeckt. Da auch das mit ziemlicher Sicherheit nicht so gern gesehen wird, lasse ich es lieber. Beim Anblick unzähliger Kekssorten, dem vor Zuckersirup triefenden Gebäck aus Filo- oder Blätterteig, dem herzhaften Börek und den gefüllten Teigtaschen läuft mir das Wasser im Mund zusammen. Doch am meisten haben es mir die Torten in dem deckenhohen Kühlschrank angetan. Sahnetorten. Buttercremetorten. Reich mit Zuckerblüten verziert und mit Obst und hauchdünner Schokolade bunt dekoriert. Gleich daneben liegen Eclairs und Mini-Erdbeertörtchen und wollen verspeist werden.

»Du musst unbedingt die Schokohaferkekse probieren«, versucht Ruben wie aus weiter Ferne zu mir durchzudringen. »Dafür kommen die Leute extra von sonst woher.«

Ich glaube, ich habe soeben diese Welt verlassen und bin im Schlaraffenland wieder aufgetaucht.

Immer noch den Blick auf den Kühlschrank und dessen Inhalt gerichtet, schüttele ich den Kopf. »Torte ... ich will Torte!«

»Sie will die Torte«, höre ich ihn seufzend zu sich selbst sagen. »Wieso war mir das irgendwie klar?«

Ich reiße mich von den Leckereien los und starre müde aus dem Schaufenster. Eigentlich ist es draußen immer noch stockdunkel, auch wenn kaum etwas davon zu merken ist. Die Straßen sind hell erleuchtet, und der Verkehr schwillt so langsam wieder an. Ich vermisse Lehrte nicht. Ganz im Gegenteil. Aber ich weiß auch nicht, ob ich mich jemals an die Rastlosigkeit gewöhnen kann, die hier herrscht. Oder ob ich es überhaupt will. Ich habe das Gefühl, dass die Tage hier in einer Geschwindigkeit vorbeirasen, die mir jegliche Chance auf Reflexion und Neuanfang raubt. Dass ich immer so weitermache wie bisher, ohne es zu merken, geschweige denn die Kontrolle über die Richtung zu haben, in die ich mein Leben lenken will. Ich hätte mir gewünscht, dass die Welt für einen kurzen Moment innehält und mir Zeit zur Orientierung lässt. Stattdessen dreht sie sich nur noch schneller.

Eine riesige Torte schiebt sich in mein Blickfeld und wird dicht vor meiner Nase abgestellt. Mit breitem Grinsen zückt Ruben zwei Gabeln und reicht mir eine davon. »Sie sagte, sie will Torte … Sie kriegt Torte.«

Mir klappt der Mund auf. Und wieder zu. »Du … du hast die komplette Torte gekauft?« Ungläubig betrachte ich den Berg aus Erdbeeren, Biskuit und Buttercreme. »Ein Stück hätte doch total gereicht.«

»Ich mache keine halben Sachen. Das müsstest du langsam wissen.«

Mir fallen seine Worte von vorhin wieder ein.

*Zu viel … zu extrem … zu ganz oder gar nicht.*

Ja, möglicherweise ist da was dran. Mit der mickrigen Kuchengabel steche ich ein Stück von der Torte ab, schiebe es mir in den Mund und weiß jetzt schon, dass wir sie niemals bezwingen werden.

Nein! Es ist nicht *möglicherweise* etwas dran. Es trifft zu. Er *ist* zu ganz oder gar nicht. Zweifellos.

»Ein Suppenlöffel wäre hilfreicher gewesen«, nuschele ich nach einer Weile mit vollem Mund. »Und du bist mir auch keine sonderlich große Hilfe.« Vorwurfsvoll deute ich auf seine Gabel, die er nach nur drei Bissen beiseitegelegt und sich stattdessen einen Börek bestellt hat.

Mit ausholender Handbewegung präsentiert er sich, als wäre er Hostess bei einer Fleischbeschau. »Mein Körper braucht nun mal etwas Richtiges.«

Ich versuche, nicht zu starren, auch wenn es mir äußerst schwerfällt. *Ja*, denke ich. *Dieser Körper wurde ganz bestimmt nicht durch Buttercremetorte geformt.*

»So viel ist sicher«, stellt er nüchtern fest. »Aber dir schadet ein bisschen mehr auf den Rippen auch nichts.«

Ich möchte auf der Stelle im Boden versinken. Bin ich jetzt schon so übermüdet, dass ich nicht mehr merke, ob ich nun denke oder spreche? Das könnte sich ziemlich ungünstig für mich auswirken, schon allein deshalb, weil ihm mein lüsterner Blick unmöglich entgangen sein kann. Er spiegelt sich geradezu in seinen Augen. Ich wende mich ab und starre wieder stur auf die Straße.

»Was ist mit dir?«, stichelt er. »Schwächelst du schon?«

»Bin satt. Pappsatt«, erwidere ich kurz angebunden.

Die Torte ist kaum weniger geworden, doch ich bringe keinen einzigen Bissen mehr hinunter. Und das liegt nicht an der süßen Buttercreme. Nein, vielmehr habe ich das Gefühl, unzählige kleine Raupen würden durch meinen Bauch krabbeln.

»Kein Problem. Wir lassen sie einfach einpacken. Davon können wir uns die gesamte nächste Woche ernähren.«

»Du meinst *ich*. *Ich* kann mich die nächste Woche davon ernähren. Für dich ist ein ganzer Topf Möhren-Ingwer-Kokosnuss-Suppe vorgesehen.«

Auf dem Weg nach Hause überfällt mich eine angespannte Unruhe. Zähneklappernd gehe ich still neben Ruben her und weiß nicht, ob mir heiß oder kalt ist. Oder ob ich einen Zuckerschock habe.

»Alles in Ordnung?«, fragt er mich und betrachtet mich besorgt.

Ich nicke nur und schlinge mir die Arme fest um den Körper, um nicht weiter so heftig zu zittern. Ruben bleibt unvermittelt stehen und hält mich am Oberarm fest. Misstrauisch sieht er mich an, die Stirn in tiefe Falten gelegt. Am liebsten würde ich ihm jetzt in die Arme fallen. Ein wenig Wärme und Geborgenheit spüren und ebenso spenden. Ich weiß, er hat es ebenso bitter nötig wie ich. Ich weiß es nicht nur, ich fühle es. Stattdessen weiche ich seinem Blick aus. Er lässt von mir ab, zieht die Jacke aus und legt sie mir um die Schultern.

Manchmal macht er Sachen, die sind irgendwie nicht von dieser Welt. Jedenfalls nicht aus dieser Zeit. Sie sind ganz alte Schule. So wie die Torte, die er, verpackt in einem Karton, durch die Straßen trägt. Oder eben das mit der Jacke. Es ist verrückt (er ist verrückt), merkwürdig und schön zugleich. Und genau deshalb muss ich mich jetzt, verborgen in meinem Innern, mit meinen widersprüchlichen Gedanken und Wünschen auseinandersetzen. Einerseits will ich ihm die Jacke sofort wieder zurückgeben, andererseits will ich sie für immer behalten. Jedenfalls, solange Rubens Duft daran haftet. Ich genieße nicht nur die Wärme, die der Stoff gespeichert hat und die sich wohltuend auf mich überträgt, sondern zusätzlich dazu, quasi das Sahnehäubchen, den Anblick auf seine Arme.

»Wenn du frierst, gebe ich sie dir sofort zurück«, sage ich trotzdem, meine aber: *Trau dich bloß nicht, sie jemals zurückzufordern!*

»Nicht nötig. Im Gegensatz zu dir habe ich Muskeln, die mich wärmen.«

»Hey …«, rufe ich entrüstet und remple ihn leicht an, meine aber damit eigentlich: *Wie gern würde ich von dir und deinen Muskeln gewärmt werden.*

*Himmel, hilf!* Was ist nur in mich gefahren? Wer spricht da? Meine Libido?

Bisher war sie eher still und zurückhaltend. Um nicht zu sagen … vollkommen inaktiv. Was möglicherweise einer der Gründe ist, weshalb sich Elias anderweitig orientiert hat und wenig überraschend auch fündig geworden ist.

Ich sollte das *Möglicherweise* streichen und durch ein *Ganz sicher* ersetzen.

Natürlich fand ich Elias attraktiv (mal abgesehen von seiner Heath-Ledger-Wade), aber Ruben … Ruben ist einfach … Ruben. An ihm mag ich sogar seine Tattoos, denn sie gehören zu ihm, und ich … ich bin drauf und dran, mich wirklich ernsthaft in ihn zu verlieben. Nicht nur in sein Aussehen. In ihn. Aber das wäre das Letzte, was ich will, denn er hat es nicht verdient, nur ein Notnagel zu sein, ein Trostpflaster, ein Mensch, den ich nur benutze, um über einen anderen hinwegzukommen. Und genau das wäre er im Augenblick. Seufzend gebe ich ihm seine Jacke zurück, denn ich habe das Gefühl, sie steht mir nicht zu. Fast schon symbolisch für meinen Vorsatz, nichts mehr von ihm zu nehmen, solange ich ihm nichts zurückgeben kann.

In seinem Gesicht zeichnet sich geradezu überdeutlich ein Fragezeichen ab, doch letztendlich zieht er sich die Jacke wieder über, ohne ein weiteres Wort zu verlieren. Schweigend legen wir den restlichen Weg Seite an Seite zurück und erreichen Rubens Wohnung, während der neue Tag endgültig Einzug hält. Die Stadt erwacht aus ihrem kurzen Schlaf, der Verkehr nimmt zu, der Geräuschpegel steigt. Als wäre es unsere letzte Zuflucht, vielleicht vor der Welt, vor der grauen Realität oder auch vor unserem Leben, schließen wir die Tür hinter uns und lassen alles andere draußen. Mit dem Rücken dagegengelehnt, bleibt Ruben stehen und schließt für einen kurzen Moment die Augen. Er wirkt erleichtert, endlich wieder in den eigenen vier Wänden zu sein.

Ich sehe ihn an und spüre ganz genau, wie aus den Raupen in meinem Bauch verdammte Schmetterlinge werden.

# 22

## Juli

Genüsslich schiebe ich mir eine große Gabel mit Torte in den Mund.

Gibt es etwas Besseres als Erdbeerbuttercremetorte zum Frühstück … zum zweiten Frühstück? Ich finde nicht. Und mein Ausblick während meines zweiten Frühstücks ist auch nicht übel.

Ich dachte ja schon, Ruben schläft nie ein, doch während ich in den frühen Morgenstunden unter der Dusche stand, übermannte ihn die Müdigkeit offenbar doch. Und das bedeutet, dass ich die Torte und seinen Anblick genießen kann, ohne dusseliges Zeug von mir zu geben oder mich beim Essen zu bekleckern. Ja, seine Anwesenheit macht mich wuschig. Wenn ich es nett ausdrücke. Eigentlich macht sie mich geradezu nervös, nicht mehr zurechnungsfähig, zu einem Nervenbündel. Allerdings empfinde ich seine Abwesenheit glatt als noch schlimmer. So wie jetzt ist es nahezu perfekt. Er ist bei mir, und ich kann ihn in Ruhe anschmachten wie eine Siebtklässlerin einen Typen aus der Oberstufe.

Ich könnte die Zeit, bis ich bei Henry antanzen muss, natürlich sinnvoller nutzen. Zum Beispiel zum Joggen oder um mich mal wieder bei meinen Eltern zu melden, aber ich finde, das hier ist auch sinnvoll. Auf irgendeine Weise.

Wenn Verknalltsein ein Gericht wäre, dann wäre es mit Sicherheit eine Erdbeerbuttercremetorte … *diese* Erdbeerbuttercremetorte. Es ist diese Mischung aus luftig leicht und frisch, jeder Bissen ein Genuss. Andererseits ist alles im nächsten Moment viel zu viel, und der Bauch rumort. Genauso ist es. Ich schwebe, doch gleichzeitig liegt mir ein Stein schwer im Magen und zieht mich zu Boden.

Ich nehme einen letzten Bissen, rutsche von der klebrigen Arbeitsplatte und verbanne die Torte zurück in den Kühlschrank. Dann werfe ich einen langen Blick auf Ruben und verweile auf seinem Gesicht.

Ich weiß, ich werde ihn den restlichen Tag nicht mehr sehen, und vermisse ihn jetzt schon. Er schläft im Sitzen, hat es weder auf die Luftmatratze noch ins Bett geschafft und wirkt sogar jetzt noch rastlos.

Ich frage mich wirklich, was ihn so treibt.

Wie gern würde ich sein Haar berühren, wage es aber nicht und senke im letzten Moment die Hand. Stattdessen schlüpfe ich so geräuschlos wie möglich in meine Schuhe, werfe mir für die drei Meter Weg den Mantel über und ziehe die Tür leise hinter mir zu.

Henry ist erstaunlicherweise schon wach und reicht mir, kaum bin ich zur Tür hereingekommen, meinen Guten-Morgen-Orangensaft.

»Wusstest du eigentlich …«, sage ich und stürze das Getränk in einem Zug hinunter. »Wusstest du eigentlich, dass es tatsächlich noch andere Musiker außer Jimi Hendrix gab?«

Jimis Gitarre jault laut auf, als wäre er empört über meine Äußerung.

»Vergiss es, Julikind! Komm mir bloß nicht mit so neumodischem Schwachsinn wie Milli Vanilli oder Ähnlichem. So ein Gedudel hat Hausverbot.«

»Äh, was?« Ich habe keine Ahnung, wovon er spricht. »Ich dachte ja nur … weil dein Laden *Soul Kitchen* heißt und ich gestern die alten Schallplatten in deinem Keller … ich meine, im Souterrain … entdeckt habe …«

»Ach, die!« Henry kratzt sich die wenigen Haare, die seinen Schädel bedecken. »Die gehören … die gehörten Hanne.«

»Oh, ich habe sie auch ganz sorgsam behandelt«, versichere ich ihm schnell, denn ich befürchte, er könne sauer sein, dass ich die Plattensammlung seiner verstorbenen Frau angefasst habe.

Doch er beruhigt mich sogleich. »Du kannst sie natürlich hören, wann immer du willst. Nur eben nicht hier.« Er grinst mich verschmitzt an und stützt sich mit den Unterarmen auf der Theke ab. »*The Doors* und vor allem dieser präpotente Pseudopoet Morrison kommen mir nicht über die Türschwelle.«

Ich werde stutzig. »Und weshalb ist dann dein Laden nach einem *The Doors*-Song benannt?«

Henrys Blick wandert nach unten, und er pult sich geschäftig den Dreck unter den Fingernägeln hervor. »Hab ne Wette verloren«, brabbelt er kleinlaut vor sich hin.

»Echt jetzt?« Meine Neugier ist geweckt. »Und wie sollte er ursprünglich heißen?«

»*Foxy Lady* natürlich«, sagt er, als gäbe es auf diese Frage nur eine einzige Antwort. »Aber ich habe gegen meine Frau im *Schere Stein Papier* verloren.«

»Und deshalb läuft jetzt jeden Tag Jimi Hendrix bei dir?«, schlussfolgere ich.

»Ganz genau.« Er nickt und seufzt wehmütig. »Irgendwie ist es Tradition geworden, mit der ich nicht mehr aufhören kann. Es gehört zum Laden so wie ich. Früher habe ich meine Hanne mit dieser Kassette beinahe täglich zur Weißglut getrieben. Ihre Wangen haben sich immer so hübsch rot gefärbt, wenn sie sich deswegen aufgeregt hat. Das habe ich geliebt. Doch jetzt …« Henry atmet tief durch und presst die Lippen zusammen. »Seit sie nicht mehr da ist und sich darüber ärgert, ist es einfach nicht mehr dasselbe.«

Mir fallen wie immer keine aufmunternden Worte ein. Und leider auch keine tröstenden. Deshalb erhebe ich mich schwerfällig vom Barhocker und begebe mich in Richtung Toiletten. »Falls es dich befriedigt … mir kommt Jimi Hendrix mittlerweile auch zu den Ohren raus«, sage ich und verschwinde im dreckigen Männerklo.

»Ja, das tut es«, ruft er mir hinterher und dreht die Anlage so hoch, dass ich selbst hier noch alles laut und deutlich höre.

*Morgen* …, nehme ich mir fest vor, während ich akribisch die Seifenreste aus den Waschbecken schrubbe und mir am liebsten die Ohren mit den gelben Gummihandschuhen zustopfen würde … *Morgen habe ich Kopfhörer dabei und muss endlich nicht mehr diese ausgeleierte Kassette ertragen.* Ich kann es kaum erwarten.

Erschöpft wische ich mir eine verirrte Haarsträhne aus dem verschwitzten Gesicht, greife zum Putzeimer und will gerade das nun nicht mehr ganz so widerliche Herrenklo verlassen, stoße dabei aber beinahe mit Rocco Wolf in der Tür zusammen. »Wohin so stürmisch?«, fragt er mich und setzt prompt ein süffisantes Lächeln auf.

»An einen besseren Ort als diesen … in die Damentoilette«, antworte ich mürrisch und will mich schleunigst an ihm vorbeidrängeln, doch er versperrt mir den Weg, indem er einen Arm wie eine Schranke im Türrahmen abstützt. Ich wage ihm nicht in die Augen zu sehen, richte den Blick auf die Risse im Putz der Wand und versuche ein Muster darin zu erkennen.

»Ich kenne einen weitaus schöneren Arbeitsplatz, an dem deine Talente zum Einsatz kämen.«

»Aha«, murmele ich betont unbetont und schlüpfe unter seinem Arm hindurch. Nur zu gut kann ich mir vorstellen, welchen Arbeitsplatz und welche verborgenen Talente er meint (von denen ich bisher nicht einmal ansatzweise etwas ahne), und verzichte auf den Fortgang des Gesprächs.

Doch leider habe ich die Rechnung ohne den Wirt – in diesem Fall Rocco Wolf – gemacht, denn als ich nach geschlagenen zwanzig Minuten das blitzblank polierte Damenklo verlasse und etwas trinken will, sitzt er zusammen mit Henry am Tresen und nippt seelenruhig an einer Tasse Kaffee. Ich wusste nicht, dass es hier überhaupt Tassen oder gar Kaffee gibt. Wieder etwas dazugelernt. Ich beschließe, einfach nicht auf Roccos Anwesenheit zu achten, und bediene mich selbst am Zapfhahn mit einer Cola.

»Sag doch auch mal was!«, fordert Rocco Wolf Henry auf.

»Was?«, fragt Henry, als wäre er gerade aus einem kurzen Powernap erwacht.

»Na, findest du nicht auch, dass deine kleine Perle lieber an einem schöneren Ort als in deinen Toiletten arbeiten sollte?!«

»Wo denn zum Beispiel? In deinen Toiletten?«

Mir schießt die Cola aus der Nase, trotzdem führen die beiden das Gespräch fort, als hätte ich kein Wörtchen mitzureden. Ich stütze mich auf den Ellbogen ab, sehe abwechselnd zwischen den Männern hin und her und lausche gespannt, wie sie sich meine Zukunft vorstellen. Ich befürchte jetzt schon, dass sie nicht rosig sein wird.

»Nein, doch nicht in meinen Toiletten! Eine Schönheit wie sie darf man doch nicht verstecken …«

»Sondern???«, platzt es gleichzeitig aus Henry und mir heraus.

»Nicht das, was ihr denkt«, wehrt Rocco sogleich ab und wendet sich nun doch an mich. »Es sei denn …« Sein Grinsen wird immer breiter. »Es sei denn, du willst es.«

Ich schnappe nach Luft. »Kommt überhaupt nicht infrage!«

»Schon gut, schon gut.« Sein Ton klingt beschwichtigend. »Ich dachte eigentlich auch eher an meine Bar. Du hast das doch neulich Abend hier gar nicht so schlecht gemacht, und ich hatte den Eindruck, dir macht die Arbeit hinterm Tresen Spaß.«

»Im *Red Mill?*«, frage ich und verschränke die Arme vor der Brust.

»Genau. Du müsstest nicht einmal den Traumjob hier aufgeben. Morgens bei Henry. Nachts bei mir. Was sagst du?«

»Im *Red Mill?*,« wiederhole ich meine Frage und kann es kaum fassen, dass Rocco Wolf allen Ernstes glaubt, ich würde in einem Stripclub arbeiten.

»Was spricht dagegen?«

»Lassen Sie mich kurz nachdenken, ach nein, brauche ich nicht. Es. Ist. Ein. Stripclub.«

»Eine Nachtbar. Mit kreativen Tanzeinlagen«, kontert er. »Sonst noch irgendetwas, das dich stört?«

»Zum Beispiel der Name.«

»Was ist damit?«

*»Red Mill?«*

»Was soll ich sagen?« Er lacht und hebt entschuldigend die Schultern. »*Moulin Rouge* war leider schon vergeben.«

»Henry!«, rufe ich in der Hoffnung auf Unterstützung. »Sag doch auch mal was!«

»Was?« Irritiert blickt er zwischen uns hin und her, als hätte man ihn schon wieder aus dem Mittagsschlaf geweckt.

Seine Aufmerksamkeitsspanne ist heute wirklich nicht von langer Dauer.

# 23

## Juli

Ruhelos jogge ich nach getaner Arbeit durch die Straßen. Nicht nur, weil mein Bedarf an Bewegung noch nicht gedeckt ist, sondern auch, um meinen Kopf nach dem verwirrenden *Bewerbungsgespräch* mit dem zwielichtigen Typen freizubekommen.

Ruben war natürlich, ganz wie erwartet, nicht mehr zu Hause, und obwohl ich jedes Mal enttäuscht bin, in eine verlassene Wohnung zurückzukehren, bin ich im Nachhinein betrachtet ganz froh darüber. Denn jetzt, mit mehr Abstand und kühlem Kopf, halte ich es für die weiseste Entscheidung, Ruben mit dem Thema gar nicht weiter zu belästigen (und das hätte ich … so konfus, wie ich danach war). Ich sollte das Gespräch einfach ganz schnell vergessen. Ehrlich gesagt möchte ich mir Rubens Reaktion auf Rocco Wolfs Jobangebot auch gar nicht ausmalen. Positiv wäre sie mit großer Wahrscheinlichkeit nicht ausgefallen. Ruben wirkt ohnehin schon immer so getrieben und grüblerisch, da will ich auf seiner Sorgenliste nicht auch noch weiter nach oben rücken und viel lieber die seltenen Momente genießen, die mir mit ihm vergönnt sind. Es wäre schön, wenn er sich nicht immer so rarmachen würde und etwas früher nach Hause käme. Denn eine weitere schlaflose Nacht wie die letzte überstehe ich so schnell nicht wieder.

Trotz meiner Müdigkeit tragen mich die Füße wie von selbst durch Berlins graue Straßen. Meine Route ist jeden Tag eine andere, damit ich so viel wie möglich von der Stadt kennenlerne, doch heute bewege ich mich wie blind vorwärts und bemerke nichts weiter als das rhythmische Knirschen des Kieswegs unter den Schuhen, während in meinem Kopf jeder Gedanke nur um Ruben kreist. Ich versuche, mir zur Ablenkung Elias' Gesicht ins Gedächtnis zu rufen, aber es gelingt mir nicht. Wie eine undeutliche Erinnerung, wie ein verschwommenes Bild, das ich nicht zu fassen bekomme, weil es verpufft und sich in Luft auflöst, bevor ich es richtig erkenne. Stattdessen drängt sich ein anderes Gesicht gestochen scharf in den Vordergrund. Ein Gesicht, von dem ich dummerweise nicht genug kriegen kann. Ebenso wie vom Klang seiner Stimme oder der Geschmeidigkeit in jeder einzelnen seiner Bewegungen. Und trotzdem bleibt mir Ruben ein Rätsel. Ich habe das Gefühl, er lebt wie unsichtbar für andere. Ein Phantom, das niemand kennt und niemand sieht. Aber vielleicht irre ich mich auch. Vielleicht nehme nur ich ihn so wahr. In den wenigen und kurzen Augenblicken, die ich mit ihm habe. Und dennoch … ich spüre, wie einsam er ist, auch wenn ich immer noch keine Ahnung habe, wo er sich den lieben langen Tag herumtreibt. Unvermittelt bleibe ich stehen.

Ich werde ihn anrufen. Jetzt. Sofort.

Zum Glück rennt mich ein anderer Jogger laut schnaufend beinahe über den Haufen und holt mich in die Realität zurück. So schnell der Gedanke gekommen war, ist er auch schon wieder verschwunden. Ich laufe weiter. Natürlich werde ich Ruben nicht anrufen. Was für ein Schwachsinn. Was soll ich ihm auch sagen? *Hallo, Ruben, hier ist Juli! Ich wollte nur mal wieder deine*

*Stimme hören, weil ich den Klang so mag. Ach, und by the way, könnten wir uns nicht zufällig, vielleicht, möglicherweise gleich auch noch treffen, weil ich dich außerdem sehr, sehr gern ansehe?!*

Ganz sicher nicht.

Ich laufe weiter, immer weiter, hoffe darauf, mich irgendwann auf nichts anderes mehr konzentrieren zu können, als einfach nur noch einen Fuß vor den anderen zu setzen und den Kopf völlig auszuschalten. Laufen und atmen. Nicht mehr und nicht weniger. Genau … Ruben kann mich mal. Mit seiner ständigen Sorge um mich. Und seiner Skepsis. Mit seinem süßen, skeptischen Lächeln. Seinen kräftigen Unterarmen (seit wann achte ich eigentlich auf Unterarme???). Erneut bleibe ich stehen, stütze mich erschöpft auf den Knien ab und schüttele den Kopf. Ich möchte laut schreien und mich heftig durchrütteln.

Weil es mich verrückt macht, dass er mich so verrückt macht.

Ich hatte keinen Plan, als ich von zu Hause abgehauen bin. Aber hätte es auch nur einen gegeben, hätte niemals – ich wiederhole –, niemals darin gestanden, dass ich mich in den erstbesten dahergelaufenen Typen verknallen würde. Was denke ich da überhaupt? Verknallen … Damit hat es doch gar nichts zu tun. Es ist höchstens körperlich … Nichts, was das Herz betrifft.

Langsam gehe ich ein Stück weiter und gönne meinen brennenden Muskeln eine Pause. Als ich an einer Telefonzelle vorbeikomme, weiß ich endlich, was mich ablenkt. Denn der Ärger meiner Mutter über mich stellt jeden Ärger über mich selbst um Längen in den Schatten.

Es ist mittlerweile fast zwei Wochen her, dass ich mich das letzte (und einzige) Mal bei ihr gemeldet habe, und ein Gespräch mit ihr würde ich liebend gern um zwei weitere Wochen hinauszögern. Aber das schlechte Gewissen nagt schon seit Tagen unnachgiebig an mir. Kaum betrete ich den gläsernen Kasten, will ich schon wieder die Flucht ergreifen. Wieso zur Hölle gibt es in dieser Stadt keine einzige Telefonzelle ohne Uringestank? Mit dem Fuß halte ich die Tür einen Spaltbreit geöffnet, um im Notfall an frischen Sauerstoff zu gelangen, und greife nach dem ekligen Hörer. Diesmal fällt es mir merkwürdigerweise gar nicht so schwer, die Nummer zu wählen. Der Gedanke, der darauf folgt, ist im ersten Moment erschreckend und im zweiten ... auch. Es ist mir egal. Es ist mir egal, was meine Mutter denkt oder was sie von mir erwartet. Erstaunlicherweise habe ich keine Angst mehr, ihr und ihren Vorstellungen von meiner Zukunft nicht gerecht zu werden ... Vielleicht noch weniger, als Henrys und Rocco Wolfs Vorstellungen gerecht zu werden. Unglaublich, was so ein bisschen Abstand bewirkt. Es fühlt sich nicht einmal falsch oder egoistisch an. Es fühlt sich gut an. Mehr *ich* zu sein und nicht so, wie andere mich wollen oder brauchen.

Als die Stimme meiner Mutter am anderen Ende der Leitung erklingt, weiß ich, dass ich mit ihr auf Augenhöhe reden kann. Ihr erzählen kann, dass ich eine Wohnung und einen Job habe. Dass ich gut klarkomme. Ich schmücke die Wahrheit zwar etwas aus, aber nicht weil ich mich schäme, in einem Keller zu wohnen und Toiletten in einer Kneipe zu putzen, sondern weil ich möchte, dass meine Eltern sich keine oder zumindest so wenig Sorgen wie möglich um mich machen. Sie sollen einfach nur wissen, dass es mir gut geht, auch wenn ich nicht den für mich vorgesehenen Weg einschlage.

Nachdem mein Kleingeld komplett aufgebraucht ist und ich den Hörer auf die Gabel zurücklege, fühle ich mich wie befreit. Ich verlasse die stinkende Telefonzelle und hole tief Luft. Es hat zu regnen begonnen. Ein feiner, eiskalter Sprühregen, der mir das Gesicht benetzt und sich wie eine zweite Schicht auf meine Kleidung legt. Meine Muskeln sind mittlerweile kalt, doch obwohl ich viel zu dünn angezogen bin, will ich den Weg lieber ganz in Ruhe zurückspazieren. Nichts treibt mich, allerdings erwartet mich auch nichts.

Orientierungslos durchquere ich die mir völlig unbekannte Gegend. In dieser Ecke der Stadt war ich tatsächlich bislang noch nie. Alles wirkt trist, und nicht einmal dreißig Grad und Sonnenschein könnten an dieser Stimmung etwas ändern. Ein Gewerbegebiet reiht sich an das nächste. Am Straßenrand parkt ein Transporter hinter dem anderen. Die Bäume sind kahl, voller abgestorbener Äste, denen selbst der Frühling kaum wieder Leben einhauchen kann. An einer Backsteinmauer lösen sich zahllose Schichten von Werbeplakaten wie Blätterteig, von der nächsten bröckelt der Putz. Die Autos rasen an mir vorbei, als gelte es, so zügig wie möglich von hier wegzukommen. Keine Menschenseele begegnet mir, und so langsam befürchte ich wirklich, dass ich mich verlaufen habe. Ich überquere die breite Straße in einem günstigen Moment und biege bei der nächstbesten Möglichkeit nach links ab. Geschlossene kleine Werkstätten prägen die Umgebung, doch nur die schwarz getünchte Mauer an der Ecke zieht meine Aufmerksamkeit auf sich.

Nichts wirkt hier deplatzierter und unerwarteter als das Gemälde, das sie ziert. Ja, ich muss es *Gemälde* nennen. Es ist vielleicht kein Dürer oder da Vinci, aber es ist atemberaubend schön. Auf schwarzem Untergrund prangt das kindlich zarte Antlitz eines kleinen Mädchens, das ernst und mit großen Augen gen Himmel schaut. Einzelne Strähnen ihres lockigen Haars werden vom Wind verweht. Auf dem Kopf trägt sie einen dünnen Kranz aus Gänseblümchen. An einigen Stellen ist er jedoch zerrissen und löst sich auf. Unaufhaltsam wirbeln Blüten, wie durch einen kräftigen Sog angezogen, durch die Luft.

Darüber steht in schnörkelloser *Schrift: ALL DRIED UP ... BEING BLOWN TO HELL.*

Ich sehe mich um, und nach einer Weile wird mir klar, dass es keinen besseren Platz für das schöne Bild gibt. Es gehört genau hierher. In diese tote Gegend, in der selbst die Bäume nur noch aus einer leblosen Hülle bestehen und die Schlaglöcher zahlreicher als das Kopfsteinpflaster sind. Ein vergessener Ort, verlassen. Und vielleicht handelt das Kunstwerk auch davon. Vom Vergessen und Verlassen. Aus unerfindlichen Gründen gefällt es mir hier. Ich mag es, wenn ich keinem einzigen Menschen begegnen muss.

Im Moment möchte ich nur einem begegnen.

Ich ziehe mein Handy aus der eng anliegenden Tasche meiner Leggings und stelle mich mitten auf die unbefahrene Straße, um das Bild in voller Größe mit der Kamera festzuhalten. Danach mache ich das, was ich eigentlich die ganze Zeit vermeiden wollte.

Ich wähle Rubens Nummer.

# 24

## Ruben

»Neununddreißig…einhalb.«

Ich sehe von der Skizze hoch und lege den Stift beiseite. Vor mir steht eine junge Frau mit kinnlangen dunklen Haaren und einem Pony, der ihr beinahe in die Augen pikst, und sieht mich erwartungsvoll an. Ich setze ein freundliches Lächeln auf, das ihr meine vollständige Aufmerksamkeit suggeriert, reiche ihr die Leihschuhe in Größe neununddreißig und knöpfe ihr dafür drei Euro ab. Kaum hat sie sich umgedreht, habe ich ihr Gesicht schon vergessen und widme mich wieder dem weißen Blatt, das vor mir liegt.

Im Moment ist hier noch tote Hose. Die Familie mit dem gebuchten Kindergeburtstag kommt erst in einer Stunde, und der Schnupperkurs für Anfänger findet nicht vor neunzehn Uhr statt. Also nutze ich die Ruhe und arbeite weiter an meinem Entwurf. Dienstags ist hier selten viel los, und wenn ich nicht gerade an einer neuen Route schrauben darf, ziehen sich die Stunden für mich unendlich in die Länge. Meistens nutze ich die Zeit, um an meinen eigenen Skizzen zu arbeiten. Schon praktisch, wenn man Job und die Dinge, die man liebt, unter einen Hut bringen kann. Eigentlich müsste ich ein schlechtes Gewissen haben, weil ich meiner Passion während der Arbeitszeit nachgehe und mich quasi dafür bezahlen lasse. Habe ich aber nicht. Klettern gehört auch zu meinen Leidenschaften. Aber nicht das hier. Nicht in dieser Halle, die nie völlig den Geruch nach Füßen und Schweiß loswird, egal, wie oft man alle Türen zum Lüften aufreißt. Und in der für mich die meiste Zeit fürs Putzen der Matten, Desinfizieren von Schuhen und Servieren von Bionade draufgeht. Am schönsten ist es spätabends, wenn nur noch vereinzelt die echten Profis in der Wand hängen oder ich die Halle für mich allein habe. Es ist der perfekte Job. Das Gehalt ist zwar nicht üppig, aber durch die vielen Stunden, die ich in der Boulderhalle absitze, kommt mehr Kohle zusammen, als ich ausgeben kann. Und seit Juli bei mir wohnt, könnte ich glatt noch eine Schicht mehr einlegen. Es nervt ein bisschen und geht mir mittlerweile auch richtig an die Substanz, dass ich die Wohnung immer schon um zwölf verlassen muss, obwohl meine Schicht erst um drei Uhr beginnt. Aber ich versuche, Juli so oft wie möglich aus dem Weg zu gehen. Zu viel Nähe zu mir ist noch niemandem gut bekommen.

Und endete zweimal tödlich.

Ich kann nicht verhindern, dass mir urplötzlich kalter Schweiß ausbricht. Kann das Rauschen in den Ohren nicht abstellen. Das Zittern der Hände nicht kontrollieren. Ich muss hier raus. Sofort. »Milla, kannst du kurz für mich übernehmen?«, frage ich meine Kollegin, die ihrerseits die Langeweile nutzt, um wahrscheinlich mit ihrem neuen Lover zu chatten.

Sie nickt, ohne von ihrem Smartphone aufzublicken, und lässt eine Kaugummiblase knallen.

Ich lecke mir die trockenen Lippen und ergreife die Flucht. Der Gedanke an Pablo und Finn schnürt mir jedes Mal die Brust zu, und mein Herz ist nur noch ein schmerzender Klumpen. Mir ist es unerträglich, mich weiterhin in einem geschlossenen Raum aufzuhalten. Und sei er so groß wie diese Kletterhalle. Es fühlt sich an, als wäre auf dem gesamten Planeten nicht genug Sauerstoff vorhanden, um mich ausreichend damit zu versorgen. Durch den Hinterausgang flüchte ich vor meinen Gedanken, doch es gelingt mir nicht, sie abzuschütteln. Sie begleiten mich, wohin ich auch gehe. Gleich neben der schweren Stahltür rutsche ich an der dreckigen Außenwand hinunter und verharre dort. *Nur einen Moment*, sage ich mir. *Ich brauche nur einen Moment, dann geht's wieder.* Eine glatte Lüge. Ich belüge mich selbst … jeden verdammten Tag.

»Sorry, Dude, ich bin zu spät … mal wieder.« Philipp springt von seinem Rennrad ab und ist auch schon im Hintereingang verschwunden, bevor ich überhaupt den Kopf gehoben habe. Soll mir recht sein. So muss ich wenigstens kein oberflächliches Lächeln aufsetzen oder irgendeine stussige Antwort geben. Und dass er jeden Tag zu spät kommt, ist mir ohnehin gleichgültig bis egal. An Philipp stört mich eigentlich nur, dass er die meisten Boulder schneller als ich bezwingt. Und dass er mich ständig *Dude* nennt.

Ich schließe die Augen und lege den Kopf in den Nacken. Erst jetzt bemerke ich, dass es regnet. Nicht stark, eher wie Nebel aus einer Sprühflasche. Die Tropfen setzen sich wohltuend und kühlend auf meinem Gesicht ab. Wenn ich sie spüre, erinnere ich mich daran, dass ich noch lebe … und andere nicht.

Es nervt mich, dass ich in letzter Zeit kaum noch einen einzigen klaren Gedanken fassen kann. Ich will nicht an Finn und Pablo denken. Und ich will nicht über Juli nachdenken. Trotzdem beschäftige ich mich mit nichts anderem. Und ihretwegen überfallen mich Erinnerungen an meine Familie und Gefühle, die ich sorgsam weggeschlossen hatte. Ich fasse mir an die Brust, versuche das ziehende Gefühl durch kräftiges Reiben loszuwerden. Ohne Erfolg.

Ich will das nicht.

Ich will das alles nicht.

Keine Verantwortung.

Keine Gefühle.

Keine Enttäuschungen.

Ich habe mir keine großartigen Ziele gesetzt, will nichts Weltbewegendes erreichen, nur dieses Leben überstehen, ohne weiteren Schaden anzurichten.

Ich will nur *sein*. Mehr nicht.

Mein Telefon klingelt. Ein seltenes Geräusch, das mich erneut eiskalt in die Vergangenheit zurückkatapultiert. Schockiert starre ich auf das Display. Es ist Finn. Das kann nicht sein. Das ist unmöglich. Und doch ist es sein Klingelton. *Sabotage* von den *Beastie Boys*. Aber Finn ist tot. Er kann mich nie wieder anrufen, dafür reicht mein Verstand gerade noch aus. Regungslos halte ich das Telefon in der Hand, bis ich den Song nicht länger ertrage. Als könne es jeden Augenblick explodieren, führe ich es ganz langsam zum Ohr. »Ja?«, frage ich mit rauer Stimme.

Einige Sekunden verstreichen, bis ich am anderen Ende der Leitung ein Räuspern vernehme. »Störe ich?«, fragt mich Juli zögernd, beinahe zaghaft.

Überrascht erhebe ich mich vom Boden. Wie konnte ich nur vergessen, dass ich ihr erst letzte Nacht Finns SIM-Karte eingebaut habe? Wieso habe ich nicht daran gedacht? Und weshalb gehe ich überhaupt ans Telefon, wenn mich ein unleugbar Toter aus dem Jenseits anruft?

»Ruben?«

*Nein.* »Ja?«

»Ich störe gerade, oder?«

*Ja.* »Nein … gar nicht.« Ich drehe mich mit dem Gesicht zur

Wand und stütze mich mit der Stirn ab. Es muss absurd aussehen, wie ich so dastehe. Als hätte mir meine Lehrerin mit strenger Miene und harschem Ton befohlen, mich zum Schämen in die Ecke zu stellen.

»Ja, also … ich wollte fragen …« Sie legt eine kurze Pause ein, ehe sie weiterspricht. »Ich wollte fragen, ob du mich mal in deine Kletterhalle mitnimmst oder ob ich dich dort besuchen kann. Vielleicht heute?« Die letzte Frage flüstert sie fast.

*Auf keinen Fall!!!* »Na klar, heute passt perfekt.«

Früher … Früher hatte ich immer einen ganzen Sack voller Ausreden parat. Für alle Eventualitäten. Aber jetzt gerade … Jetzt gerade will mir kein einziger plausibler Grund einfallen, wie ich sie von ihrem Besuch abhalten könnte.

»Statt im Regen zu joggen, könnte ich bei dir … Moment!«, unterbricht sich Juli selbst und klingt dabei ganz überrascht. »Hast du gerade *Ja* gesagt?«

*Nein, du musst dich verhört haben.* »Anscheinend.« Ich schlage mir mit der flachen Hand gegen die Stirn, spüre aber, dass meine Mundwinkel währenddessen eine merkwürdige und äußerst seltene, fast schon unnatürliche Bewegung ausführen. Nach oben. Und ich scheine keinen Einfluss darauf zu haben. Kann es weder steuern noch aufhalten.

»Wann machst du heute Schluss?«

*Am liebsten sofort.* »Dreiundzwanzig Uhr.«

»Okay, dann komme ich gegen zehn zu dir, und du zeigst mir, wie man die Kleinkinderroute bewältigt. Schickst du mir noch die genaue Adresse?«

*Lieber nicht.* »Mach ich.« Ich lege auf, ohne mich zu verabschieden.

Verdammt. Verdammt. Verdammt.

# 25

## Juli

Erschrocken starre ich das Telefon in meiner Hand an.

*Was habe ich getan?*

Man sollte mir wirklich kein funktionsfähiges Smartphone überlassen, da ich damit ganz offensichtlich nur in ausgeschaltetem Zustand keinen Schaden anrichte. Hätte es sich nicht einfach vor drei Minuten dematerialisieren können? Pulverisieren und zu Staub zerfallen oder zerfließen und mir durch die Hände rinnen können wie die Uhren auf Salvador Dalís Gemälde? Wieso bloß? Wieso bloß hat mich nichts und niemand davon abgehalten, Rubens Nummer zu wählen? Zum Beispiel ein frontaler Zusammenstoß mit einem Berliner Linienbus?

Das eben war so ziemlich das unangenehmste Telefonat, das ich je führen musste. Lieber läge ich jetzt breitbeinig vor einem Gynäkologen, wenn ich es dadurch ungeschehen machen könnte. Ja, im Nachhinein zöge ich diesem schrägen Gespräch tatsächlich einen Besuch beim Frauenarzt vor. Ich wünschte, die Erde täte sich vor mir auf und verschlänge mich.

*Was habe ich mir nur dabei gedacht?*

Während ich immer noch fassungslos dastehe, trudelt eine SMS ein. Sie kommt von ihm. Keine persönliche Anrede, keine nette Abschiedsfloskel … lediglich eine Adresse.

Ich sehe mich suchend nach einem Bus um, der meinem Leid ein Ende setzt.

Völlig unversehrt komme ich eine Dreiviertelstunde später zu Hause an, und erst jetzt, hinter geschlossenen Türen, überfällt mich so richtig die Panik. Obwohl wir zusammen unter einem Dach wohnen (jedenfalls temporär), bin ich so nervös wie nie zuvor. Nicht einmal an dem Abend, an dem mir Elias diese kitschige Kette mit dem Herzanhänger aus Roségold geschenkt und unser Date von vorn bis hinten perfekt durchgeplant hatte und ich genau wusste, er tat das nur, weil er endlich mit mir schlafen wollte. Nicht einmal an jenem Abend war ich so durcheinander wie gerade jetzt. Denn damals wusste ich genau, was ich wollte und was nicht.

Und heute? Heute habe ich nicht die leiseste Ahnung, was ich will. Ich weiß wirklich nicht, was in mich gefahren ist. Wieso will ich mich unbedingt mit Ruben treffen, statt darauf zu warten, dass er wie jede Nacht mit neuen Blessuren nach Hause kommt und ich mich bis dahin krampfhaft wach halte, um wenigstens ein paar Worte mit ihm wechseln zu können?

Natürlich kann ich mir einreden, dass ich nur mal sehen will, wo er arbeitet. Ich kann mir auch einreden, dass ich mich nur etwas mehr sportlich betätigen und an meiner Oberarmmuskulatur arbeiten will. Oder aber ich höre auf, mich selbst zu belügen, und gebe zu, dass ich einfach mehr Zeit mit ihm verbringen möchte. Denn genau das ist der Grund, weshalb ich ihn angerufen habe. Ich habe Ruben gern um mich … auch wenn mich seine bloße Anwesenheit jedes Mal nervös macht wie Sau. Ihm werde ich das im Leben nicht verraten und weiter darauf beharren, dass ich lediglich auf der Suche nach einem effektiven Sportprogramm bin. Zufrieden klatsche ich in die Hände und stemme beide Hände in die Hüften. Schön, dass das geklärt ist. Bleibt nur noch ein Frage … Was um alles in der Welt ziehe ich an?

Man könnte meinen, dass dieses Problem bei meiner mickrigen Auswahl an Klamotten schnell gelöst wäre, da ich nur besitze, was am Tag meiner Flucht erstens gewaschen und zweitens trocken war und sich drittens innerhalb weniger Sekunden in meinem Rucksack verstauen ließ. Aber mit zwei Hosen, einem Rock, einer Strumpfhose, einer Leggings, zwei T-Shirts (kurz- und langärmelig), einer Hemdbluse und zwei Pullovern (langer Strickpulli und schwarzer Hoodie mit Kapuze) bleiben mir immer noch mindestens fünfundzwanzig Kombinationsmöglichkeiten. Von der Dreierpackung Unterhosen, die ich mir letzten Samstag geleistet habe, mal ganz abgesehen.

*Nimm den Rock!,* flüstert mir eine Stimme zu. *Du weißt genau, dass er dich darin heiß findet … du hast es mit eigenen Augen gesehen.*

Ich schüttele mich kurz und vertreibe die Stimme aus meinem Kopf. Für gewöhnlich fällt es mir nicht besonders schwer, Entscheidungen zu treffen, obwohl es nicht immer die richtigen sind. Aber heute ist nicht *für gewöhnlich.*

Unschlüssig und leicht verzweifelt öffne ich stattdessen den Kühlschrank und mache mich über die Torte her. Vielleicht schaffe ich es ja bis heute Abend, so viel davon zu essen, dass ich nur noch in die Hälfte meiner Klamotten hineinpasse und sich damit die Frage um mein Outfit weitestgehend erübrigt. Allerdings wird mir ziemlich schnell schlecht, und ich verbanne die Torte wieder dorthin, wo sie hingehört.

Sofort spüre ich, wie die Nervosität weiter um mich greift. Es ist erst kurz nach fünf, bleiben mir also immer noch fast fünf Stunden, um komplett am Rad zu drehen und mich in einem

Schweißausbruch nach dem anderen zu baden. Oder aber – und das halte ich für die wesentlich bessere Alternative – ich beruhige mich, nehme das Treffen nicht zu ernst oder hege erst gar keine großen Erwartungen und dusche ganz entspannt. Unauffällig schnuppere ich an meinen Achseln. Ja, eine Dusche kann wirklich nicht schaden.

Ich schäle mich aus den engen Leggings, die mir an den Beinen kleben wie eine Wurstpelle, und tappe auf Zehenspitzen über den kalten Fußboden ins Bad. Dort drehe ich den Duschhahn auf und stelle mich drunter, als mir das Wasser endlich warm genug ist. Mein Duschgel steht neben seinem Duschgel. Als wäre es das Normalste auf der Welt. Ich greife nach Rubens Flasche und schnuppere daran. Der Inhalt riecht frisch. Nicht so herb wie das Zeug, das mein Vater immer benutzt und bei dem ich zehn Meter gegen den Wind schon ahne, dass gleich ein Mann den Raum betritt, ein männlicher Mann, ein Macker, ein Kerl, der seinesgleichen sucht, der nach Leder und Holz und zerstoßenem Pfeffer riecht. Rubens Duschgel hingegen duftet leicht wie eine Handvoll frisch gemähtes Gras.

Als mir bewusst wird, dass ich gerade nackt seinen Geruch einatme, stelle ich die Flasche auf der Stelle zurück an ihren Platz und drehe sie so lange hin und her, bis sie wieder genauso dasteht, wie sie zurückgelassen wurde. Dann drehe ich den Hebel der Dusche auf kalt. Auf eiskalt. Ich schreie laut auf, aber endlich bekomme ich einen kühlen Kopf. Ganz langsam zähle ich bis zehn, dann habe ich mich genug gequält. Mein gesamter Körper fühlt sich an, als wäre er mit tausend Nadeln gespickt. Jeder Millimeter meiner Haut prickelt, und ich zittere am ganzen Leib. Trotzdem kehrt die Hitze sofort zurück. Und die Gedanken, die ich für gerade einmal zehn Sekunden abschalten konnte, obwohl es sich weitaus länger anfühlte. Erneut stelle ich die Wassertemperatur kalt ein und befürchte schon nach kürzester Zeit, dass mir sämtliche Gliedmaßen sowie mein Hirn einfrieren. (Merke: Hirnfrost ist nur halb so schön, wenn man dabei kein Eis isst.) Still und mit gesenktem Kopf ertrage ich die Eisdusche und starre auf meine Füße. Sie färben sich rot-violett-blau.

Ich fühle mich wie eine Idiotin.

Das darf doch nicht wahr sein! Ich kann doch nicht vor zwei Wochen wegen … wegen Elias noch am Boden zerstört gewesen sein, und jetzt fällt mir sein Name kaum noch ein. Stattdessen denke ich ununterbrochen an Ruben.

*Es ist etwas Körperliches,* rede ich mir abermals ein. Es *muss* etwas Körperliches sein. Nicht das Herz. Mein Herz ist nicht bereit, schon wieder verschenkt und dann gebrochen zu werden.

Genau. Das ist es. Was eine kalte Dusche doch manchmal bewirkt! Bis eben wusste ich nicht, was das mit mir und Ruben ist, aber jetzt sehe ich alles glasklar. Ich bin nicht verliebt. Ich fühle mich körperlich einfach nur extrem von ihm angezogen. Daran ist doch nichts verwerflich. Damit kann ich umgehen. Ich finde Ruben Kramer heiß. Punkt.

Mit diesem Wissen verbringe ich die nächsten zwanzig Minuten damit, mich bei achtunddreißig Grad Wohlfühltemperatur von Kopf bis Fuß einzuseifen. Danach betrachte ich mich zum ersten Mal seit langer Zeit eingehend und prüfend im Spiegel. Die Kilos, die ich in den ersten zwei Wochen in Berlin verloren habe, sind längst wieder drauf. Mithilfe der leckeren Erdbeerbuttercremetorte wird sich höchstwahrscheinlich noch einiges auf meinen Hüften ausbreiten und sich mit etwas Glück auch auf meinen Brüsten verteilen. Diäten sind mir ein Fremdwort. Schon immer fühle ich mich wohl in meiner Haut, auch wenn meine Schultern etwas breiter und meine Oberschenkel durch das tägliche Joggen kräftiger sind. Ich bin keine Elfe, wollte ich nie sein … ich bin einfach ich. Inklusive des Pickels, den ich soeben entdecke und der es sich unverschämterweise ausgerechnet heute rot und groß auf meinem Kinn gemütlich macht. Verdammter Zucker! Darauf reagiert meine Haut schon immer. Oder aber schlimmer noch als Zucker: Ich bekomme meine Periode.

*O bitte nicht, nicht heute!*, bete ich, wenig zuversichtlich, von irgendeiner höheren Macht erhört zu werden.

Von wem auch? Gott soll ja angeblich ein Mann sein, was weiß der schon über die Freuden der Menstruation … und sowieso … Würde er es überhaupt wissen wollen? Wäre Gott eine Frau, hätte sie dafür bestimmt eine bessere Lösung gefunden, als jeden Monat zu bluten wie ein abgestochenes Schwein. Mir für meinen Teil würde es ja völlig reichen, alle drei bis vier Wochen von einer App auf meinem Handy benachrichtigt zu werden. So nach der Art: *Herzlichen Glückwunsch! Sie sind nicht schwanger, und mit Ihrer Gebärmutter ist auch alles tutti.*

So schnell wie möglich verlasse ich das Badezimmer, bevor ich noch auf den dummen Gedanken komme, an dem Pickel rumzuquetschen. Ich möchte auf keinen Fall abends mit einem glühenden Krater im Gesicht und spuckender Eiterlava bei Ruben auftauchen und halte mit Mühe meine Hände davon ab, die Stelle auszudrücken, indem ich die Schleifen von meinen neuen Schlüpfern abschneide. Seit sechs Jahren, seit ich dreizehn bin, trenne ich diese furchtbaren Schleifen ab. Ich meine … was soll das? Meine Vagina ist schließlich kein Geschenk, das ausgepackt werden will. Mit herausgestreckter Zunge und hoch konzentriert will ich mit der viel zu großen Schere aus Rubens Küche die erste schwarze Schleife abtrennen. Es gelingt, allerdings nicht ohne ein Loch im Stoff zu hinterlassen. Ich atme tief durch und lasse die Schere sinken. Blöder Pickel, blöde Schleife … O Mann, so wie ich drauf bin, bekomme ich wirklich meine Periode. Also heute lieber keinen Rock. Gut, dass das endlich geklärt ist.

Noch immer dick in ein Handtuch gewickelt, durchforste ich Hannes Plattensammlung. Peter Alexander hebe ich mir lieber für einen Tag auf, an dem ich … nein, der Tag, an dem ich freiwillig Peter Alexander höre, wird niemals kommen. Stattdessen hat es mir das Cover von *Ten Years After* angetan. Vier unattraktive Typen mit total miesen Frisuren, die im hohen Gras sitzen, und zwar mit einem Ausdruck im Gesicht, der nichts anderes vermittelt als: *What the hell are we doing here, motherfucker, we hate you all, bitches!!!* Bin gespannt, wie sich die Songs dazu anhören.

Ich puste den Staub vom Vinyl und lege die Platte vorsichtig auf den Teller. Dann führe ich die Nadel sacht über die ersten Rillen und lege den Hebel um. Es hat etwas Beruhigendes an sich, auf diese Weise Musik anzustellen. Wie ein schönes Ritual. Und ein bisschen so, als ließe ich dem Künstler die Aufmerksamkeit zuteilwerden, die er verdient hat, indem ich das ganze Werk würdige und nicht nur per Fingertipp auf Youtube oder Spotify einzelne Lieder *konsumiere.*

Ich trockne mir die Haare, die Farbe ist mittlerweile endgültig herausgewaschen, schimmert aber im richtigen Licht wie die Schuppen einer Meerjungfrau. Irgendwie auch schön. *Ten Years After* klingen gar nicht mal so schlecht, ein bisschen zu blueslastig, und ich habe das Gefühl, die Schallplatte leiert etwas, aber die Musik gefällt mir trotzdem ziemlich gut. Ich merke, dass ich mich langsam entspanne und endlich aufhöre, mir permanent das Hirn zu zermartern. Ich greife zu den engen grauen Jeans und dem weißen Hemd, dazu der braune Gürtel und die braunen Stiefeletten. Fertig. Die Haare bleiben offen, sie haben im Moment sowieso eine Länge, mit der ich kaum etwas anfangen kann. Zufrieden betrachte ich mich im Spiegel.

Bis auf den Pickel am Kinn finde ich alles perfekt. Perfekt unperfekt.

Der dritte Song beginnt, und ich horche auf. Er ist anders. Besonders. Und geht mir sofort unter die Haut.

*I'd love to change the world*
*But I don't know what to do*
*So I'll leave it up to you.*

Dem Song ist nicht anzuhören, dass er fünfzig Jahre alt ist. Weder der Text noch die Musik haben etwas an Aktualität eingebüßt. Leider hat die Platte selbst ihre besten Zeiten längst hinter sich gelassen, denn genau beim zweiten Refrain bleibt sie hängen und springt immer wieder an dieselbe Stelle. Ich greife zum Handy, öffne Spotify und lade mir den Song herunter.

So viel zum Thema *Schönes Ritual* und *Konsum*.

# 26

## Juli

Angestrengt versuche ich irgendetwas von der Umgebung in der Dunkelheit zu erkennen. Mein Kopf haftet an der zerkratzten Scheibe der Tramfenster. Die Hände wie Scheuklappen neben den Augen, will ich das grelle Licht im Innern der Bahn ausblenden. Ich bin spät dran, aber der Fahrer hält stoisch an jeder einzelnen Haltestelle an, obwohl kaum jemand aus- oder zusteigt und die Stationen gefühlt nur einhundert Meter auseinanderliegen. Nachdem ich schon einmal umsteigen musste, sitze ich jetzt wie auf glühenden Kohlen und hoffe, doch noch einigermaßen rechtzeitig anzukommen.

Vorhin, als ich die richtige Strecke zur Boulderhalle im Internet herausfinden wollte, fielen mir vor lauter Müdigkeit die Augen zu, und ich erwachte erst wieder, als ich eigentlich schon längst auf dem Weg zu Ruben sein wollte. Völlig kopflos stürmte ich aus der Wohnung, weil ich kaum etwas mehr hasse als Zuspätkommen, und vergaß zu allem Überfluss noch meinen Schal und die neuen Handschuhe.

Ich friere doppelt … vor Müdigkeit und vor Kälte. Vielleicht sollte ich meine Gedanken lieber wieder verstärkt Ruben widmen, da komme ich wie von selbst ins Schwitzen. Sofort spüre ich, wie mein Blut in Wallung gerät und es heiß in der Magengegend brennt. Wow, das ging echt schnell! Oder aber es ist die Torte, die mir zu schwer im Magen liegt, und ich sollte besser die nächste Apotheke aufsuchen und mir eine Packung Buscopan zulegen. Wie dem auch sei, wenn das so weitergeht, bekomme ich heute Abend kaum einen geraden Satz heraus und mache mich total lächerlich. Wäre ich auch nur ein bisschen schlauer, würde ich mich auf der Stelle umdrehen, zurück nach Hause fahren und mich vorsichtshalber schon mal nach einer neuen Bleibe umsehen.

Nervös, wie ich bin, verpeile ich fast, dass ich mein Ziel erreicht habe, und springe im letzten Moment aus der Tram. Zum Glück ist sie so gut wie leer, das macht es weniger peinlich. Den restlichen Weg hetze ich durch die verlassenen Straßen, um die verlorene Zeit aufzuholen.

Dabei bin ich schon längst zu spät.

Im Leben würde ich nicht darauf schließen, dass hier noch irgendetwas anderes als Industrie ansässig ist, aber wenn Google Maps der Meinung ist, ich bin hier richtig, stimmt das wohl. Trotzdem sehe ich mich immer wieder um. Es ist eine unheimliche Gegend. Eine Gegend, in der ich mich – allein unterwegs – automatisch verfolgt fühle. In der es nichts Beängstigenderes gibt als das Klacken der eigenen Stiefelabsätze und in der ich mich vor dem eigenen Schatten fürchte, der mich immer und immer wieder lang und dunkel umkreist. Doch dann erkenne ich sie endlich. Eine nicht sonderlich einladend wirkende Wellblechhalle mit der Aufschrift *The Rock*.

Meine Güte, das ist fast so einfallsreich wie *Red Mill!*

Mit schnellem Schritt laufe ich über den leer gefegten Parkplatz und freue mich insgeheim, dass Ruben bei so wenig Kundschaft bestimmt viel Zeit für mich hat. Ich öffne die schwere Eingangstür ... oder aber für das Mädchen mit dem dunkelbraunen, fast schwarzen Zopf, der ihr beinahe bis zum Hintern reicht.

Ich muss zweimal hinschauen und mein Gehirnareal für räumliches Sehen bemühen, um zu erkennen, dass sie in perfektem Spagat zwischen zwei Griffsteinen (oder wie diese Dinger zum Festhalten heißen) quasi an der Wand klebt und dabei unnötigerweise auch noch lächelt. In einem lässigen flaschengrünen Tankshirt steht Ruben neben ihr. Das Gefieder der drei schwarzen Raben auf seinem Arm glänzt vor Schweiß.

Mit einem Mal komme ich mir entsetzlich dumm vor. Wie komme ich überhaupt auf den schwachsinnigen Gedanken, ihn hier zu belästigen? Er führt sein eigenes Leben. Hat einen Job, hat Freunde ... eine Freundin. Wohlgemerkt eine sehr, sehr gelenkige Freundin, die tiefenentspannt in einem heißen weißen Sport-BH von Calvin Klein Bewegungen macht, bei denen ich vor Schmerz einfach nur heulen würde.

Gerade will ich so unauffällig wie nur irgend möglich rückwärts zur Tür hinaus, als mich die hübsche Sportskanone entdeckt. »Uiiiiii, ist sie das, Ruby? Deine *Privatkundin?*« Zu allem Überfluss setzt sie den letzten Satz mit den Fingern in Anführungszeichen. Natürlich immer noch im Spagat an der Wand hängend.

Ruben dreht sich zu mir um, und damit ist der Zug mit der Aufschrift *Unerkannt Verschwinden* für mich wohl endgültig abgefahren. Er springt von der hohen Matte herab und kommt mir mit einem Lächeln im Gesicht entgegen. Dieses Lächeln macht mein mulmiges Gefühl und den Plan, einfach blindlings hinauszustolpern, mit einem Schlag zunichte. Die Schmetterlinge in meinem Innern schwärmen aus.

Verfluchte Falter.

Es müssen Zitronenfalter sein, anders kann ich mir sonst nicht erklären, weshalb sie nicht schon längst bei diesen eisigen Temperaturen erfroren sind.

»Hi.« Er fährt sich kurz durch das Haar.

»Hi.« Ich stecke mir eine widerspenstige Strähne hinters Ohr. »... *Ruby* ...«

Er atmet tief durch. »Vergiss das ganz schnell wieder und ignorier sie einfach! Damit kommt Milla am wenigsten klar.«

Milla also. Ich linse kurz zu ihr hinüber, und als sie mir zuwinkt, blinzele ich verlegen zur hohen Decke hinauf.

»Nun?«, unterbricht er die peinliche Stille zwischen uns und macht eine ausholende Handbewegung. »Was denkst du?«

*Ich glaube nicht, dass ich ihm das wirklich sagen sollte.*

»Joah ...« Ich räuspere mich und blicke mich um. Die Wände sind grau, dreckig oder beides, und der Geruch nach Füßen, Schweiß und Schweißfüßen sticht mir in der Nase. »Gemütlich ist anders, würde ich sagen.«

»Das meine ich nicht. Ich wollte eher wissen, welchen Schwierigkeitsgrad du dir zutraust.«

»Wer? Ich?«, frage ich begriffsstutzig. »Ach so, ja klar ... du meinst beim Klettern. Keine Ahnung. Welcher ist denn der leichteste?«

*Hatte ich nicht erwähnt, dass ich Höhenangst habe?!*

»Das wäre dann im Kinderbereich.« Er grinst. »Aber ich traue dir schon die gelbe Route hier in der großen Halle zu.«

»Soso, die traust du mir zu, ja?« Ich werfe einen skeptischen Blick auf die Routen, die mit gelben Griffen gekennzeichnet sind. Es sieht durchaus machbar aus. »Ja, das würde ich vielleicht gerade noch so schaffen, aber dummerweise habe ich mein Sportzeug zu Hause vergessen.«

*Ja, und warum? Weil du um zwanzig Uhr eingeschlafen bist wie ein Kleinkind. Der Kinderbereich scheint wirklich perfekt für dich zu sein.*

*Schluss jetzt! Sofort!*, befehle ich der nervigen Stimme in meinem Kopf und den hektisch flatternden Motten in meinem Bauch.

»Das ist überhaupt kein Problem. Schuhe haben wir in allen Größen vorrätig, und ich schätze mal, der Elastananteil deiner Jeans reicht locker für Gelb aus.«

Keine fünf Minuten später versuche ich mich mit Händen und Füßen krampfhaft an den Griffen festzuhalten. Auch nur eine Hand zu lösen, um mir einen anderen Weg zu suchen, ist keine Option. Ich würde erbärmlich abstürzen. Einen Meter tief. Und das habe ich nicht vor, auch wenn Ruben mir erklärt, wie weich und gelenkschonend die Matten angeblich sind. Während meiner jämmerlichen Klettertour steht er die ganze Zeit unter mir und gibt mir Tipps. Doch ich verstehe lediglich *Blabla* und denke nur, wie froh ich doch sein kann, nicht zum Rock gegriffen zu haben. Obwohl … Dann wäre mir diese Blamage möglicherweise erspart geblieben.

»Setz den rechten Fuß einen Stein weiter und versuch mit der linken Hand den Griff schräg über deinem Kopf zu erreichen. Dann kannst du dich weiter hochziehen.«

»Ich kann nicht«, stöhne ich.

»Doch. Du schaffst das«, spornt er mich an. Bestimmt erhält jeder Mitarbeiter hier einen Grundkurs in Motivation.

»Nein. Meine Hände sind so schwitzig, damit könnte ich einen See speisen, während der nächsten Dürreperiode sämtliche Äcker bewässern und alle Bauern vor einer weiteren Missernte bewahren. O Gott, habe ich das gerade laut gesagt?«

Ruben lacht. »Ja, hast du. Und jetzt spring ab … bevor wir noch alle in deinem Schweiß ertrinken!«

»Sehr witzig!«, rufe ich zu ihm hinunter und tue wie mir geheißen. Zwar falle ich eher, als dass ich springe, aber ich habe zumindest wieder festen Boden unter den Füßen, ohne mir etwas gebrochen zu haben.

»Hier … greif in meinen Sack!«

»Bitte … was?«

Ruben verdreht nur die Augen und hält mir grinsend einen staubigen kleinen Stoffbeutel hin. »Das ist Chalk. Reib dir damit die Hände ein, und du hast sofort einen besseren Halt.«

»Mit Kreide?«

»Nein, das ist eigentlich keine Kreide, sondern Magnesiumkarbonat.«

Er ergreift meine linke Hand, streut ein bisschen von diesem Magnesiumzeug drauf und reibt es sanft ein. Seine Hände sind rau und voller offener Blasen und vernarbter Haut. Ohne auch nur einmal zu blinzeln, sieht er mir währenddessen in die Augen.

Chemieunterricht war noch nie schöner.

Ich bekomme weiche Knie und befürchte, dass sein Beutel nicht ausreicht. Er hätte für mich lieber einen Zentnersack herbeischleppen sollen.

»So«, sagt er leise, ohne den Blickkontakt abzubrechen, und lässt meine Hände los. Seine Stimme klingt, als hätte ihm etwas die Kehle zugeschnürt. »Das sollte reichen.«

Würde er spüren, wie sich die Kreide in den Innenflächen meiner Hände nach und nach in Schlamm verwandelt, wäre er wahrscheinlich nicht ganz so optimistisch.

Während des nächsten Versuchs, die Anfängerroute zu bewältigen, klettert er neben mir, hilft mir aber immer nur dann weiter, wenn ich wirklich gar keine Idee mehr habe, wohin ich Hände oder Füße am besten setzen könnte. Irgendwann bemerke ich, dass er selbst nicht einmal seine Beine einsetzt, sondern sich lediglich mit Zeige- und Mittelfinger jeder Hand hochzieht. Mir klappt der Mund auf, und ich starre ihn an. »Bei dir sieht das so leicht aus. Fast so, als wäre es ein Spaziergang. Ich hingegen scheitere wahrscheinlich selbst noch an der Kinderwand.«

Er hält mitten in der Bewegung inne und sieht mich an. »Nirgends kann man das Scheitern so perfekt erlernen wie beim Klettern.« Ruben lässt sich neben mir an nur einem Arm aushängen, als wäre er Tarzan.

*Nur leider bist du nicht seine Jane … Die steht gerade hinter dem Empfangstresen und sortiert Leergut.*

»Das ist das eigentliche Problem in der heutigen Zeit«, fährt er fort. »Nichts scheint schlimmer zu sein, als zu scheitern oder zu versagen. Dabei kann man Fehler ganz wunderbar nutzen, um neue Wege zu gehen«, philosophiert er weiter. »Trial and Error. Ich meine, wo bleibt die Kreativität, wenn jeder Weg gleich zum Ziel führt? Wenn ich beim Klettern eins gelernt habe, dann die Einsicht, dass es nicht zählt, *welchen* Gipfel ich erreiche oder *ob* ich ihn erreiche, sondern *wie* ich ihn bewältige.«

Ich werde nachdenklich. Bei meiner Flucht nach Berlin, weit weg von meiner Familie und den sogenannten Freunden, ging es nicht nur darum, der Enge und den in mich gesetzten Erwartungen zu entfliehen. Vielmehr war es gleichzeitig ein Aufgeben, weil ich Angst vor dem Scheitern hatte. Vor allem in der Schule. »Das bedeutet, dass die Angst vor dem Scheitern schlimmer ist als das Scheitern selbst«, schlussfolgere ich.

»Ja, für mich ist es so. Aber letztendlich muss das jeder für sich selbst entscheiden.« Er schaukelt ein wenig hin und her und macht mit einem Mal einen Satz nach oben, als würde er die Gesetze der Schwerkraft ausschalten. »Manchmal ist es auch einfach nur eine Frage der Sicherheit und inwieweit es ethisch vertretbar ist, sich selbst in Gefahr zu bringen.«

»O ja, ich verstehe, was du meinst. Manchmal scheitert man

so sehr, dass man nie wieder eine zweite Chance bekommt.« Ich sehe nach unten und habe das Gefühl, höher geklettert zu sein, als es meine Höhenangst eigentlich zulässt. Auch wenn es wahrscheinlich keine zwei Meter sind, in denen ich mich die ganze Zeit eher horizontal statt vertikal fortbewege, während die dicke Matte weich und schützend unter mir liegt. »Du zum Beispiel könntest an nur zwei Fingern über einem Abgrund hängen und dich aus eigener Kraft wieder hochziehen, während ich in derselben Situation nur noch meine letzten Worte sprechen könnte.«

»Da ist was dran«, stimmt Ruben mir zu und klingt ganz weit weg.

# 27

## Juli

Ich beobachte die Wege meines heißen Atems in der kalten Winternacht. Es ist klar geworden, der Regen hat sich endgültig verzogen, und ich erkenne einige wenige Sterne. Die Stadt selbst strahlt heller als die leuchtenden Himmelskörper, doch hier draußen ist alles etwas weiter entfernt, und ich genieße die Ruhe, die kühlende, frische Luft und den dunklen, beinahe tiefschwarzen Nachthimmel.

Glücklicherweise fand unsere gemeinsame Bouldersession (oder wie ich es nenne: Julimachtsichzumklops) ein schnelles Ende, und Ruben hilft gerade der hübschen Milla und einem anderen Typ, bevor sie endlich Feierabend machen können. Um nicht so aufdringlich zu wirken, schlug ich vor, allein nach Hause zu fahren (auch wenn ich das natürlich keine Sekunde lang wollte), aber er meinte, das komme überhaupt nicht infrage. Jetzt warte ich in der Kälte auf ihn und friere mir den Hintern ab, aber das ist mir tausendmal lieber, als da drinnen im Weg zu stehen. Hier fühle ich mich nicht so fehl am Platz, obwohl ich unglaublich gern weiterhin die Aussicht auf seine

Muskeln genossen hätte. Allein der Gedanke daran zaubert mir ein Lächeln auf die Lippen und lässt mich die Kälte vergessen. Ich lege den Kopf in den Nacken, breite die Arme aus und atme tief durch. Ich freue mich so sehr, dass Ruben einfach nur mit mir nach Hause kommt und ich nicht vor lauter Sorge um ihn wieder die halbe Nacht wach bleiben muss. Das ist nicht viel, für mich im Moment aber alles, und ich könnte die ganze Welt umarmen.

»Kommst du noch mit ins *Schlachthaus?*«, fragt mich plötzlich der Typ, der mit Ruben zusammenarbeitet.

Ich habe ihn gar nicht kommen sehen, was vielleicht zu einem ganz kleinen Teil daran liegt, dass ich mich gerade wie ein Kind im Kreis gedreht habe, und starre ihn erschrocken an. Er sieht echt schräg aus, trägt eine weiße Schlaghose und ein weißes Sakko wie John Travolta in *Saturday Night Fever,* dazu Chucks und eine dieser Ohrenklappmützen, die höchstwahrscheinlich von einem Peruaner in den Anden aus Alpakawolle handgestrickt wurde. *Disco meets Grunge.*

»Äh, nein, danke«, antworte ich ihm. »Ich bin Vegetarierin.«

Über diese Aussage schmunzelt er. »Das ist ein ziemlich cooler Club hier in der Nähe. Dort gehen wir nach der Schicht meistens noch hin.«

Jetzt wird mir allmählich klar, wo sich Ruben nachts immer herumtreibt. Hätte ich mir eigentlich auch denken können. Nicht jeder geht abends brav nach Hause, kocht sich einen Tee und kuschelt sich mit einem Unterhaltungsroman ins Bett.

»Lieber nicht, aber nett von dir, dass du gefragt hast.« Ich bin todmüde, will nichts weiter, als noch ein bisschen Zeit mit meinem Mitbewohner verbringen und dann endlich schlafen. Trotzdem finde ich, dass dieser erste Moment einen Ehrenplatz in meiner Sammlung bekommen sollte. »Außerdem bin ich dafür nicht richtig gekleidet … wenn ich dich so betrachte.«

Er schmunzelt wieder. »Ach was, im *Schlachthaus* gibt es kein Richtig und kein Falsch. Nur ein striktes Fotografierverbot. Komm schon! Ich beiße auch nicht.«

»Da wäre ich mir nicht so sicher«, ruft Ruben mir zu.

Milla und er verlassen gerade gemeinsam die Boulderhalle. Alle Lichter sind gelöscht. Während Milla hoch konzentriert etwas in ihr Handy eintippt, gibt Ruben derweil eine PIN in das Zeitschloss oder die Alarmanlage ein.

»Yes! Wir stehen auf der Gästeliste.« Milla blickt von ihrem Telefon auf, reckt die Faust in die Luft und klatscht danach mit dem John-Travolta-Lookalike ein.

»Also, was ist, ihr zwei Partypeople?«, wendet dieser sich erwartungsvoll an Ruben und mich. »Machen wir heute Party, oder machen wir heute Party?«

Unschlüssig mustere ich Ruben. »Geh ruhig mit! Ich wollte deine Pläne wirklich nicht durcheinanderbringen.«

»Das tust du nicht«, sagt er. Die Hände tief in den Hosentaschen vergraben, wiegt er den Oberkörper leicht vor und zurück.

»Mach dir keinen Kopf, Dude! Wenn du keine Lust auf Party hast, dann opfere ich mich gern und kümmere mich heute Nacht um …« Der Möchtegern-John-Travolta legt mir einen Arm um die Schultern. »Wie heißt du eigentlich?«

»Juli«, sage ich und winde mich aus der Umarmung. »Und das ist wirklich nicht nötig. Ich will nämlich nur noch schlafen.«

»Juli, oh, Juli … bitte, lass mich dein August sein … nur diese eine Nacht!«, bettelt er und geht vor mir auf die Knie. »Schlafen können wir auch noch, wenn wir tot sind.«

Milla schüttelt den Kopf. »Das könnte schneller passieren, als du denkst.« Sie hat mittlerweile ihren Zopf gelöst, und ihre wallende Mähne fließt ihr in leichten Wellen wie ein Seidentuch über die Schultern.

Beeindruckend schön. Ich sollte unbedingt das Blondieren und Färben aufgeben. Vielleicht brechen mir dann die Spitzen nicht immer bei einer Länge von dreißig Zentimetern ab.

»Okay, ich komme mit«, meldet sich Ruben zu Wort. Er wirkt irgendwie genervt oder verärgert.

Die anderen hingegen scheinen überrascht zu sein.

Milla ist die Erste, die ihre Stimme wiederfindet. »Schön, dass das endlich geklärt wäre! Und jetzt steh vom Boden auf, Phil! Du saust dich ja komplett ein.«

August – ich meine natürlich Phil – klopft sich den Straßendreck von den Kniescheiben, schnappt sich ein pinkfarbenes Rennrad und hakt sich bei mir wie eine alte Freundin unter.

Milla und Ruben folgen uns, aber ich spüre den ganzen Weg über Rubens Blick im Nacken. So deutlich, dass ich mich auf nichts anderes konzentrieren kann.

Seine bloße Anwesenheit laugt mich aus.

Wir gehen das Stück bis zur Hauptstraße und dann immer an den Tramgleisen entlang, kommen an einem Aldi vorbei, einem Netto, einem Lidl, alle Geschäfte taghell beleuchtet, obwohl es gleich Mitternacht ist. Auf den Straßen gibt es so gut wie keinen Verkehr, und Phil bewegt sich vorwärts, wie es ihm gefällt. Bei Rot, bei Grün, schräg über die Kreuzung oder mit dem Rad auf der Schulter quer durch das Gleisbett. Er ist witzig … und nett.

Nach und nach stoßen immer mehr Leute dazu, die alle in die gleiche Richtung streben. Die Glasscherben auf dem Gehweg nehmen zu, der Geräuschpegel steigt. Und dann stehen wir plötzlich mitten im Nirgendwo ganz am Ende einer Schlange, und ich erkenne kaum, wohin sie führt. Schon merkwürdig, irgendwo anzustehen, um Spaß zu haben, statt auf der Stelle Spaß zu haben.

»Mein Vater würde jetzt fragen: *Gibt es hier was umsonst?*«, plappere ich drauflos, komme mir im selben Moment aber unendlich dumm vor und habe das Gefühl, nicht hierherzugehören.

»Im Prinzip schon«, meint Ruben, nimmt meine Hand und zieht mich von den beiden anderen weg. »*Das* ist die Schlange für die Gästeliste.« Er lacht und führt mich bestimmt hundert Meter an den Wartenden vorbei, geradewegs zur menschenleeren Abendkasse. »Jeder kennt irgendwen, der irgendwen kennt ... Zweimal, bitte!«, sagt er zu dem gelangweilten Typen, der im Gegensatz zu seinem Kollegen an der Gästelistenschlange kaum etwas zu tun hat, und bezahlt für uns den Eintritt. »Schätze mal, es kann sich nur noch um Stunden handeln, bis wir Phil und Milla wiedersehen.«

*Meinetwegen brauchen wir die beiden heute Nacht gar nicht wiederzusehen. Meinetwegen könnte die Schlange kilometerlang sein, nur damit du länger meine Hand hältst.*

Jetzt weiß ich, was mich in seiner Gegenwart so auslaugt. Es ist seine Intensität. Alles, was er tut, wirkt auf mich in einem Ausmaß, das ich so nicht kenne. Noch nie habe ich einen freieren Menschen als Ruben kennengelernt. Es scheint ihm nicht wichtig zu sein, was andere über ihn denken, und gerade deshalb sauge ich jedes Wort von ihm, jede Geste, jede Mimik in mich auf. Selbst seine Stille empfinde ich als intensiv.

Ich folge ihm schweigend über einen großen Hof mit Kopfsteinpflaster und mehreren Laderampen, auf denen es sich verschiedene Grüppchen gemütlich gemacht haben. Junge Birken treiben aus dem Backsteingemäuer und versuchen, in den Fugen Halt zu finden. Wir treten durch eine schwere Metalltür und steigen dann eine schmale Treppe hinunter. Ob er meinen Blick genauso spürt wie ich vorhin seinen? Oder ist es ihm schlichtweg egal? Lässt er Dinge einfach so geschehen, als hätten sie nichts zu bedeuten?

In meiner Welt hat es etwas zu bedeuten, die Hand eines anderen zu berühren. Zweimal an einem Abend!

Ich lenke meine Aufmerksamkeit auf meine Umgebung und nicht mehr auf seinen Hinterkopf. Das alte Schlachthaus ist ein hässlicher Ort. Es sieht aus, als wäre es schon vor hundert Jahren stillgelegt worden, und gleichzeitig, als könne jeden Moment der Betrieb wieder aufgenommen werden und Schweinehälften an Fleischerhaken von der Decke baumeln. Ganz gleich, an welcher dunklen Ecke wir vorbeikommen, überall rekeln sich eng verschlungene Leiber. Gesichter verschwinden in Mündern, und es ist kaum zu erkennen, wo oben und wo unten ist. Obwohl ich mich bisher nicht für prüde gehalten habe, will ich am liebsten mit geschlossenen Augen weiterlaufen und selbst entscheiden, wann ich mir wessen Porno mit wem anschaue.

Die Musik dröhnt immer stärker in meinen Eingeweiden. Dumpf und unangenehm. Je näher wir ihrer Quelle kommen, umso dunkler wird es. Wir biegen noch einmal ab und stehen plötzlich mitten im Epizentrum der Party. Ein riesiger Raum mit gefliesten Wänden, nur durch Schwarzlicht illuminiert. Von der Decke baumeln unterhalb der Lüftungsrohre Quallen aus Drahtgeflecht, die Tentakel zum Greifen nahe, und schimmern in buntesten Farben. Dicht an dicht tanzen schwitzende Menschen oder drängeln sich entlang der Bar an der linken Seite des Raums. Meine weiße Bluse leuchtet aufdringlich. Wir stehen am Eingang und sehen uns um. Dann sehen wir uns an.

Ich glaube, wir wissen beide nicht, was wir hier verloren haben.

»Ich suche zuerst mal lieber die Toilette auf«, murmele ich, um irgendetwas zu sagen.

»Mach das. Und ich suche uns so lange dahinten einen Platz.« Er deutet auf die durch rostige Metallgitter abgetrennten Separees hinter der Bar. Wahrscheinlich warteten dort früher die

Schweine auf ihr qualvolles Ende. »Ach, und bitte tu mir einen Gefallen!«

*Jeden.*

»Setz dich bitte nicht auf die Klobrille, es sei denn, du willst dir die komplette Palette an Geschlechtskrankheiten einfangen.«

Ich nicke stumm und gehe. Keine Ahnung, was ich eigentlich erwartet habe.

Als nach langem Warten endlich eine Kabine frei wird, sehe ich mich etwas fassungslos darin um, verziehe angewidert das Gesicht und versuche währenddessen nicht durch die Nase zu atmen. Nie wieder will ich auch nur ein schlechtes Wort über die Männertoilette im *Soul Kitchen* verlieren. Offensichtlich haben schon andere vor mir den Tipp erhalten, lieber über der Toilette zu schweben, sodass sie ringsum volluriniert ist. Ich verbrauche fast das restliche Klopapier, um sie trocken zu wischen, und bedaure, Henrys gelbe Gummihandschuhe nicht dabeizuhaben. Kurz darauf stehe ich vor dem dreckigen Waschbecken und schrubbe mir sorgfältig die Hände. Ich lasse mir Zeit. Überprüfe den Sitz meiner Kleidung, meine Haare, trage Lipgloss auf und wische ihn sofort wieder ab, damit Ruben nicht denkt, ich hätte das für ihn gemacht.

Dabei habe ich es nur für ihn gemacht.

Merkwürdigerweise ist mir bei dem Gedanken unwohl, mit ihm allein zu sein. Ein Gefühl, das ich niemals habe, wenn wir zwei wirklich allein sind, aber inmitten der vielen Menschen ist es irgendwie anders. Hier bin ich irgendwie nicht ich selbst.

Letztendlich treiben mich die abschätzigen Blicke der anderen Frauen und Mädchen, die ihre knappen Outfits zurechtrücken oder sich eine weitere Ladung Glitzer ins Gesicht schmieren, zu ihm zurück.

Von Weitem sehe ich, dass er tatsächlich ein freies Plätzchen gefunden hat. Per Zeichensprache gestikuliere ich, dass ich uns an der Bar etwas zum Trinken besorge. Bei dem Andrang kriege ich so bestimmt eine weitere halbe Stunde herum. Leider kann ich meine Bestellung bei der ziemlich souveränen und sehr tough wirkenden Barfrau schneller aufgeben, als mir lieb ist. Ich ordere eine Cola für Ruben und einen Gin Tonic für mich. Hoffentlich werde ich etwas entspannter, wenn ich den erst einmal intus habe, und trinke, bevor ich den Tisch überhaupt erreicht habe, schon die Hälfte davon aus.

»Ist ganz schön viel los hier, dafür dass es gerade mal eins ist«, stelle ich überrascht fest. »Selbst in Lehrte und Hannover ist es uncool, vor Mitternacht die Clubs zu stürmen.«

»Ist es hier auch, aber die feiern ja nicht erst seit heute. Manche von denen tanzen drei Tage durch, bevor sie das Tageslicht wieder sehen.«

»So viel Gin Tonic kann ich mir gar nicht leisten, um es hier so lange zu ertragen«, kichere ich und proste Ruben zu.

Nach einer Weile haben es endlich auch Phil, Milla und der Freund, der die beiden auf die Gästeliste gesetzt hat, in den Club geschafft und gesellen sich zu uns, nachdem sie ein ganzes Tablett mit Getränken organisiert haben. Phil denkt gar nicht daran, seine Mütze abzusetzen, obwohl die Wärme hier drinnen weit über Körpertemperatur hinausgeht. Milla hat jetzt ein anderes Oberteil an, silbern glänzend, aber der Marke Calvin Klein ist sie treu geblieben. Der Freund hat die ganze Zeit ziemlich besitzergreifend den Arm um sie gelegt und reibt ihr ununterbrochen über die gleiche Stelle an der Schulter. Mir tut das schon beim Hinsehen weh. Das muss doch unangenehm sein, immer und immer wieder an demselben Stück Haut berührt zu werden. Wie bei dieser Foltermethode, bei der immer nur ein Tropfen Wasser auf dieselbe Stelle am Kopf trifft. »Wie heißt noch mal Millas Freund?«, flüstere ich Ruben ins Ohr. Ich merke, dass der Gin Tonic langsam Wirkung zeigt.

Er zuckt mit den Achseln. »Keine Ahnung, es lohnt nicht, sich die Namen zu merken.«

»Pepe.« Phil grinst breit. »Diese Woche heißt er Pepe. Die Woche davor hieß er Mark, die Woche davor Luan und davor Amelie.« Er stößt mit mir an, nimmt einen kräftigen Schluck aus seinem Glas und schüttelt sich, als wäre er ein nasser Hund. »Das schmeckt wirklich widerlich«, stellt er fest. »Aber es muss nun mal getrunken werden.« Ungestüm springt er auf und reißt beinahe alle Getränke mit sich. »Auf die Opfer, die erbracht werden müssen!«, ruft er theatralisch, als hätte er soeben eine bahnbrechende Rede gehalten. Dann erhebt er erneut sein Glas und leert es in einem Zug. »Und jetzt wird getanzt!«

Ohne meine Meinung dazu abzuwarten, zieht mich Phil aus meiner gemütlichen Ecke und schleift mich hinter sich her. Milla und Pepe folgen uns. Hilfe suchend blicke ich zu Ruben hinüber und hoffe, dass er mich wie ein edler Ritter aus meiner misslichen Lage befreit, doch er bleibt zurück. Ich ergebe mich meinem Schicksal. So schlimm wird es schon nicht werden.

Die Musik finde ich allerdings ziemlich schlimm. Daran kann selbst Phil mit seiner locker leichten und lustigen Art nichts ändern. Während ich mit den anderen nach diesem furchtbaren House-Ibiza-Techno-Sound tanze, bemerke ich, dass Ruben uns die ganze Zeit beobachtet. Unsere Blicke treffen sich und lassen nicht mehr voneinander ab. Auch wenn er so weit weg ist und zwischen ihm und mir etliche Menschen stehen, fühlt es sich an, als würde ich mit ihm tanzen. Nicht *für* ihn wie die Mädchen in Rocco Wolfs Etablissement, sondern *mit* ihm. Ob er das allerdings genauso sieht, wage ich zu bezweifeln. Schließlich wird er seine Zeit im *Red Mill* nicht mit philosophischen Gesprächen über Kants Theorien verbringen.

Fließend geht der Song irgendwann in den nächsten über. Ich bemerke im ersten Moment kaum einen Unterschied, denn der

Beat bleibt der gleiche. Kein Wunder, dass die Leute hier tagelang durchtanzen müssen, wenn der Song einfach nie endet. Mir reicht es jedenfalls. Ich finde es zu heiß, zu stickig, und das Atmen fällt mir schwer. Ich will zurück zu Ruben, doch Milla lässt mich nicht gehen und hält mich am Handgelenk fest. »Lass ihn!«, brüllt sie mir ins Ohr, um die laute Musik zu übertönen. »Ruby ist mehr so der Typ *einsamer Wolf* und macht gern einen auf verletzte, sensible Künstlerseele. Tanz lieber mit uns!«

»Dann verstehe ich nicht, weshalb er überhaupt hier ist«, schreie ich zurück und bewege mich währenddessen derart ungelenk, als wäre ich zwölf Jahre alt und das hier gerade die Abschlussdisco der Klassenfahrt.

»Ich ehrlich gesagt auch nicht.« Sie reibt den Hintern lasziv an ihrem Tanzpartner Pepe.

Dieser hält Millas Hüften mit den Händen umklammert, und sie kann sich wirklich glücklich schätzen, dass sie seinen merkwürdigen Gesichtsausdruck dabei nicht sehen muss.

Es ist, als sähe ich den beiden bei einem Paarungsritual zu.

»Sonst kommt er nie mit uns mit … egal, wie oft wir ihn schon gefragt haben.«

Meine Bewegungen werden langsamer. Die Musik nervt mich. Alles nervt mich. Die Menschen, die wie in Ekstase, erschöpft und mit alkohol- oder drogenverzerrten Fratzen um mich herumtanzen. All das nervt.

Er ist sonst nie hier. Warum dann heute? Weil er nicht mit mir allein sein will?

Ich verlasse die Tanzfläche und kämpfe mich zu Ruben durch. Eigentlich will ich ihn zur Rede stellen. Wieso ich jetzt in dieser abgefuckten Schlachterei sein muss, obwohl ich doch klar und deutlich formuliert habe, dass ich müde bin.

Doch als ich bei ihm am Tisch ankomme, greife ich stattdessen nach seinen Händen. »Bitte tanz mit mir!«, fordere ich ihn auf. »Nur einmal.«

»Nein, danke«, weist er mich eiskalt ab. »Da tanze ich lieber zum Straßenlärm in Neukölln.« Er entzieht mir seine Hände und ballt sie unterm Tisch zu Fäusten.

Ich bemerke das sofort, aber ich weiß nicht, was es bedeutet.

»Geh ruhig wieder zu den anderen. Ich fühle mich hier pudelwohl.«

»Wieso sind wir dann überhaupt mitgegangen?«, frage ich ihn und kann den vorwurfsvollen Ton in meiner Stimme nicht verhindern.

»Ich dachte, du willst vielleicht etwas mehr von Berlin kennenlernen als immer nur Henrys ranzige Kneipe.«

»Ja … schon. Aber doch nicht unbedingt *das hier*.«

Wir sehen uns um und müssen beide lachen.

»Voll die Freakshow, oder?« Er schüttelt den Kopf und trinkt den Rest seiner Cola aus.

»Absolut. Und die Musik ist auch superätzend. Wenn ich mich hier so umsehe, könnte ich auf der Stelle zur Misanthropin werden.«

»Geht mir genauso. Wir könnten ja zusammen mit Henry, dem alten Miesepeter, einen Club gründen.«

»Ich weiß nicht … sind drei Misanthropen in einem Club nicht zwei zu viel?« Meine Kehle ist wie ausgetrocknet. Ich nehme mir ein neues Glas Gin Tonic vom Tablett und trinke es in einem Zug aus. Der bittere Geschmack breitet sich in meinem Mund aus.

Ruben mustert mich auf seine rubentypische Art, sagt aber nichts.

»Hast du zufällig Kopfhörer dabei?«, frage ich ihn und spüre, wie der Alkohol sich in meine Blutbahn einfädelt und den schnellsten Weg in mein Gehirn sucht.

»Immer.« Zum Beweis zieht er ein hoffnungslos verworrenes Knäuel aus der Jackentasche.

Ich krame unterdessen in meiner Tasche nach meinen Kopfhörern und nach dem Splinter, der in so gut wie jeder Pause bei Wanda und mir zum Einsatz kam. Früher einmal. Das letzte Mal am Tag vor den Weihnachtsferien, und ich frage mich, ob sie damals wenigstens vom schlechten Gewissen geplagt wurde, während wir zusammen Billie *Depri* Eilish hörten.

Ich verbinde beide Kopfhörer damit, stecke den Splinter in die Lautsprecherbuchse meines Handys und stöpsele mir die Kopfhörer in die Ohren. Ruben macht unaufgefordert das Gleiche. Dann greife ich erneut nach seiner Hand und ziehe ihn von dem Sitz hoch, auf dem er die letzte Stunde wie festgeklebt gesessen hat. Diesmal sträubt er sich nicht dagegen. Langsam führe ich ihn durch die Menge, bis fast in die Mitte und lasse ihn los, als ich mir sicher bin, dass er nicht gleich abhaut. Dann öffne ich die Spotify-App, klicke den Song meiner Wahl an und schiebe mir das Smartphone in die vordere Hosentasche. Während ich darauf warte, dass das Lied endlich einsetzt, nimmt er meine Hände und verschränkt unsere Finger miteinander.

# 28

# Ruben

Dieser Song.

Unglaublich, dass Juli ausgerechnet diesen Song gewählt hat. Er ist so ziemlich der beste, den die Plattensammlung von Henrys verstorbener Frau hergibt. Und ich habe sie wirklich komplett durchgehört. Alle. Sogar die ganz miesen. Sogar das grausame Album mit Peter Alexander. Aber selbst wenn jetzt *Der Mann deiner Träume* gestartet wäre, könnte ich es kaum erwarten, mit ihr zu tanzen.

Mit Juli zusammen ist alles irgendwie besser, selbst jeder noch so üble Song. Sie ist unglaublich, so ganz anders als alle Übrigen in diesem Raum. Sie tanzt sogar anders. Sie hält meine Hände, dreht sich im Kreis, dreht mich im Kreis, dreht uns im Kreis, und wenn sich die Kabel unserer Kopfhörer miteinander verheddert haben, tanzt sie den gleichen Weg wieder rückwärts, um uns zu entwirren.

Ich spüre immer noch den Bass unter meinen Füßen wummern, aber ich höre nur *unser* Lied und habe nur Augen für ihr Lächeln und ihre Lippen, die sich zum Text bewegen.

*I'd love to change the world*
*But I don't know what to do*
*So I'll leave it up to you*

Sie reißt unsere Arme hoch, legt den Kopf in den Nacken, schüttelt ihr Haar wild hin und her. Ich spüre ihre Brust an meinem Körper, und doch ist jede ihrer Bewegungen völlig unschuldig, nicht so versext wie die Balztänze, die ringsum stattfinden. Das macht sie für mich irgendwie noch heißer. Und nichts will ich gerade mehr, als ihre Hand zwischen meinen Fingern zu spüren. Ihre warmen Finger, ihr weiche Haut. Ich weiß nicht, was sie mit mir macht und wie sie es mit mir macht, und ich glaube auch nicht, dass sie sich dessen bewusst ist. Aber sie löst etwas in mir aus, das vor ihr noch keine andere vermocht hat.

Der Song endet, und Juli lässt mich los. Einfach so. Sie klemmt sich eine Strähne, die ihr im verschwitzten Gesicht klebt, hinters Ohr und sieht mich an. Unsicher, verwirrt, als wisse sie selbst nicht, was da gerade in sie gefahren ist. »Ich habe Durst«, sagt sie, lässt mich stehen und zwängt sich durch die Menge.

Ich bleibe zurück wie der letzte Idiot.

»Hey, Dude!«, ruft Phil und tanzt sich zu mir durch. Sein weißer Discoanzug und seine Zähne strahlen im Schwarzlicht um die Wette. »Läuft da eigentlich was zwischen euch, oder darf ich mein Glück versuchen?« Er boxt mir freundschaftlich gegen den Oberarm und zwinkert mich vielsagend an.

»Nein«, antworte ich und bedenke ihn mit einem Blick, bei dem er zurückweicht.

»Was … *nein?*«, fragt er dennoch nach.

»Beides.«

Er seufzt und kratzt sich den verschwitzten Schädel unter der dämlichen Wollmütze. »Ja, ich dachte mir schon, dass ich besser die Finger von ihr lasse, so wie du sie die ganze Zeit eyefuckst.«

»Ich tue *was?*«

»Du eyefuckst sie, Dude. Schon den ganzen Abend.«

Ich kann nicht glauben, dass ich mich so auffällig verhalte. »Du solltest lieber die Mütze absetzen, der Hitzestau darunter schadet nur deinem Gehirn, *Dude.*« Ich lasse ihn stehen und kämpfe mich durch die halb nackten, verschwitzten Leute zu Juli an die Bar durch. »Lass uns gehen!«, sage ich, als ich sie endlich erreicht habe.

Sie nickt zustimmend, sieht mich aber nicht an. »Ich werde nur noch kurz nüchtern«, sagt sie und kippt sich den vierten oder fünften Gin Tonic hinter. »Dann komme ich mit.«

Die S-Bahn ist total überfüllt. Das Licht blendet unerträglich grell, und ich sehe meinem Spiegelbild in der Fensterscheibe an, wie übermüdet ich bin. Nicht nur ich, auch Juli macht den Eindruck, dass sie sich kaum noch aufrecht halten kann und eigentlich nur noch liegen möchte. Doch alle Plätze sind besetzt. In unserem Waggon herrscht ausgelassene Partystimmung. Als wir einstiegen, saß ein Schülergrüppchen mit zwei bereits fast geleerten Bierkästen auf den Bänken, doch als sich eine Station darauf ein paar Studenten mit einem Bierpongtisch dazugesellen, ist die Freude auf beiden Seiten groß. Einige rauchen, andere kiffen, schlechte Musik mit lustigen Texten dröhnt aus einer großen JBL-Box. Diejenigen, die sich daran gestört haben, sind bei der nächstbesten Gelegenheit fluchtartig ausgestiegen, der Rest erträgt es entweder tolerant mit den Gedanken an die eigene Jugend oder beobachtet amüsiert das ganze Geschehen.

Juli und ich stehen dicht an dicht an einer der Türen. Der Rauch setzt sich in unseren Haaren und auf den Klamotten ab. Wir reden kein Wort miteinander. Ich weiß nicht, ob es daran liegt, dass sie einfach nur müde ist, oder vielleicht daran, weil sie sauer ist, dass ich den Abend so abrupt beendet habe. Ihr

Schweigen macht mich aber irgendwie fertig. Sonst weiß ich immer, was in ihr vorgeht … dieses Mal jedoch nicht.

Bei der Einfahrt in den nächsten Bahnhof bremst die S-Bahn unerwartet stark ab und schiebt uns noch näher zusammen. Für meine Verhältnisse zu dicht. Und doch nicht dicht genug.

»Fuck! Die Bullen!«, ruft einer der Bierpongspieler. »Und auch noch genau auf unserer Höhe!«

»Und Security!«, schreit eines der Mädchen. »Verhaltet euch unauffällig!«

Wie auf Kommando stellen sich alle so auf, dass der Bierpongtisch komplett verdeckt ist. Und ganz egal, welche unbequeme Körperhaltung eingenommen wurde, als die Bahn endgültig zum Stehen kommt, spricht oder bewegt sich niemand. Als hätte jemand den Pauseknopf auf der Fernbedienung gedrückt. Oder als wäre es die Darstellung eines Gemäldes wie Sandro Botticellis *Anbetung der Heiligen Drei Könige.* Nur ohne Jesus, Jungfrau und die Heiligen Drei Könige. Es wäre ein perfektes Standbild, würde dem einen Typen mit den strohblonden Haaren nicht der Zigarettenqualm aus der Nase kriechen, weil er nicht auszuatmen wagt. Er hat schon eine ganz ungesunde Hautfarbe, und ich würde glatt einen Zehner darauf verwetten, dass er der Erste ist, der heute den Waggon vollkübelt.

Juli und ich spielen das Spiel mit. Wir sehen uns an und trauen uns kaum zu atmen. Sie sieht zu mir auf, und unsere Nasenspitzen berühren sich fast. Ich will sie küssen. Schon heute Morgen wollte ich das. Als sie dachte, ich schliefe. Als sie nur in Unterwäsche und mit dem langärmeligen, engen T-Shirt, das sie sich so weit wie nur möglich über ihre wundervollen Beine gezogen hatte, auf der Arbeitsplatte meines Küchenschranks saß und von der Torte aß. Seitdem will ich nichts anderes, als sie küssen. Ich weiß genau, sie will es auch. Juli liegt das Herz nicht nur auf der Zunge, jegliche Emotionen spiegeln sich in ihren

Augen wider. Sie will es auch … Ich sehe es ihr an. Und aus diesem Grund wird es niemals geschehen. Wir leben unter einem Dach, sie hat niemanden in dieser Stadt … nur mich. Wenn ich sie jetzt küssen würde, wäre alles zu Ende. Ich würde sie verletzen, und sie wäre ganz allein. Denn ich bin nicht der Typ für eine Beziehung … und sie … Sie ist genau das.

Würden wir nicht schon stehen, wäre jetzt der perfekte Moment, um die Notbremse zu ziehen. Ich ziehe sie, indem ich den Blick von ihr abwende und aus dem Fenster in der Tür sehe. Ich kann nichts darin erkennen. Nur ihr enttäuschtes Gesicht, das sich darin spiegelt.

# 29

## Juli

Abgewiesen zu werden, habe ich mir immer als wahnsinnig peinliche Situation vorgestellt. Das ist es auch … vielleicht sogar noch peinlicher, als ich es mir eigentlich ausgemalt habe. Aber zusätzlich dazu ist es auch noch verdammt schmerzhaft.

Der restliche Weg zu Rubens Wohnung zieht sich unerträglich in die Länge. Schweigend gehe ich neben ihm durch die Dunkelheit und könnte kotzen. Und das liegt nicht an den Gin Tonics (im Gegenteil, ich fühle mich gerade erstaunlich nüchtern … oder vielmehr ernüchtert). Es liegt daran, dass ich mich fühle, als hätte ich einen Fausthieb in die Magengrube kassiert. Die meiste Übelkeit verursacht mir allerdings, dass ich es überhaupt nicht verbergen kann und Ruben mir den Ärger, die Enttäuschung und die Kränkung am Gesicht ablesen kann. Ich hasse mich gerade selbst dafür, dass ich für ihn wahrscheinlich wie ein offenes Buch bin … ein Buch, in dem man in der Buchhandlung herumblättert und sich dann denkt: *Ach nein, doch nichts für mich, aber das Cover ist schon schön.*

Er soll sich bloß nichts darauf einbilden. Die Welt geht nicht unter, nur weil mich Ruben Kramer nicht geküsst hat. Es ging mir schon schlechter, und vielleicht hätte ich es deshalb auch so schön gefunden. Einfach mal wieder körperliche Nähe zu spüren. So etwas braucht der Mensch doch von Zeit zu Zeit, oder?

*Offensichtlich holt er sich, was er braucht,* im *Red Mill*, denke ich bitter.

Vielleicht sollte ich mir das Jobangebot doch noch einmal durch den Kopf gehen lassen. Mit dem zusätzlichen Lohn könnte ich mir eventuell ein WG-Zimmer leisten … was nach der heutigen Nacht wahrscheinlich ziemlich schnell nötig ist. Ich verfluche mich ein weiteres Mal, dass ich ihn heute Nachmittag angerufen habe. Wäre ich einfach wie jeden Tag zu Hause geblieben, würden wir jetzt nicht in unangenehmer Stille nebeneinanderher gehen, und ich müsste mir keine Gedanken über eine neue Unterkunft machen.

Schon von Weitem erkenne ich die rote Leuchtschrift des *Red Mill*. Was gäbe ich dafür, wenn Ruben dort gleich noch einkehren würde und mich in Ruhe ließe. Als hätte der Teufel geahnt, worüber ich gerade nachdenke, erscheint er in Gestalt von Rocco Wolf, der rauchend vor seinem Stripclub herumlungert. Wie ein dunkler Schatten tritt er aus dem Eingangsbereich auf uns zu. »'n Abend, Ruben. Die Nacht ist noch jung … Wie wär's?« Er schnippt die Kippe in eine Pfütze dicht vor unsere Füße. Die Glut erlischt sofort.

»Nein, heute nicht«, antwortet Ruben im Vorbeigehen.

»Und was ist mit dir?«, wendet er sich daraufhin an mich. »Hast du schon über mein Angebot nachgedacht?«

Ruben bleibt urplötzlich stehen und dreht sich zu mir um. »Welches Angebot?«, fragt er mich und sieht mir verärgert in die Augen.

»Das geht dich überhaupt nichts an«, reagiere ich trotzig und trete auf Rocco Wolf zu. »Also … darüber möchte ich ganz gern noch mal nachdenken. Wenn das in Ordnung ist.« Meine Stimme zittert, und ich verschränke die Arme vor der Brust, weil ich das Gefühl habe, die Umgebungstemperatur ist soeben um weitere zehn Grad gesunken. Müsste es nicht eigentlich heißer werden? Immerhin ziehe ich in Betracht, einen Pakt mit dem Teufel einzugehen.

»Ist es, Kleine. Du weißt ja, wo du mich findest.«

»Das ist jetzt nicht dein Ernst«, mischt sich Ruben ein.

»Halt dich da raus!«, zische ich ihn an.

Amüsiert sieht Rocco Wolf zwischen uns hin und her, tippt sich zum Abschied an die Stirn und verschwindet in seiner Bar. Musik, Gelächter und Stimmengewirr dringen aus dem Innern zu uns heraus.

Ich will weitergehen, doch Ruben hält mich am Arm zurück. »Noch mal! Was für ein Angebot meint er? Sag mir nicht, dass du darüber nachdenkst, für ihn zu arbeiten!«

»Und wenn schon. Das ist ganz allein meine Sache. Und überhaupt ... warum interessiert dich das? Weißt du dann nicht mehr, wo du nachts abhängen kannst?«, provoziere ich ihn.

Ihm klappt der Mund auf.

»Ich darf da nicht arbeiten, aber du gehst dort ein und aus? Findest du das nicht ganz schön ambivalent? Ich verstehe auch nicht, warum du ein Problem damit hast«, fahre ich fort, ohne ihm die Chance einer Antwort zu geben. »Ich kann ja schließlich nicht ewig bei dir wohnen, und mit dem Job bei Henry reicht das Geld nie im Leben für ein WG-Zimmer oder eine kleine Wohnung.«

Er lässt meinen Arm los und starrt mich mit einem vernichtenden Blick an. Ich weiche zurück und erkenne: Der Ruben, den ich vorhin noch küssen wollte, existiert nicht mehr.

»Tu, was du nicht lassen kannst«, sagt er kalt und geht.

In die Richtung, aus der wir gekommen sind.

Vor Wut (und vor Bauchschmerzen, weil ich natürlich postwendend meine Tage bekommen habe) kriege ich die restliche Nacht kein Auge zu. Unruhig wälze ich mich im Bett hin und her und wünsche mir nichts sehnlicher als eine Wärmflasche und ein liebes Wort.

Beides scheint es in diesem Haushalt nicht zu geben.

Umso mehr reift in mir die Vorstellung, nachts im *Red Mill* zu arbeiten. Ich meine, Bar ist Bar, oder? Und ich brauche das Geld, um endlich unabhängig leben zu können. Ich ziehe mir die Decke über den Kopf und rolle mich ganz klein zusammen. Wieso habe ich nicht gleich auf mein Bauchgefühl gehört? *Ruf ihn NICHT an! Fahr NICHT zu ihm! Du machst dich nur lächerlich. Dir ist ein Ei gesprungen, das muss jetzt raus.* Im Prinzip wusste ich doch schon vorher, dass dieser Abend in einer Katastrophe enden würde, und trotzdem bin ich sehenden Auges und ungebremst geradewegs hineingeschlittert.

Es ist die zweite Nacht ohne Schlaf. Aber viel schlimmer finde ich, dass Ruben und ich im Streit auseinandergegangen sind. Das ist sonst nicht meine Art. Nicht mal mit Wanda und Elias habe ich gestritten, weil ich ständig das Bedürfnis habe, Konflikten aus dem Weg zu gehen. Ich bin einfach abgehauen und habe versucht, alles mit mir selbst auszumachen. Mehr schlecht als recht, wenn ich bedenke, wo ich jetzt stehe. Ich fühle mich, als würde mich eine gigantische Welle in Hochhausgröße überrollen und über den sandigen Boden schleifen. Immer und immer wieder drückt sie mich hinunter, nimmt mir die Luft zum Atmen. Ich schlage die Decke wieder zurück und stöhne laut auf. Liege wach mit weit aufgerissenen Augen auf dem Bett. Beobachte, wie das Scheinwerferlicht der vorbeifahrenden Autos an der Zimmerdecke entlangwandert. Eins nach dem anderen. Es beruhigt mich ein wenig, hilft mir aber nicht, endlich einzuschlafen oder mich vom Grübeln zu befreien. Wo bitte liegt Rubens verdammtes Problem? Es ist ja nicht so, dass ich mich prostituieren will. Ich habe keineswegs vor, das Leben der Christiane F. nachzustellen. Ich werde das Gleiche machen wie bei Henry. Nur zu einer anderen Uhrzeit und einen Hauseingang weiter links. Schließlich hat Ruben selbst gesagt, dass Rocco Wolf eigentlich gar nicht so verkehrt ist, und Henry würde sich bestimmt auch nicht mit ihm abgeben, Kaffee trinken und Skat spielen, wenn er ein mieser Zuhälter wäre. Ich bin überrascht, wie schnell sich die Dinge ändern können. Heute Mittag war es noch völlig ausgeschlossen, über den Job überhaupt nachzudenken, und jetzt?

Genervt von mir selbst, weil ich heute so schlecht im Treffen von Entscheidungen bin, schleiche ich auf Zehenspitzen zum Waschbecken und fülle mir ein Glas mit Leitungswasser auf. Wanda würde mir jetzt raten, eine Pro- und Kontraliste zu erstellen, aber da ich weiß, dass auf der Proseite nur ein Stichpunkt stünde (nämlich: Geld), kann ich mir die Mühe auch gleich sparen, und der Baum wurde für diesen Zettel nicht umsonst gefällt.

Also tue ich das Einzige, das mir immer … damit meine ich … meistens … und damit will ich eigentlich sagen … nie hilft. Ich gehe joggen.

Ruben ist bestimmt wieder zurück zu seinen Freunden ins *Schlachthaus* gefahren oder amüsiert sich im Stripclub.

Wenn dieses Berliner Partyvolk drei Tage lang durchfeiern kann, dann werde ich wohl zwei schlaflose Nächte überstehen.

Doch selbst Stunden später, nachdem ich der Wintersonne beim Aufgehen zugesehen, bei Henry durchgewischt habe und nun meine Feierabendcola trinke, kann ich mich immer noch nicht zu einer Entscheidung durchringen.

»Na, Julikind, wo drückt denn der Schuh?«, fragt mich mein Lieblingschef.

Überrascht sehe ich von meinem Glas auf. »Was? Wie kommst du darauf?« Ich bin mittlerweile so müde, dass ich mir Streichhölzer zwischen die Lider klemmen müsste, um die Augen offen zu halten, und kann nachvollziehen, dass Schlafentzug als Foltermethode gilt.

»Weil du den gesamten Vormittag geschwiegen hast, und das einzige Geräusch, das du seit zehn Minuten von dir gibst, ist das Seufzen, mit dem du die Blubberblasen aus deiner Cola vertreibst.«

Ich seufze erneut. »Ach, ich weiß auch nicht.« Dann verfalle ich wieder in unentschlossenes Schweigen.

Henry seufzt zustimmend, nimmt sich eine schrumpelige Zitrone aus dem Metallkorb auf dem Tresen und versucht, sie mit einem stumpfen Messer in Scheiben zu schneiden. Kommentarlos sehe ich dem Gemetzel zu.

»Ich spüre, dass eine Erkältung im Anmarsch ist«, klärt er mich über seine plötzliche Vorliebe für vitaminreiche Zitrusfrüchte auf. »Früher habe ich ein warmes Bier getrunken, und schon war ich wieder kerngesund. Anscheinend hilft das in meinem fortgeschrittenen Alter aber nicht mehr so gut.« Mit gequältem Gesichtsausdruck fährt er sich über den Hals, um seine Symptome wie bei einer Scharade pantomimisch darzustellen.

»Ich empfehle dir, ein scharfes Messer zu benutzen. Mit dem Teil tut dir gleich noch mehr weh als nur der Hals.«

»Solange man einen scharfen Verstand hat, funktioniert es auch mit einem stumpfen Messer.« Er zwinkert mir zu und malträtiert die Zitrone mit der Messerspitze, indem er wie mit einem Eispickel darauf einsticht. Dann legt er sie in einen Bierkrug und gießt heißes Wasser aus dem Wasserkocher darüber.

»Ich hoffe, die ist auch bio«, sage ich und bezweifle, dass irgendetwas an diesem Gebräu gesund ist.

»Wo denkst du hin? Wenn ich auch noch Biozitronen zum Tequila reichen würde, könnte ich meinen Laden gleich dichtmachen.« Er kippt sich den Pestizidcocktail hinter die Binde und schüttelt sich kurz.

»Und?« Skeptisch ziehe ich eine Augenbraue hoch. »Schon besser?«

»Ja, ich spüre schon die heilende Wirkung.«

»Mhm, man muss nur wirklich daran glauben, was?«

»Den Pessimismus solltest du lieber alten Männern wie mir überlassen. Der steht dir nämlich überhaupt nicht gut.« Henry schiebt den Krug beiseite und lehnt sich zu mir über den Tresen. »Willst du mir nicht endlich verraten, was dich bedrückt? Ich halte mich auch nach jahrzehntelanger Berufserfahrung als Kneipenpsychologe streng an die ärztliche Schweigepflicht.«

Beinahe hat er mich so weit, dass ich ihm das Herz ausschütte, aber ich kann es nicht. »Alles in Ordnung«, lüge ich ihn an und gebe mir Mühe, ein Lächeln aufzusetzen.

Weshalb sollte ich ihn mit meinen Teenieproblemen belästigen, die nichts weiter sind als eine Aneinanderreihung von Gefühlen im Präteritum und Wünschen im Konjunktiv? Die Gegenwart ist nur Verwirrung und Schmerz. Nichts, was ich teilen will.

Ich trinke die Cola aus, rutsche vom Barhocker und spüle das Glas sofort ab. »Ich muss los, Henry. Wir sehen uns morgen.«

Als ich die Kneipe verlasse und vorsichtig die Tür hinter mir schließe, werfe ich einen kurzen Blick zurück. Henrys Gesichtsausdruck versetzt mir einen Stich. Er sieht traurig und einsam aus, und wenn ich ihn genauer betrachte, wirkt er tatsächlich irgendwie krank oder angeschlagen. Für einen Moment überkommt mich der Gedanke, dass er es vielleicht mag, wenn ich ihm nach getaner Arbeit noch ein bisschen Gesellschaft leiste. Dabei habe ich bisher immer angenommen, dass er über jede ruhige Sekunde froh ist. Mit gesenktem Kopf wende ich mich ab, lege die wenigen Meter bis zur Kellertreppe zurück und fühle mich noch schlechter als ohnehin schon. So langsam glaube ich wirklich, dass es mit meiner Menschenkenntnis nicht weit her ist und dass jede Entscheidung, die ich treffe, falsch ist. Ich nehme mir vor, ein paar Stunden zu schlafen und dann den Abend im *Soul Kitchen* zu verbringen. Vielleicht kann ich Henry ja sogar helfen oder im Lager unterstützen. Vielleicht hilft das uns beiden, denn ich kann jede Ablenkung gebrauchen.

Müde und erschöpft schließe ich die Wohnungstür auf, doch ich schaffe es nicht einmal mit einem Fuß über die Schwelle. »O Gott!«, entfährt es mir, ohne dass ich es verhindern kann. Zu spät schlage ich mir die Hand vor den Mund und reiße entsetzt die Augen auf. Ich will nicht hinsehen, aber ich kann den Blick auch nicht abwenden.

Und eins ist sicher: Henry könnte heute im Handstand Getränke servieren, währenddessen die schrumpeligen Zitronen durch die Luft jonglieren und eine Feuershow veranstalten, trotzdem würde mich nichts und niemand davon ablenken, dass ich Ruben in dem gemütlichen Sessel sitzen sehe, während eine Blondine den Kopf in seinem Schoß vergraben hat und dabei Geräusche von sich gibt, als hätte ihr jemand die leckerste Eiskugel der Welt spendiert.

Beide sehen mich kurz an, doch meine Anwesenheit scheint sie nicht einmal zu stören oder ihnen peinlich zu sein. Ganz im Gegensatz zu mir. Erschrocken knalle ich die Tür hinter mir zu und renne weg. Kopflos und blind vor Tränen der Scham sprinte ich durch die lauten und überfüllten Straßen Kreuzbergs. Es wimmelt vor Menschen, doch ich will nichts weiter, als völlig allein zu sein. Aber das ist hier unmöglich.

Wer Einsamkeit und Stille sucht, sollte nicht nach Berlin ziehen.

Wie immer, wenn ich Ruhe brauche, zieht es mich zum Wasser. Total außer Atem hocke ich mich auf eine kalte Holzbank und stecke den Kopf zwischen die Knie. Dieser Arsch! Ich könnte laut schreien. Ich bin wütend, schockiert, sauer, beschämt, verletzt … alles gleichzeitig. Er weiß doch genau, dass ich jeden Tag kurz nach zwölf nach Hause komme. Wieso macht er so etwas ausgerechnet dann und ausgerechnet dort?

Ich springe auf und schnaube vor Wut. Wenn Ruben denkt, er kann mich mit dieser Aktion verletzen … dann hat er durchaus recht. Allerdings muss er dann auch mit der Wirkungsfolge Aktion / Reaktion Bekanntschaft machen.

Mal sehen, ob er immer noch genauso gern in Rocco Wolfs Bar *verkehrt,* wenn ich dort arbeite.

# 30

# Juli

»Kein Zutritt für Frauen«, knurrt mich der Riese an, der sich mit verschränkten Armen vor mir im Türeingang aufgebaut hat. Das dunkelblonde, leicht angegraute Haar hängt ihm in zwei dünnen langen Zöpfen über die Brust. Er trägt einen Walrossbart und sieht auch sonst so aus, als wäre er kurz nach der Geburt in einen Kessel voller Zaubertrank gefallen. Um seine Worte zu unterstreichen, tippt er auf das *Kein Zutritt für Frauen*-Schild an der Tür. »Oder kannst du nicht lesen?«

»Meine Güte, habt ihr denn noch nie etwas von Gleichberechtigung gehört?«, antworte ich unbeeindruckt. Ich bin immer noch auf hundertachtzig und könnte jedem, der mir irgendwie dumm kommt, auf der Stelle den Kopf abreißen.

So hat sich die Herzkönigin bei *Alice im Wunderland* bestimmt auch immer gefühlt.

»In unserem Club gibt es eine strenge Frauenquote von nahezu hundert Prozent.« Der Wikinger grinst mich diabolisch an. »Nur eben nicht in der Chefetage und unter den Gästen.«

*Ab mit dem Kopf!,* denke ich, sage aber stattdessen: »Ich habe einen Termin bei Herrn Wolf. Wenn Sie also so freundlich wären, mir Einlass zu gewähren …«

»Bei *Herrn* Wolf?« Er gluckst belustigt. »Na, mal sehen, was sich da machen lässt. Warte kurz!«, befiehlt er und verschwindet im *Red Mill,* das im Tageslicht betrachtet ein völlig unscheinbares und glanzloses Dasein in dieser Straße fristet.

Noch könnte ich abhauen und diesem Schwachsinn ein Ende bereiten. Meine Sachen packen, Ruben und Henry Lebewohl sagen und nach Hause zurückkehren. Meine Eltern um Entschuldigung bitten, Wanda und Elias meinen Segen geben und das Abitur durchziehen. Aber das will ich nicht. Ich will nicht in mein altes Leben zurück. Und auch wenn hier gerade alles etwas schräg läuft, glaube ich, dass ich die Fremde brauche, um mich endlich selbst zu finden.

Wie sich herausstellt, wäre ich auch nicht weit gekommen, denn es dauert keine dreißig Sekunden, bis der Hüne schon wieder, groß und breit wie die Schrankwand meiner Eltern, vor mir steht und mich in die Höhle des Löwen führt. Und so riecht es hier auch irgendwie. Wie bei den Berberlöwen im Hannoveraner Zoo. Vor der Kastration. Genauer gesagt schwängert eine Mischung aus frisch in Hoden produziertes Testosteron und *Gucci Guilty* aus der Damenabteilung einer Douglas-Parfümerie die Luft. Wenn ich hier wieder raus bin, gehe ich ohne Umweg duschen und wasche meine Klamotten bei neunzig Grad. Oder ich verbrenne sie am besten gleich.

Der weiche Teppich dämpft meine Schritte, durch die zugeklebten Fenster dringt kaum Tageslicht, und auch sonst ist es in der Bar dunkel und sehr ruhig. Viel zu ruhig für mein Empfinden, und mir wird von Sekunde zu Sekunde mulmiger zumute. Vielleicht hätte ich lieber abends herkommen sollen. Oder gar nicht.

Rocco Wolf sitzt auf einer halbrunden roten Ledercouch,

die Platz für sechs Gäste bietet, mit Blick auf die kleine Bühne, an einem runden Tisch, vor sich aufgeklappt ein Notebook. Als er mich sieht, setzt er ein freundliches Lächeln auf und bittet mich mit einer Handbewegung, Platz zu nehmen. »Willkommen in meinem kleinen Büro! Schön, dass du's dir überlegt hast.«

Ich nage an der Unterlippe, denn eigentlich habe ich mir noch gar nichts überlegt. Ich habe nur mal wieder gehandelt, ohne vorher nachzudenken, und schon bin ich auf der Besetzungscouch eines Stripclubs gelandet.

»Unseren wichtigsten Mann hast du ja schon kennengelernt«, übergeht er mein Schweigen und deutet auf den Typen, der bei *Vikings* hätte mitspielen können, ohne vorher noch mal in die Maske zu müssen. »Papa Bär, das ist …« Er gerät für einen Moment ins Stocken.

»Juli«, helfe ich ihm weiter.

»… das ist Juli, unsere neue Bardame. Juli, das ist Papa Bär, Türsteher, Sicherheitschef und gute Seele des *Red Mill.*«

Ich nicke ihm kurz zu und muss lächeln. Papa Bär? Der Wolf? Anscheinend ist meine Assoziation mit dem Zoo gar nicht so weit hergeholt.

»Also, Juli, wie du siehst, macht mein Laden erst abends auf, deshalb beginnt deine Schicht gegen halb zehn und endet, je nachdem, wie gut er besucht ist, so gegen fünf oder sechs Uhr morgens. Du müsstest natürlich nicht täglich arbeiten, sondern Donnerstag bis Sonntag. Und vielleicht noch als Springerin an Tagen, an denen Junggesellenabschiede gebucht werden. Wäre das für dich machbar?«

»Solange ich nicht nackt tanzen muss, ist das für mich machbar.« Nervös knete ich die Finger und werfe einen Blick auf die komplett verspiegelte Bühne mit der Stange in der Mitte.

Papa Bär folgt meinem Blick und lacht laut auf. Donnernd

wie ein Gewitter und doch so herzlich, dass ich mich in seiner Nähe gleich wohler fühle.

»Hier wird niemand zu irgendetwas gezwungen«, stellt Rocco Wolf klar. »Aber solltest du es dir anders überlegen, sind wir die Letzten, die dich davon abhalten.« Er zwinkert mir zu und schnalzt mit der Zunge.

Papa Bär nickt zustimmend, die Arme immer noch vor der Brust verschränkt.

Ich laufe hochrot an. »Glauben Sie mir, das will wirklich niemand sehen und schon gar nicht dafür bezahlen.«

»Also erstens: Du glaubst gar nicht, wofür die Leute so alles bezahlen. Und zweitens: Wir sind hier eine große Familie. Bitte nenn mich doch einfach Rocco oder Wolf!«

»Okay … Rocco. Und wann soll ich anfangen?«

»Wie wäre es mit morgen? Passt dir das? Erst einmal zur Probe, und wenn es mit uns läuft, mache ich dir den Vertrag fertig. Dann liest du dir ganz in Ruhe durch, ob dir die Konditionen zusagen.«

»Ja, das passt.« Je weniger Zeit ich in Rubens Wohnung verbringen muss, desto besser. »Ich werde pünktlich sein.«

»Haha, versprich lieber nicht zu viel!« Er lacht und geleitet mich zur Tür. »Ich habe bisher noch keine pünktliche Frau kennengelernt.«

Kaum sind wir an der frischen Luft, zündet er sich eine Zigarette an und sieht mir hinterher, bis ich die Treppe zum Keller hinabsteige und die Tür aufschließe.

So langsam glaube ich auch, dass Rocco Wolf gar nicht so verkehrt ist, und bin wirklich gespannt, wie es ist, mit ihm zu arbeiten. An das strenge Odeur in seinem Etablissement werde ich mich ab jetzt wohl oder übel gewöhnen müssen.

Ruben hat sein Tête-à-Tête (obwohl es das nicht korrekt beschreibt, denn ihr Gesicht war nicht einmal in der Nähe seines Kopfs) zum Glück mittlerweile beendet, und ich bin wieder allein in der Wohnung. Bevor ich unter die Dusche hüpfe, nehme ich die restliche Torte aus dem Kühlschrank und versenke sie beherzt in der Mülltonne. Mir ist eindeutig der Appetit vergangen, vor allem nach zu viel rosa Zuckerguss. Ich dusche schnell und falle danach wie tot ins Bett. Denke über nichts mehr nach, sondern schlafe auf der Stelle am helllichten Tag ein.

Abends sitze ich bei Henry am Tresen und leiste ihm Gesellschaft. Anfangs hat er mich zwar noch argwöhnisch beäugt, aber nachdem ich ihm dreimal versichert habe, dass mit mir wirklich alles in Ordnung ist und mir zu Hause lediglich die Decke auf den Kopf fällt, darf ich bleiben, obwohl ich noch nicht einundzwanzig bin. »Du kriegst aber nur Saft!«, sagt er und schiebt mir ein großes Glas Kiba über den Tresen.

Nach dem Gin-Tonic-Exzess letzte Nacht brauche ich so schnell keinen Alkohol mehr und nippe an dem eiskalten Getränk, obwohl mir ein warmer Tee um einiges lieber wäre. Ich beobachte das Treiben ringsum, lausche Jimi Hendrix (wem sonst?), und hin und wieder reicht mir Henry das große Tablett, damit ich die leeren Gläser von den Tischen abräumen kann. Ich bin froh, hier zu sein. Auch wenn er es nicht sagt, weiß ich, dass Henry meine Anwesenheit genießt. Manchmal habe ich das Gefühl, als sähe er in mir die eigene Enkeltochter und nicht nur seine Putzkraft. Ich mag die familiäre Atmosphäre, und wenn es im *Red Mill* zwischenmenschlich ähnlich zugeht, kann ich mir auch wirklich vorstellen, dort zu arbeiten. Einen merkwürdigen Schlafrhythmus habe ich mir ohnehin schon angewöhnt.

Ich komme gerade aus der Toilette und werfe meinen Plan,

Henry bis zum Feierabend zu unterstützen, sofort wieder über den Haufen, als ich entdecke, wer es sich auf *meinem* Barhocker gemütlich gemacht hat. Ruben.

»Was machst du denn hier?«, fahre ich ihn von der Seite an. »Es ist noch nicht mal Mitternacht, hast du da nicht für gewöhnlich noch *zu tun?*«

Sichtlich überrascht dreht er sich zu mir um, und im selben Moment tut es mir eigentlich auch schon wieder leid. Was ich gesagt habe und wie ich es gesagt habe und dass ich überhaupt etwas gesagt habe. Es steht mir doch gar nicht zu, sauer auf ihn zu sein. Schließlich war er es, der mir half, als ich völlig allein und mittellos war. Seinetwegen liege ich jetzt nicht erfroren unter einer Brücke. Und trotzdem … Ich bin gekränkt und würde meine Hand dafür ins Feuer legen, dass er sich dessen bewusst ist. Ich habe da einfach mehr Feingefühl von ihm erwartet und nicht das, was mich letztendlich *erwartet* hat.

»Tut mir leid«, platzt es gleichzeitig aus uns heraus.

Ruben betrachtet wieder das Glas in seiner Hand und weicht meinem Blick aus.

»Was?«, frage ich ihn.

»Nein, du zuerst.«

Ich umrunde ihn langsam und hole den Barhocker links neben ihm unter dem Tresen hervor. Erst als ich mich setze, fällt mir der frische Schnitt quer über seiner linken Augenbraue auf. Das Blut ist noch nicht getrocknet und die Stelle leicht geschwollen. Ich ziehe scharf die Luft ein. »Ich habe gesehen, wie gut du klettern kannst. Also erzähl mir nicht schon wieder, dass dir das in der Boulderhalle passiert ist! Das nehme ich dir nicht ab.«

Diesmal hält er meinem Blick stand. Seine Augen funkeln mich geradezu an. »Dann stell mir keine Fragen, wenn du keine Lügen hören willst!«, stößt er kalt hervor.

»Du bist manchmal so ein Blödmann«, stelle ich dermaßen laut fest, dass es alle in der Kneipe hören können. Meine Emotionen schwanken zwischen Wut und Sorge, zwischen dem Bedürfnis, ihn ganz fest in den Arm zu nehmen und ihm einfach nur eine zu knallen. Ich weiß nicht, was er mit mir macht, aber er bringt mich komplett durcheinander.

»Ich habe mich schon gefragt, wann du es merkst, Julikind«, gluckst Henry und gießt sich einen Kurzen ein. »Aber nimm es ihm nicht übel, er kann ja nichts dafür, dass er manchmal so ein Blödmann ist.«

»Na, heißen Dank auch.« Ruben prostet Henry mit seiner Cola zu und zieht ein verbittertes Gesicht.

»Was hat er denn diesmal angestellt?«, fragt Henry mich, als wäre Ruben gar nicht anwesend.

*Er hat mich nicht geküsst.*

»Nichts weiter.« Ich senke den Blick auf den Boden. »Er hat mich einfach nur in eine blöde Situation gebracht.«

»Ich dich? Meinst du, für mich war das besonders angenehm?«

»Ja, also eigentlich schon. Eigentlich hatte ich schon den Eindruck, dass du voll auf deine Kosten gekommen bist. Das nächste Mal häng doch bitte einfach einen Zettel als Vorwarnung an die Tür. Dann bleibt uns so etwas für die Zukunft erspart.«

»Und was soll da deiner Meinung nach draufstehen?«, fragt er und mustert mich herausfordernd.

Henry sieht zwischen uns hin und her, als wäre er Zuschauer bei einem Match in Wimbledon.

»Ja, keine Ahnung … Wie wär's mit: *Juli, dreh doch noch mal eine Runde um den Block, solange ich einen geblasen bekomme!* Du kannst es auch gern grafisch darstellen, wenn dir das mehr liegt. Ganz egal … Hauptsache, ich muss das nicht noch einmal mit ansehen.«

Henry fängt laut an zu lachen und hält sich dabei am Zapfhahn fest. Sein Bauch hüpft auf und ab, sein Kopf ist knallrot und scheint gleich zu platzen. »Ach Gott, ach Gott, noch einmal jung sein!« Kopfschüttelnd wischt er sich eine Lachträne aus dem Augenwinkel. »Eure Sorgen möchte ich haben.«

»Wüsste gern mal, was daran so lustig ist«, zische ich beleidigt. »Ich würde nun mal gern vorgewarnt werden, wenn ich in einen Porno hineinplatze.«

»Porno … pfff«, winkt er ab. »Ruben brauchte bestimmt nur etwas Hilfe, weil er nicht so gelenkig ist wie ein chinesischer Schlangenmensch.« Er gießt sich den nächsten Korn ein. »Kennt ihr den? Warum lecken Hunde sich die Eier?« Erwartungsvoll sieht er uns an, als rechne er tatsächlich mit einer Antwort, und leert das Schnapsglas. »Weil sie es können.«

Ich verdrehe die Augen, kann mir dennoch ein leichtes Schmunzeln über den flachen Witz nicht verkneifen.

Sogar Ruben lächelt, auch wenn er sich hinter dem Colaglas versteckt und es in einem Zug austrinkt. Dann wendet er sich an mich. »Beim nächsten Mal hänge ich einen Zettel an die Tür oder eine Socke an die Klinke … oder schick dir eine SMS, dass ich gerade Dehnübungen mache. Versprochen.«

Ich verschränke die Arme vor der Brust und nicke. Was soll ich dazu auch sagen? Denn eigentlich fühle ich mich damit kein Stück besser. Wenn ich ganz ehrlich wäre, zu ihm und zu mir, dann müsste ich ihm genau jetzt sagen, dass er sich die körperliche Nähe, die er braucht, von mir holen soll.

Denn genau das will ich.

# 31

## Juli

Kurz nach zwei macht Henry endlich Feierabend. Er sieht sehr müde und zehn Jahre älter aus als heute Vormittag.

Ruben ist schon vor über einer Stunde abgehauen, und so gern ich ihn begleitet hätte, habe ich es dennoch nicht getan.

Nicht, dass er mich gefragt hätte.

Oder ich ihn.

Ich stelle schnell noch alle Stühle auf die Tische, damit ich das morgen nicht mehr erledigen muss. Eigentlich könnte ich auch gleich noch wischen und die Klos putzen, denn im Gegensatz zu Henry bin ich immer noch putzmunter. Ein blödes Wortspiel!

Zum Abschied drückt er mir eine eingerissene und ziemlich verbeulte kleine Schachtel in die Hand. »Hier, die sind zwar mittlerweile ein paar Jahre alt, aber solange sie noch kleben, wird es schon gehen.«

Ich starre auf die Packung steriler Wundnahtstreifen. »Besser als nix, oder?«, seufze ich. »Meinst du, die sind noch steril?«

»Wohl eher nicht, aber ich glaube auch nicht, dass er morgen zum Arzt geht und sich die Wunde nähen lässt.«

Ich lasse den Kopf sinken. »Ja, das glaube ich auch nicht.«

»Kopf hoch, Julikind! Ruben ist ein guter Junge. Der rennt nicht einfach durch die Straßen und prügelt sich sinnlos mit irgendwelchen Typen.«

»Aber was macht er dann? Irgendwoher müssen die Verletzungen doch stammen.«

»Ich weiß es wirklich nicht.« Henry seufzt laut, ehe er weiterspricht. »Jeder Mensch hat sein Päckchen zu tragen, aber ich kenne Ruben nun schon jahrelang und befürchte, seine Last ist vielleicht etwas größer und schwerer als die anderer.«

»Du meinst, er schleppt einen riesigen Seesack mit sich herum, vollgepackt mit Ziegelsteinen?«

»Ja.« Er lächelt, und trotzdem erkenne ich die Sorge in seinen trüben Augen. »Das dürfte so in etwa hinkommen.«

An der Tür kann ich keine Warnung entdecken, also schließe ich die Wohnung auf und trete ein. Ruben hängt mehr in dem alten Ledersessel, als dass er sitzt, und hat die Augen geschlossen. Ich weiß nicht, ob er schläft oder wach ist. Es ist mir egal, und ich lasse die Tür unsanft ins Schloss fallen. »Du führst wohl eine innige Beziehung mit deinem Sessel«, stelle ich fest und knalle die Schlüssel auf den Tisch.

»Ist eben ein sehr gemütlicher Sessel«, murmelt er schläfrig und öffnet ein Auge.

»Henry hat mir Pflaster für dich mitgegeben.«

»Nicht nötig. Er sollte die lieber selbst behalten, so oft, wie er sich in die Finger schneidet. Das ist jedes Mal ein tierisches Massaker, weil er Medikamente zur Blutverdünnung nimmt.«

Ich sehe ihn nur an und schüttele den Kopf. »Weißt du eigentlich, wie sehr du mich zur Weißglut bringst? Hier geht es gerade nicht um Henry, sondern um dich.«

»*Ich* bringe *dich* zur Weißglut?« Ruben wirkt tatsächlich amüsiert.

»Total. Und jetzt komm her, wir bringen das wieder in Ordnung! Mit so einem Cut über der Augenbraue siehst du aus wie ein Backgroundtänzer in einer drittklassigen Boyband.«

»Komm du doch her!« Seine Stimme klingt provokant, in seinen Augen blitzt es.

Wenn er denkt, ich hocke mich wie alle anderen bereitwillig vor ihn, dann hat er sich geschnitten.

In der Hoffnung, Ruben ist schlau genug und sieht ein, dass er sich freiwillig in meine Hände begeben sollte, krame ich eine Schere aus dem Küchenschubfach, öffne die Packung mit den Pflastern und lasse mir bei jedem Handgriff unendlich viel Zeit, bevor ich mich ganz langsam zu ihm umdrehe. Falls er durch den Schlag gegen den Kopf dafür etwas länger braucht, will ich ihm wenigstens eine Chance geben. Doch er macht keinerlei Anstalten, mir entgegenzukommen, geschweige denn, sich in seinem Lieblingssessel aufzurichten.

Also beschließe ich, das Spiel (nicht ganz uneigennützig) nach seinen Regeln mitzuspielen, klettere auf seinen Schoß und lasse mich rittlings auf ihm nieder, damit er nicht abhauen kann. Sobald ich auf ihm sitze, breitet sich ein selbstgefälliges Grinsen auf seinem Gesicht aus, das ich ihm auf der Stelle austreiben möchte. Ich ignoriere ihn, so gut es geht, und konzentriere mich darauf, mit den schmalen und leicht elastischen Streifen, die auseinanderklaffenden Wundränder so zu klammern, dass hoffentlich nur eine dünne Narbe zurückbleibt. Leider gelingt mir das mit der Konzentration ganz und gar nicht. Mit zittrigen Fingern berühre ich seine Stirn, und schon schlägt mir das Herz bis zum Hals. Das Gefühl unserer Beine durch zwei Schichten Jeans hindurch sorgt dafür, dass meine Atmung immer flacher und schneller wird. Als Ruben dann noch die Dreistigkeit besitzt, seine Hände auf meinen Oberschenkeln abzulegen, stehe ich kurz vorm Kammerflimmern. Bevor ich den Notarzt rufe, erinnere ich mich lieber mit aller Macht an das Bild von heute Mittag.

Es hilft sofort.

Mein Herzschlag normalisiert sich von jetzt auf gleich, und zu wissen, dass ich nicht die Einzige bin, die ihn heute berühren *durfte,* lässt seinen Attraktivitätsgrad rapide sinken. »Deine nächste Mitbewohnerin sollte besser eine Ausbildung zur Rettungssanitäterin oder Krankenschwester absolviert haben, bevor sie bei dir einzieht«, sage ich leise und muss mich kurz räuspern, weil mir die Stimme versagt.

»Ich bin bisher eigentlich auch ganz gut allein zurechtgekommen.« Er mustert mich so intensiv wie schon etliche Male zuvor. »Ich lasse das hier bloß über mich ergehen, weil du anscheinend nicht auf drittklassige Boygroups stehst.«

Ich weiche seinem Blick aus und mache mich daran, den letzten Streifen perfekt auf der Wunde zu befestigen. »Fertig.« Eingehend betrachte ich mein Werk. »Du bist erlöst. Und nächstes Mal pass einfach ein bisschen besser auf, bei … was immer du so treibst!«

Er nimmt die rechte Hand von meinem Schenkel, und in dem Moment, in dem ich mich von seinem Schoß erheben will, knipst er das Licht der Stehlampe aus.

Eingehüllt in totale Dunkelheit, spüre ich seine Präsenz tausendfach intensiver, und das Kammerflimmern setzt wieder ein. Ich fühle mich, als könnte ich augenblicklich das Bewusstsein verlieren und dennoch so lebendig wie nie zuvor. Ich weiß nicht, wie er das mit mir anstellt.

Wanda meinte einmal zu mir: *Du hast ein großes Herz, Juli, so stark, es wird alles überstehen, und niemand kann es jemals brechen.* Aber ich befürchte, sie hatte unrecht damit, denn mittlerweile hat es einen Knacks weg und erträgt nicht mehr so viel.

*Es ist der Körper, nicht das Herz,* wiederhole ich mein Mantra. Doch ich sehe in seine Augen, die im Licht der Straßenlaternen golden schimmern, und möchte mich darin baden.

Ruben ist der Richtige für mich. Zum denkbar falschesten Zeitpunkt. Ich bin längst noch nicht bereit, mich auf eine neue Beziehung einzulassen. Aber ich bin bereit für ... das hier.

Er verstärkt den Druck seiner Finger auf meine Oberschenkel, und auch sein rascher Atem ist deutlich zu hören. Die Wärme seiner Hände brennt sich durch meine Jeans bis auf die Haut. Noch nie habe ich etwas so Sinnliches erlebt. Seine Berührung, sein Geruch, unser Atem, als wären wir gerade einen Halbmarathon gerannt ... alles so harmlos und doch so überwältigend. Sogar das leise Ticken seiner Uhr ist sinnlich.

Ich weiß nicht, ob er mich küssen möchte. Ich weiß nur, dass ich ganz sicher keinen Versuch wagen werde, denn was hier gerade passiert, ist so viel mehr, als ich eigentlich ertragen kann. Mein Körper steht unter extremer Spannung, er fühlt sich an, als müsse er bei jeder weiteren Berührung in tausend Stücke zerspringen.

»Bitte«, flüstert Ruben und schluckt schwer. »Sag Rocco nicht zu!«

»Was wäre so schlimm daran?«, hauche ich, als die Festigkeit meiner Stimme mich erneut im Stich lässt.

»Ich will einfach nicht, dass du das tust ... dass du dort arbeitest.«

»Dafür ist es zu spät.«

Er sieht mich eine Weile an, als müsse er die Worte erst noch verarbeiten. »Verstehe«, antwortet er und lässt den Kopf sinken.

Ich spüre, dass es schon wieder in mir brodelt. »Ich verstehe echt nicht, weshalb du mich permanent vor Rocco warnst, seinen Laden aber unterstützt. Ich kapiere es nicht. Wirklich.« Entnervt steige ich von seinem Schoß und schalte das Licht wieder an.

Ruben springt von seinem Sessel auf. »Wie kommst du darauf, dass ich das *Red Mill* unterstütze?«

»Äääähhh … ich denke, das war heute Mittag doch mehr als offensichtlich. Obwohl mir wirklich schleierhaft ist, warum jemand wie du in dieser großen Stadt kein Mädchen findet, das es dir kostenlos besorgt.«

»Sandy und ich sind eine Symbiose eingegangen. Das hat nichts mit dem Club zu tun, und es geht Rocco Wolf rein gar nichts an. Und ich wäre dir äußerst verbunden, wenn du deinem neuen Arbeitgeber gegenüber nichts davon erwähnst.«

Sandy? Symbiose? Für mich sah das einfach nur nach einem billigen Blowjob aus. »Fein«, sage ich und verschränke die Arme vor der Brust. Vergessen sind meine Gefühle von eben. Ich fühle mich gerade nur noch ziemlich leer, bis auf diesen kleinen Klumpen in der Magengegend, der sich von Wut und Ärger nährt und jeden Tag größer wird. »Dann sehe ich wirklich keinen Grund, weswegen du Einwände gegen meine *Symbiose* mit Rocco Wolf haben solltest. Ich arbeite, und er bezahlt mich dafür.«

Ruben rauft sich die Haare. Mit beiden Händen. Als wäre er doppelt verzweifelt.

Es verschafft mir eine gewisse Genugtuung, dass anscheinend nicht nur er mich auf die Palme bringt, sondern dass dies auf Gegenseitigkeit beruht.

»Fein«, sagt er ungehalten, schaltet das Licht wieder aus und lässt sich in den Sessel zurückfallen.

Ich streife mir die Stiefel von den Füßen und krieche in voller

Montur ins Bett. Schweigend starre ich an die Decke und kann nicht verhindern, dass mir eine einzelne Träne zum Ohr hinabrinnt und im Kopfkissen versickert.

Ruben liegt wach. Ich liege wach. Doch es ist alles gesagt.

# 32

## Ruben

Von hier oben betrachtet, mit den Beinen über dem Abgrund, erscheint alles, was dort unten passiert, keinen Sinn zu ergeben. Hier oben bin ich mir meiner Gefühle sicher, doch da unten bin ich nicht imstande, sie zuzulassen. Beinahe hätte ich ihr gestanden, dass sie die schönste Frau ist, die ich je getroffen habe, und wie sehr sie mich fertigmacht. Aber ich habe es nicht getan.

Wie ein Junkie lechze ich nach jeder ihrer Berührungen, und würde ich mich nicht permanent aus purer Dummheit, Unachtsamkeit und Überschätzung verletzen, müsste ich mir glatt selbst etwas zufügen. Dann käme ich zumindest in den Genuss, von ihr verarztet zu werden. Dabei glaube ich … nein … eigentlich weiß ich, dass sie mir jederzeit mehr geben würde. Nähe, die über bloßen Sex hinausgeht.

Ich müsste mich nur darauf einlassen.

Aber weil das niemals passieren wird, kann ich mich glücklich schätzen, gestern gleich zwei Fliegen mit einer Klappe geschlagen zu haben. Ich bin endlich wieder befriedigt und habe Juli wohl ein für alle Male vergrault.

Nur dass ich sie damit in Roccos offene Arme getrieben habe, stand so nicht auf meiner Rechnung.

Wenn ich darüber nachdenke, wird mir wieder übel. Ich war sogar schon kurz davor, ihre alte SIM-Karte zu suchen, um ihre Familie zu kontaktieren und ihnen zu empfehlen, ihre Tochter abzuholen. Auch das habe ich nicht getan. Denn an diesem Punkt in meinem Leben hätte ich dies auf gar keinen Fall gewollt. Ich habe Juli mittlerweile mehr als genug verletzt und nicht das Recht, mich in diese Sache auch noch einzumischen.

Hier oben weiß ich, dass ich ihr niemals wehtun will, aber da unten … tue ich genau das.

Ich könnte natürlich auch ehrlich sein. Könnte ihr gestehen, was ich empfinde und weshalb ich ihr aber niemals mehr geben kann als ein bisschen unverfänglichen Sex. Ich bin ein Einzelgänger, und das soll auch so bleiben. Meinetwegen sind schon zu viele Menschen unglücklich geworden … oder tot.

Sie würde das verstehen, da bin ich mir tausendprozentig sicher. Und dann würde sie versuchen, mich zu retten, weil sie genau ein solcher Mensch ist. Sie ist eine von den ganz Guten. Und an mir würde sie früher oder später zerbrechen. Mit mir würde es niemals leicht werden. Oder wenigstens *normal.*

Ich wünsche ihr, dass sie bald einen anderen, einen Besseren als mich oder ihren bescheuerten Ex-Freund kennenlernt. Im nächsten Augenblick aber hoffe ich, dass das niemals passiert. Denn daran ginge ich zugrunde.

Ich lehne mich zurück, krame das zerknüllte Papier aus meiner Hosentasche und falte es auseinander. Es sieht aus, als hätte es eine Kuh wiedergekäut.

*GIVE ME SOMETHING TO RUIN* steht darauf geschrieben.

Kein Satz passt besser zu mir als dieser, denn am Ende ruiniere ich alles. Vertrauen, Freundschaft, Liebe und jetzt auch noch diese Hauswand.

Ich streiche das Blatt sorgfältig glatt, zünde das Beweisstück, das mich hiermit in Verbindung bringen könnte, mit einem Feuerzeug an und warte, bis es komplett verglüht und zu Asche zerfallen ist.

Tief einatmend fülle ich meine Lunge mit eisiger Luft und überprüfe ein letztes Mal den Haken, von dem mein Überleben abhängt. Eigentlich ist es noch viel zu früh für diese Aktion. Aber ich habe keine Lust, noch länger in der Kälte zu sitzen und zu warten. Ich setze mir die Maske auf und seile mich langsam ab.

*No risk, no fun.*

# 33

## Juli

Wie Falschgeld stehe ich mitten im Club herum. Spärlich bekleidete Frauen hasten an mir vorbei, nehmen aber keine Notiz von mir.

*Begrüßt man so etwa ein neues Familienmitglied?*

Unentschlossen, was ich tun soll, setze ich mich mit einer halben Pobacke auf den Rand des großen Ledersofas, das gestern noch Roccos Büro war, und beobachte das Treiben. Erst wird fieberhaft nach einem verschwundenen iPad gesucht, und nachdem es gefunden ist, nach dem dazugehörigen Ladekabel. Eine Frau bittet die andere, ihr die Haare zu machen, die andere will dafür im Gegenzug ein Make-up verpasst bekommen. Meinem Empfinden nach ist sie ausreichend stark geschminkt, aber ich glaube kaum, dass meine Meinung hier großartig zählt. Zwei junge Frauen wärmen sich auf der Bühne auf und diskutieren über die Songauswahl. Ich erkenne irgendwann im Spiegel, dass mir vor Staunen der Mund offen steht, denn allein ihre Dehnübungen sind Showeinlage genug. Eine solariumgebräunte ältere Frau mit tiefschwarz gefärbtem Haar trägt zwischen Zeigefinger und Daumen, weit von sich gestreckt und mit vorwurfsvollem Blick, einer Blondine deren goldenen Stringtanga hinterher. Neben mir ist sie als Einzige vollständig bekleidet. Auf den ersten Blick schätze ich sie auf Mitte fünfzig, was das Durchschnittsalter der Anwesenden wenigstens ein bisschen in die Höhe treibt. Als sie auf dem Rückweg ein weiteres Mal an mir vorbeikommt, registriert sie endlich meine Anwesenheit und bleibt bei mir stehen. »Nanu, wer bist du denn?«, fragt sie mich mit tiefer Stimme.

»Juli. Ich soll heute hinter der Bar zur Probe arbeiten«, antworte ich ihr brav.

»Du? Unsere neue Büfetteuse?« Sie schüttelt den Kopf und stemmt die Hände in die Hüften. »Ihr werdet auch immer jünger.«

»Oder wir immer älter.« Papa Bär gesellt sich zu uns, legt ihr den Arm um die Schultern und drückt ihr einen Kuss auf die Wange.

Sie kichert wie ein schüchternes Schulmädchen und streichelt ihm mit den knallrot lackierten Fingernägeln über den stattlichen Bauch.

»Du bist ja tatsächlich überpünktlich«, stellt Papa Bär überrascht fest und setzt sich zu mir. »Wie war noch mal dein Name?«

»Julika … aber Juli ist mir lieber.«

»Karsten.« Er reicht mir förmlich die Hand und schüttelt sie mit festem Druck. »Aber Papa Bär ist mir lieber. Und das ist Barbara. Meine Herzensdame und die gute Seele in diesem Schuppen.«

»Ich dachte, *du* bist schon die gute Seele des *Red Mill.*«

»Wir teilen uns das Amt«, erklärt er und betrachtet sie voller Liebe. »Ohne meine Babsie ginge in diesem Laden alles drunter und drüber.«

»Ach, du …« Barbara winkt verlegen ab. »Ohne mich würde hier allerhöchstens niemals gelüftet.« Dann wendet sie sich an mich. »Also, Juli, dann heiße ich dich in unserer schrägen und bunten Familie herzlich willkommen und drücke dir die Daumen, dass heute alles glattläuft. Und wenn was ist oder du Fragen hast, kannst du jederzeit zu mir kommen.«

»Und natürlich zu mir«, fügt Papa Bär ergänzend hinzu.

»Danke, und beim Lüften bin ich wirklich sehr, sehr gern behilflich«, sage ich und krause die Nase.

Die beiden nicken, lächeln, und für den Moment wird mir ganz warm ums Herz.

Nicht lange danach kommt auch endlich Rocco zu mir. Er ist freundlich und scheint sich tatsächlich aufrichtig zu freuen, jemanden gefunden zu haben, der sich um die Getränke kümmert. Trotzdem wirkt er irgendwie kurz angebunden und mit den Gedanken ganz woanders.

Während er mich in die Bar einweist, greift er immer wieder zu seinem Handy und überprüft die Uhrzeit. Ich lese mir gerade die umfangreiche Cocktailkarte durch, als jemand zur Tür hereinkommt und Rocco erleichtert ausatmet. »Da bist du ja endlich«, begrüßt er den jungen Mann und geht ihm entgegen. »Juli, darf ich dir meinen Sohn und stellvertretenden Geschäftsführer Lucas vorstellen? Lucas, das ist Juli, unsere neue Bardame. Sei nett zu ihr, damit sie länger als nur eine Nacht bei uns durchhält! Zeig ihr einfach alles, denn du kennst dich in diesem Bereich sowieso viel besser aus als ich. Und jetzt muss ich wirklich los.« Auf dem Weg zur Tür wendet er sich noch einmal um. »Und Juli, viel Spaß. Ich hoffe, wir sehen uns morgen wieder. Da habe ich dann auch mehr Zeit für dich.«

Ich nicke nur und lächele Roccos Sohn verlegen an.

»Ja … also … hallo!«, sagt dieser und wirkt leicht überrumpelt. »Meine Eltern haben heute Jahrestag, da muss er sich ganz schön beeilen, um rechtzeitig zu Hause zu sein, bevor meine Mutter so richtig sauer wird.« Er wirft einen Blick auf die Uhr. »Ich befürchte, das schafft er nicht mehr.« Grinsend legt er seinen Mantel auf einem Barhocker ab und kommt zu mir auf die andere Seite des Tresens.

Er trägt ein weißes Polohemd, eine perfekt sitzende graue Anzughose und macht einen sehr gepflegten Eindruck. Eigentlich passt er so gar nicht in mein anscheinend ziemlich beschränktes Weltbild, aber irgendwie passt hier gar nichts. Weder dass Barbara und Papa Bär so herzlich sind, noch dass Rocco Wolf Frau und Sohn hat. Für mich war Stripclub bisher gleichbedeutend mit Sex, Gewalt und Kriminalität. Schmuddelig und verrucht.

Lucas fährt sich durch das (im Gegensatz zu seinem Vater) akkurat zurückgekämmte kurze Haar, das einen leichten Stich ins Rötliche hat. »Hast du denn schon irgendwelche Fragen?«

Ich sehe mich etwas überfordert um. »Ja, zum Beispiel, wie mixe ich diese ganzen Cocktails? Also zwei oder drei Rezepte kann ich mir vielleicht merken, aber dreißig …?« Ich halte mir die Karte vor das Gesicht.

Er lacht kurz auf. »Darum brauchst du dir wirklich keine Sorgen zu machen. Die meisten unserer Kunden sind eher einfach gestrickt und nicht sonderlich experimentierfreudig. Die wollen mehrheitlich Bier, Whisky und Wodka. Unsere Mädchen trinken nach einem Auftritt oder zum Feierabend gern mal einen Cocktail. Dafür haben wir dann dieses Buch.« Er zieht ein dickes Büchlein mit Rezepten aus dem Regal und wischt mit der Hand die Staubschicht darauf weg. »Tja, wie du siehst, kommt das hier nicht oft zum Einsatz.«

»Okay … puh … das beruhigt mich etwas.« Erleichtert atme ich tief durch. »Na, dann würde ich sagen: *Learning by doing,* oder?«

Lucas nickt zustimmend. »Super Strategie. Und wenn dir irgendjemand dumm kommt, wendest du dich einfach an mich.«

»Oder an Papa Bär oder an Babsie.«

»Ich sehe, du weißt eigentlich schon alles, was du wissen musst.« Er tätschelt mir den Oberarm. »Und spätestens nach einer Ansage von Babsie hat hier noch jeder pariert. Na schön ...« Er nimmt seine Hand wieder von meinem Arm. »Ich hole dir noch das Portemonnaie mit dem Wechselgeld, und dann kannst du eigentlich auch gleich loslegen. Allerdings ...« Skeptisch mustert er mich von Kopf bis Fuß. »Ist das deine Arbeitskleidung, oder hast du noch etwas *Ansprechenderes* dabei?«

Ich blicke an mir hinunter. Ich trage meinen Minirock und ein knappes weißes T-Shirt. Was will er denn noch? »Etwas Ansprechenderes gibt mein Kleiderschrank leider nicht her«, antworte ich leicht gereizt.

»Mhm ...« Grübelnd kratzt er sich am Kinn. »In Ordnung. Für heute wird es wohl gehen, aber für die Zukunft müssen wir an deinem Outfit arbeiten.«

Bis eben fand ich Lucas eigentlich ziemlich nett und war total froh, hier so locker und freundlich aufgenommen zu werden. Jetzt aber könnte ich ihm die Keule, die er hervorgeholt hat und die ihn auf eine Stufe mit einem Neandertaler stellt, eigenhändig über den Schädel ziehen. Bin echt gespannt, was er unter einem ansprechenden Outfit versteht. Wenn er damit goldene Tangas und Sternchen zum Nippelabkleben meint, bin ich auf der Stelle weg.

Die restliche Nacht befinde ich mich in einer Parallelwelt, die nichts mit meiner eigenen, meiner heilen kleinen Welt gemein hat. Der Laden ist wesentlich voller, als ich erwartet habe, und bis in die frühen Morgenstunden komme ich kaum zu einer Verschnaufpause.

Lucas hatte recht … am besten verkaufen sich Bier, Whisky und Wodka. Es stellt zwar keine besonders große Herausforderung dar, aber ich habe doch so viel zu tun, dass ich immer noch nicht einschätzen kann, wie viele Mädchen heute Nacht eigentlich hier tanzen. Die Shows auf der Bühne laufen stets nach demselben Schema ab, obwohl ich mir sicher bin, dass die Tänzerinnen weitaus mehr draufhaben, als mit dem Hintern zu wackeln und die Brüste zu präsentieren. Aber wenn ich mir die Kerle so betrachte, die dicht vor der Bühne sitzen, bezweifle ich, dass etwas Anspruchsvolleres gewünscht wird. Dabei würde ich sogar darauf wetten, dass einige der Mädels bestimmt eine klassische Ballettausbildung vorweisen können oder eine erfolgreiche Vergangenheit im Geräteturnen haben.

Immer wieder verschwindet eins der Mädchen mit einem Typ in einem der Zimmer für eine teure Privatshow. Wer nicht gerade auf der Bühne steht, sitzt entweder beim Kunden am Tisch und lässt sich teuren Champagner spendieren (aus zuverlässiger Quelle weiß ich, dass es sich dabei um Rotkäppchensekt handelt) oder versucht penetrant, die Gäste zu einem Lapdance zu überreden.

Ich weiß, im Prinzip ist es ein Job wie jeder andere, aber ich könnte das nicht. Ich meine, da gibt es Männer, die könnten mein Vater sein … oder noch schlimmer … mein Großvater. Und überhaupt … Ich würde das einfach nicht wollen.

»Mach mal eine Pause, Kleine!«, versucht Babsie die laute Musik zu übertönen. »Ich übernehme solange für dich.«

Das lasse ich mir nicht zweimal sagen. Es ist mittlerweile drei Uhr, meine Beine brennen, meine Ohren schmerzen, und ich habe das dringende Bedürfnis, frische Luft zu schnappen. Ich gehe zum Hinterausgang auf den gut beleuchteten Hof und setze mich erschöpft auf die kalten Stufen. Hier draußen merke ich erst, wie laut die Musik wirklich war, denn bis auf das Klingeln in den Ohren bin ich quasi vollkommen taub. Schon nach wenigen Sekunden friere ich und ärgere mich, dass ich mir auf dem Weg nach draußen den Mantel nicht übergeworfen habe. Trotzdem bleibe ich sitzen, denn wenn ich erst einmal wieder drin bin, komme ich bestimmt so schnell nicht mehr heraus.

»Kalt, nicht wahr?«

Überrascht drehe ich den Kopf nach links.

In einer dunklen Ecke sitzt eins der Mädchen mit langen braunen Locken auf einer hellen Plastikgartenbank und raucht.

»Ein bisschen.« Ich schlinge mir die Arme um die nackten Beine und mache mich so klein wie möglich.

»Du kannst gern mit unter meine Decke schlüpfen«, bietet sie mir freundlich an und rückt auf der Bank ein Stück zur Seite.

»Danke, das ist nett, aber du hast bestimmt noch weniger an als ich.«

»Stört dich das?«

»Was? Nein, gar nicht. Ich dachte nur …«

»Nun stell dich nicht so an!«, fällt sie mir ins Wort und klopft auf den freien Platz neben sich.

Schwerfällig erhebe ich mich von der Treppe und lasse mich im Halbdunkel neben ihr nieder. Fast schon mütterlich drapiert sie die hellblaue Decke so um uns herum, dass wir beide zugedeckt sind.

»Und? Wie gefällt es dir bei uns?«, fragt sie und klingt ehrlich interessiert.

»Schwer zu sagen. Es ist irgendwie merkwürdig, aber irgendwie ist es auch besser, als ich erwartet habe.«

Sie schnippt ihre Kippe weg und bläst den Rauch in den schwarzen Nachthimmel. »Genau das dachte ich mir auch, als ich damals hier angefangen habe.«

»Wie lange arbeitest du denn schon im *Red Mill?*«

»Fast drei Jahre. Eigentlich wollte ich mir damit nur mein

Psychologiestudium finanzieren, aber das habe ich mittlerweile geschmissen.«

»Oh, und wieso?«

Sie zuckt mit den Achseln und lächelt. »Na ja, irgendwie waren die Arbeitszeiten und die Unterrichtszeiten nicht so ganz kompatibel. Aber hier bin ich auch so etwas wie eine Therapeutin und verdiene dazu noch richtig gutes Geld. Hast du den Typen gesehen, mit dem ich vorhin im *Private Room* war?«

Ich nicke und ziehe mir die Decke über die Brust.

»Wir haben darin zwei Stunden lang nur geredet. Nichts anderes. Ich bin vielleicht nicht die Hübscheste hier und auch nicht die beste Tänzerin, aber ich mache pro Nacht die meiste Kohle, weil ich weiß, wie man mit Männern reden muss und wie man eine Verbindung zu ihnen aufbaut. Nicht jeder kommt zu uns, weil er Titten sehen will. Manche wollen einfach nur mal ihr Herz ausschütten und sich den Frust von der Seele reden. Huch, ich muss wieder rein!«, ruft sie plötzlich und springt von der Bank auf. »Sonst versohlt mir Lucas den Hintern.«

»Was?«

»Nein, keine Sorge!« Sie lacht … höchstwahrscheinlich über meinen empörten Gesichtsausdruck. »Das würde er nicht wagen. Bring die Decke einfach mit rein, wenn du mit deiner Pause fertig bist.« Nur in Unterwäsche stöckelt sie über den dunklen Hinterhof und verschwindet im Club.

Um fünf Uhr morgens hat sich endlich der letzte Gast verabschiedet, und die Musik läuft nur noch auf Zimmerlautstärke. Müde wische ich immer und immer wieder über die gleiche Stelle am Zapfhahn und kann kaum noch die Augen offen halten. Das war wirklich anstrengender als gedacht.

Lucas sitzt auf einem Barhocker über den Tageseinnahmen

und beobachtet mich grinsend. »Der Hahn glänzt jetzt genug. Du hast Feierabend.«

Auf der Stelle lasse ich den Lappen fallen, setze mich zu ihm und lege den Kopf auf die Theke.

»Wie hat dir die Arbeit bei uns gefallen?«, fragt er, während er die Geldscheine zählt.

»Frag mich das morgen«, nuschle ich und gähne ausgiebig.

»Das heißt, du kommst morgen wieder? Ich hätte nämlich nichts dagegen.« Er legt vier Fünfzigeuroscheine neben mir ab. »Hier, als kleine Aufwandsentschädigung … für den ersten Tag hast du deine Sache wirklich gut gemacht.«

»Zweihundert Euro?« Ich mustere ihn schockiert.

»Wenn du den Vertrag unterzeichnest, gibt es natürlich mehr.«

*Mehr?*

Ich falle fast vom Hocker. Ich müsste nur vier Tage hier arbeiten und hätte meine Ersparnisse der letzten Jahre wieder drin? »Wo kann ich unterschreiben?«

Lucas lacht und nimmt meinen Platz hinter der Bar ein. »Das erledigen wir alles morgen. Cocktail? Geht auch aufs Haus.«

Wie aufs Stichwort gesellen sich vier der Tänzerinnen schnatternd, gut gelaunt und anscheinend überhaupt kein bisschen müde zu uns. Eine trägt einen schwarzen Zwanzigerjahre-Bob, die andere hat lange schwarze Rastazöpfe, die wie Peitschen an ihr hinunterhängen. Dann gibt es noch eine Rothaarige, die bis zum Hals tätowiert ist, und die vierte ist die freundliche Brünette vom Hof.

»Uuuuuhhh, habt ihr gehört, Ladys? Die Getränke gehen aufs Haus … Dann gebe ich einen aus.« Die Rothaarige zerrt sich die Perücke vom Kopf, und erst in diesem Moment erkenne ich, wer da vor mir steht. *Sandy.*

»Also, die Damen … fünfmal *Sex on the Beach?*«

»Na, na, Luc! Du willst Sex am Strand? Mit uns allen?«, scherzt die mit den Rastazöpfen und lehnt sich in seine Richtung weit über den Tresen. »Übernimmst du dich da nicht ein ganz klein wenig?«

Er lehnt sich ebenfalls vor, bis sich ihre Nasen beinahe berühren. »Wir könnten es herausfinden.«

»Für heute reicht mir der Cocktail.« Sie lacht und leckt ihm frech mit der Zunge über die Nasenspitze.

Die Mädchen setzen sich zu mir und nehmen mich in ihre Mitte. »Hey, kennen wir uns nicht von irgendwoher?«, überlegt Sandy und betrachtet mich prüfend.

Ich linse zu Lucas hinüber, der uns aufmerksam zuhört, während er Eiswürfel in einen Shaker füllt, und erinnere mich an Rubens Worte. Er will nicht, dass irgendjemand von Sandys und seiner *symbiotischen* Beziehung erfährt. Ich hebe die Schultern. »Keine Ahnung, ich wüsste nicht, woher.«

»Doch, doch, du kommst mir irgendwie bekannt vor.«

Ich gähne und strecke mich. »Das liegt wahrscheinlich an meinem Allerweltsgesicht.«

»Habt ihr euch denn überhaupt schon alle miteinander bekannt gemacht?«, fragt uns Lucas, gießt den ersten Cocktail in ein Glas und schiebt ihn der jungen Frau mit dem Bob zu.

»Also, ich bin Juli«, beginne ich die Vorstellungsrunde. »Und falls Lucas und ich uns mit meinem Arbeitsoutfit einig werden, fange ich hier eventuell richtig an.«

»Hi, ich bin Sandy.«

*Ach was.*

»Und das da sind Candy, Mandy und Brandy.«

Die besagten drei winken mir lächelnd zu, und ich bin wirklich froh, dass mir noch kein Getränk serviert worden ist, denn sonst hätte ich es genau jetzt über den Tresen gespuckt. »Wirklich? Sandy, Candy, Mandy und Brandy?« Ich sehe sie ungläubig an. »Und wie heißen die anderen? Cindy, Mindy und Lindy?«

»Nein, natürlich nicht.« Um Candys (die mit der Bobfrisur) Ironie-Verständnis-Fähigkeiten scheint es nicht so gut bestellt zu sein. »Da wären dann noch Angel und Kat und Missy und Savannah und Vanessa und Tatjana und Cheryl … aber nur wir vier wohnen hier im Dachgeschoss zusammen in einer WG.«

Ich werde hellhörig. »In einer WG? Also, falls da noch ein Zimmer frei ist … mit meinem Mitbewohner und mir läuft es nicht so gut.«

»Leider nicht.« Mandy, die Stripclubpsychologin, betrachtet mich fast schon so, als müsse sie sich dafür entschuldigen. »Aber wenn es gar nicht mehr geht, kannst du natürlich jederzeit bei uns unterschlüpfen. Wir haben ein superbequemes Schlafsofa.«

Die drei anderen nicken eifrig, als wäre es das Selbstverständlichste der Welt, einer quasi Unbekannten die Couch anzubieten.

Ich fühle mich ein bisschen schäbig. Seitdem ich in Berlin bin, sind alle so nett und hilfsbereit zu mir, obwohl das doch bisher immer mein Part war. Im Lauf der Jahre haben sich bestimmt eine Menge Pluspunkte auf meinem Karmakonto angesammelt. Trotzdem fühle ich mich bei dem Gedanken, im Moment viel mehr zu nehmen als zu geben, total unwohl und nehme aus lauter Verlegenheit einen großen Schluck *Sex on the Beach*.

Mit den Mädels vergeht die Zeit wie im Flug, auch wenn ich nach dem ersten Cocktail sofort wieder auf Wasser umsteige und die Müdigkeit nach und nach bei allen spürbar wird. Während der Morgendämmerung gebe ich als Erste auf und verabschiede mich von meinen neuen Kolleginnen.

Sandy geleitet mich zur Tür und schließt mir den Vordereingang auf. »Ich weiß jetzt übrigens wieder, woher ich dich kenne«, sagt sie und blickt tatsächlich verlegen zu Boden. »Danke, dass du nichts zu den anderen gesagt hast. Weißt du, das hier ist kein Bordell oder so … und das mit Ruben und mir … ich tue das nicht für Geld.«

»Kein Thema. Wirklich.« Ich versuche zu lächeln, obwohl mir gerade gar nicht danach zumute ist. Aber sie soll wissen, dass ihr Geheimnis bei mir sicher ist.

# 34

# Juli

»Und? Was sagst du?« Ich drehe mich einmal im Kreis und wende mich dann erwartungsvoll an Henry.

In Ermangelung an Freunden muss er jetzt einfach als mein Modeexperte herhalten und eine Meinung zu meinem neuen Blusenkleid in Altrosa abgeben, das ich mir von dem Geld aus der Bar gekauft habe. Es ist sozusagen eine Investition in meine Zukunft. Denn obwohl ich mit den wenigen Klamotten, die ich nach Berlin mitgenommen habe, um die fünfundzwanzig Kombinationsmöglichkeiten habe, bleiben am Ende höchstens zwei übrig, mit denen ich mich im *Red Mill* blicken lassen kann. Und wenn die dann nicht gewaschen und trocken sind, will ich mir gar nicht weiter ausmalen, welches Outfit Lucas für mich vorgesehen hätte.

»Darin willst du meine Klos putzen?« Henry kratzt sich skeptisch den Schädel und spult die einzige Kassette zurück, die es in diesem Laden zu geben scheint.

»Nein, das ist für die Nachtschicht im *Red Mill.*«

»Na, dafür passt es schon eher«, brummt er und mustert

mich von oben bis unten. »Aber die Stiefel passen nicht dazu.«

»Die sieht ja niemand, wenn ich hinter dem Tresen stehe.«

Ich verschwinde wieder in der Damentoilette, wechsele die Kleidung und stopfe das neue Kleid in die Tüte zurück. Dann schnappe ich mir wie jeden Morgen den Besen und wirbele damit durch den Schankraum. Henry wuchtet einen Stuhl vom Tisch, den ich erst kurz zuvor hochgestellt habe, und lässt sich ächzend darauf nieder.

Seit mittlerweile drei Wochen sehe ich ihn täglich und habe das Gefühl, dass es ihm, obwohl ich ihm immer mehr Arbeit abnehme, von Tag zu Tag körperlich schlechter geht. So langsam mache ich mir wirklich Sorgen um den alten Kauz.

»Was ich noch sagen wollte, Julikind … Also, abgesehen davon, dass du natürlich wunderschön in dem Kleid aussiehst … Ich kann verstehen, wenn es dir hier bei mir zu viel wird, nachdem du auch noch beim alten Rocco arbeitest.« Er legt beide Hände auf die Beine und massiert sich die Kniescheiben. »Damit will ich nur sagen, dass du dich nicht genötigt fühlen musst, bei mir weiterzuarbeiten, bloß weil ich der jüngere und hübschere Chef bin.«

Ich muss schmunzeln und stütze mich auf dem Besenstiel ab. »So leicht wirst du mich nicht los«, verspreche ich ihm. »Und außerdem ist hier die Musik viel besser.«

»Da ist was dran. Und am Ende zählt das mehr als alles Geld der Welt.«

Ich fege tänzelnd um ihn herum. »Genau. Was zählt schon eine gute Bezahlung, wenn die im *Red Mill* die aktuellen Singlecharts für ein Genre halten?«

»Oje, so schlimm? Du solltest von Rocco unbedingt eine Erschwerniszulage verlangen.«

»Bist du eigentlich sauer, dass ich dort angefangen habe?«,

frage ich ihn plötzlich und unvermittelt. Eine Frage, die mir eigentlich schon die ganze Zeit auf der Seele brennt. »Ich meine, Ruben tut immer so, als würden dort nur Verbrecher verkehren. Dabei sind alle total nett.«

»Unsinn. Ich bin doch nicht sauer. Wobei ich den Jungen natürlich verstehen kann. Wer will schon, dass seine Freundin in einem Striplokal arbeitet?«

»Ich bin nicht *seine* Freundin«, falle ich ihm mürrisch ins Wort und fege unter seinem Stuhl hindurch.

»Dann eben *eine* Freundin. Das läuft im Prinzip aufs Gleiche hinaus.«

»Läuft es nicht.«

»Wie du meinst.« Abwehrend hebt Henry die Hände. »Jedenfalls ist Rocco ein ziemlich feiner Kerl, auch wenn er eine Schwäche für hübsche Mädchen hat. Aber vor dem brauchst du wirklich keine Angst zu haben. Seine Frau hat ihn fest im Griff.« Stöhnend erhebt er sich vom Stuhl und schlurft in seinen Gesundheitslatschen durch den zusammengefegten Dreckhaufen. »Und sein Sohn … tja, den kann ich nicht so richtig einschätzen. Der ist mir ein bisschen zu schmalzig … irgendwie nicht meine Kragenweite. Aber mit dem wirst du sicher auch fertig. Und wenn nicht …«

»… rufe ich Babsie.«

Ich kehre den – wieder im ganzen Raum verteilten – Staub zusammen, hole danach das Putzzeug und verschwinde im Männerklo, das ich seit meinem Erlebnis im Schlachthaus in einem völlig neuen Licht betrachte. Henry hat in der Zwischenzeit das Tape zum Laufen gekriegt, also stecke ich mir die Kopfhörer in die Ohren. Mich würde wirklich interessieren, was er darüber denkt, dass seine verstorbene Frau mittlerweile den größten Einfluss auf meine musikalische *Früherziehung* hat.

Und ob sich Jim Morrison im Grab umdrehen würde, wenn

er wüsste, dass ich zu seinen Songs die Klos in einer Kreuzberger Kneipe schrubbe.

Nun schmeiße ich schon die dritte Nacht die Bar im *Red Mill*, und allmählich habe ich mich an alles gewöhnt. Außer daran, dass Babsie immer, kurz bevor sie die Türen öffnet, alle Sofaritzen nach Erdnüssen absucht und diese dann in die Dose zurückschmeißt. Sie nennt das *Recycling.* Sobald sie außer Sichtweite ist, fische ich die recycelten Nüsse wieder hervor und entsorge sie im Mülleimer.

Freitag lag der Arbeitsvertrag schon druckfrisch für mich bereit, den ich allerdings erst unterschrieben habe, nachdem Rocco etwas widerwillig noch eine weitere Klausel hinzugefügt hat. Die besagt, dass ich über meine Arbeitskleidung selbst bestimmen darf, solange sie angemessen ist. Was *angemessen* ist, interpretiert natürlich jeder anders, aber ich glaube, ich habe meinen Standpunkt vorerst deutlich gemacht.

Papa Bär hat mir in einer ruhigen Minute erzählt, dass mein Vorgänger anscheinend ein ziemlich schnuckeliger Barkeeper war, der allerdings sein Revier bei mindestens der Hälfte aller Tänzerinnen markiert und damit für allerlei Unruhe gesorgt hat. Rocco und Lucas wollten ihn daraufhin mit einbetonierten Füßen in der Spree versenken, und er hat es angeblich nur Papa Bär zu verdanken, dass es lediglich bei einem Rausschmiss geblieben ist. Jedenfalls sei er – Papa Bär – richtig froh, dass mit mir endlich wieder etwas Ruhe in den *hormongesteuerten Weiberhaufen* kommt.

Die Mädchen sind ausnahmslos alle nett zu mir, und Candy und (zu meiner eigenen Überraschung) Sandy sind mir mit Abstand die Allerliebsten.

Rubens und meine Wege kreuzen sich jetzt noch viel seltener als zuvor, aber wenn ich ihn sehe, verhalte ich mich freundlich und distanziert. Und solange mein Körper genügend Abstand zu seinem wahrt, bin ich auch nicht mehr so eine wandelnde Mischung aus rolliger Katze und beleidigter Kuh und kann wenigstens wieder ohne Schuldgefühle in den Spiegel blicken.

»Einen Champagner …« Sandy zwinkert mir auffällig unauffällig zu. » … und einen doppelten Whisky.«

Ich schenke ihr den Rotkäppchensekt unterhalb des Tresens ein und fülle einen Fingerbreit Whisky in ein dickwandiges, schweres Glas.

»Und? Hat dir unsere Klatschtante vom Dienst schon sämtlichen Tratsch erzählt?« Sie trinkt einen großen Schluck aus dem Sektglas und deutet mir an, es wieder bis oben hin aufzufüllen.

»Wenn du damit Papa Bär meinst … ja, hat er.«

»Wen sonst? Und hat er dir auch erzählt, dass er jedes Mal, nachdem Babsie und er es miteinander getrieben haben, ganz laut *We Built This City* von irgendeiner gruseligen Band aus den Achtzigern laufen lässt?«

»Nein, das hat er mir zum Glück verschwiegen«, lache ich. »Aber der Song sagt mir auch überhaupt nichts.«

»Keine Sorge, du lernst ihn noch früh genug kennen. Und wenn du willst, dass sich ein Gerücht auf schnellstem Weg verbreitet, musst du es nur ihm erzählen.«

»Ich merk's mir.«

Sandy beugt sich zu mir vor und drückt ihre üppige Oberweite auf die Theke. »Aber …«

Ich weiß genau, was sie sagen will, und unterbreche sie. »Keine Sorge. Das mit euch hat mich zwar … wie drücke ich es am besten aus … etwas überrascht, aber ich erzähle es bestimmt nicht weiter. Versprochen.«

*»Das mit euch«*, wiederholt sie meine Worte. »Das ist kein *Mit uns*. Wir haben lediglich …«

»Ich weiß schon. Ruben meinte, ihr habt so eine Art Symbiose.«

»So kann man es auch nennen. Ich nenne es einen Deal. Welcher Künstler überlässt einem sonst seine Werke für einen Blowjob?«

»Künstler?« Auf meiner Stirn prangt bestimmt gerade ein dickes, fettes Fragezeichen.

»Ja, sag bloß, du wusstest das nicht.«

Ich schüttele den Kopf. Sandy nippt am Whisky, der eigentlich für ihren Kunden bestimmt ist.

»Hast du schon mal Rubens Tätowierungen gesehen?«

»Ja.« *Und ich hätte wirklich gern darauf verzichtet.*

»Alle?«

»Keine Ahnung. Ich denke schon.«

»Du Glückliche! Ich kenne nur die Raben auf seinem Arm, und die allein sind schon grandios.«

»Vielleicht liegt es daran, dass du immer nur Augen für seinen Penis hast«, scherze ich.

Sandy schießt der Sekt aus der Nase, und ich reiche ihr eine Serviette. »Klingt irgendwie einleuchtend«, sagt sie lächelnd und wischt sich das Gesicht trocken. »Auf jeden Fall kann er wirklich begnadet gut zeichnen«, schwärmt sie und breitet die Arme aus. »Sieh mich an! Mehr als die Hälfte meiner Tattoos hat Ruben entworfen und einige davon auch selbst gestochen. Und weil er kein Geld dafür nimmt, bezahle ich ihn in *Naturalien.*«

»Warum macht er es dir nicht umsonst?«, ist die erste Frage, die mir durch den Kopf geht.

»Na ja, zum einen, weil er mit Sicherheit wie alle krassen Künstler so richtig einen an der Klatsche hat. Wahrscheinlich ist er bipolar oder anderweitig gestört. Oder er nimmt Drogen, weil er mit seiner Kreativität nicht klarkommt, und ist außerdem oder vielleicht auch gerade deshalb beziehungsunfähig. Mandy hat das schon mal für mich analysiert.«

Die Worte sprudeln aus ihr hervor wie ein Wasserfall, und ich überlege, ob ich mir eine Rettungsweste zulegen oder besser schon mal um mein Leben schwimmen soll.

»Ich denke ja«, fährt sie fort, ohne nur einmal Luft zu holen. »Es ist ein Zusammenspiel aus allem, und ab und zu muss selbst er mal *Druck* ablassen. Zum anderen …« Sie legt eine kurze, aber effektvolle Pause ein. »… ist er eben auch nur ein Kerl wie jeder andere.«

»Ich glaube, dort hinten wartet jemand auf dich«, unterbricht Lucas ungehalten Sandys Psychoanalyse und drückt ihr die bestellten Getränke in die Hand.

»Ja, ein ungewaschener Informatikstudent«, mault sie zähneknirschend, stolziert aber im nächsten Moment mit hoch erhobenem Kopf davon.

»Und, Juli«, wendet er sich an mich und sieht mir dabei tief in die Augen. »Was hältst du davon, wenn wir zwei Hübschen nächste Woche zusammen essen gehen? So zum besseren Kennenlernen.«

*Im Moment? Gar nichts! Denn im Moment kreisen meine Gedanken einzig und allein um Ruben.*

# 35

## Juli

»Meine Güte, nicht schon wieder!«, stöhne ich und lasse den Kopf auf den Tisch sinken.

Er fühlt sich so schwer an, als wäre er mit sämtlichem Wissen der Welt gefüllt. Dabei ist er im Moment vollkommen leer.

»Das ist erst das dritte Mal … für einen Sonntagmorgen ist das gar nichts«, sagt Candy und nippt entspannt an ihrem Cocktail.

Sandy nickt zustimmend. »Man merkt, dass sie langsam alt werden.«

»Das ist das dritte Mal … *hintereinander!*«, werfe ich ein und halte mir die Ohren zu. *We Built This City* habe ich für heute jedenfalls oft genug gehört. Eigentlich möchte ich den Song wirklich nie, nie wieder hören.

Lucas stellt einen Cocktail dicht vor meiner Nase ab, obwohl ich ausdrücklich erklärt habe, dass ich heute keinen will. Er zieht einen Stuhl heran, setzt sich breitbeinig verkehrt herum darauf und stützt die Unterarme auf der Lehne ab. Mir fällt auf, dass er immer gut gekleidet ist. Eher wie ein Banker als wie der stellvertretende Geschäftsführer eines kleinen Stripclubs. Die Ärmel seines blauen Leinenhemds sind hochgekrempelt, die Anzughose ist faltenfrei, und die Haare sitzen tadellos, als wäre er gerade frisch vom Friseur gekommen.

Erwartungsvoll sieht er mich an. »Wann soll ich dich Dienstagabend abholen?«, fragt er mich ohne Umschweife. »Ist dir sieben Uhr recht?«

Ich spüre die neugierigen Blicke der anderen und zögere. Was denken sie wohl darüber, dass der Sohn vom Chef die neue Bardame nach nur vier Tagen ausführen will?

»Ich reserviere uns dann einen Tisch bei einem sehr guten Asiaten«, fährt er fort, ohne zu merken, dass mir die ganze Angelegenheit ziemlich peinlich ist. »Dort gibt es das beste Sushi der Welt.«

»Wie? Das beste der Welt?«, mischt sich Sandy ein. »Findest du das nicht leicht übertrieben?« Sie lehnt sich zurück und kippelt auf dem Stuhl, als wäre sie in der Grundschule. »Alles Sushi der Welt zu testen, ist rein logistisch doch gar nicht möglich.«

»Macht er das eigentlich immer so?«, wende ich mich an Sandy und Candy. »Und führt alle neuen Mitarbeiter zum Essen aus?«

Ich weiche bewusst Lucas' Blick aus und versuche damit einer Antwort und der unangenehmen Situation noch für einen winzigen Moment zu entgehen. Denn wenn ich eins wirklich richtig schlecht kann, dann ist das *Nein* sagen. Gestern konnte ich ihn tatsächlich noch hinhalten, aber heute ist meine Schonfrist endgültig abgelaufen. Irgendwann im Lauf der Nacht habe ich nachgegeben und zugesagt, obwohl meine Pläne für die nächsten Tage wie folgt aussahen: schlafen.

»Also mich hat er noch nie zum Essen ausgeführt.« Sandy verschränkt gespielt beleidigt die Arme vor der Brust.

»Vielleicht ja nur, weil er weiß, dass du keinen rohen Fisch magst.« Candy zwinkert ihr zu.

»Das wird's wohl sein … Wie sieht's bei dir aus?«

Candy schüttelt den Kopf. Ihre riesigen goldenen Kreolen wackeln verneinend mit. »Aber ich bin ja auch vergeben … Er wüsste, dass er bei mir abblitzen würde.« Sie lächelt ihn an und schlürft lautstark die Reste aus ihrem Glas.

Ich reiche ihr wortlos meins.

»So, genug gelästert, Ladys!« Lucas steht mit einem Ruck auf und beugt sich zu mir herüber. »Dienstag, neunzehn Uhr … Ich weiß ja, wo du wohnst.« Zum Abschied zwinkert er mir zu.

In diesem Augenblick wünsche ich mir, dass ich Candy meinen Cocktail nicht überlassen hätte.

Zum Glück dauert mein Nachhauseweg keine dreißig Sekunden, denn ich glaube kaum, dass ich mich noch wesentlich länger auf den Beinen halten könnte. Leise schließe ich die Wohnungstür hinter mir und lehne mich völlig erschöpft dagegen. Ich werfe einen Blick zu Ruben hinüber. Er liegt auf der Matratze in Jeans und T-Shirt und schläft tief und fest. Trotzdem sieht er so aus, als würde er lediglich eine kurze Pause einlegen und wäre gleich wieder auf dem Sprung. So wie ich ihn mittlerweile kenne, ist er wahrscheinlich nicht lange vor mir nach Hause gekommen und hat bestimmt neben der verschorften Wunde über dem Auge, verborgen unter seinen Klamotten, neue Verletzungen.

Ich weiß nicht, wie ich dieses Bild mit dem eines sensiblen Künstlers in Einklang bringen kann, und würde so gern mehr darüber erfahren … von ihm.

Ich vermisse unsere nächtlichen Gespräche. Ich vermisse es, mit ihm zu schweigen, ohne dass es sich merkwürdig anfühlt, und ich vermisse seine kleinen Berührungen, die sowohl merkwürdig als auch verrückt sind, obwohl er währenddessen so tut, als wäre es das Normalste der Welt. Mir fehlen sogar unsere kleineren Streitereien. Jede Auseinandersetzung mit ihm wäre mir momentan lieber als diese *Existenz nebeneinanderher.*

Er sieht so erschöpft aus, wie ich mich fühle, und mit Sicherheit hätte er genau wie ich, ganz egal, wo, im Stehen einschlafen können. Am liebsten würde ich mich jetzt zu ihm legen und mich ganz fest an ihn kuscheln. Ich wette, er hätte nicht einmal etwas dagegen.

*Er ist eben auch nur ein Kerl wie jeder andere.*

Ich stelle mir im Handy ein, dass es mich um halb zehn wecken soll, dann falle ich wie tot ins Bett, ohne mir vorher die Zähne zu putzen. Das kann ich getrost auch noch in drei Stunden erledigen.

Am Dienstag fährt Lucas pünktlich um neunzehn Uhr in einem weißen Mercedes bei mir vor. Er hält in zweiter Reihe, steigt aus, obwohl ich schon draußen auf ihn warte, und bringt damit den Verkehr komplett zum Erliegen. Er trägt einen eng anliegenden schwarzen Rollkragenpullover, und seine linke Hand steckt lässig in der Hosentasche. »Guten Abend«, sagt er und haucht mir rechts und links ein Küsschen auf die Wange. Er riecht herb nach einer Mischung aus Sandelholz, Patschuli und Zimt. »Für dich.« Lächelnd drückt er mir eine kleine Tüte in die Hand.

»Was ist das?«, frage ich überrascht. Hätte ich ihm auch etwas besorgen müssen, als Dankeschön für die Einladung?

»Sieh nach!«

Ich greife in die Tüte und zaubere ein ziemlich mickriges Stück Stoff mit Spagettiträgern hervor.

»Ein kleines Schwarzes für heute Abend«, klärt er mich auf.

»Das …«, stottere ich. »Das ist wirklich sehr nett von dir, aber wie du siehst, habe ich schon etwas an.« Ich sehe an mir hinunter, um noch einmal ganz sicherzugehen, dass ich nicht doch gerade auf offener Straße *Des Kaisers neue Kleider* nachstelle. Aber nein, ich bin komplett bekleidet.

»Du könntest dich noch umziehen. Ich warte so lange hier.«

»Lieber nicht«, lehne ich seinen Vorschlag ab. »Wir wollen doch nicht, dass du von einem wütenden Autofahrermob gelyncht wirst.«

Ich will ihm das Kleid wieder zurückgeben, doch er weigert sich.

»Behalt es!«, beharrt er und öffnet mir die Beifahrertür. »Wir werden schon noch einen Anlass finden, bei dem du es tragen kannst.«

Umständlich steige ich in seinen Schlitten ein, denn bisher hat mir noch nie jemand die Tür aufgehalten, und ehrlich gesagt weiß ich auch nicht, wie ich das finden soll. »Vielleicht passt es mir ja gar nicht«, wage ich einen letzten Versuch, den Fummel doch noch loszuwerden.

»Ich glaube, ich kann das ganz gut einschätzen.« Er schließt die Tür und umrundet den Wagen.

Ich fühle mich ein bisschen wie ein Kleinkind. Fehlt nur noch, dass er mich auch anschnallt.

Trotz Lucas' rasantem Fahrstil genieße ich es, auf so komfortable Art und Weise etwas mehr von Berlin zu sehen als während meiner Joggingtouren. Allerdings merke ich an jeder roten Ampel, wie unangenehm es mir ist, in einer solch protzigen Angeberkarre zu sitzen, und versinke jedes Mal ein Stückchen tiefer in den weichen Ledersitzen. Sie riechen wie frisch poliert. Sehr zu meinem Leidwesen dreht Lucas seine Musikanlage laut auf, die bestimmt ein kleines Vermögen gekostet hat. Aus ihr dröhnt die gleiche schlimme Musik, die auch im *Red Mill* rauf und runter läuft.

Jetzt weiß ich endlich, auf wessen Konto meine armen gequälten Ohren gehen.

»Musst du heute gar nicht arbeiten?«, versuche ich ein Gespräch zu starten.

»Nein, Montag und Dienstag reicht es, wenn nur mein Vater da ist. Dann ist nicht so viel los.«

»Wie lange gehört euch der Laden eigentlich schon?«

»Schon ewig. Meine Eltern haben sich dort kennengelernt.«

»War deine Mutter …?«

»Ja, war sie, aber seitdem sie mit meinem Vater zusammen ist, arbeitet sie nicht mehr in diesem *Metier.*«

»Wie alt bist du eigentlich?«, frage ich und mustere ihn neugierig von der Seite. Ich kann sein Alter wirklich ganz schwer einschätzen. Er hat junge Augen, aber durch sein ganzes Auftreten und seine Kleidung wirkt er wie Anfang vierzig.

»Sechsundzwanzig.« Er kneift die Lippen zusammen, biegt konzentriert in eine schmale Durchfahrt ein (die bei Weitem nicht so schmal wäre, wenn sein Auto nicht dermaßen breit wäre) und parkt auf einem dunklen Hinterhof.

*Okay, Juli, das wäre jetzt eigentlich der Ort und der Zeitpunkt, an dem du die Beine in die Hände nehmen und davonlaufen solltest,* versucht mich mein Gehirn zu warnen. Doch ich bleibe beratungsresistent und angespannt sitzen.

Lucas steigt aus, läuft um den Wagen herum, und als er mir abermals die Tür wie ein formvollendeter Gentleman öffnet, bin ich noch nicht einmal abgeschnallt. »Bist du dir sicher, dass wir hier richtig sind?«

»Todsicher.« Lächelnd reicht er mir die Hand.

Ich ergreife sie, töricht wie ein Lamm, das zur Schlachtbank geführt wird.

Über einen zweiten Hinterhof geleitet mich Lucas zielstrebig zu einer Tür, an der sich keinerlei Hinweis befindet, dass sich dahinter ein Restaurant verbergen könnte. Er klingelt. Die Wartezeit ist für meine Nerven zu kurz und wiederum nicht lang genug.

*Worauf habe ich mich da bloß eingelassen?*

Nach einer Weile öffnet uns ein junger Mann. Er hat unbestreitbar asiatische Gesichtszüge, und aus dem Innern dringen Stimmengewirr und Geschirrgeklapper bis zu uns heraus. Ich entspanne mich ein wenig.

Er lotst uns zunächst eine Treppe hinunter, und kurz darauf finden wir uns in einem großen Raum mit zwei voll besetzten langen Tafeln wieder. Die Wand hinter den Tischen besteht aus Regalen, die von oben bis unten mit Sakeflaschen gefüllt sind. Lucas wird von einem weiteren Mitarbeiter überschwänglich begrüßt, als wäre er hier der beliebteste Stammgast, weil er das üppigste Trinkgeld zurücklässt. Von ihm werden wir durch einen verwinkelten Gang geleitet. Der Boden besteht aus rechteckigen Steinplatten, deren Zwischenräume mit glatten runden Kieselsteinen aufgefüllt sind. Der Weg wird durch einen Wald aus deckenhohen, dicken Bambusrohren gesäumt und durch einzelne Laternen beleuchtet. Dezente Musik erklingt im Hintergrund, und niemand käme darauf, dass uns im zweiten Hinterhof, verborgen hinter einer unscheinbaren Tür, ein derart durchgestyltes Ambiente erwartet.

Der Kellner schiebt eine Tür auf und lädt uns freundlich in unser privates Separee ein. Mir wird schon wieder mulmig zumute. Einige Zeugen um uns herum bei diesem ersten *Kennenlernessen* fände ich durchaus angemessen.

*Und wenn du statt Lucas mit Ruben hier wärst?*, fragt mich mein Gewissen.

*Aber ich bin nicht mit Ruben hier!*, bringe ich es zum Schweigen.

Kaum haben wir auf den gemütlichen Sitzkissen Platz genommen, wird uns schon der erste Sake serviert.

»Bekommt man hier keine Speisekarte?«, flüstere ich Lucas zu. Ich weiß nicht, ob rechts und links von uns noch andere Gäste in den abgetrennten Bereichen sitzen und man sich hier in normaler Lautstärke unterhalten kann.

»Ich habe bei der Reservierung das siebengängige Winter-Omakase mit Sakepaarung geordert.«

»Winter *was?* Mit Sake *was?*«

»Das Winter-Omakase. Omakase bedeutet, dass du dem Koch völlig freie Hand bei deinem Menü lässt. Er richtet sich nur danach, welche Lebensmittel heute die beste Qualität haben, und entscheidet, welche Zutaten am besten miteinander harmonieren.«

Sieben Gänge ... ich muss kurz schlucken und bin froh, heute noch nicht so viel gegessen zu haben.

Es dauert ziemlich lang – lange genug, um herauszufinden, dass Lucas und ich keinerlei Gemeinsamkeiten haben –, bis der erste Gang in Form verschiedener Appetithäppchen serviert wird. Auf wunderschönem Porzellan fein präsentiert und zudem klitzeklein. Nachdem der extrem freundliche Kellner uns erklärt hat, was sich alles auf unseren Tellern befindet, bestelle ich mir eine Tasse Tee. Ich habe nicht vor, mir zu jedem Gang einen Sake hinterzukippen, zumal mir das Zeug überhaupt nicht schmeckt.

Kaum sind wir wieder allein, sehe ich von meinem Teller zu Lucas hinüber und muss lachen. »Und danach gehst du noch Döner essen, oder?« Ich versuche, den in Essig marinierten Portulak mit den Stäbchen zu greifen.

»Heute nicht. Ich war so schlau und habe vorher gegessen«, erklärt er und schiebt sich die Rindfleischpaste auf einem Rettichscheibchen in den Mund.

Von den acht Portionen, die sich auf meinem Teller befinden, kann ich lediglich den blanchierten Portulak, die Topinamburstreifen und den Seidentofu mit Sesampaste essen. Den Rest schiebe ich Lucas zu.

»Was stimmt damit nicht?«, fragt er und spült das Sushi aus Makrele mit Sake hinunter.

»Ich kann das nicht essen.«

»Wieso nicht?«

»Weil ich kein Fleisch esse.«

»Und was ist mit Fisch?«

»Ich bin Vegetarierin!«

Auf diesen Satz reagiert er wie die meisten anderen aus meinem Umfeld, und zwar mit genervtem Augenrollen. »Warum hast du das nicht vorher gesagt?« Sein Ton ist ziemlich vorwurfsvoll.

»Du hättest ja fragen können. Und für gewöhnlich bestelle ich mir mein Essen im Restaurant selbst.«

Er kippt den Sake in einem Zug hinunter, läutet mit der Klingel nach unserem Kellner und bittet darum, den Rest meines Menüs komplett vegetarisch zu gestalten.

Leider ändert das nichts daran, dass ich trotzdem gegen dreiundzwanzig Uhr hungrig neben Lucas im Auto sitze und im Kopf überschlage, was sich heute Nacht noch aus dem Inhalt unseres Kühlschranks zaubern lässt.

Der Abend war alles in allem nett. Oberflächlich und leicht verkrampft, und ich bezweifle, dass er mich jetzt besser kennt als vorher, aber nett.

Nach einer Weile spüre ich die Wirkung der Sitzheizung und schmiege mich enger in die Ledersitze. Ich starre aus dem Fenster und sehe die Stadt nur so an mir vorbeifliegen. Am liebsten würde ich Lucas sagen, dass er langsamer fahren soll. Aber wenn ich auf diese Weise schneller zu Hause ankomme und den Abend damit endlich beenden kann, nehme ich meinen Tod – und den der anderen Verkehrsteilnehmer – gern in Kauf.

Rücksichtslos parkt Lucas wieder in zweiter Reihe, nur um mich zur Haustür zu geleiten. Offenbar weiß er nicht (und dabei soll es durchaus auch bleiben), dass ich bei Ruben im Keller wohne. Als wäre ich allein nicht imstande, die Tür zu finden, dirigiert er mich zu dem Eingang, der ins Treppenhaus des Mehrfamilienhauses führt.

»Also …«, sage ich, um den Abschied einzuläuten. »Vielen Dank für den netten Abend und das gute Essen.«

»Ich hoffe doch, dass wir das so bald wie möglich wiederholen.«

Ich vergrabe die Hände tief in den Manteltaschen und möchte eigentlich mit dem kompletten Körper hinterherkriechen und darin verschwinden. »Na, erst mal sind die anderen Mädchen dran«, versuche ich ihn von mir abzulenken und lächele zaghaft. »Schließlich sollen sie nicht denken, dass ich von der Geschäftsleitung vorgezogen werde.«

Lucas bleibt stehen und schüttelt ganz langsam den Kopf. Sein Blick ist derart merkwürdig, dass bei mir alle Alarmglocken laut schrillen.

»Wieso nicht?«, frage ich, obwohl ich die Antwort darauf eigentlich gar nicht erfahren will.

Er lehnt sich leicht zu mir vor. »Weil du nicht wie die anderen bist.«

Ich bin wie gelähmt und kann mich nicht dagegen wehren, dass Lucas Wolf mich küsst. Einfach so.

# 36

# Ruben

Der alte Mann wird von Tag zu Tag griesgrämiger.

Das bekomme nicht nur ich zu spüren, sondern vor allem seine *richtigen* Gäste (die Zahlenden), denen er – einem nach dem anderen – Lokalverbot erteilt. Wenn er so weitermacht, landet er noch als kurioses Kulturgut im *Lonely Planet* oder im *Marco Polo*-Stadtführer in der Kategorie *Geheimtipp* und kann sich dann vor genau den Leuten kaum noch retten, die er gerade so beherzt vor die Tür setzt. Ich kann mir auch gut vorstellen, dass es eine neue Challenge in den sozialen Medien wird. *#isurvivedhenry.* Na dann, *challenge accepted.*

Doch er kommt mir zuvor. »Du wirst von Tag zu Tag griesgrämiger«, knallt er mir ungefragt und mit vorwurfsvollem Unterton an den Kopf.

»Ich dachte gerade das Gleiche über dich«, informiere ich ihn, fische mir einen Eiswürfel aus der Cola und kühle damit meinen pochenden Knöchel.

Wenn jemand erfährt, dass ich heute Morgen beim Sockenanziehen umgeknickt bin und mir dabei anscheinend den Fuß verstaucht habe, muss ich mich wohl oder übel erschießen … und davor noch jeden, der davon weiß. Es nervt mich tierisch, dass ich mich in letzter Zeit so oft verletze, und am meisten macht mir mein Sprunggelenk Sorgen. Wenn das schon beim Klamottenanziehen so instabil ist, sollte ich die nächsten Tage vielleicht darauf verzichten, auf nassen Dächern herumzuturnen.

Und wenn ich ehrlich bin, passt mir diese *Zwangspause* ganz gut. Mir fehlt seit Tagen irgendwie der Sinn für mein Handeln. Ich weiß gerade wirklich nicht, wofür ich jeden Morgen aufstehe, weswegen ich arbeiten gehe und für wen ich eigentlich jeden Tag aufs Neue meinen Arsch riskiere. Und weil mir zu allem anderen heute der Elan fehlt, sitze ich nun hier und starre dem alten Mann in die Augen, und er starrt zurück.

Ich weiß nicht, was er sieht … vielleicht seine Vergangenheit. Ich hoffe nur, dass ich meine Zukunft nicht sehe.

»Im Gegensatz zu dir habe ich allen Grund, griesgrämig zu sein«, stellt Henry klar, als ob wir gerade einen internen Wettkampf gestartet hätten.

»Ach ja? Und der wäre?«

»Erstens … ich bin alt.«

»War ja klar, dass du diese Karte ausspielst«, erwidere ich unbeeindruckt und stecke mir den restlichen Eiswürfel in den Mund.

»Zweitens … sieh dich doch mal um! Was um Himmels willen hat dieses junge Volk in meiner Kneipe zu suchen? Gibt es da keine angesagteren Läden?«

»Vielleicht ist ihnen heute mal nach einer authentischen Umgebung.«

Henry verschränkt die Arme vor der Brust. »Die können sie gern bei mir haben. Der Nächste, der mich von diesem humorbefreiten, politisch korrekten Studentenpack nach einem Unisex-Klo fragt, fliegt in hohem Bogen raus.«

Ich lache ihn an. »Verstehe ich völlig. So viel Verständnis kann man von so einem alten weißen Mann wie dir wirklich nicht mehr erwarten.«

»Pass bloß auf, was du sagst!« Drohend wedelt Henry mit der Faust. »Juli hat hier mittlerweile alles so gut im Griff, da kann ich dir locker Hausverbot erteilen und auf deine sporadische Hilfe verzichten.«

Schon merkwürdig, wie stark mein Herz plötzlich rast.

Als wäre ihr Name das Signal an meinen Körper, Adrenalin auszuschütten. Wozu die nächtlichen Aktionen, die Gefahren, wenn doch *sie* mein Kick ist?

Ich kann unmöglich länger hier herumsitzen und springe unruhig auf. Ich muss mich bewegen. Ich muss zu ihr.

»Wohin willst du denn so plötzlich?«, fragt mich Henry überrascht, als hätte er vergessen, dass er mir vor ein paar Sekunden noch Hausverbot erteilen und die Kündigung aussprechen wollte.

Ich trinke die Cola in einem Zug leer und schiebe ihm das Glas zu. »Ich muss was klären.«

»Mit wem? Mit Juli?«

Einen kurzen Moment lang sehe ich ihn an, dann nicke ich.

»Junge, wenn ich herausfinde, dass du irgendetwas Dummes zu ihr sagst, dann …«

»Nur keine Sorge! Das wirst du nicht herausfinden.«

Natürlich ist es dumm, ihr zu sagen, dass ich sie will. Aber wenn ich es nicht endlich zugebe, platze ich. Oder drehe durch. Oder beides.

Ich verabschiede mich von dem alten Miesepeter und verlasse entschlossen das *Soul Kitchen.*

Das Adrenalin leistet mal wieder gute Arbeit. Ich kann es kaum erwarten, sie zu sehen. Ganz gleich, wie sie auf mein Geständnis reagiert … jede Reaktion ist besser als dieser … dieser

*Zustand*. Draußen ist es dunkel und nass. Wohltuend berührt die kalte Luft mein erhitztes Gesicht. Ich blicke zum Himmel auf und atme tief durch. Ich weiß, dass Juli heute nicht arbeiten muss und dass alles, was gleich geschehen wird, somit in den Sternen steht.

Leider genügt ein Blick nach rechts, um zu erkennen, dass die Sterne für mich heute anscheinend nicht günstig stehen.

Hoffnungslos lasse ich die Schultern sinken. Die extreme Anspannung, unter der ich bis eben noch stand, lässt schlagartig nach, und mich überkommt diese typische dominante Müdigkeit und Erschöpfung, die sich jedes Mal in mir ausbreitet, sobald der Adrenalinspiegel in meinem Körper wieder abfällt. Ich hasse das Gefühl. Und noch viel mehr hasse ich diesen Anblick. Diesen Anblick, wie Juli sich von diesem Armleuchter küssen lässt. Selbst jetzt, mit geschlossenen Lidern, hat er wie immer die Augenbrauen so dämlich hochgezogen, als wäre er dauerverwundert über seine Existenz.

Unglaublich … Dieses Mädchen zieht die falschen Typen an wie das Licht die Motten.

Mich eingeschlossen.

# 37

## Juli

Im Gegensatz zu meinen weit aufgerissenen Augen sind meine Lippen fest zusammengekniffen. Ich erwache aus der Schockstarre, befreie meine Hände endlich aus den Manteltaschen und stemme sie Lucas gegen die Brust, um ihn sacht, aber bestimmt von mir wegzuschieben. »Tu! Das! Nie! Wieder!«, stoße ich atemlos hervor, nachdem ich etwas Abstand zu ihm gewonnen habe.

»Wieso nicht?«

Völlig entgeistert starre ich ihn an. Ich kann nicht glauben, dass er sich so etwas noch zu fragen traut. »Na … na, weil das gerade überhaupt nicht angemessen war!«

»Wir hatten doch einen schönen Abend, oder?«

Mir klappt der Mund auf. »Ja und? Es braucht schon mehr als einen *netten* Abend für … für *so was*.«

Ich wette, in zehn Minuten fallen mir die richtigen Worte für diese Situation ein, aber jetzt gerade sollte ich besser einen Termin mit einem Logopäden vereinbaren. Ich drücke ihm die Tüte mit dem Stofffetzen in die Hand und hoffe, ihm auf diese Art meine Meinung zu verdeutlichen.

Lucas presst die Lippen aufeinander, sieht an mir vorbei und fixiert mit den Augen irgendeinen Punkt hinter mir. Ich kann seinen Blick nicht deuten. Weiß nicht, ob er enttäuscht, verärgert oder überrascht ist, von mir abgewiesen zu werden. Und eigentlich ist es mir auch ziemlich egal. Trotzdem warte ich angespannt auf seine Reaktion und bin unendlich froh, als er sich kurzerhand von mir abwendet, in sein Auto steigt und davonrauscht.

Erleichtert atme ich auf und drehe mich um. Doch mein Herz kommt nicht zur Ruhe, sondern schlägt mir bis zum Hals. Ruben steht mir gegenüber, und seinen Blick kann ich mühelos deuten.

Abneigung.

Die pure Abneigung.

»'n Abend.« Er nickt mir zu, als wären wir lediglich zwei flüchtige Bekannte, und steigt langsam, die Hände in den Hosentaschen, die Treppe zum Keller hinunter.

Ich folge ihm. »Jetzt komm mir bloß nicht so!«, pampe ich ihn an.

In aller Seelenruhe schließt er die Tür auf und sieht mich an. »Wie denn?«

»Na … so!«, antworte ich vorwurfsvoll und stolpere hinter ihm her.

Er schließt die nächste Tür auf, und sobald ich hindurchgeschlüpft bin, schließt er sie und drückt mich mit dem Oberkörper sanft dagegen. Ich könnte auch einfach beiseitetreten, aber ich denke nicht daran.

In der Wohnung ist es stockfinster, und ich weiß genau, was das mit mir macht. Weiß, was das mit ihm macht. Mit uns.

In der Dunkelheit fühlen wir uns geschützt. Als wären wir hier vor unseren Gefühlen sicher. Als wären Kopf und Herz genauso ausgeschaltet wie das Licht und wir nicht mehr dafür verantwortlich, was in der dritten, der körperlichen Ebene geschieht.

»Ein netter Abend reicht also nicht aus?« Allein seine Stimme … wie er diesen Satz sagt … löst bei mir so viel mehr aus, als Lucas es jemals könnte.

Ich schüttele den Kopf, unfähig zu einer Antwort. Seine Nähe geht mir unter die Haut, und mir fällt das Atmen schwer.

»Was braucht es noch?«

»Mehr«, flüstere ich. Meine Augen gewöhnen sich nach und nach an die Dunkelheit, und ich mustere Ruben forschend. »Ich weiß nicht, wie du das anstellst.«

»Was?«

»Das mit mir! Dass …« Ich zögere. »Dass dich *nicht* zu küssen besser ist als jeder Kuss, den ich je bekommen habe.«

Er beißt sich auf die Lippen und verzieht sie zu einem leichten Lächeln. »Das heißt, es reicht dir, mich *nicht* zu küssen?«

Ich zwinge mich, den Blick von seinem Mund abzuwenden, und sehe ihm unverwandt in die Augen. »Heute … ja.«

Denn heute müsste ich mir vorher gründlich das Gesicht schrubben, um das Gefühl von Lucas' Lippen zu entfernen, das wie ein Abziehbild auf meinem Mund haftet. Und wenn ich das erst einmal erledigt hätte, hoffe ich doch, dass mein Verstand wieder einigermaßen zuverlässig arbeitet und die Vernunft die Oberhand gewinnt. Und die vernünftige Juli knutscht nicht einfach so mit Ruben herum. Die vernünftige Juli arbeitet zuerst das jähe Ende ihrer verkorksten Langzeitbeziehung auf, bevor sie sich, egal, wie und warum, auf jemand anderen einlässt.

»Und morgen?« Herausfordernd erwidert er meinen Blick.

»Ich weiß, dass du die Antwort darauf kennst.«

Er nickt und gibt mich frei.

Mit Beinen wie Wackelpudding eile ich ins Bad. »Ach, übrigens …«, fällt mir dabei ein. »Wieso humpelst du eigentlich schon wieder?«

»Ich weiß, dass du die Antwort darauf kennst.« Er grinst frech und versinkt erschöpft in seinem verdammten Lieblingssessel.

Nur wenige Minuten zuvor dachte ich nicht, dass es zwischen Ruben und mir noch merkwürdiger werden könnte, als es ohnehin schon ist. Ich habe mich geirrt. Es war eindeutig Luft nach oben.

Ich dusche lange und ausgiebig, putze mir gründlich die Zähne, kämme mir Strähne für Strähne die Haare und lasse mir bei jedem Handgriff wahnsinnig viel Zeit. Währenddessen hoffe ich, dass Ruben wie jede Nacht verschwunden ist, sobald ich das Badezimmer verlasse, um sich zu prügeln oder was immer er so treibt.

Und gleichzeitig befürchte ich, *dass* er verschwunden ist.

Doch zu meiner Überraschung ist er noch da und kritzelt gedankenversunken auf einem Blatt Papier herum.

»Was zeichnest du da?«, frage ich neugierig, als wäre nichts zwischen uns geschehen.

Als wäre nie etwas zwischen uns geschehen.

Als würde nie etwas zwischen uns geschehen.

Er schreckt auf und sieht mich müde an. »Nichts. Nur dilettantisches Geschmiere.«

»Darf ich es sehen?«

»Es ist nichts. Wirklich.« Er zerknüllt das Blatt und zielt auf den Mülleimer. Es landet daneben.

Ich hebe es auf und will es auseinanderfalten.

»Bitte … nicht!«, fleht er geradezu und springt auf. »Ich will nicht, dass du das siehst!«

Ich lasse das Stück Papier sinken und knülle es wieder zusammen. »Okay«, flüstere ich und schmeiße es kurzerhand weg.

»Ich kann mich noch gut an meine poetische Phase erinnern. Was ich damals geschrieben habe, durfte bis heute niemand lesen und wird auch niemals jemand zu lesen bekommen.« Zitternd vor Kälte schlüpfe ich unter die Bettdecke und gähne. »Gehst du heute noch mal weg?«, frage ich und wechsele das Thema.

»Weiß ich nicht. Nein, wahrscheinlich nicht.«

»Das ist schön«, sage ich und schließe beruhigt die Augen. »Wenn du willst, kannst du mit deinem geschundenen Körper bei mir im Bett schlafen. Rein freundschaftlich natürlich.«

»Rein freundschaftlich?«

Ich höre die Skepsis in seiner Stimme und öffne ein Auge. »Ja, einfach so. Ganz ohne Hintergedanken. Oder wir tauschen, und ich schlafe auf der Luftmatratze.«

»Das ist wirklich nicht nötig. Meinem Körper geht es ausgezeichnet«, sagt er und verschwindet im Badezimmer.

Ich muss schon eingeschlafen sein, als ich spüre, wie sich die Matratze leicht senkt. Ich rieche, dass er frisch geduscht ist, und könnte auf der Stelle alles, was ich vorhin gesagt habe, von wegen *rein freundschaftlich* und *ohne Hintergedanken,* über Bord werfen.

Totaler Blödsinn. Ich kann ihm ja so schon kaum widerstehen, wie soll ich das erst, wenn er neben mir im Bett liegt?

Vorsichtig legt er sich dicht neben mich, schiebt seine Hand unter meinem Kopfkissen hindurch und nimmt mich in den Arm. »Alles rein freundschaftlich, okay?«, flüstert er.

»Okay«, nuschle ich schläfrig und kuschele mich an seine Brust.

An Schlaf ist von diesem Moment an nicht mehr zu denken.

Dachte ich jedenfalls, denn als ich wieder aufwache, ist es taghell.

So tief und fest wie in Rubens Armen habe ich schon ewig nicht mehr geschlafen. Ich drehe mich zu ihm um und stelle fest, dass ich völlig allein bin. Dass er aufgestanden ist, habe ich nicht einmal mitbekommen. Es könnte vor zehn Minuten gewesen sein oder auch zehn Minuten, nachdem ich an seiner Brust eingeschlafen bin. Ich versuche, die Uhrzeit zu entziffern, und springe erschrocken auf. Es ist halb elf. So lange habe ich seit Jahren nicht mehr geschlafen.

In Rekordzeit putze ich mir die Zähne, ziehe mich an, stürme die Treppe ins *Soul Kitchen* hinauf und pralle beinahe mit Ruben zusammen. »Was tust du hier?«, frage ich ihn und deute auf den Besen in seiner Hand. »Warum hast du mich nicht geweckt?«

Er zuckt mit den Achseln. »Ich dachte mir, du solltest mal richtig ausschlafen.«

»Dachtest du dir?« Ich will ihm den Besen abnehmen, doch er rückt ihn nicht heraus.

Er klammert sich so daran fest, dass ich fast glaube, er könnte ohne ihn den Halt verlieren und nach vorn überkippen. Wie zwei komplett Schwachsinnige zerren wir daran herum, als wäre es kein handelsüblicher durchgeschrubbter Besen mit verfilzten, platten Borsten, sondern das Schwert Excalibur, das wir aus dem Stein befreit haben und das jeder von uns als rechtmäßiger Besitzer für sich beansprucht. Ruben drückt sich den Besenstiel fest gegen die Brust, und wir funkeln uns an wie zwei Todfeinde.

»Na, na, na … was soll denn dieser Kindergarten?«, fragt Henry und schlurft an uns vorbei. »Ich habe genug Arbeit für euch beide. Deswegen müsst ihr euch nicht streiten.«

Ich lasse los und komme mir total albern vor.

»Ha, gewonnen!«, triumphiert Ruben.

Ich rolle mit den Augen. »Es gibt keinen Gewinner, wenn nur ein Spieler auf dem Brett ist«, informiere ich ihn in sachlichem Ton. Eigentlich ist mir aber viel mehr danach, die Arme zu verschränken, mit dem Fuß aufzustampfen und ihm die Zunge rauszustrecken.

Doch als eindeutig Schlauere von uns beiden hole ich mir Wischmopp, Eimer und Gummihandschuhe und verschwinde dahin, wo ich hingehöre. Ins Männerklo. Halbherzig erledige ich die Arbeit im Schnelldurchlauf. Fühle mich getrieben von der Panik – und das meist zu Recht –, dass, wann immer mir Ruben irgendwo begegnet, er gleich wieder abtaucht und für den Rest des Tages verschwindet.

Kaum bin ich mit beiden Toiletten durch, will ich auch schon wieder zu ihm, doch ein Blick in den Spiegel mit dem großen Riss quer durch die Mitte hält mich davon ab. Kopfschüttelnd betrachte ich mein Spiegelbild. Dass Ruben sich bei meinem Anblick nicht kaputtgelacht hat, grenzt an ein Wunder. Vielleicht sieht er mich aber auch einfach nicht richtig an. Weil ich keine tätowierte, vollbusige Blondine mit gewissen Vorzügen bin, sondern nur ein Mädchen, das sich der Lächerlichkeit preisgibt. Dem das schlecht gefärbte Haar vom Kopf absteht, der Schlaf in den Augen klebt und das den übergroßen Pulli verkehrt herum und auf links gedreht trägt, während es um einen Besen kämpft.

Ich drehe den Pullover richtig herum, wasche mir gründlich das Gesicht und versuche, etwas Form in meine Frisur zu bekommen. Erst dann traue ich mich zurück in den Gastraum. Ruben ist überraschenderweise noch da und schließt gerade ein neues Bierfass an die Zapfanlage an. Ich setze mich an den Tresen und beobachte ihn. Er wirkt müde, ganz so, als hätte er im Gegensatz zu mir die ganze Nacht über kein Auge zugetan.

Sobald ich den Blick von ihm abwende, erkenne ich aus den

Augenwinkeln, dass er mich anstarrt. Doch sobald ich wieder zu ihm hinübersehe, wendet er den Kopf ab.

Ich gehe auf die andere Seite der Theke und greife an ihm vorbei nach einem Glas. Ich fülle es mit Leitungswasser, suche mir eine Zitrone, danach ein Messer und werfe eine Scheibe ins Wasser. Sobald mein Körper ihn berührt, versteift er sich spürbar.

Das bedeutet, ich nerve ihn entweder gerade zu Tode oder aber – und das wäre mir weitaus lieber – ich mache ihn genauso nervös wie sonst immer er mich. Möglichkeit Nummer drei, nämlich dass er sich wünscht, ich möge endlich verschwinden, ziehe ich erst gar nicht in Betracht.

Ich trinke einen großen Schluck von meinem Zitronenwasser und rücke ihm dabei nicht von der Pelle. Dabei merke ich, dass seine Handgriffe immer fahriger werden. Irgendwann lässt er einfach alles fallen und sieht mich an. Mit unschuldigen, großen Augen erwidere ich seinen Blick. Ich weiß nicht, wie lange wir dieses Spielchen noch treiben wollen. Ich weiß nur, dass ich so langsam Gefallen daran finde, denn ich spüre Ruben intensiver als jeden anderen Menschen zuvor. Und dieses Gefühl kurz vor einem Kuss ist vielleicht tausendmal besser als der Kuss selbst. Ihm so nahe zu sein und ihn dennoch kaum zu berühren, ist heftiger als alle Berührungen von Elias zusammen.

Es ist, wie permanent zu schweben.

Natürlich würde ich Ruben gern küssen. Wenn mir nicht kurz davor wieder irgendwer plump und ungefragt seine trockenen Lippen aufs Gesicht gepresst hat. *Gern*. Nichts als eine krasse Untertreibung. Aber vielleicht ist ein unerfüllter Wunsch manchmal viel schöner, als immer gleich alles zu bekommen, was man sich erträumt.

Ich habe keine Ahnung, was in Ruben vorgeht. Was ihn davon abhält, was ihn von *mir* abhält. Die Tatsache, dass ich in einem Stripclub arbeite, kann es jedenfalls nicht sein. Das hat er mir ausreichend und unnötigerweise bewiesen. Und komplett unattraktiv findet er mich anscheinend auch nicht, das haben mir seine Blicke oft genug bewiesen. Und dass er mich einfach nur verarscht, traue ich ihm nicht zu und verlasse mich lieber auf Henrys Worte: Ruben ist einer von den Guten.

Mit beiden Händen halte ich mich am Glas fest und zittere leicht. Nicht vor Kälte oder vor Angst. Vielmehr ist es mein unruhiges Herz, das dieses Zittern auslöst, sobald es von Ruben Aufmerksamkeit bekommt.

Seine scheuen und heimlichen Blicke sind einem herausfordernden, intensiven Ausdruck in den Augen gewichen. Er nimmt mir das Glas aus den Händen und stellt es beiseite. Er spielt *unser* Spiel. Und darin ist er wesentlich besser als ich.

Erst als mich ein Schwall eisiger Luft trifft, registriere ich, dass sich die Tür geöffnet hat und Henry mit zwei Flaschen Korn unterm Arm im Eingang steht. Wie vom Blitz getroffen, fahren Ruben und ich auseinander.

Verwundert sieht Henry zwischen uns beiden hin und her. »Okay«, sagt er und räuspert sich lautstark. »Ich gehe dann mal … irgendwohin und tue … irgendwas.«

# 38

## Juli

»Blödes Teil!«, verfluche ich völlig entnervt den Eiswürfelbereiter und schöpfe zum wiederholten Mal das Wasser mit einer Kelle ab.

Immer wenn ich sie gerade am dringendsten brauche, spuckt dieses Ding statt Eiswürfeln nur Wasser aus. Meine Hände sind knallrot von der Kälte, und die Ärmel meines Kleides tropfen. Missmutig knalle ich die Luke zu und hoffe inständig, dass das Gerät in den nächsten Minuten seine Starallüren ablegt und wieder seiner Bestimmung nachgeht. Ich klemme mir die Haare hinters Ohr, lächele den Gast, der einen Cuba Libre bestellt hat, entschuldigend an und bitte ihn, sich noch kurz zu gedulden.

Heute ist irgendwie nicht mein Tag, und ich weiß auch genau, warum das so ist. Doch selbst wenn man mir eine Pistole auf die Brust setzte oder ich mit dem Kopf voran über einem Abgrund baumeln würde, gäbe ich um keinen Preis zu, dass der Grund dafür Ruben ist, der die ganze letzte Nacht nicht aufgetaucht ist. Mal wieder.

Während ich ein paar Zitronen und Limetten für die nächsten Drinks vorbereite, sehe ich mich verstohlen um. Seit einem knappen Monat lebe ich jetzt in Berlin, aber heute kann ich mir partout nicht erklären, wieso ich ausgerechnet hier landen konnte. Wie das alles passieren konnte. Dass ich jetzt hier stehe und der Typ in diesen furchtbaren Camp-David-Klamotten jeden Abend ein Stück näher auf mich zurückt, während er auf seinen Cuba Libre wartet.

Bei seinem ersten Besuch saß er noch dicht vor der Bühne. Beim nächsten Mal schon etwas weiter hinten an einem der kleinen Tische, während er abwechselnd das Geschehen an der Poledancestange und mich beobachtete. Den Tag darauf siedelte er komplett zur Bar über, und nun kommt er mir von Barhocker zu Barhocker langsam, aber sicher und unaufhaltsam immer näher. Ob er weiß, dass ich hier nicht zu den *Attraktionen* gehöre? Er scheint jedenfalls zum erlesenen Kreis der *Stammkunden* zu gehören, denn vorhin habe ich mitbekommen, dass sich Lucas und er angeregt miteinander unterhalten haben.

Was mich wieder zu der Überlegung zwingt, wie um alles in der Welt ich in diesem Schuppen landen konnte.

Ich hätte Tagebuch führen sollen, um im Nachhinein die letzten vier Wochen zu analysieren und herauszufinden, wann ich falsch abgebogen bin. Aber ich hab es vergessen. In Lehrte. Wie so viel anderes. Aus Lehrte. Ich bete, dass meine Mutter es nicht gefunden hat. Wenn doch, besitzt sie hoffentlich so viel Anstand, es nicht zu lesen. Nein, darauf brauche ich wohl nicht zu hoffen. Wenn sie es findet, liest sie es ganz sicher. Bei der Vorstellung, wie sie auf meinem Bett sitzt und meine zu Papier gebrachten Gedanken und Gefühle im Licht meiner kleinen Nachttischlampe liest, bekomme ich heiße Ohren. Darüber darf ich gar nicht weiter nachdenken und konzentriere mich wieder auf die Stimmung im *Red Mill.*

Sie ist nicht mehr ganz so herzlich wie in den Nächten zuvor.

Ein Blick zu Lucas hinüber genügt, um zu wissen, dass er meine Abweisung noch nicht verdaut hat und es anscheinend nicht gewöhnt ist, abgelehnt zu werden. Er ignoriert mich schon den ganzen Abend, und wenn er mit mir spricht, dann nur über Organisatorisches, und das auch nur in stark unterkühltem Ton.

Er wäre heute definitiv die weitaus fähigere Eismaschine.

Zudem könnte ich schwören, dass sich Angel gerade in genau dem Kleid lasziv auf dem Boden rekelt, welches Lucas vorgestern noch mir geschenkt hat. Vielleicht gab es das aber auch irgendwo im Sonderangebot. Kauf zwei, zahl eins!

Tatjana betritt die Tanzfläche, als wäre sie Angels ebenso verruchter Zwilling. Die gleiche blonde Perücke, das gleiche Kleid. Sieht ganz so aus, als hätte es drei zum Preis von einem gegeben.

Ich schüttele den Kopf und klopfe mir innerlich dafür auf die Schulter, dass ich nicht verzweifelt genug war, es von ihm anzunehmen. Und wenn ich vorher gewusst hätte, dass er sich jetzt mir gegenüber wie ein beleidigter Teenager aufführt, hätte ich es ihm eigentlich sofort um die Ohren schleudern sollen. Was denkt er sich? Dass er jedem Mädchen schon beim ersten Date unaufgefordert die Zunge in den Hals stecken darf? Das dürfte bei mir im Moment nur einer. Und der tut es nicht. Aber bin ich deswegen beleidigt?

Okay … vielleicht ein bisschen.

Einem jungen Mann im Rollstuhl, der hier irgendwie deplatziert wirkt, serviere ich das bestellte Wasser an den Tisch. Er bedankt sich freundlich und widmet sich gleich darauf wieder dem Buch, das aufgeschlagen in seinem Schoß liegt. Mit einem kurzen Bleistiftstummel schreibt er sich Notizen an den Rand, und unzählige bunte Klebestreifen markieren die verschiedenen Seiten. Merkwürdiger Ort, um zu lernen, aber jeder hat da wohl seine eigene Herangehensweise. Ich für meinen Teil finde es hier furchtbar laut und stopfe mir, sobald ich wieder hinter dem Tresen stehe, meinen nigelnagelneuen Gehörschutz, der eigentlich für Festivals und Konzerte konzipiert wurde, in die Ohren. Dann genieße ich die gedämpfte Ruhe in meinem Kopf.

Irgendwann im Vorbeigehen bestellt sich Candy eine Sprite und sitzt im nächsten Moment auf dem Schoß des Typen im Rollstuhl, mit dem Hintern auf dessen Buch, und spielt mit seinem Ohrläppchen. Aus irgendeinem Grund – vielleicht weil er hier genauso wenig reinpasst wie ich –, hätte ich erwartet, dass er sich gestört fühlt, doch er lehnt sich entspannt zurück und gibt sich mit einem seligen Lächeln ihren Liebkosungen hin.

Ich vertröste den Kerl an der Bar, der aufgrund des streikenden Eiswürfelbereiters immer noch keinen Cuba Libre hat, mit einem Bier auf Kosten des Hauses und bringe Candy die Sprite.

»Setz dich doch zu uns!«, sagt sie und verweist auf den leeren Stuhl neben sich.

»Äh … lieber nicht. Ich will dich nicht bei der *Arbeit* stören.«

»Tust du nicht. Ich habe gerade Pause. Das ist Chrissi. Mein Freund«, klärt sie mich auf, ohne großartig Zeit zu verlieren.

»Oh. Dein Freund?«, antworte ich überrascht und nehme Platz.

»Christian«, sagt er und reicht mir lächelnd die Hand. »Was schockiert dich mehr? Dass Candy einen Freund hat oder dass sie einen Freund im Rollstuhl hat?«

Beide sehen mich erwartungsvoll an.

»Weder noch«, reagiere ich prompt. »Abgesehen davon, dass Candy tatsächlich Candy heißt, kann mich wenig schocken. Ich fand es nur im ersten Moment ziemlich ungewöhnlich, dass du hier vorbeikommst, um sie zu *besuchen*.«

»Ach«, winkt er ab. »Ich bin von Natur aus nicht sonderlich

eifersüchtig und besitzergreifend. Und es hat ja auch seine Vorteile.« Er sieht Candy in die Augen und streichelt ihr den nackten Oberschenkel. »Zum einen treffe ich meine Freundin so öfter, und zum anderen sehe ich sie dann auch mal in etwas Heißerem als in ihrer ausgeleierten Jogginghose oder in ihrem Pikachu-Onesie.«

Candy kneift ihm entrüstet in die linke Brustwarze, aber selbst das scheint er eher zu genießen und schenkt ihr ein unschuldiges Küsschen auf die Nasenspitze.

»Habt ihr euch im *Red Mill* kennengelernt?«, frage ich die beiden.

Christian schüttelt den Kopf. »Nein, bevor wir uns kannten, habe ich hier noch nie einen Fuß hineingesetzt … abgesehen davon, dass ich das auch gar nicht kann.« Er grinst verschmitzt.

»Wir haben uns im Internet kennengelernt«, klärt sie mich auf. »Er schrieb mir, dass er nichts mehr liebt als lange Strandspaziergänge, und damit hatte er mich.«

»Wieso bekommst eigentlich ausgerechnet du den einzigen Kerl mit Humor ab?«, fragt Sandy vorwurfsvoll und gesellt sich zu uns. »Hast du zufällig noch einen blinden Bruder, der sich meiner erbarmt?«

»Wieso denn ausgerechnet blind?«, will ich wissen.

»Weil weniger Männer, als man denkt, auf komplett tätowierte Frauen wie mich stehen. Ich glaube, die haben alle Angst vor mir.«

»Blind reicht bei dir nicht«, meldet sich Christian zu Wort. »Er müsste zudem auch noch taub sein.«

»Heyyyy!« Sandy haut ihm mit der flachen Hand gegen das Schienbein.

»Autsch«, zischt er und lacht wieder.

Sandy verdreht nur die Augen. »Eigentlich wird Sex ja auch völlig überbewertet«, stellt sie nüchtern fest.

Diese Aussage überrascht mich, vor allem, wenn ich bedenke, in welchem Etablissement wir uns gerade befinden und dass es ihr wohl kaum an Angeboten mangeln dürfte.

Sie streicht sich über die Libelle, die mit ausgebreiteten Flügeln ihren Hals ziert. »Tätowiert zu werden, finde ich mittlerweile intimer als jeden Blowjob.«

*Na super, und beides machst du mit Ruben.*

Ich verspüre ein leichtes Stechen in der Brust, das ich nicht fühlen will. Ich möchte es sofort vertreiben, denn ich mag Sandy, und zudem geht es mich überhaupt nichts an, welche Deals die beiden miteinander ausgehandelt haben. Damit sollte ich so langsam klarkommen, auch wenn es mir immer noch schwerfällt.

»Es gibt ja auch noch viele andere Möglichkeiten, miteinander intim zu sein«, sagt Candy.

»Ja, genau«, stimmt Christian ihr zu. »Not macht erfinderisch.« Liebevoll streicht er ihr die Haare hinters Ohr. »Aber wehe, du verrätst, wie akrobatisch meine Zunge ist und welche *Fingerfertigkeiten* ich sonst noch so besitze.«

»Zu spät«, informiert ihn Sandy. »Das wissen wir schon längst. Bis ins kleinste Detail.«

Candy und Christian sehen sich tief in die Augen.

»Das wird mir jetzt doch zu intim«, stöhnt Sandy. »Kommst du?«

Ich nicke nur und weiß, dass jedes weitere Wort überflüssig ist. Die beiden würden es sowieso nicht hören.

»Immer wenn ich die zwei Turteltauben zusammen sehe, wünsche ich mir auch so eine Beziehung«, gibt sie seufzend zu. »Aber im Großen und Ganzen bin ich mir eigentlich selbst genug.«

»Darf ich dir eine indiskrete Frage stellen?«

»Indiskrete Frage? Hier? Findest du das nicht ein bisschen unangemessen?« Sie zieht missbilligend eine perfekt geschminkte Augenbraue nach oben und lächelt. »Schieß los!«

»Wie denkt eigentlich deine Familie über deinen Job?«

»Familie? Du meinst die Menschen, die man sich im Leben leider nicht aussuchen kann?«

Ich nicke. »Genau die.«

»Na ja.« Sie hebt die Schultern. »Wenn ich behaupte, mich interessiert nicht, was sie von mir halten, wäre das eine Lüge. Ich weiß, dass sie meine Berufswahl nicht gutheißen. Aber das ist mein Leben. Vielleicht nicht jenes, das sich meine Eltern für mich gewünscht haben. Aber es *ist* ein Leben.« Sandy sieht an mir vorbei und verzieht das Gesicht. »Oh-oh, Lucas kommt wohl gleich zu uns und erinnert uns daran, wofür wir hier eigentlich bezahlt werden. Ich vermute mal, euer Essen ist nicht sonderlich gut gelaufen.«

Ich folge ihrem Blick und muss mich kurz schütteln. »Das vermutest du richtig.«

»Sogar ohne Papa Bärs Getratsche weiß hier jeder, dass er was mit dir anfangen will.«

»Aha. Aber ich nicht mit ihm. Oder zählt nicht, was ich will?«

»Keine Panik. Heulende Wölfe reißen nicht … oder so ähnlich.« Mitfühlend drückt sie meine Schulter, schenkt mir ein ermutigendes Lächeln und lässt mich wieder mit dem Camp-David-Typen allein.

Glücklicherweise entscheidet sich die Eismaschine genau in diesem Moment, meine Arbeit nicht länger zu boykottieren, und würfelt das Wasser in mundgerechte Stücke.

»Du bist neu hier, oder?«

Ich habe schon die ganze Zeit befürchtet, dass der Kerl mir früher oder später ein Gespräch aufzwingt, und offensichtlich ist es genau jetzt so weit.

»Ja.« Ohne ihn anzusehen, konzentriere ich mich auf den Drink und gieße weißen Rum über die Eiswürfel.

»Hab ich sofort erkannt, obwohl ich seit Längerem nicht mehr herkommen konnte.« Er seufzt und starrt in sein leeres Bierglas, als könne er daraus die Zukunft ablesen.

Ich gieße Cola und Limettensaft zu den anderen Zutaten.

»Ich bin ein guter Kumpel vom Wolf … saß aber bis letzte Woche im Knast.«

»Wie nett von Ihnen, dass Sie Ihren Freund danach gleich besuchen.« Ich reiche ihm endlich den bestellten Drink. »Und das auch noch jede Nacht.«

»Du hast Humor, Mädchen. Das gefällt mir. Was hältst du davon, mich zu duzen … Das klingt doch gleich viel persönlicher.«

Davon halte ich gar nichts, und ich habe nicht die geringste Lust, ihm zu gefallen. Also gehe ich lieber wieder auf Abstand und spüle ausgiebig die Gläser.

Zweimal.

Der Typ schnappt sich sein Glas, wechselt erneut den Barhocker und nimmt mir gegenüber Platz. »Schenk mal noch einen Schuss Rum nach!«, fordert er mich auf. »Da ist zu wenig drin.«

»Woher wollen Sie das wissen? Sie haben ihn doch noch gar nicht probiert.«

»Das rieche ich.«

Ich weigere mich und verschränke die Arme vor der Brust. Es gibt Menschen, da läuft es mir eiskalt über den Rücken. Und das Exemplar vor mir ist genauso ein Typ. Jedem anderen hätte ich nachgeschenkt, ohne mit der Wimper zu zucken, und hätte bestimmt auch ein freundliches Gespräch mit ihm geführt, aber der … Es schüttelt mich.

»Nun stell dich nicht so an, Kleines!«

»Nein«, sage ich unnachgiebig. »Wenn Ihnen der Rum nicht reicht, können Sie gern einen weiteren bestellen.«

Er beugt sich über den Tresen und will tatsächlich nach der Flasche greifen, doch ich komme ihm zuvor.

»Gibt's hier irgendwelche Probleme?« Als ich Papa Bärs tiefe Donnerstimme höre, atme ich augenblicklich auf.

»Ja«, antwortet der Kerl und dreht sich lässig zu unserem Türsteher um. »In der Rum-Cola ist zu wenig Rum.«

»Zeig mal her!«, sagt Papa Bär. Er ergreift das Glas und kostet kurzerhand davon. »Nein, ich finde, es schmeckt, wie Cuba Libre schmecken muss. Aber ich bin, was das betrifft, wirklich kein Experte. Babsie!«, brüllt er durch den Laden. »Komm mal kurz herüber!«

Gleich darauf stöckelt Babsie zu uns an die Bar und drückt ihre Zigarettenkippe in einem kleinen Taschenaschenbecher aus. »Was ist denn nun schon wieder?«, fragt sie genervt.

»Koste mal! Der Gast behauptet, da sei nicht genug Rum drin. Ich finde, der Drink ist perfekt, aber was weiß ich schon …« Er streckt die Hände weit von sich.

Babsie schnuppert am Glas wie eine Sommelière, dann nimmt sie einen großen Schluck und spült ihn im Mund hin und her. Ich muss mich schwer zusammenreißen, um die Contenance zu wahren, und gebe mir größte Mühe, bei diesem Schauspiel nicht laut loszulachen. »Ausgezeichnete Zusammensetzung«, würdigt sie mit Kennermiene meine Barkeeperqualitäten.

Papa Bär probiert einen weiteren kräftigen Schluck. »Sag ich doch.« Zwinkernd reicht er mir das Glas. »Oder was meinst du?«

»Fünf Zentiliter Rum. Ich habe mich genau ans Rezept gehalten«, antworte ich und beteilige mich an der Verkostung.

Der Typ bekommt einen hochroten Kopf, und wäre das hier ein Comic, schösse ihm jetzt der Dampf aus den Ohren.

Um auch wirklich ganz sicherzugehen, überprüft Babsie die Qualität des Drinks ein letztes Mal und reicht dem Typen das Glas zurück. Darin befinden sich nun nicht mehr als ein paar Eiswürfel und eine Limettenspalte als Garnitur. »Nein, guter Mann, also das ist wirklich ein ganz köstlicher Cuba Libre. Den sollten Sie unbedingt probieren.«

Der Kerl setzt sein Basecap ab, fährt sich durchs Haar und setzt es wieder auf. Er nickt abwägend und checkt mich währenddessen von oben bis unten ab. »Wolfs Sohn meint, du gehörst wie alle anderen Mädchen zum Inventar, und dein Preis im *Private Room* ist verhandelbar, weil du noch sehr unerfahren bist.« Er schnalzt mit der Zunge, und ein fieses Grinsen breitet sich auf seinem Gesicht aus. »Ich verwette deinen hübschen Arsch darauf, dass ich dich nach dieser Aktion noch sehr viel billiger bekomme.«

# 39

## Juli

Während es mir nach dieser Ansage komplett die Sprache verschlägt, lässt Papa Bär Taten anstelle von Worten sprechen. Mit beiden Händen packt er den Kerl grob am Kragen und zerrt ihn vom Barhocker.

»Hände weg, du Bekloppter!«, verlangt der Typ völlig perplex, doch sein Anliegen bleibt ungehört.

Papa Bär schleift ihn durch den ganzen Laden hinter sich her in Richtung Ausgang. »Hier gibt es überhaupt nichts billig und schon gar nicht den Arsch unserer Bardame! Verstanden?! Du verlässt auf der Stelle den Laden, sonst kommt dich dein Besuch richtig teuer zu stehen.«

Ich folge ihnen, entsetzt über die Richtung, die diese Nacht so plötzlich genommen hat, und stelle die Stühle, die den beiden auf dem Weg nach draußen im Weg stehen, wieder ordentlich hin.

Kurz vor dem Ausgang hält Lucas Papa Bär auf. »Was geht hier vor?«, will er wissen und versperrt ihm den Weg.

»Euer *Kumpel* legt nicht den nötigen Respekt an den Tag, um weiterhin unser Gast zu sein.«

»Sag deinem Teddybären, er soll mich gefälligst loslassen!«, ächzt der Kerl unter Papa Bärs Griff. »Der spinnt ja völlig.«

»Vor der Tür lasse ich dich los«, setzt der sonst so sanfte Riese ihn in Kenntnis und klammert sich mit seiner großen Pranke weiterhin fest wie eine Schraubzwinge um dessen Genick. »Ich konnte dich sowieso noch nie leiden.«

»Nein!« Rocco bahnt sich einen Weg zu uns und wirkt richtig sauer. »Du lässt ihn los! Sofort!«, befiehlt er in harschem Ton.

»Wolf, alter Freund.« Der Kerl reißt sich von Papa Bär los, und Rocco und er begrüßen sich per Handschlag. »Ich glaube, dein Hampelmann überschätzt gewaltig seine Kompetenzen.«

Skeptisch mustert Rocco den Türsteher seines Vertrauens. »Für gewöhnlich tut er das nicht. Und jetzt will ich eine Erklärung, was hier los ist, und zwar dalli!«

»Also, ich wollte lediglich einen kleinen Rabatt für die Frechheiten dieses kleinen Luders heraushandeln«, antwortet der Camp-David-Typ, als könne er kein Wässerchen trüben, und zwinkert mir zu.

»Bei uns gibt es keinen Rabatt ... Das solltest du eigentlich besser wissen«, erklärt Rocco kalt und gibt dem Kerl damit zu verstehen, dass für ihn Freundschaft und Geschäft zwei verschiedene Paar Schuhe sind.

»Dann empfehle ich dir, dich zukünftig vorher mit deinem Sohn darüber abzustimmen.« Ungehalten rückt der ungebetene Gast seine Klamotten zurecht und zieht seine Bomberjacke über. »Bei euch reicht es mir jedenfalls für heute. Lieber lasse ich mein Geld in einer Bar, in der keine unerfahrenen Dinger arbeiten.« Wütend verlässt er das *Red Mill* und knallt die Tür hinter sich zu.

Rocco wendet sich an Lucas. »Was hat er damit gemeint?«, will er von ihm wissen.

Lucas schiebt die Hände in die Hosentaschen und sieht seinem Vater unverwandt in die Augen. »Ich habe keine Ahnung. Wirklich.«

»Ich glaube dir kein Wort«, mische ich mich ein. »Hast du ihm gesagt, dass er mich im *Private Room* haben kann? Ja oder nein?«

Er mustert mich eine Weile von oben herab. Seine Lippen sind fest aufeinandergepresst und ganz blass. Verächtlich schnaubt er durch die Nase. »Warum auch solltest du bei uns eine Sonderbehandlung erhalten?«

»Du jämmerliches kleines Frettchen!«, zische ich ihn an und wünsche mir, ich könnte ihn mit meinem Blick durchbohren.

Schmerzhaft, bis ihm die Augen bluten.

Ich halte es nicht länger in seiner Gegenwart aus und muss hier sofort raus. Will nur noch an die frische Luft, und das am besten, bevor sich bei mir alle Schleusen öffnen und ich vor der versammelten Belegschaft losheule.

Ich stürme zur Tür hinaus, will durchatmen, doch kaum bin ich draußen, werde ich grob am Handgelenk gepackt und zurückgezerrt.

»Deine Schicht ist längst noch nicht beendet!«, schnauzt Lucas mich an.

Erschrocken sehe ich zu ihm auf und bin fassungslos. Sein Gesicht eine verzerrte Fratze. Der Körper pumpt. Dass er ein Musterknabe mit besten Absichten ist, habe ich ihm nie abgenommen. Aber niemals hätte ich geglaubt, dass er sich zu einem so widerlichen Despoten aufspielt.

»Nimm die Finger von ihr!«, brüllt Ruben von der anderen Straßenseite und überquert zwischen den Autos hindurch in einem Mordstempo die Fahrbahn.

Ich kann kaum hinsehen, habe Angst, dass er sich meinetwegen noch überfahren lässt.

»Halt dich da raus, du Spinner!«, warnt ihn Lucas.

Ich will mich von Lucas losreißen, doch er ist zu stark und zerrt mich wieder ins Innere des Clubs. Ruben folgt uns und ist durch die Tür, bevor sie hinter uns zuschlägt. Er drängt sich zwischen Lucas und mich, sodass ich endlich mein schmerzendes Handgelenk aus dessen Griff befreien kann.

Ein Gefühl, als hätte er es ausgewrungen wie einen nassen Lappen.

Kaum stehe ich nicht mehr zwischen ihnen, beginnen die beiden, miteinander herumzurangeln wie in einem schlechten Film. »Hört auf damit!«, rufe ich. Doch niemand hört mir zu, und ich begebe mich lieber in Deckung, bevor ich noch einen Ellbogen ins Auge bekomme.

Lucas schlägt wie wild um sich und will Ruben einen Fausthieb verpassen, doch der weicht rechtzeitig aus, packt ihn und schleudert ihn mit aller Kraft von sich weg. Lucas taumelt rückwärts und kracht ungebremst zwischen einen Tisch und zwei Stühle. Mit einem dumpfen Geräusch geht er zu Boden.

Ruben stellt sich vor ihn und sieht zu ihm hinab. »Weißt du, was so langweilig an Typen wie dir ist?«, fragt er ihn. »Ihr seid einfach zu durchschaubar. Ich wusste sofort, dass du nur Scheiße im Kopf hast und Juli nie hier hätte anfangen dürfen.«

Fassungslos blicke ich mich um und habe Angst, dass Ruben gleich richtig Ärger bekommt. Doch allem Anschein nach denken Rocco und Papa Bär gar nicht ans Eingreifen und beobachten seelenruhig das wilde Spektakel. Als wäre nichts geschehen, geht die Show auf der Bühne indes weiter. Candy sitzt mit offenem Mund immer noch auf Christians Schoß und kann wahrscheinlich auch nicht glauben, was hier gerade abgeht. Mit zufriedener Miene zündet sich Babsie eine Zigarette an, als hätte sie gerade den Sex ihres Lebens erlebt. Sandy steht mit verschränkten Armen neben ihr. »Na super«, grummelt sie mürrisch. »Nun arbeite ich schon so lange hier, aber um mich haben sich die Männer noch nie geprügelt.«

Leicht außer Atem wendet sich Ruben an mich. »Kommst du?«

»Wohin?«, frage ich verwirrt.

Ich befürchte, ich stehe unter Schock.

»Nach Hause natürlich.«

»Du verpisst dich!« Lucas rappelt sich vom Boden auf und sieht aus, als hätte er immer noch nicht genug. »Aber sie bleibt hier!«

Verständnislos schüttelt Ruben den Kopf. »*Sie* trifft ihre eigenen Entscheidungen.«

»Nicht, solange sie für mich arbeitet. So lange ist sie mein Mädchen.«

Endlich greift Rocco ein und stellt sich zwischen Ruben und Lucas, bevor die beiden in die zweite Runde gehen. Beruhigend legt er seinem Sohn beide Hände auf die Schultern. »Ich glaube, es reicht für heute«, erklärt er bestimmt. »Und sie ist nicht *dein* Mädchen. Sie ist *sein* Mädchen.«

Hektisch schnappe ich mir meinen Mantel und werfe Vater und Sohn einen vernichtenden Blick zu. »Ich bin *niemandes* Mädchen«, presse ich wütend hervor und verlasse endgültig das *Red Mill.*

Selbst wenn ich Lucas erst in tausend Jahren wiedersehen müsste, wäre das immer noch zu früh.

So schnell ich kann, laufe ich die Treppe zur Wohnung hinunter und suche währenddessen panisch nach den Schlüsseln.

»Juli! Warte!« Ruben rennt mir hinterher, springt in einem Satz über das Geländer und berührt mich sanft an der Schulter.

Ich drehe mich zu ihm um und falle ihm schluchzend in die Arme. Ohne Zögern erwidert er meine Umarmung.

Heftig … als wolle er mich für immer festhalten.

Ich presse mich an seine Brust, will für immer von ihm gehalten und niemals mehr losgelassen werden.

Hier in dieser dunklen Ecke, in Rubens Armen, lässt sich alles besser ertragen. Dass ich immer noch ein Leben führe, das ich so nicht gewählt habe. Dass ich es trotz des großen Abstands zu meiner Familie einfach nicht auf die Reihe kriege, es nach meinen Wünschen und Vorstellungen zu gestalten, obwohl ein Tag nach dem anderen unaufhaltsam ins Land zieht. Dass ich mich jedes Mal in den Absichten der Menschen täusche und dann meistens auf die harte Tour eines Besseren belehrt werde.

Dass ich irgendwann irgendwie die Verbindung zu mir selbst verloren habe.

Nur bei Ruben lässt sich das ertragen.

Ich spüre sein Herz an meiner Brust schlagen und schmiege mich noch fester an ihn. Möchte mit seinem Körper verschmelzen, der so viel Wärme abstrahlt, dass ich die Winterkälte kaum noch spüre. Mein Herz galoppiert. Oder ist es seins? Ich kann es nicht auseinanderhalten.

Ruben drückt mich gegen die Wand und betrachtet mich. In seinen Augen liegt etwas Wildes, das ich vorher so noch nie bei ihm gesehen habe. Bisher waren seine Blicke herausfordernd oder prüfend, doch im Moment wirkt er so, als hätte er eine Entscheidung getroffen, von der es kein Zurück mehr gibt.

Von der er genau weiß, dass es die falsche Entscheidung ist.

»Worüber denkst du nach?«, flüstere ich in die Stille hinein.

Er schließt die Augen und lehnt den Kopf gegen meine Stirn. »Ich wäge ab, ob es richtig ist … dich zu küssen.«

»Was soll daran falsch sein?«

»Wir werden sehen«, haucht er gegen meinen Mund.

Ganz langsam, wie in Zeitlupe, nähert er sich mir, bis sich unsere Lippen zaghaft berühren. Kaum spürbar, und doch habe ich noch nie mehr gefühlt. Alle Geräusche dieser sonst so lauten Stadt verebben im Hintergrund. Ich schließe die Augen und genieße diesen Moment mit all meinen restlichen Sinnen, inhaliere Rubens Geruch nach kalter Winterluft, schmecke seine Lippen, höre ihn schnell und flach atmen. Mit den Händen krieche ich unter seine Jacke, unter sein T-Shirt und spüre seine warme Haut unter meinen Fingern. Sie fühlt sich an, als glühe sie.

»Ich würde das hier gern auf ewig hinauszögern …«, raunt er.

*Ja, jaaa, JAAA … ich auch,* denke ich. *Ich will das leichte Kratzen deiner Wangen spüren, das Kitzeln deiner Haare auf meiner Stirn, das Kribbeln deiner Lippen auf meinem Mund, das sich rasend schnell in meinem Körper ausbreitet. Ich will es seit dem Moment, als ich dich zum ersten Mal sah. Und ich weiß jetzt schon, dass dieser Fast-Kuss doch so viel besser ist als ein Nicht-Kuss von dir. Und wenn das schon so atemberaubend und magisch ist, wie fühlt es sich erst an, wenn du mich richtig küsst?* »Aber …?«, frage ich stattdessen und kann nicht verhindern, dass ich dabei stöhne und gleichzeitig bei der Wahrnehmung des fremden Geräuschs erschrecke.

Das klingt nicht nach mir. Ich klinge nicht wie *ich*. Ich fühle mich nicht wie *ich*, und doch bin ich mehr *ich* als jemals zuvor. Und das liegt nur an ihm.

»Aber …« Sein Kehlkopf hüpft, und ich muss schlucken. »Ich halte es nicht länger aus.«

Der Winterwind fegt um die Ecken und vereint sich mit unseren tief verborgenen Wünschen und Bedürfnissen zu einem Sturm. Sämtliche Zurückhaltung verschwindet. Seine Hand wandert an meinen Hals, und unsere Lippen prallen aufeinander.

Wie konnte ich nur eine Sekunde lang annehmen, dass der Moment *vor* einem Kuss besser sei als der Kuss selbst?

Als *dieser* Kuss?

Ich war so ahnungslos.

Hätte ich es vorher gewusst, hätte ich ihn schon längst von ihm eingefordert. Ich kann nicht sagen, wer von uns beiden ungeduldiger ist, und das nach all den Wochen, in denen wir umeinander herumgetänzelt sind, uns angezogen und wieder abgestoßen haben. Ich weiß nur, ich will alles, und zwar auf einmal. Und ich bekomme es. Spüre seine Lippen … hart und nicht sanft, seine Zunge … fordernd, nicht forschend, und seine Zähne …

Meine Güte. Dieser Kuss macht alle Küsse zunichte, die ich jemals bekam. Dieser Kuss versaut mich für jeden, der noch kommen mag, und eigentlich sollte ich Ruben dafür verfluchen. Doch in diesem Moment will ich nur, dass er mich genauso intensiv spürt wie ich ihn. Will mich ihm vollkommen offenbaren. Mit jeder Berührung.

Ohne den Kuss zu unterbrechen, schiebt er mich zur Tür.

»Schließ auf!«, verlange ich atemlos.

Er grinst gegen meine Lippen und drückt einfach die Klinke nach unten. Die Tür war die ganze Zeit offen. Wir poltern durch den Lagerraum, stoßen gegen Weinkartons und Getränkekisten, während Ruben mir den Mantel von den Schultern schiebt und ihn irgendwo fallen lässt.

Noch bevor wir durch die Wohnungstür hindurch sind, streife ich ihm seine Jacke ab und fahre mit den Fingern ganz langsam an seinen Unterarmen entlang. Das will ich schon machen, seit ich ihn beim Klettern gesehen habe. Und ganz ehrlich, es ist noch viel besser, als ich es mir vorgestellt habe.

Er presst mich gegen die Tür, sodass sie ins Schloss fällt, umklammert mit den Fingern meine Handgelenke und hindert mich daran, weiter an seinen Armen entlangzuwandern. Er verschränkt unsere Finger miteinander und stützt sie neben meinem Kopf an der Tür ab. Während ich vorletzte Nacht einfach hätte zur Seite ausweichen können, bin ich jetzt gleichsam an der Tür festgenagelt.

Herausfordernd sehe ich ihm in die Augen. »Ich habe nicht vor zu flüchten.«

»Sicher?« Er beißt sich auf die Unterlippe und betrachtet mich mit hungrigem Blick.

Ich kann nur noch nicken, denn ich bin eindeutig noch hungriger. Gierig beiße ich in genau dieselbe Stelle und entlocke ihm ein leichtes Stöhnen.

Er lässt meine Hände los, hebt mich ruckartig hoch und setzt mich auf der Arbeitsplatte ab. »Habe ich dir schon gesagt, dass das ein sehr schönes Kleid ist?«, fragt er mich und drängt sich zwischen meine Beine. Ohne es dabei auch nur eines Blickes zu würdigen, schiebt er das Kleid langsam und genüsslich am Saum so weit hoch, bis es meine Oberschenkel kaum noch bedeckt.

Jede Wette, er könnte nicht einmal die Farbe beschreiben.

»Behalt es ruhig. Ich habe nicht vor, es jemals wieder anzuziehen.«

»Wenn das so ist …« Ruben öffnet den ersten Knopf, hält kurz inne, um meine Reaktion abzuwarten, und widmet sich dann dem nächsten.

Ich sehe ihm zu, wie er einen Knopf nach dem anderen öffnet, und fühle mich wie eine Voyeurin, obwohl ich doch selbst eine der Hauptrollen in diesem Film spiele.

Als er beim Gürtel ankommt, hält er inne, schiebt mir den leichten Stoff sanft über die Schultern und vergräbt das Gesicht in meinem Nacken. Seine Hände wandern an meinen Schenkeln herauf. Sofort bekomme ich Gänsehaut, spüre, wie sich jedes einzelne Härchen aufstellt, und werfe den Kopf zur Seite. Ich kann mich nicht erinnern, mich jemals so fallen gelassen zu haben. Ich kann mich nicht erinnern, es jemals so sehr gewollt zu haben, sämtliche Kontrolle über meinen Körper in andere Hände zu geben. In Rubens Hände.

»Wenn du willst, höre ich sofort auf.«

»Niemals«, stöhne ich und möchte mir am liebsten die Hände vor den Mund schlagen, um nicht weiter solche Geräusche von mir zu geben.

Plötzlich weicht er einen Schritt zurück. Mir wird von dem fehlenden Körperkontakt augenblicklich kalt, und obwohl ich sogar noch meine Stiefel trage, fühle ich mich nackt. Nervös rauft er sich die Haare.

»Was ist?«, frage ich völlig verunsichert.

Er geht wieder auf mich zu und tritt dann wieder zurück. Unschlüssig, als wisse er nicht, wie es von diesem Punkt aus weitergeht. »Mir kam gerade so ein Gedanke«, murmelt er und schüttelt den Kopf.

»Welcher?«

Abermals rauft er sich die Haare. »Ich will nicht … dass du in *das* hier mehr hineininterpretierst, als es eigentlich ist.«

»Wie meinst du das?«

Er drängt sich wieder zwischen meine Schenkel und sieht mir tief in die Augen. »Das mit uns …«

»Ich bin nicht verliebt in dich, falls du das denkst«, sage ich schnell.

Möglicherweise zu schnell.

Er mustert mich skeptisch, als müsse er meine Worte auf deren Wahrheitsgehalt überprüfen, dabei habe ich das doch schon längst mit mir selbst ausgemacht. Dies ist keine Lovestory. Nur der Körper … nicht das Herz.

»Wirklich. Ich liebe dich nicht.«

Er küsst mich stürmisch, und das wundervolle Kribbeln in meinem Körper kehrt auf der Stelle zurück.

»Etwas Schöneres hättest du mir nicht sagen können«, haucht er gegen meine Lippen, und ich spüre sein Lächeln.

»Ist es okay, wenn ich dir sage, dass ich dich aber vom ersten Tag an wahnsinnig heiß fand?«, frage ich und schlinge ihm die Beine um die Hüften.

»Ist es«, raunt er und zieht mir einen nach dem anderen die Stiefel aus. »Ich will dich, seit ich dich das erste Mal sah.«

Ich finde, wir haben beide lange genug gewartet, greife nach dem Saum seines T-Shirts und ziehe es ihm über den Kopf.

Vielleicht hat er nicht damit gerechnet, dass ich das wage.

Vielleicht habe ich nicht damit gerechnet, was darunter zum Vorschein kommt.

Wir erstarren für einen kurzen Moment. Ich beim Anblick seiner Tätowierungen, er, weil … Ich weiß es nicht. Weil ich möglicherweise eine Grenze überschritten habe oder weil er meine Reaktion abwartet. Weil er meine Gedanken nicht lesen kann, nur mein erschrockenes Gesicht vor Augen hat.

Ich betrachte seinen Oberkörper wie ein Gemälde im Museum. Versuche die einzelnen Puzzleteile miteinander zu verbinden, die aus seinem Leben erzählen. Viel ist nicht zu erkennen, nur mit der Straßenlaterne vor dem schmalen Fenster als Lichtquelle. Aber ich erkenne das Bild auf seiner Brust, dicht über seinem Herzen, trotzdem wieder. Und ich erinnere mich daran, die Zeilen, die in die Haut auf seinen Rippen gestochen worden sind, schon einmal gelesen zu haben.

*I FEEL LIKE I'M BREAKING.*

Mit den Fingern fahre ich die Worte nach. Er zuckt leicht zusammen.

»Genauso fühlt es sich manchmal an«, flüstere ich.

Er nimmt meine Hand und haucht mir einen Kuss auf die Fingerspitzen. »Aber nicht heute. Nicht jetzt.«

Ich schüttele den Kopf, schenke ihm ein Lächeln und küsse

ihn. Erst sanft und zaghaft, doch sobald er darauf reagiert, immer intensiver. Heute fühle ich mich nicht zerbrechlich.

Heute fühle ich mich, als zerspränge ich in tausend Teile, und mit jeder Berührung setzt Ruben mich wieder zusammen.

# 40

# Ruben

Ich will sie. Jetzt. Sofort. Genau hier und so, wie sie gerade vor mir sitzt.

Als ich ihr vorhin hinterherrannte, wollte ich sie einfach nur beruhigen, weil sie so aufgelöst war, und mich bei ihr entschuldigen, dass ich die Nerven verloren und ihren schmierigen *Chef* angegriffen hatte. Aber wenn sie Sex braucht, um die vorangegangene Szene im *Red Mill* zu verarbeiten, zu verdrängen oder einfach nur ein bisschen runterzukommen, sage ich natürlich nicht Nein. Mir ist klar, dass Juli kein Mädchen für eine Nacht ist, und ich könnte sofort aufhören … wenn sie es möchte. Aber ich spüre ihre zitternden, kalten Finger, wie sie unbeholfen den Gürtel meiner Jeans öffnen, und vermute ganz stark, dass sie nicht damit aufhören will, womit wir gerade angefangen haben.

Diese Nähe und Distanz der letzten Wochen hatten auch ihre Reize, aber sie so zu spüren, ihre weiche Haut zu fühlen, ihre Lippen zu schmecken, ist überwältigender, als ich es mir vorgestellt habe.

Eigentlich habe ich mich gut im Griff. Gefühle spielten nie eine Rolle, und seit ich nicht mehr mit Pablo und Finn auf die Piste gehe und diesen Deal mit Sandy habe, ist es für mich noch einfacher. Nicht schöner, aber unkompliziert und ganz ohne lästige Gefühle.

Doch Juli zu berühren und von ihr berührt zu werden, macht etwas mit mir. Sie wärmt mein Herz. Auf eine Art und Weise, wie ich es auf gar keinen Fall will. Wie ich es auf gar keinen Fall gebrauchen kann.

Ich kann kaum fassen, dass sie sich mir so hingibt … Aber ich stehe total drauf. Es ist etwas Echtes. Sie ist echt. Und ich will gerade nichts anderes, als mit ihr einen Augenblick lang zu verschmelzen und alles, was war, und alles, was kommt, für einen kurzen Moment vergessen. Es ist nichts Ernstes … sie hat es versprochen. Nur Sex.

*Du machst dir etwas vor,* drängt sich eine Stimme in meinen Kopf.

Ich weiß.

Ich weiß es genau. Denn allein sie zu küssen, war so viel mehr.

Das war mein absolutes Tabu.

Mit den Fingern streiche ich an der Innenseite ihrer Schenkel entlang bis zu ihrem Höschen und gleite mit dem Daumen hinein. Auf diese Berührung reagiert sie heftig. Warm und feucht drückt sie sich meinen Fingern entgegen, ihre Atmung geht schnell, als würde sie auf der Stelle kommen. Ihre ganze Körpersprache ist so wahnsinnig kommunikativ, dass es mich fast um den Verstand bringt. Bevor ich ihn endgültig verliere, öffne ich die Schublade rechts von mir, in der alles Wichtige verstaut ist (seit Neuestem auf unerklärliche Weise auch Pflaster, Jodsalbe und Mullbinden), und fummele von weit hinten umständlich ein paar Kondome aus der Verpackung. Juli nestelt währenddessen beinahe hektisch an den Knöpfen meiner Jeans.

»Bist du dir wirklich sicher?«, keuche ich. »Ich will nicht, dass du es nachher bereust.«

Sie beißt mir wieder in die Unterlippe und macht sich am zweiten Knopf zu schaffen. »Warum sollte ich?«

»Vielleicht nicht gleich heute, aber irgendwann … wenn dieser Elias vor deiner Tür steht und dich zurückhaben will.«

»Elias *wer?*«, stöhnt sie und gleitet mit der Zunge in meinen Mund.

Eigentlich könnte es mir egal sein, und für einen kurzen Moment ist es das auch. Aber mir ist das hier gerade zu heiß.

Zu intensiv.

Zu viel Gefühl.

Sacht, aber bestimmt schiebe ich sie von mir und sehe ihr in die Augen. Ihr Blick ist verschleiert, ihre Lippen sind geschwollen und ihre Wangen so wunderbar gerötet, dass ich sofort weitermachen und alle Bedenken über Bord werfen will. Doch ich reiße mich zusammen. »Juli … du bist kein Typ für einen One-Night-Stand.«

»Woher willst du das wissen?«

»Weil *ich* genau dieser Typ bin.«

Dabei bin ich nicht einmal mehr das. Mittlerweile lasse ich mich nur noch in Form einer geschäftlichen Verbindung oral befriedigen und gehe damit erfolgreich jedem Gefühl, jeder Verantwortung und jedem daraus resultierenden Vorwurf aus dem Weg.

»Gut«, sagt sie mit fester Stimme. »Genau so einen Typen brauche ich gerade. Nicht mehr und nicht weniger. Elias hat es vorgezogen, mit dem ersten Mal nicht auf mich zu warten … Seinetwegen werde ich ganz sicher nichts bereuen.«

»Okay«, flüstere ich und reiße die Folie des Kondoms auf. Als ob jetzt noch viel nötig wäre, um mich vom Weitermachen zu überzeugen. Mit der linken Hand streiche ich Juli das zerzauste

Haar aus dem Gesicht. Schon oft habe ich beobachtet, dass es sie stört, wenn ihr die Strähnen in die Stirn hängen. Ich küsse die Mulde unter ihrem Ohr, ihren angespannten Kiefer, ihren Mundwinkel … und halte plötzlich inne. »Warte … was? Soll das heißen, du bist noch Jungfrau?«

»So wie du es sagst, klingt es, als wäre es etwas Schlimmes.«

»Nein … das nicht … aber …«, stottere ich, denn damit habe ich keine Sekunde lang gerechnet. »Wie lange warst du mit deinem Freund zusammen?«

»Drei Jahre.«

»Drei Jahre?« Ich falle aus allen Wolken und knöpfe mir die Hose zu. »Und da hat es sich nie ergeben? Oder wolltet ihr etwa damit bis zur Hochzeit warten?«

Sie reibt sich über das Gesicht und zieht sich das Kleid über die Schultern. »Ergeben hätte es sich oft. Und es ist auch nicht so, dass ich nicht gewollt hätte. Es ist nur … irgendwie … ach, keine Ahnung …«

»Was?«

»Nein. Schon gut.« Sie winkt ab und seufzt.

»Juli«, sage ich, schiebe ihr das Kleid an der linken Schulter wieder herunter und hauche ihr einen Kuss auf die nackte Haut. Sie bekommt sofort Gänsehaut. »Sag es mir!«

Sie weicht meinem Blick aus und atmet tief durch, als ob ihr etwas den Brustkorb zuschnüren würde. »Du hast es doch eben gespürt, oder?«, flüstert sie und greift nach meiner Hand. »Dass ich bereit bin … Dass ich es will.«

Ich nicke.

»Und dieses Gefühl … genau da …« Sie führt meine Hand zwischen ihre Beine. » … hatte ich vorher so noch nie.«

Ich lege ihr den Kopf gegen die Stirn und gleite mit den Fingern wieder in ihre Unterhose. Berühre sie dort, wo sie es schön findet. »Ich fasse es einfach nicht«, raune ich. »Du hattest noch nie Sex, aber arbeitest in einem Stripclub.«

Sie presst den Kopf gegen meine Brust. »Im Kleingedruckten stand nirgends, dass sexuelle Erfahrung als Einstellungskriterium vorausgesetzt wird«, nuschelt sie wie berauscht. Mit den Fingern fährt sie mir über den Bauch, und ich zucke zusammen. »Und sowieso ändere ich beides diese Nacht.« Mit leuchtenden Augen sieht sie mich an.

Ich erkenne keine Zweifel, kein Hadern, keine Furcht in ihrem Blick. Und dann küsst sie mich. Wild und stürmisch wie ein Wirbelwind, bis mir schwindelig wird. Ich könnte süchtig danach werden.

»Aber nicht so!«, widerspreche ich mit belegter Stimme. Ich presse sie an mich und hebe sie vom Küchenschrank. Zu gern hätte ich sie genau dort gevögelt. Einfach, schnell und unkompliziert. Aber das kann selbst ich nicht bringen. Auf gar keinen Fall soll sie auf meiner Arbeitsplatte und schon gar nicht auf diese Art ihre Jungfräulichkeit verlieren.

# 41

## Juli

Durch das geöffnete Fenster höre ich das Rauschen des Regens. Es vermischt sich mit dem Rauschen des Regens bei *Riders On The Storm*. Ruben hat die Schallplatte aufgelegt, während ich im Badezimmer war, um die Spuren zu beseitigen, die er … die diese Nacht bei mir hinterlassen hat.

Ich sitze im Bett und lehne mich an das Kopfende. Ruben liegt zwischen meinen Beinen und starrt an die Decke. Er wirkt erschöpft. Schweigend lauschen wir der Musik. Sein Haar kitzelt auf meiner Brust, sanft fahre ich mit den Fingern hindurch. Etwas, das ich mich nur wenige Tage zuvor niemals getraut hätte, aber ich glaube, er genießt es.

Obwohl es vorbei ist, spüre ich ihn immer noch in mir. Ein merkwürdiges Gefühl, das ich mit nichts vergleichen kann, weil es so ungewohnt, so fremd ist. Er hat sich Zeit gelassen, war vorsichtig und abwartend und die ganze Zeit darauf bedacht, mir nicht wehzutun. Ich befürchte, er hatte mehr Angst vor *meinem* ersten Mal als ich. »Irgendwie fühle ich mich schuldig«, sage ich leise.

»Du?« Er wirkt überrascht. »Wieso ausgerechnet *du*?«

»Vielleicht hätte ich dir nicht sagen sollen, dass ich noch Jungfrau bin. War. Damit habe ich dich viel zu sehr unter Druck gesetzt, stimmt's?«

»Ein wenig«, gibt er zu. Mit den Fingern streicht er mir über die Beine, als wäre es das Normalste der Welt, dass wir uns auf diese Art und Weise berühren.

Als hätten wir nie etwas anderes getan.

»Die Defloration einer Jungfrau stand tatsächlich nie auf meiner Bucket-List. Aber hätte ich es währenddessen gespürt oder du hättest es mir erst danach gesagt … Darauf wäre ich echt nicht klargekommen.«

»Defloration?« Ich muss lächeln. »So nennst du das also, was du gerade mit mir gemacht hast?« Ich greife in sein Haar und ziehe daran.

Er stöhnt leise, fast so, als stünde er auf Schmerzen. Der Gedanke erscheint mir gar nicht so abwegig, wenn ich mich daran erinnere, mit welchen Verletzungen er jede Nacht hier auftaucht.

»Und?«, frage ich neugierig. »Hast du *es* denn gespürt?«

»Ganz ehrlich? Nein. Ist ja auch nicht so, dass ich eine Backsteinmauer durchstoßen oder eine Rosenhecke voller Dornen durchdringen musste.«

Bei diesem Vergleich muss ich schmunzeln. »Ich sehe das Märchen von Dornröschen gerade in völlig neuem Licht. Trotzdem … Du hast bestimmt etwas anderes von dieser Nacht erwartet, als mit einer unerfahrenen …«

»Von dieser Nacht habe ich überhaupt nichts erwartet«, fällt er mir ins Wort und dreht sich zu mir um, bis er mir in die Augen sehen kann. »Und so viel mehr bekommen, als ich mir jemals erhofft hatte.«

Ich verdrehe die Augen. »Jetzt bist du kitschig!«

»Bin ich nicht«, sagt er und nimmt meine Brustwarze zwischen die Lippen. »Genauso meine ich es nämlich.«

»Von Sandy bekommst du vielleicht viel mehr«, keuche ich, weil er genau in diesem Moment leicht zubeißt.

Mit hungrigem Blick zieht er sich zu mir hoch und knabbert statt an meiner Brustwarze an meiner Unterlippe. »Und wenn ich dir sage, dass ich heute auch ein erstes Mal hatte? Fühlst du dich dann weniger schuldig, weil ich dich nicht *hart* auf dem Küchentisch nehmen konnte?«

Für einen kurzen Moment verschlägt es mir die Sprache. Nicht weil mich die vulgäre Wortwahl schockiert, sondern weil die Vorstellung, von Ruben hart auf dem Küchentisch genommen zu werden, ein intensives und wundervolles Pochen zwischen den Beinen hervorruft.

»Wenn ich dir sage, dass ich vor dir noch nie eine Frau geküsst habe?«, flüstert er.

Ich bin verwirrt. »Niemals?« Was für eine Verschwendung.

Er schüttelt den Kopf und grinst leicht. »Es hat sich bisher einfach noch nie ergeben.« Unvermittelt wechselt seine Stimmung, und er mustert mich mit ernster Miene. »Ich habe es vorher nie gewollt.« Mit der Zunge dringt er in meinen Mund ein und küsst mich, als wolle er alle verpassten Gelegenheiten auf einmal nachholen.

»Du bist ein wahres Naturtalent«, hauche ich gegen seine Lippen. Sofort spüre ich diese wohlige Hitze in mir aufsteigen, diese Anspannung, die meinen ganzen Körper einnimmt, die mir so fremd und doch so willkommen ist.

Ruben greift nach dem nächsten Kondom, reißt die Verpackung auf und zieht mich kurzerhand auf seinen Schoß. Alles passiert so schnell, dass ich gar nicht weiß, wie mir geschieht. Er gibt mir nicht einmal Gelegenheit, nervös zu werden oder Panik zu entwickeln, in Erwartung dessen, was gleich kommen mag. Ich stoße einen erschrockenen Laut aus, und dann verstehe endlich auch ich, weshalb alle immer so ein Riesending aus dem Thema Sex machen.

Ich habe jegliches Zeitgefühl verloren. Erschöpft, müde. Aber zu müde, um noch schlafen zu können, liegen wir nebeneinander, jeder den Kopf auf einem Arm abgestützt, sehen uns an. Die Schallplatte ist längst zu Ende, keiner will aufstehen und sie umdrehen. Mein Herz rast wie wild, vielleicht, weil es selten so sehr arbeiten musste, vielleicht, weil es mehr Schlaf braucht, als ich ihm gebe. Doch ich genieße jede wache Sekunde.

»Worüber denkst du nach?«, fragt Ruben und streicht mir eine Strähne aus dem Gesicht.

*Als ob du jetzt noch in der Lage wärst, über irgendetwas nachzudenken.*

»Der Kühlschrank ist leer. Ich stelle gerade eine Einkaufsliste zusammen: Äpfel, Eier, Brot …«

Ruben lächelt. »Da kann ich ja froh sein, dass du das erst jetzt machst und nicht, während ich mit dir geschlafen habe.«

»Wer sagt, dass ich das währenddessen nicht auch getan habe?«, scherze ich und drehe mich auf den Rücken.

Aber er hat recht. Eigentlich heißt es doch, dass der Kopf beim Sex völlig abschaltet. Irgendwo habe ich auch schon gelesen, dass man dann an gar nichts mehr denkt, aber das halte ich für unmöglich.

Natürlich habe ich nicht darüber nachgedacht, ob mein Abgang vorhin Rocco als Kündigung ausreicht oder ob er noch irgendetwas in schriftlicher Form von mir erwartet.

Oder was ich meiner Mutter das nächste Mal am Telefon erzähle. *Mir geht es gut. Der Job im Stripclub war nicht so meins, aber ich kann es kaum erwarten, von meinem heißen Mitbewohner auf dem Küchentisch gekachelt zu werden. Ach, und ganz liebe Grüße an Papa.*

Und ich habe auch nicht überlegt, was ich morgen auf dem Wochenmarkt einkaufe, denn das entscheide ich wie immer erst, wenn ich dort bin. Aber die Eindrücke, die auf mich eingeprasselt sind, während wir miteinander geschlafen haben, waren so überwältigend … wie soll ich dabei den Kopf abschalten?

Die ganze Zeit musste ich darüber nachdenken, wie Ruben mich die letzten Wochen auf Abstand gehalten hat. Mal mehr, mal weniger erfolgreich. Und jetzt ist er mir so nahe wie nur irgend möglich. Näher, als ich es je bei einem anderen Menschen zugelassen habe. Ich spüre seinen Schweiß und seinen heißen Atem auf meiner Haut und weiß nicht, weshalb ich das so wunderbar finde. Ich weiß nur, dass es so ist. Und ginge es nach mir, könnten wir uns den ganzen Winter über hier unten einschließen und das immer und immer wieder machen.

Das habe ich gedacht, während er dafür sorgte, dass ich meinen Körper mit jeder einzelnen Faser spüre, aber das verrate ich ihm nicht. »Und du? Worüber denkst du nach?«, frage ich.

Er rückt näher an mich heran. Mit den Fingern fahre ich über die Tätowierung auf seiner Brust. Vermutlich ist es das Bild seiner Schwester, so wie er sie in Erinnerung hat, aber ich wage ihn nicht danach zu fragen. Nicht in diesem Moment.

»Ich frage mich«, antwortet er leise und zögert kurz. »Ich frage mich, ob wir das hier vielleicht irgendwann noch einmal wiederholen können.«

*Wieso irgendwann? Wieso nicht sofort?*, denke ich. »Um Sandy damit arbeitslos zu machen? Das kann ich ihr nicht antun.«

Ruben atmet tief durch und rollt sich auf den Rücken. »Sie hat dir alles erzählt, oder?«

»Keine Ahnung. Aber es war ja auch nicht nötig, noch tiefer ins Detail zu gehen.«

»Aber vermutlich hat sie dir erzählt, wie ich sie bezahle.«

Er blickt an die Decke, ich blicke an die Decke. Ich nicke.

»Ich kann Sandy durchaus ein paar Vorlagen für ihre nächste Sitzung beim Tätowierer entwerfen, ohne als Gegenleistung einen geblasen zu kriegen.«

»Muss *ich* dir dann stattdessen einen blasen«, frage ich und halte mir nervös die Hände vors Gesicht.

Er dreht sich wieder zu mir um, zieht meine Hände sanft weg und grinst mich breit an. »Nur wenn du willst.«

Ich verkrieche mich unter die Decke, damit er nicht sieht, dass ich rot anlaufe. Er kriecht mir hinterher und vergräbt den Kopf an meiner Brust. »Also? Was sagst du? Du und ich und einfach nur unkomplizierter, ehrlicher Sex.«

Meine Gedanken überschlagen sich so wild, dass ich nicht einen davon richtig zu fassen kriege. Wie im Schleudergang einer Waschmaschine drehen sie sich in meinem Kopf. Bin ich für ihn wie Sandy? Ihre Nachfolgerin, ihr Ersatz? Aber warum küsst er dann nur mich? Warum schläft er mit mir, aber mit ihr nicht? Kann ich mich wirklich auf ihn einlassen, ohne dabei früher oder später verletzt zu werden? Weil ich eben nicht für diese Art von Beziehung gemacht bin. Ohne jede Verantwortung und Konsequenz.

Andererseits habe ich diese Nacht wahnsinnig genossen und verzehre mich geradezu danach, das alles mit ihm zu wiederholen … und noch viel mehr.

»Einverstanden«, hauche ich kurz entschlossen und erkenne mich selbst kaum wieder. Jede Entscheidung, die ich in den letzten Wochen getroffen habe, war falsch, falsch, falsch, aber merkwürdigerweise fühle ich mich damit richtig gut. Irgendwie befreit. »Kennst du dieses Gefühl …«, frage ich ihn ernst. »dass dein Leben irgendwo ganz weit entfernt stattfindet? Ohne dich?«

»Ja, ich weiß, was du damit meinst. Und jetzt? Hast du es wiedergefunden?«

»Das weiß ich noch nicht, aber es fühlt sich an, als sei ich endlich mittendrin.«

Er nimmt mich in die Arme, und wir liegen in unserer Deckenhöhle eng aneinandergekuschelt. Wenn das für ihn *einfach und unkompliziert* bedeutet, will ich nie wieder etwas anderes haben.

Rücksichtslos bricht der nächste graue Tag an, ohne dass ich auch nur eine Minute geschlafen habe. Ich weiß nicht, woran es liegt. Vielleicht fühlt es sich einfach zu gut an, dass Ruben die ganze Zeit neben mir liegt. Oder dass ich aus Angst, alles könne gleich wieder vorbei sein, keine Sekunde dieser Nacht verpassen will. Oder weil ich das Gefühl habe, ich müsse über seinen Schlaf wachen, denn obwohl er schon vor einer ganzen Weile eingeschlafen ist, hat er lange gebraucht, um endlich wirklich zur Ruhe zu kommen.

Vorher war mir nie aufgefallen, dass er so intensiv träumt und im Schlaf redet. Daher vermute ich, dass er in den letzten Wochen so gut wie gar nicht geschlafen hat. Jedenfalls nicht, solange ich anwesend war.

Erst nachdem ich ihm vorsichtig über den Rücken gestreichelt habe, hat er sich spürbar entspannt. Seine Atmung hat sich mittlerweile beruhigt, hört sich wieder gleichmäßig an, und er wälzt sich nicht mehr so unruhig hin und her.

Seitdem betrachte ich unentwegt das gigantische Tattoo auf seinem nackten Rücken. Es ist immer noch verstörend, aber zugleich bin ich von dem Detailreichtum fasziniert. Von den knorrigen, kahlen Ästen auf der rechten Seite des gewaltigen Baums zu dem Blätterdach voller Leben auf der anderen Seite. Ein Baum, zwei Seiten. Dunkle, Unheil verkündende Wolken brodeln auf der einen Seite. Auf der anderen bahnen sich Sonnenstrahlen ihren Weg durchs Geäst. Ein kleines Mädchen mit einem Kranz aus Gänseblümchen auf dem Kopf sitzt auf einer Schaukel; ringsum flattern neugierige Schmetterlinge. Bei dem Gedanken, dass es Rubens kleine Schwester Daisy darstellt, ertrage ich den Anblick der rechten Seite umso schwerer.

Den Anblick davon, dass *er* am Hals aufgeknüpft leblos an einem dicken Ast baumelt.

Ich glaube nicht, dass dieses Bild auf seiner Haut ein Vorwurf sein soll. So wie ich ihn mittlerweile kenne, wünscht er sich für seine kleine Schwester, dass es ihr einfach besser ergeht als ihm. Vielleicht ist es auch sein Weg ... seine Art, um das Ungleichgewicht an Liebe in seiner Familie zu verarbeiten.

Ganz sanft und für ihn hoffentlich kaum spürbar fahre ich die Linien der toten Äste mit dem Finger nach. Über der kahlen Baumkrone leckt eine dunkle Schwinge an Rubens Schulterblatt und geht in die Tätowierung mit den drei Raben auf seinem Oberarm über. Zum ersten Mal gelingt es mir, die Schrift zu entziffern, die wie schwarze Tinte aus deren Gefieder tropft.

*Loneliness reveals life's lies.*

Ich bin froh, dass er gerade nicht wach ist.

Wäre er wach, würde er die Worte nicht hören wollen, die tief aus meinem Herzen kommen, die ich ihm aber sagen würde, weil mir das Herz schon immer auf der Zunge liegt. Wäre Ruben wach, würde ich ihm sagen, dass er nie wieder einsam sein muss ... wenn er es nur zulässt.

# 42

## Juli

Als ich ging, schlief Ruben.

Als ich zurückkomme, ist er fort. Wüsste ich es nicht besser, könnte ich die letzte Nacht für einen Traum halten. Für einen sehr realen Traum.

Enttäuscht streife ich mir die Stiefel von den Füßen und setze Wasser auf, um mir einen Tee zu kochen. Ich hatte gehofft, Ruben noch anzutreffen, nachdem ich bei Henry fertig war. Gern hätte ich ihm erzählt, wie froh Henry ist, dass ich den Job im *Red Mill* geschmissen habe und dass er mir sogar ein paar Abendschichten angeboten hat. Mit meiner Anwesenheit soll ich ihm die Hipster vom Hals halten, die seit einigen Tagen den rustikalen Charme seiner Kneipe für sich entdeckt haben. Nun aber beuge ich mich über die Arbeitsplatte, stütze das Kinn auf den Händen ab und sehe seufzend dem Tee beim Ziehen zu.

Durch die Stille in der Wohnung wird die leise, aber nervige Frage in meinem Kopf immer lauter. Die Frage, ob Ruben beim Aufwachen wohl die Erkenntnis getroffen hat, dass es nicht so clever ist, mit seinem One-Night-Stand zusammenzuwohnen.

Dass er es vielleicht jetzt schon bereut, mich so nahe an sich herangelassen zu haben … und mir so nahegekommen zu sein.

Nein! Ich sollte endlich aufhören, mich ständig von meinen eigenen Gedanken verunsichern zu lassen. Manchmal fühlt es sich an, als sei mein Kopf mein ärgster Feind, der mir absichtlich Steine in den Weg legt, um mir dann beim Stolpern zuzusehen. Und manchmal fühlt es sich an, als verweigere er mir komplett den Dienst und hänge immer dann, wenn ich ihn am dringendsten brauche, ein Schild an die Tür: *Out of order!*

Ich will den Teebeutel in den Müll schmeißen, als mir der zerknüllte Zettel wieder einfällt. Allzu gern wüsste ich, was darauf zu sehen ist, und blicke mich verstohlen um. Soll ich oder soll ich nicht? Meine Neugierde kennt darauf nur eine Antwort. Als mir aber bewusst wird, wie sehr ich gerade meiner Mutter ähnele und mein Kopf mir unnötigerweise auch noch *Tja, der Apfel fällt bekanntlich nicht weit vom Stamm* zuflüstert, lasse ich den Teebeutel einfach in den Eimer fallen und schiebe ihn mit dem Fuß beiseite. Dann sinke ich in Rubens bequemen Sessel und sehe mir zum x-ten Mal seit letzter Nacht das einzige Foto an, das sich auf meinem Handy befindet. Das Bild von dem kleinen Mädchen mit den davonwehenden Gänseblümchen. Es ist identisch mit dem Porträt auf Rubens Brust. Daisy. Wenn wirklich er das gemalt hat – und nach dem, was Sandy mir über ihn erzählt hat, gehe ich ganz fest davon aus –, hat Ruben nicht einfach nur Talent. Das ist eine Gabe.

Plötzlich springe ich auf, der Tee schwappt über den Rand der Tasse und verbrüht mir die Finger. Sind denn alle Texte, von denen ich mich in dieser Stadt angesprochen gefühlt und in denen ich mich wiedergefunden habe, weil sie mir aus der Seele gesprochen haben, von ihm? Ich stelle die Tasse zurück in die Küche, schnappe mir einen Einkaufsbeutel und stopfe mir etwas Geld in die Hosentasche. Ich will auf dem Weg zum Wochenmarkt am Maybachufer unbedingt noch einmal die Stellen abklappern, die ich mir gemerkt habe. Angefangen bei dem Haus, vor dem wir uns am ersten Tag zum zweiten Mal begegnet sind ... dort, wo in riesigen Buchstaben *WHAT HAPPENED TO US?* von der Fassade tropft. Ich bin mir sicher, der Spruch ist auch von ihm.

Stunden später bin ich leider immer noch allein. Ich habe heute zwar eine Menge erledigt, habe aber trotzdem das Gefühl, nichts erreicht zu haben. Wie jedes Mal, wenn ich bisher dort war, habe ich auf dem Markt viel zu viel eingekauft und mich mit Gözleme vollgestopft. Ich liebe das bunte Treiben an den Ständen, das Gewusel und die Enge, die verschiedenen Gerüche und vor allem die Obst- und Gemüsehändler, die mir alle zwei Meter hinterherschreien, ich solle ihnen ihre Clementinen zum Supersonderpreis abkaufen.

Danach habe ich ein Kündigungsschreiben verfasst, in dem ich meinen kurzen Ausflug ins Rotlichtmilieu für beendet erklärt habe, den Wisch in einem kleinen Copyshop ausgedruckt und ihn tatsächlich per Post versendet, obwohl ich ihn gleich nebenan unter der Tür hätte durchschieben können.

Und um den Tag so richtig perfekt zu machen, habe ich auch noch zu Hause angerufen. Mein Vater ging ran, und ich war drauf und dran, den Hörer sofort wieder auf die Gabel zu knallen. Aber nach ein paar Sekunden verlegenen Schweigens, die sich wie eine Unendlichkeit anfühlten, haben wir doch ein paar oberflächliche Worte miteinander ausgetauscht. Hauptsächlich über das schlechte Wetter, denn mehr lassen seine emotionalen Möglichkeiten einfach nicht zu. Dabei weiß ich genau, was er mir eigentlich sagen wollte. Dass ich nämlich dumm bin, weil ich die Schule unterbreche, und dass jede Lücke in meinem Lebenslauf eine Katastrophe ist. Und wenn ich ihm dann gesagt hätte, dass ich mittlerweile fest davon überzeugt bin, dass die Lücken das eigentliche, das wirkliche und wahre Leben sind, hätte er mir wieder gesagt, dass ich dumm bin. Aber über all das haben wir den Mantel des Schweigens geworfen, ebenso wie darüber, dass Elias für ihn der Sohn ist, den er niemals hatte, und dass ihm der Verlust des *Schwiegersohns seiner Träume* gerade mehr zu schaffen macht als mir. Denn obgleich ich noch längst nicht über den Betrug meiner ehemals besten Freunde hinweg bin, über *ihn* bin ich hinweg. Endgültig. Und einen großen Anteil daran hat mein abwesender Mitbewohner / One-Night-Stand mit Option auf öfter als nur eine Nacht / Seelenverwandter / Mann meiner schlaflosen Nächte / superheißer und zu allem Überfluss auch noch extrem begabter Typ aka Ruben.

Mein Vater würde ihn hassen.

Bis Mitternacht habe ich dann noch Henry unter die Arme gegriffen und musste ihn mehrfach davon abhalten, alle Gäste rauszuschmeißen, die nach einem Cocktail verlangten. Diese Bestellungen habe ich dann übernommen, während Henry sich grummelnd zusammen mit Norbert, dem Neigentrinker, einen Korn nach dem anderen hinter die Binde gekippt und nicht nur seine Kundschaft, sondern gleich die gesamte Menschheit verflucht hat. Sie alle seien in seinen Augen nur der Nagel zu seinem Sarg, meinte er.

Und obwohl ich nach der letzten schlaflosen und sehr aufregenden Nacht und diesem anstrengenden Tag kaum noch aufrecht stehen kann, weil mir die Füße (die mittlerweile nur noch aus Hornhaut zu bestehen scheinen) und der Rücken schmerzen, liege ich immer noch wach und weigere mich einzuschlafen, bevor Ruben nach Hause kommt. Einfach nur, weil ich ihn sehen will.

Weil ich seine Stimme hören will.

Weil ich mich aus irgendeinem bescheuerten Grund ohne ihn nicht komplett fühle.

Während ich im Bett liege und immer und immer wieder die Fotos von heute auf meinem Handy betrachte, kommt mir plötzlich ein Gedanke. Und dieses Mal hält mich der Vergleich mit meiner neugierigen Mutter nicht ab. Dieses Mal bin ich taub für die kleine Stimme in meinem Kopf, die mich davon abhalten will, das zu tun, was ich gleich tun werde.

Nur in Unterwäsche tappe ich auf Zehenspitzen über den ewig kalten Boden und durchsuche das Regal nach der kleinen schwarzen Schachtel. Ich taste das oberste staubige Brett ab und ziehe sie hervor. Das völlig geschrottete Handy liegt wie erwartet immer noch darin. Ich verbinde es mit meinem Ladekabel und stecke es in eine Steckdose. Trotzdem lässt es sich nicht mehr anschalten. Es ist absolut tot. An der Seite entdecke ich einen Schlitz für eine SD-Karte, doch der ist leer. Ich spähe in die Schachtel, ob sie möglicherweise dort liegt, aber Fehlanzeige. Frustriert packe ich alles schnell zusammen und will die kleine Schachtel wieder ganz nach oben ins Regal zurückstellen, als sie mir aus der Hand fällt und laut scheppernd auf den Boden knallt. Einen Moment lang bin ich erschrocken, bis mir klar wird, dass ja nicht mehr viel an dem Telefon dran ist, das jetzt noch kaputtgehen kann. Hektisch klaube ich alles vom Fußboden auf, weil Ruben mich nicht erwischen soll, wie ich in seinem Zeug herumschnüffele.

Der Boden der Schachtel hat sich durch den Aufprall leicht gelöst. Vorsichtig will ich ihn wieder hineindrücken, bis mir auffällt, dass es sich dabei um einen zweiten Boden handelt. Er ist so knapp bemessen und passgenau zugeschnitten, dass ich ihn mit den Fingern nicht herausbekomme. Suchend sehe ich mich um und hole mir kurzerhand eins dieser Ein-Euro-Obstmesser aus der Küche. Die Klinge ist dünn genug, um in den schmalen Spalt einzudringen und das schwarze Pappstück von der Schachtel zu trennen. Doch zu meiner Enttäuschung befindet sich darunter auch nichts. Zweifelnd drehe ich die Pappe zwischen den Fingern hin und her, als ich endlich finde, wonach ich gesucht habe.

»Ha!«, triumphiere ich und löse die SD-Karte ab, die mithilfe eines Stücks Klebeband an der Unterseite befestigt wurde. Miss Marple wäre mit Sicherheit total stolz auf meinen detektivischen Spürsinn, und ich freue mich diebisch, in der Bücherzelle ausgerechnet nach einer ihrer Geschichten gegriffen zu haben. Nachdem ich endlich alles wieder so verstaut habe, wie ich es vorgefunden habe, setze ich mich im Schneidersitz auf den Sessel und stecke die kleine Karte in mein Handy.

Wenn Ruben das herausfindet, komme ich wahrscheinlich niemals in den Genuss, von ihm auf dem Küchentisch *hart* genommen zu werden.

Oder aber es wird *extrahart*.

Ich hole tief Luft, tippe auf meine Galerie und suche die Fotos und Videos der externen Speicherkarte. Es sind Tausende. Beim ersten Foto fange ich an, klicke mich wahllos durch die Bilder und stelle die nächste halbe Stunde das Atmen ein. Wie im Zeitraffer dokumentieren sie die vergangenen Jahre. Auf vielen Bildern ist Ruben zu sehen. Etwas jünger, die Haare wilder, und das Tattoo mit den drei schwarzen Raben fehlt. Aber es sind keine typischen Schnappschüsse, Selfies oder verschwommenen Partybilder von guten Freunden. Nein, jede einzelne Datei auf diesem kleinen Plastikstück enthält Informationen und Beweise, die sicher nie jemand zu Gesicht bekommen soll. Kein Wunder, dass er sie versteckt hat. Endlich wird mir klar, wobei Ruben sich ständig seine Verletzungen zuzieht. Er sucht nicht, wie ich angenommen habe, permanent Stress mit irgendwelchen Leuten auf der Straße, weil er sich gern prügelt. Er ist auch kein Mitglied in einem illegalen Fightclub. Ganz im Gegenteil. Nichts, was auf diesen Bildern zu sehen ist, hat etwas mit Gewalt zu tun. Aber es ist definitiv illegal und zeugt hochgradig von Lebensmüdigkeit.

Während ich kaum auf einem Stuhl stehen kann, ohne dass mir dabei die Beine schlackern, können sich Ruben und seine Freunde anscheinend nicht fortbewegen, ohne auf eine Mauer zu klettern und mit einem Rückwärtssalto wieder hinunterzuspringen. Sie bewegen sich auch selten *auf* der Straße, sondern eher von Dach zu Dach oder durch das Tunnelsystem der Berliner U-Bahn. Sie fahren auch nicht wie jeder halbwegs normale Mensch *in* der S-Bahn ... sie surfen *auf* der S-Bahn. Und Treppenhäuser scheinen ihnen fremd zu sein. Sie seilen sich lieber außen ab und hinterlassen ihre Botschaften in großen Buchstaben an der Fassade. Sie besprühen S-Bahnen, während die Leute von drinnen zuschauen und nicht wissen, wie ihnen geschieht. Es gibt mehrere Videos, in denen sie von Security-Leuten quer durch die Gleisbetten und Bahnhofsanlagen gejagt und aufs Übelste beschimpft werden. Ich sehe, wie sie in Dachböden einbrechen und nachts die geschlossenen Gitter der U-Bahnhöfe knacken. Ich entdecke ihre Entwürfe und deren Ausführung, die in immer waghalsigeren Aktionen enden. Und dann fällt mir irgendwann auf, dass einer auf den Bildern plötzlich fehlt und Ruben meistens nur noch allein auf den Fotos zu sehen ist. Ich scrolle mich durch die Galerie und suche das Foto, auf dem der Junge mit den dunklen Locken zum letzten Mal drauf ist. Es wurde im April vor fast drei Jahren aufgenommen. Das nächste Foto ist erst sechs Monate später entstanden, und ich frage mich, was in der Zwischenzeit wohl passiert ist. Ich gehe die Videos chronologisch durch und entdecke eins, welches am gleichen Tag gedreht wurde, an dem dieses letzte Foto mit ihm geschossen wurde.

Ein blonder Typ hält das Gesicht grinsend in die Kamera, bevor er umschwenkt. Ich nehme an, ihm gehört das geschrottete Handy und er ist für die vielen Fotos und Videos verantwortlich. Es regnet und stürmt. Ruben und sein Freund spazieren mit bunten Regenschirmen bewaffnet vor der Kamera herum und heben sich wie ein Regenbogen von dem tristen grauen Himmel ab. Dann wird von ihnen weggezoomt, und ich erkenne, dass sie sich auf dem Dach einer fahrenden S-Bahn befinden. Sie albern herum, benehmen sich, als wären sie Mary Poppins, während die Regentropfen dicke Blasen bilden und der Wind die Schirme verbiegt. Sie ducken sich, als sie unter einer Brücke hindurchfahren, und plötzlich geschieht das Unglück. Ich sehe Rubens schockiertes Gesicht, sehe, wie er sich nach seinem Freund umdreht, wie er ihn halten will und wie das Bild nur noch wackelt, weil der Besitzer der Kamera losrennt. Dann sehe ich nichts mehr und höre nur noch die Schreie.

Schreie. Schreie. Schreie.

Mit angehaltenem Atem und zitternden Händen klicke ich zurück und lande wieder in der Galerie. Wahllos tippe ich ein Foto nach dem anderen an, in der Hoffnung, den Jungen mit den dunklen Locken doch noch irgendwo zu entdecken. Und dann finde ich, was diese Hoffnung mit einem Schlag zunichtemacht.

Ein Blumenmeer. Ein Grabstein.

Pablo Martín. Neunzehn Jahre. Sohn. Bruder. Freund.

Erschrocken starre ich auf mein Handy, das Herz pocht mir im Schädel. Mir bleibt keine Zeit, mich zu fangen, denn die Tür öffnet sich, und Ruben kommt herein. Nass, als hätte er heute jeden einzelnen gefallenen Regentropfen abbekommen.

Ich schalte das Handy ab und schiebe es in die Ritze zwischen Armlehne und Sitzpolster. Fühle mich ertappt und wie eine Verräterin. Ein Blick in seine Augen genügt, und das schlechte

Gewissen nagt an mir, weil ich so dreist in seine Privatsphäre eingedrungen bin. Ich lecke mir über die trockenen Lippen, nehme nervös die Füße vom Sessel und berühre den Boden nur mit den Zehenspitzen. Sofort spüre ich die Kälte auf meiner Haut, die Ruben von draußen mit hereingebracht hat. »Hi«, sage ich fast schüchtern und muss schlucken.

Er sagt nichts. Sieht mich einfach nur an und macht mich damit noch nervöser. Hibbelig kaue ich auf meiner Unterlippe herum. Ruben befreit sich von seiner durchnässten Jacke, fällt erschöpft vor mir auf die Knie und vergräbt das feuchte Haar an meinem Bauch. Seine Hände umklammern meine Hüften. »Hi«, flüstert er, schiebt mein Unterhemd ein Stück hoch und küsst meinen Beckenknochen. »Ich habe dich vermisst.«

*Ich dich auch*, will ich sagen, doch mir kommt kein Laut über die Lippen.

»Du bist ganz kalt«, haucht er. »Wie lange sitzt du schon hier?«

Ich lehne den Kopf zurück und fahre ihm mit den Fingern durchs Haar. »Eine Weile.«

»Hast du auf mich gewartet?«

Mit festem Griff zwinge ich ihn, mich anzusehen, und erkenne, dass von dem neunzehnjährigen Ruben nicht mehr viel übrig ist. »Ich warte jede Nacht auf dich.«

»Ich weiß«, sagt er leise und richtet sich auf. Dann geht er zum Plattenspieler, durchstöbert die Kiste mit Hannes Raritäten und zieht eine Schallplatte heraus.

Ich stehe auf und begebe mich zum Kühlschrank. »Hast du Hunger?«, frage ich ihn bemüht beiläufig und klinge trotzdem zutiefst verunsichert.

Er nickt, während er die Nadel langsam über das Vinyl führt und sie mit einem kratzenden Geräusch darauf absetzt.

»Ich habe Gözleme vom Markt mitgebracht … Willst du welche?«

Kopfschüttelnd kommt er auf mich zu. Die letzten Sekunden eines Songs spielen gerade, und ich ahne, welches Lied danach kommt. Das Lied, zu dem Ruben und ich gemeinsam im Club getanzt haben.

Zu den ersten Klängen der Gitarre streicht er mir mit der linken Hand die Haare hinters Ohr, lässt sie kaum spürbar über meine Wange gleiten, den Hals hinab, entlang der Schulter, über den Arm, bis er meine Finger erreicht. Wir verschränken unsere Hände miteinander. Mit der rechten Hand wandert er über meinen Rücken, immer weiter hinunter und hält kurz oberhalb meines Steißbeins inne.

Ich tanze schon immer gern, aber jetzt erst wird mir bewusst, dass ich noch niemals *richtig* getanzt habe. Ich konnte mich auch nie mit der Vorstellung anfreunden, geführt zu werden und zu folgen. Aber so ist es gerade nicht. Ruben übernimmt nicht die Führung, und ich lasse mich nicht führen. Es ist ein Miteinander. Ein völlig anderes Miteinander, als wenn man zusammen in Clubs oder auf Konzerten tanzt. Diese Bewegungen funktionieren nicht allein, nur gemeinsam.

Ich spüre Rubens Atem an meiner Wange und frage mich, ob es nicht merkwürdig ist, dass ich es kein bisschen merkwürdig finde, mit Ruben nach diesem alten Song zu tanzen, obwohl wir im Internet Zugriff auf so ziemlich jedes jemals veröffentlichte Lied haben. »Also kein Gözleme?«, flüstere ich und wundere mich, dass die Platte dieses Mal anscheinend nicht hakt und der Song komplett abgespielt wird.

»Kein Gözleme«, sagt Ruben, beißt mir mit einem leichten Lächeln in die Lippen und schiebt mich an den Hüften zum Bett.

Als er über mir liegt, fahre ich ihm vorsichtig über die heilende Wunde über dem Auge. »Hast du dich heute wieder verletzt?«, frage ich mit zitternder Stimme. Ich weiß, dass ich jetzt, nachdem ich die Fotos und Videos gesehen habe, wahrscheinlich keine Sekunde mehr Ruhe habe, wann immer er nicht bei mir ist.

»Du findest es sexy, mich zu verarzten, stimmt's?«, zieht er mich auf.

»Nein«, antworte ich ernst. »Ich habe Angst um dich.«

Er haucht mir einen Kuss auf die Lippen, dann noch einen und noch einen. »Ich war vorsichtig«, flüstert er.

Ich schließe die Augen und seufze. »*Das* finde ich sexy.«

»Du bist immer noch ganz kalt …«, stellt er fest. »Ich sollte dich etwas aufwärmen.«

Ich spüre die Hitze, die von ihm ausgeht, selbst durch den Stoff seines T-Shirts hindurch. »Und du bist immer so warm«, murmele ich und drücke mich fest an ihn. »Wie ein Plätzchen am Ofen.«

Er zieht sich das Shirt über den Kopf, und ich lege meine Hände auf seiner Brust ab. »Du bist der heiße Werwolf und ich der eiskalte Vampir … als hätte Jacob letzte Nacht Edward Cullen entjungfert.«

Er hält kurz inne und sieht mich fragend an. »Wer?«

»Vergiss es!« Ich lächele und muss den Kopf über diesen absurden Vergleich schütteln.

Denn Ruben wärmt mich nicht einfach nur auf. Mit jeder einzelnen Berührung brennt er sich in mich ein.

# 43

## Juli

Wann ist eigentlich der Augenblick, um mir einzugestehen, dass ich für dieses *Roommate With Benefits*-Ding (oder wie immer Ruben das betiteln würde) nicht geschaffen bin?

*Das wusstest du doch vorher!,* ertönt wieder diese besserwisserische Stimme in meinem Kopf.

Irgendwie kann ich den belehrenden Ton überhaupt nicht ab. Natürlich wusste ich es vorher, aber es hätte ja sein können …

*Hätte es nicht.*

*Hätte es nicht,* äffe ich die nervtötende Stimme nach. Ja, das weiß ich jetzt auch. Aber soll ich eine Eifersuchtsszene starten, bloß weil Ruben seit zwanzig Minuten von einer attraktiven Studentin in ein Gespräch verwickelt wird und ich die beiden währenddessen auch noch bedienen muss? Es hat ja auch gar nichts mit Eifersucht zu tun. Es ist nur so, dass es mir bei Weitem nicht so gut gelingt wie Ruben, tagsüber oder in der Öffentlichkeit so zu tun, als liefe nichts zwischen uns. Und ich weiß gerade nicht, was mich mehr wurmt … Dass ich es nicht so locker nehmen kann oder dass er es so locker nimmt.

Wenigstens muss ich mir bei ihm im Moment keine Sorgen um Leib und Leben machen. Das ist viel wert.

Der tagelange Regen ist heute wieder in Schnee übergegangen, und die Straßen und Gehwege sind irre glatt. Am liebsten würde ich Ruben zusammen mit Henry an einen Stuhl fesseln, damit sie beide das Haus nicht verlassen und sich dabei das Genick brechen können. Henry wegen seiner schlurfenden Latschen und Ruben wegen seiner halsbrecherischen Aktivitäten. Ich würde mich freiwillig mit dazusetzen, denn meinetwegen könnte der Februar jedes Jahr komplett übersprungen werden. Mein Körper sehnt sich nach Wärme und Sonne. Und nach Ruben.

Henry bleibt eine Weile hinter mir stehen und linst mir über die Schulter. »Wenn du so weitermachst, polierst du noch das Logo vom Glas«, bemerkt er mit einem Schmunzeln in der Stimme.

»Oh … Entschuldigung«, seufze ich und feuere das klamme Geschirrtuch auf den Tresen.

Er folgt meinem mürrischen Blick. »Kein Grund, gleich das Handtuch zu schmeißen. Das macht er nur, um deine Aufmerksamkeit zu erregen.«

»Was?« Ich greife wieder zum Handtuch und poliere das polierte Glas weiter. »Ich habe keine Ahnung, wovon du redest.«

»Aber ich. Und das sollte ja wohl reichen.« Er zwinkert mir zu und wackelt mit den buschigen Augenbrauen.

»Du zwinkerst so merkwürdig, Henry. Hast du was im Auge?«

»Ja, mach dich ruhig über den alten Mann lustig«, kontert er kopfschüttelnd und tut mir beinahe leid. »Aber auch ich war mal jung … und verliebt.«

Ich verschränke die Arme. »Wie schon gesagt … Ich habe keine Ahnung, wovon du sprichst.«

Wenn er damit andeuten will, ich sei in Ruben verliebt, dann befindet er sich gewaltig auf dem Holzweg. Ich will lediglich die Einzige sein, mit der Ruben herummacht. Das ist etwas völlig anderes.

Trotzdem nehme ich mir Henrys Worte zu Herzen. *Er will nur deine Aufmerksamkeit erregen.* Ich drehe den Spieß um und beachte Ruben einfach nicht mehr. Mache meinen Job, scherze mit den Gästen. Flirte. Und plötzlich bin ich mir seiner Aufmerksamkeit sicher. Ich spüre seine Blicke, während ich die Getränke zapfe, Bestellungen aufnehme, abkassiere und richtig gutes Trinkgeld erhalte. Ich spüre seine Blicke, sobald ich an ihm vorbeigehe, um die Tische abzuräumen. Ich gehe öfter als nötig an ihm vorbei, nur um ihn dabei ganz leicht am Rücken zu streifen und ihn damit wahnsinnig zu machen. Und ich spüre seinen Blick, als ich meine Schürze ablege und Henry Bescheid sage, dass ich kurz mal auf die Toilette gehe.

Kaum befinde ich mich in dem dunklen Gang und sehe mich kurz um, steht Ruben auch schon dicht hinter mir. Ich kenne seine Körpersprache mittlerweile nur allzu gut und wusste genau, dass er mir folgen würde. Ohne Zeit zu verlieren, drücke ich ihn gegen die uralte Holzvertäfelung und küsse ihn. Er erwidert den Kuss sofort, legt mir die Hände auf den Hintern und drückt mich fest an sich. Unser Atem geht schwer. Ich lasse alles heraus, was sich in den letzten Stunden bei mir angestaut hat. Fühle mich wie ein Fass, das kurz vor der Explosion stand oder fast übergelaufen wäre. Je nach Inhalt.

»Das hast du mit Absicht gemacht«, keucht Ruben.

»Was?«, frage ich unschuldig.

»Ich will nicht, dass du mit irgendwelchen Typen rumflirtest, wenn ich dabei bin.«

»Dito.«

»Ich flirte nicht mit irgendwelchen Typen.«

»Du weißt, was ich meine.«

Mit den Zähnen fährt er mir am Kinn entlang bis zum Hals und saugt kurz, aber heftig daran. Ich stöhne laut auf.

»Dann wäre das geklärt«, sagt er mit einem selbstzufriedenen Lächeln und lässt mich einfach stehen.

Erschöpft lehne ich den Kopf gegen die Wand. Ich kann gar nicht in Worte fassen, wie ich mich gerade fühle, aber genau so muss es sein, wenn bei einem Vibrator plötzlich und ohne Vorwarnung die Batterien den Geist aufgeben.

Ich gehe in die Toilette und halte mein erhitztes Gesicht unter das eiskalte Wasser. Als ich wieder einen einigermaßen kühlen Kopf habe, werfe ich einen Blick in den Spiegel, um mein Haar zu sortieren, doch irgendetwas sieht komisch aus.

Mir klappt die Kinnlade herunter. Der Mistkerl hat mich tatsächlich markiert. Entrüstet schnappe ich nach Luft. Das ist so was von … asozial … so … Neunziger … so … so unverschämt.

Mit dem Zeigefinger rubbele ich an dem Knutschfleck herum, aber natürlich verschwindet er nicht. Mit hochrotem Kopf tauche ich wieder im Gastraum auf und will Ruben – wenn ich ihn schon nicht in aller Öffentlichkeit zur Rede stellen kann – zumindest mit Blicken töten. Doch er ist verschwunden.

»Na, das ging ja ziemlich flott eben bei euch beiden«, stellt Henry fest und wackelt schon wieder so dämlich mit den Augenbrauen.

Wenn er das noch öfter macht, kündige ich so fristlos wie im *Red Mill.*

Ich sehe mich um und stelle mit einiger Erleichterung fest, dass die hübsche Studentin wieder bei ihren Leuten am Tisch sitzt. »Wo ist er hin?«, frage ich ihn.

»Ich weiß nicht, von wem du redest«, schlägt Henry mich mit meinen eigenen Waffen.

Enttäuscht lasse ich die Schultern sinken und wische halbherzig über die leeren Tische. Es ist kurz vor zwei, und Henry sieht so müde aus, wie ich mich fühle.

»Was gäbe ich dafür, wenn die Sperrstunde wieder eingeführt würde«, seufzt er und wienert den Tresen. »Dann könnte ich jetzt schon im Bett liegen und den Schlaf des Gerechten schlafen.«

Ich gähne und reibe mir über die Augen, weil seine Worte bei mir wie eine Gutenachtgeschichte vom Sandmann wirken.

»Mach Schluss für heute, Julikind, und kümmere dich um deinen *Mitbewohner!* Lass ihn in dieser schweren Zeit nicht allein … auch wenn er so tut, als wolle er es sein.«

Ich stelle das klebrige Tablett, auf dem sich die leeren Gläser stapeln, vorsichtig auf der Theke ab. »Was für eine schwere Zeit?«

Er sieht mich verdutzt an. »Ach, ich dachte, du wüsstest es.«

»*Was?*«, frage ich und werde langsam ungeduldig.

»Dass Rubens bester Freund im Februar letzten Jahres gestorben ist. Ich weiß nicht mehr, wann genau, aber es muss so um den Anfang des Monats gewesen sein.«

»Scheiße.« Mehr kann ich nicht sagen. Doch innerlich schreie ich FUCK! FUCK! FUCK!

»Du sagst es«, stimmt er mir seufzend zu. »In so jungen Jahren sollte einfach niemand sterben müssen.«

Das heißt, schlussfolgere ich still für mich, dass Ruben nicht nur einen Freund verloren hat, sondern gleich alle zwei. Ich werfe mir den Mantel über. »Ist es okay, wenn …«

»Hau schon ab! Die restlichen Gäste kriege ich auch allein vergrault.«

Die Hoffnung, dass Ruben vielleicht doch nur nach Hause gegangen ist, stirbt beim Anblick der leeren Wohnung. Ich ziehe mein Handy aus der Hosentasche, öffne die Galerie und klicke mich durch die letzten Fotos auf der externen Speicherkarte. Ich habe ein schlechtes Gewissen, dass sie immer noch in meinem Telefon steckt. Allerdings fehlte mir bislang einfach die Gelegenheit, sie wieder unbemerkt in der kleinen Schachtel zu verstauen.

Es sind Aufnahmen von einem Hochhaus. Mehrere wurden von unten von der Straße aus bei Tageslicht geschossen. Die nächsten wurden anscheinend vom Dach aus aufgenommen. Ich sehe nur ein Paar Schuhe, die in schwindelerregender Höhe über den Abgrund ragen. Dann einige Bilder von der Aussicht auf das gegenüberliegende Gebäude und die Straßenkreuzung. Die Fotos auf dem Dach des Hauses sind alle bei Nacht entstanden. Auf dem nächsten sehe ich nur einen Ausschnitt. Ein Stück von einem Seil und Beine, die sich gegen die Fassade stemmen. Das nächste Bild ist komplett verschwommen. Es lässt sich nichts darauf erkennen. Ich klicke weiter, doch danach kommt keins mehr. Es ist das letzte. Ich sehe mir das Datum der letzten vier Fotos an. Siebter Februar voriges Jahr. Ich werfe einen Blick auf meinen Startbildschirm. Seit zwei Stunden ist es Sonntag. Der siebte Februar.

Ich sinke aufs Bett und reibe mir die Stirn, doch selbst das hilft mir nicht weiter. Mit diesem Wissen kann ich nichts anfangen. Empfinde es eher als Last. Seit Ruben in der ersten Nacht verletzt nach Hause kam, mache ich mir Sorgen um ihn. Seit ich die Videos und Fotos sah, hat sich die Sorge um ihn potenziert. Und jetzt … Wem hilft es, dass ich hier herumsitze und mir Sorgen mache? Niemandem.

Ich wähle seine Nummer, doch sofort schaltet sich die Mailbox ein. Ich will ihm eine Nachricht schreiben, aber ich weiß nicht, wie ich sie formulieren soll. *Bitte, komm nach Hause!* Oder: *Mach keinen Unsinn und pass bitte auf dich auf!* Oder lieber doch: *Nimm mich hart auf dem Küchentisch! Jetzt!*

Ich glaube, bei Letzterem stünde er am allerschnellsten auf der Matte … wenn heute nicht der Todestag seines besten Freundes wäre.

Plötzlich habe ich einen Einfall. Ich schnappe mir schnell noch Schal und Handschuhe, schließe die Wohnungstür hinter mir ab und laufe die wenigen Meter zum *Red Mill.*

»Kein Zutritt für Frauen«, knurrt Papa Bär und verschränkt die Arme vor der Brust.

»Aber …«

Unter seinem Walrossbart zeichnet sich ein Lächeln ab. »War nur ein Scherz, Kleine. Willkommen zurück!«, sagt er und drückt mich unbeholfen gegen seinen dicken Bauch.

Nervös sehe ich mich in der Bar um. Lucas steht hinter dem Tresen und hat alle Hände voll zu tun. »Weißt du zufällig, wo Sandy ist?«, frage ich Papa Bär und hoffe, dass sie nicht gerade eine Show im *Private Room* abziehen muss.

»Die müsste hinten sein. Hat ein paar Minuten Pause.«

»Danke.« Ich quetsche mich an ihm vorbei, durchquere den Gang und trete zur Hintertür auf den Hof hinaus.

Sandy und Mandy sitzen zusammen auf der Plastikbank unter einer Decke und teilen sich eine Zigarette. Ich gehe auf sie zu. »Na, widmet ihr euch schon wieder den freudschen Theorien?«

Mandy bläst den Rauch in die kalte Nachtluft. »Was sollte man auch sonst in einer Nacktbar machen?«

»Uiiiii, Juli!«, freut sich Sandy. »Kehrst du doch wieder zu uns zurück?« Sie rückt auf der kleinen Bank beiseite, damit ich neben ihr Platz nehmen kann.

»Ganz sicher nicht«, lache ich. »Auch wenn ich euch Mädels ganz schön vermisse«, füge ich schnell hinzu.

»Was führt dich dann zu uns?«

Kurzerhand ziehe ich mein Smartphone aus der Manteltasche und zeige ihr das Foto von dem Hochhaus. »Wisst ihr, wo das sein könnte?«

Sandy nimmt mir das Telefon aus der Hand, kneift die Augen zusammen und zoomt die Kreuzung heran. Das habe ich natürlich auch schon gemacht, aber es war mir unmöglich, einen Straßennamen zu erkennen.

»Ja«, sagt sie nach kurzem Überlegen. »Das dürfte gar nicht so weit von hier entfernt sein. Nur drei oder vier Stationen mit der U-Bahn.«

Ich habe Glück, dass gerade Wochenende ist und die U-Bahn die ganze Nacht durchfährt, und befinde mich kaum zwanzig Minuten später an der Kreuzung, die auf dem Foto zu sehen ist. Sie ist taghell beleuchtet. Die Laternen strahlen wie eine Flutlichtanlage im Fußballstadion, obwohl es menschenleer ist. Zitternd vor Kälte und mit hochgezogenen Schultern stehe ich an der Ampel, sehe zu dem verwinkelten Wohnblock auf und zähle die Etagen. Es sind elf.

Ich gehe bei Rot über die Ampel. Ruben kann ich nirgends entdecken und habe leider keinen Anhaltspunkt, welcher der vielen Eingänge der richtige sein könnte und ob es in jedem Aufgang eine Möglichkeit gibt, aufs Dach zu gelangen. Ich schleiche um die erste gläserne Eingangstür herum und sehe mir die Namen auf den Klingelschildern an. Welcher klingt nett genug, um mir die Tür zu öffnen?

Wie bescheuert von mir, nachts um drei mit Höhenangst ein Hochhausdach betreten zu wollen, wenn ich mich nicht einmal traue, irgendwo zu klingeln, um ins Gebäude zu gelangen.

Ich begebe mich zum nächsten Eingang, und siehe da …, die Tür steht offen. Ich betrete das dunkle Foyer, laufe vorbei an unzähligen Briefkästen und drücke auf den Knopf des Aufzugs. Er setzt sich in Bewegung. Es ist das einzige Geräusch, und ich fühle mich wie in meinem persönlichen Horrorfilm. Mit einem lauten *Ping* öffnen sich ganz langsam und ruckelnd die Türen. Das Licht im Innern schmerzt in den Augen. Die Kabine ist von oben bis unten zugetaggt. Auf dem Boden liegen Müll und ausgedrückte Zigaretten, und es stinkt nach verkipptem Bier. Der Spiegel wurde vollgespuckt, und jede einzelne Etagentaste ist verkohlt. Eins steht fest: Ich werde keinen Fuß in diesen ekligen Lift setzen. Als sich die Türen automatisch wieder schließen, atme ich tief durch und sehe mich nach einer Treppe um.

Wäre das hier einer dieser wenig subtilen Teeniehorrorstreifen, würde ich jetzt denken: *Gott, ist die dämlich ... Was läuft sie auch nachts allein durch ein dunkles, gruseliges Treppenhaus?*

Ich hoffe einfach darauf, dass sich alle potenziellen Mörder und Vergewaltiger gerade ihrem Schönheitsschlaf widmen, seufze laut und wage mich an den Aufstieg.

So leise wie möglich trete ich auf den Stufen auf, aber trotzdem klingt es, als würde das Scharren meiner Stiefel durch das gesamte Haus hallen. Meine miserable Kondition beruht sicher darauf, dass ich immer seltener Zeit zum Joggen finde, denn ich komme völlig atemlos und erst nach einer gefühlten Ewigkeit im elften Stockwerk an. Von hier aus führt mich eine Metalltreppe noch ein halbes Stockwerk höher geradewegs auf zwei Türen zu. Auf der einen Tür steht das Wort *Maschinenraum*, die andere wurde aufgehebelt. Ich atme tief durch und zwänge mich vorsichtig durch die Tür mit dem zerbeulten Schloss nach draußen. Möchte mal wissen, was Ruben zum Thema *Zerstörung fremden Eigentums* zu sagen hat.

Und dann stehe ich tatsächlich auf dem Dach. Für den Bruchteil einer Sekunde. So lange, bis Schwindel und kalter Angstschweiß mich zwingen, in die Hocke zu gehen und letztendlich auf allen vieren zu kriechen. Ich lehne mich an die Außenwand des Maschinenraums, schütze mich vor dem eisigen Wind und vergesse für einen Augenblick, weshalb ich überhaupt hier bin.

»Juli? Was tust du hier?« Ruben sieht mich an, als wäre ihm gerade der Leibhaftige höchstpersönlich begegnet.

Ach ja … jetzt weiß ich es wieder. Ich bin wegen Ruben hier.

# 44

# Ruben

»Das Gleiche könnte ich dich auch fragen«, antwortet sie.

Noch nie war ich verwirrter als in diesem Moment. Wie zur Hölle ist sie hergekommen? Warum zur Hölle ist sie hergekommen? Und was mache ich jetzt mit ihr?

»Woher weißt du, dass ich hier bin?«, frage ich total perplex. »Bist du mir etwa gefolgt?«

»Äh …« Juli sieht sich unsicher um. »Diese Fragen beantworte ich dir gern, aber erst, wenn wir wieder unten sind.«

»Was? Nein. Du beantwortest mir genau *jetzt* meine Fragen!« Überfordert von der ganzen Situation raufe ich mir die Haare. Sie hat hier verdammt noch mal nichts zu suchen. »Und dann verschwindest du auf der Stelle!«

»Nein. Ich sehe dir nicht dabei zu, wie du dein Leben riskierst und dich wie deine besten Freunde in den Tod stürzt.«

»Das hat auch kein Mensch von dir verlangt.« Ich werde stutzig. »Warte … Woher weißt du das?«

Sie wird noch blasser, als sie ohnehin schon ist. »Könnte sein, dass … dass Henry mir gegenüber etwas erwähnt hat.«

»Du lügst«, fahre ich sie unwirsch an. »Henry weiß nur, *dass* Finn gestorben ist, nicht *wie.*« Und die Geschichte mit Pablo habe ich ihm bis heute nicht erzählt.

Ihre Unterlippe bebt, und ihre Augen füllen sich mit Tränen. Ich bin vollkommen gestresst. Bis eben war ich komplett fokussiert. Darauf, mich perfekt abzusichern und mir bei dieser Aktion den Hals eben nicht zu brechen. Und Finns Werk endlich zu Ende zu bringen. Jetzt weiß ich nicht, was ich zuerst tun soll. Juli in die Arme nehmen oder sie zum Teufel jagen?

»Bitte, Ruben!«, fleht sie mich an. »Komm mit mir nach Hause!«

Unnachgiebig schüttele ich den Kopf.

»Bitte.« Ihre Tränen brechen sich Bahn. »Ich weiß, was du vorhast, und ich habe Angst um dich.«

Ich gehe vor ihr in die Hocke und sehe sie an. Mir ist immer noch schleierhaft, wie sie mich hier finden konnte. »Du verstehst das nicht«, erkläre ich ihr ruhig. »Ich muss das machen. Ich kann nicht anders.«

»Doch. Kannst du! Schau mich an! Ich habe wahnsinnige Höhenangst, und trotzdem stehe ich auf dem Dach eines Hochhauses.«

»Du stehst nicht«, korrigiere ich sie und muss beinahe lächeln. »Du liegst fast.« Ich greife nach ihren Händen und ziehe sie ganz langsam vom kalten Boden hoch. »Sieh dich um! Bis zur Kante sind es noch gute vier Meter. Hier bist du völlig sicher.«

»Nein … nein … nein.« Energisch schüttelt sie den Kopf und kneift die Augen zusammen. »Ich will mich auf gar keinen Fall hier umsehen.«

Jetzt muss ich wirklich lachen. »Du bist irgendwie süß«, stelle ich fest und küsse ihre Nasenspitze.

»Süß genug, dass du mit mir jetzt endlich diesen furchtbaren Ort verlässt?«

»Nein«, sage ich ernst. »Außerdem bin ich immer noch sauer, aber das klären wir später zu Hause.« Ich muss unbedingt den Kopf wieder freikriegen, um mich völlig konzentrieren zu können. Denn heute darf kein Handgriff misslingen.

»Ich gehe aber nicht ohne dich.«

Genervt seufze ich. Wie kann ich sie loswerden? »Dann mach dich wenigstens nützlich und behalte die Haken im Auge, die ich dort im Boden fixiert habe, und pass auf, dass mein Seil in Position bleibt!« Ich deute auf meine einzige Lebensversicherung, die ich mithilfe eines Akkuschraubers im Dach verankert habe.

»Dort vorn?« Ihre Augen weiten sich, und sie wischt sich die Tränen aus dem Gesicht.

Ich nicke.

»Auf gar keinen Fall.«

»Siehst du?«, flüstere ich erleichtert und nehme sie ganz fest in den Arm. Wenn heute doch alles schiefläuft, ist es ein schönes Gefühl, sie noch einmal so gespürt zu haben. »Du verstehst nicht, dass ich das machen muss, und ich verstehe nicht, dass du es nicht kannst.« Ich will sie sanft von mir wegschieben, aber sie gibt mich noch nicht frei.

»Also gut, ich mach's«, erklärt sie. »Einer muss ja auf dich Knallkopf aufpassen.«

Ich ahne nicht, welche Überwindung sie diese Worte gekostet hat, aber wenn ich die Furcht in ihrem Blick deute, hat der Schatten, über den sie gerade gesprungen ist, die Größe eines Riesen. Und ich werde garantiert nicht zulassen, dass sie hier oben ganz allein ihrer Panik ausgesetzt ist, während ich dreißig Meter über dem Gehweg an einem Seil hänge. »Siehst du das Haus gegenüber auf der anderen Straßenseite? Hier.« Ich drücke ihr meine kleine Kamera in die Hand. »Die Balkone dort sind wie ein Treppenhaus für jeden zugänglich, und man gelangt von dort aus in die Wohnungen. Such dir eine ruhige Etage aus und mach ein paar schöne Fotos für mich!«

»Wovon?« Sie schnieft und wischt sich mit dem Mantelärmel über die Nase. »Von den Fußmatten vor den Türen?«

»Nur wenn sie ganz besonders schön sind … und ansonsten vielleicht noch ein paar von mir.«

Sie dreht die Kamera in der Hand hin und her, unschlüssig, ob sie sich darauf einlassen soll oder besser nicht. »Du passt auf dich auf?«, fragt sie mich unsicher.

»Ich passe auf mich auf«, verspreche ich ihr und schiebe sie durch die Tür. »Ach, und Juli … sollte jemand auf mich oder auf dich aufmerksam werden, verschwinde so schnell wie möglich! Und sollte es hart auf hart kommen, vernichte die Speicherkarte. Wenn das nicht schnell genug geht, vernichte die Kamera!«

Sie schluckt, nickt und verschwindet im dunklen Treppenhaus.

Ich atme tief durch. Wie konnte es nur so weit kommen? Genau das wollte ich immer verhindern. Genau deshalb habe ich mir schon so lange keine Gefühle mehr erlaubt. Es war ein Fehler, ihnen nachzugeben.

Ich setze mich an den Rand der Dachkante und überblicke die Stadt. Diese schrecklich hässliche Stadt. Und das hier ist eins der hässlichsten Häuser. Deswegen hatte Finn es damals auch ausgewählt. Er war von uns dreien immer der Politischste, der Sozialkritischste. Wollte aufrütteln und anprangern. Ich krame seinen Entwurf aus der Hosentasche und fahre vorsichtig die Linien der einzelnen Buchstaben nach.

*WE DON'T LIVE IN A WASTELAND*

Seit ich ihn vor einem Jahr dort unten liegen ließ, um meinen eigenen Arsch zu retten, weil ich wusste, seiner war unrettbar verloren, bestand mein Inneres aus einer Wüste. Ohne jedes Leben. Doch manchmal, wenn ich Juli betrachte, habe ich das Gefühl, als hätte inmitten des Sands ein Samenkorn Halt gefunden und Wurzeln geschlagen.

Ich reibe mir über das Gesicht. »Was soll ich tun, Alter?«, frage ich meinen besten Freund, als stünde er neben mir.

Doch er antwortet nicht.

Ich stehe auf und spähe über den Rand. Zu der Stelle, an der letztes Jahr alles so schrecklich schiefging. Kurz entschlossen stopfe ich meine Ausrüstung zurück in den Rucksack und schraube den Sicherungshaken wieder ab. Ich kann ihr das nicht antun, kann sie da nicht mit reinziehen. Und ich kann auch nicht zulassen, dass sie mir vielleicht beim Sterben zusehen muss.

Immer mehrere Stufen auf einmal nehmend, sprinte ich die Treppen hinunter, renne über die große Straße und klettere von Balkon zu Balkon, bis ich Juli endlich finde. Sie blickt mich erschrocken an, doch als sie mich erkennt, atmet sie erleichtert auf.

»Du kannst dich nicht wie ein normaler Mensch fortbewegen, oder?«, fragt sie lächelnd.

Ich schüttele den Kopf. »Nope, kann ich nicht«, bestätige ich außer Atem und halte ihr eine Hand hin, als wäre es das Selbstverständlichste. »Komm, wir gehen nach Hause!«

Und sie ergreift sie ohne Zögern, und dann eilen wir den ganzen Weg durch die Kälte, und der Schnee unter unseren Füßen dämpft sämtliche Geräusche. Alles hört sich an wie unter einer dicken Daunendecke, und dieses Mal lege ich ihr einen Arm um die Schultern, um sie ein wenig zu wärmen. Sie schmiegt sich an mich und legt mir einen Arm um die Hüften, und mit ihrer Leichtigkeit sorgt sie dafür, dass die Trauer um

Finn für einen Moment im Hintergrund verschwindet, und sie macht es mir einfach so verdammt einfach, mich bei ihr unendlich wohlzufühlen.

# 45

## Juli

»Also …«, druckse ich nervös herum, sobald wir die Tür hinter uns geschlossen haben. »Also, bevor ich dir erkläre, weshalb ich wusste, wo ich dich heute finde und du mich zur Strafe hart auf dem Küchentisch nehmen kannst …« Ich ziehe die Handschuhe aus und lege sie auf besagtem Tisch ab. »Also, vorher würde ich gern duschen, um den Tag und den Kneipengestank abzuwaschen.«

Er lehnt sich gegen den Tisch und zieht eine Augenbraue hoch. »Ich wüsste nicht, was daran eine Strafe sein soll.«

»Okay«, seufze ich enttäuscht. »Dann fällt die Sache mit dem Küchentisch eben aus.«

Er schüttelt den Kopf. »Das finde ich noch unfairer. Dann werde ich ja gleich mitbestraft.«

»Verzwickt. Nun, dann weiß ich leider auch nicht, wie wir das Problem lösen sollen.«

Er zieht mich am Mantel zu sich heran. »Ich würde sagen, wir klären den weiteren Vorgang unter der Dusche«, haucht er mir ins Ohr und befreit mich von meinem Schal.

Pünktlich zum Sonnenaufgang stehen wir gemeinsam unter der Dusche. Mich wundert das gar nicht, denn mit Ruben existiert so etwas wie Zeit überhaupt nicht mehr. Mit ihm kann ich mitten in der Nacht frühstücken, mit ihm bin ich wach, wenn alle anderen schlafen, mit ihm schließe ich bei Sonnenaufgang erschöpft die Augen. Ich weiß nicht, wie lange ich das noch aushalte, aber ich habe das Gefühl, mein Körper kennt nur noch eine Zeitzone.

Die mitteleuropäische Rubenzone.

Den Jetlag danach spüre ich erst dann immer mit voller Wucht, wenn er nicht mehr bei mir ist. Doch jetzt gerade verspüre ich nichts mehr von der Müdigkeit, die mich vorhin im *Soul Kitchen* um ein Haar übermannt hätte. Wie sollte ich bei diesem Anblick auch an Schlaf denken? Vor mir steht ein Kunstwerk. Seine Haut ist die Leinwand, und Ruben ist Künstler und Kunstwerk in einem. Ich weiß, dass diese Bilder nur für ihn bestimmt sind. Dass er nie wollte, dass ich oder sonst jemand sie zu sehen bekommt. Aber ich kann nicht anders, als jede einzelne Linie mit den Fingern nachzufahren, als wäre es ein Dokument seines Lebens, verfasst in Braille. So bescheuert ich Elias' Heath-Ledger-Wade fand, so faszinierend, verstörend und wunderschön zugleich finde ich die Zeichnungen auf Rubens Körper. Doch wenn er mich küsst, habe ich nicht einmal mehr dafür Augen. Wenn er mich küsst, könnte die Welt ringsum in Schutt und Asche versinken. Und ich würde es nicht merken.

Draußen hat der Sonntag ohne uns begonnen. Ruben hält mich in den Armen, meine Hand ruht auf seinem Bauch.

Ich weiß nicht, ob er mir das mit der Speicherkarte wirklich schon verziehen hat oder ob er es schlussendlich gar nicht so schlimm fand. Aber ich denke, dass wir die Reihenfolge, damit umzugehen, perfekt gewählt haben. Da kann mir jeder erzählen, was er will … Versöhnungssex *nach* einem Streit kann sich niemals so gut anfühlen wie Sex davor. Ruben ist zwar der Erste, mit dem ich diese Erfahrung teile, aber ich glaube, man streitet sich anders mit einem Menschen, den man eben noch mit Haut und Haar gespürt hat. Vielleicht irre ich mich auch und revidiere meine Meinung, sollte ich jemals fantastischen Versöhnungssex haben. Für den Augenblick bin ich allerdings froh, dass wir es genau andersherum hinbekommen haben.

Gedankenverloren dreht Ruben die kleine Speicherkarte zwischen den Fingern der linken Hand hin und her. »Wir waren drei«, beginnt er leise zu erzählen, und ich halte den Atem an. »Pablo, Finn … und ich. Finn und ich waren schon in der Schule beste Freunde. Er war ein Streber und ich ständig in Schwierigkeiten.« Bei diesen Worten lächelt er. »Pablo haben wir auf irgendeiner langweiligen Party kennengelernt. Keiner von uns wusste, weshalb wir überhaupt da waren, und wir fühlten uns so richtig fehl am Platz zwischen den vielen oberflächlichen Selbstdarstellern. Sie alle spielten schon damals mit sechzehn, siebzehn dieses dämliche Spiel mit. Besser sein zu müssen als der andere. Sich selbst und damit indirekt auch alle anderen permanent unter Druck zu setzen, als wäre das Leben eine Leiter. Es gibt ganz oben und ganz unten auf dieser seltsamen Leiter, und alle streben danach, möglichst weit hochzukommen. Manche verharren auch für immer auf einer der mittleren Stufen, aber wir … Wir wollten nicht einmal auf dieser verdammten Leiter stehen.

Zu dritt waren wir von da an nicht mehr zu bremsen. Pablo war unser Visionär. Er hatte jeden Tag einen neuen *Denkt ihr es wäre möglich dass*-Einfall. Finn war unser Gehirn und plante jede Aktion bis ins kleinste Detail durch. Und ich … Ich war einfach nur verrückt genug, jede noch so schwachsinnige Idee von Pablo auch wirklich in die Tat umzusetzen …«

»Da kann ich mich ja glücklich schätzen, dass wir heute zu Fuß nach Hause gegangen sind«, unterbreche ich ihn. »Und nicht auf dem Dach der U-Bahn, bloß weil du keine Lust hattest, eine Fahrkarte zu kaufen.«

Er grinst mich an. »Das hat mit Glück überhaupt nichts zu tun. Aus eigener Erfahrung kann ich dir S-Bahnsurfen im Winter wirklich nicht empfehlen. Danach habe ich zwei Stunden lang mein Gesicht nicht mehr gespürt.«

»Vielen Dank für die Warnung«, seufze ich kopfschüttelnd und lege mich mit der Wange wieder auf seine Brust. »Ich wollte dich nicht unterbrechen. Erzähl weiter!«

»Na, jedenfalls ließ der Ärger nicht lange auf sich warten. Zuerst mit unseren Alten, später mit der Polizei. Für mich war das längst Alltag, für Finn und Pablo hingegen völliges Neuland. Ich glaube, dafür machen mich ihre Eltern bis heute verantwortlich. Meine Familie hatte natürlich auch kein Verständnis. Aber das kannte ich schon. Meine Mutter kam nie mit mir klar. Ich war ein ziemlich … sagen wir mal … herausforderndes Kind. Und dass ich irgendwann auf eigene Faust die Behandlung mit Ritalin und die begleitende Therapie abgebrochen habe, hat sie mir nie verziehen. Ich habe sehr früh begriffen, dass ich ein extremer Suchtmensch bin. Aber von Medikamenten abhängig zu sein, nur um ein wertvolleres Mitglied dieser Gesellschaft zu werden, dagegen habe ich mich mit Händen und Füßen gewehrt. Dann habe ich versucht, meine *Verhaltensauffälligkeit* durch Sport und durchs Zeichnen zu regulieren. Das hat mir wirklich geholfen, um klarzukommen … Und es hilft mir immer noch. Meiner Mutter war das nie genug. Mein gestörtes Sozialverhalten passte einfach nicht in ihr Leben. Sie hat mir zwar immer ihre Liebe beteuert, aber was nützt das, wenn du am Ende doch nur Hass und Wut empfängst?«

Ich kann darauf nichts erwidern, doch mir wird endlich klar, weshalb Ruben immer so getrieben, so ruhelos auf mich wirkt. Ich schmiege mich an ihn. Würde am liebsten mit ihm eins sein, weil mir die richtigen Worte fehlen. Nicht weil ich nicht weiß, wie sie lauten, sondern weil ich nicht wage, sie über meine Lippen zu bringen.

»Meine Mutter und ihr Mann haben ein ziemlich simples Weltbild«, fährt er fort. »Zum Beispiel sind Autoren ihrer Meinung nach nur Autoren, wenn sie verlegt worden sind, und Künstler sind eben nur Künstler, wenn sie irgendwo ausgestellt werden. Dass ein mehrere Meter großes Bild an einer Hauswand nicht zählt, versteht sich natürlich von selbst.«

»Ich wette, du könntest damit Geld verdienen ... Ich würde dich sofort ausstellen.«

Er schüttelt den Kopf. »Das verstehst du nicht. Ruhm kann sehr schnell sehr teuer werden. Wenn herauskommt, wofür wir alles verantwortlich sind, bin ich den Rest meines Lebens mit der Tilgung der Schulden wegen Sachbeschädigung beschäftigt. Wir wollten nie Ruhm ... nicht einmal innerhalb der Szene. Und wir wollten damit auch nie Geld verdienen. Deshalb war es für meine Eltern auch kaum der Rede wert, was für mich den Weltuntergang bedeutete.« Die kleine Speicherkarte verschwindet in seiner geballten Faust, die Sehnen an seinen Unterarmen treten hervor. »Finn, Pablo und ich wurden dummerweise irgendwann einmal erwischt. Keine große Sache, man hatte kaum was gegen uns in der Hand. Trotzdem wurde bei uns eine Hausdurchsuchung genehmigt. Ich hatte meine Mutter am Telefon noch rechtzeitig warnen können und sie gebeten, mein ganzes Zeug einfach aus meinem Zimmer rauszuholen und für ein paar Stunden in ihrem Schlafzimmer zwischenzulagern. Aber meine Eltern haben kurzen Prozess gemacht und alles vernichtet. Haben jede Zeichnung, jedes Notizbuch, jeden Block und Ordner, jedes Stück Papier, das für mich Therapie und Ausdruck meiner Gefühle war, in ihrem beschissenen Partyfeuertopf im Garten verbrannt. Und das, obwohl ich ihnen gesagt habe, dass der Durchsuchungsbeschluss nur für mein Zimmer und nicht für das restliche Haus galt. Seit dieser Nacht habe ich sie nie wiedergesehen, aber das ist okay für mich.« Ruben sieht mich einen Moment lang an. »Mit Menschen zusammenleben zu müssen, die einem nicht zuhören und die einen nicht verstehen, macht einsamer, als allein zu sein.« Er fasst sich ans Herz, genau an die Stelle, an der seine kleine Schwester auf ewig einen Platz bei ihm hat. »Aber ich vermisse Daisy. Sie war das lustigste kleine Mädchen, das du dir vorstellen kannst.«

»Das ist sie bestimmt immer noch«, flüstere ich und lege meine Hand auf seinen Arm.

»Ich hoffe es. Ich hoffe, dass sie besser in das Weltbild ihrer Eltern passt als ich.« Er legt eine kurze Pause ein, bevor er fortfährt: »Weißt du … an ganz schlechten Tagen frage ich mich, ob es nicht für alle Beteiligten besser gewesen wäre, wenn *ich* diese Fahrt nicht überlebt hätte. Pablo und Finn hätten ihr Leben bestimmt noch auf die Reihe bekommen und in geordnete Bahnen gelenkt. Und ihre Familien hätten nicht diesen schrecklichen Schmerz durchleben müssen, denn ohne mich hätte Finn vor einem Jahr niemals auf diesem Dach gestanden.« Er kneift die Augen zusammen, als wolle er ein Bild ausblenden. Als könne er den Anblick nicht ertragen. »Ich weiß bis heute nicht, worin unser Fehler lag«, sagt er leise. »Könnte nicht sagen, dass wir alles anders machen würden, wenn wir die Zeit zurückdrehen könnten. Ich weiß nicht, weshalb er in den Tod gestürzt ist. Und bis heute kenne ich sein Grab nicht. Ich war einfach zu feige, um bei seiner Beerdigung aufzutauchen. Ich war zu feige, noch einem Vater, der seinen Sohn verloren hatte, in die Augen zu blicken. Wir waren drei … jetzt bin ich der Letzte.« Er atmet tief durch und sieht mich an. »Das alles habe ich noch nie jemandem erzählt, aber ich glaube, bei dir ist es sicher aufgehoben. Ich glaube, du verurteilst mich nicht.«

Ich nicke stumm, lege mich mit dem ganzen Körper auf ihn und küsse ihn. Atemlos. Ich will, dass er an etwas anderes denkt oder am besten gar nicht mehr denkt, sondern nur noch fühlt. Obwohl ich doch ganz genau weiß, dass das unmöglich ist. »Ich komme mir so lächerlich vor«, gestehe ich ihm.

»Wieso?« Er blickt mir überrascht in die Augen und streicht mir das Haar aus dem Gesicht.

Ich liebe es, wenn er das macht.

»Weil ich wegen Wanda und Elias so verletzt war. Weil ich so dramatisch von zu Hause abgehauen bin, bloß weil die beiden mich betrogen haben. Das ist so albern. So lächerlich. Nichts im Vergleich zu dem, was du durchgemacht hast. Du hast deine besten Freunde verloren, du hast seit Jahren deine kleine Schwester nicht mehr gesehen, und deine Mutter hat komplett versagt. Ich dagegen komme nach Berlin und mache ein Riesenfass auf und weiß mittlerweile nicht einmal mehr, warum eigentlich.«

»Worin liegt der Unterschied?«, fragt er und streichelt mir sanft über den Rücken. »Der Grund für Schmerz ist vielleicht für jeden ein anderer. Aber wenn er dich trifft, dann zu hundert Prozent, und es ist völlig egal, wodurch er ausgelöst wurde, in diesem Moment steht jeder vor den Scherben seines Seins. Und außerdem …« Seine Stimmung wechselt sich von jetzt auf gleich. Er rollt mich von sich herunter und liegt plötzlich über mir. »Außerdem bin ich ziemlich froh, dass du so ein Riesenfass aufgemacht hast und in Berlin gelandet bist.«

»Und wieso?«, frage ich neugierig und kann mir ein breites Lächeln nicht verkneifen.

»Weil …« Er zieht mich auf den Schoß und steht mit mir zusammen auf. »Weil ich dich sonst jetzt nicht hart auf meinem Küchentisch vögeln könnte.«

Ich muss schlucken, kralle mich an ihm fest und beiße ihm vor lauter Erregung und Vorfreude in den Nacken. Er keucht auf, fegt mit einer Handbewegung sämtliches Zeug vom Tisch und setzt mich darauf ab. Ich weiß, dass ihm das Gespräch eben zu viel war und dass er nur ein bisschen Zerstreuung sucht. Aber wenn er mich so ansieht, mit diesem Funkeln in den Augen, kann ich es wirklich kaum erwarten.

# 46

## Juli

»Weißt du, was, Julikind?«, sagt Henry zu mir, während er das Band seiner liebsten und einzigen Kassette mühselig mithilfe eines Bleistifts zurückdreht. »Ich habe festgestellt, dass mit dem Fortschreiten meines Alters die Anzahl der Menschen, die mich mal am Arsch lecken können, exponentiell ansteigt.«

»Na toll«, erwidere ich, gähne ausgiebig und halte mich krampfhaft aufrecht, um mit dem Gesicht nicht auf dem Besenstiel einzuschlafen. »Soll ich mich jetzt irgendwie davon angesprochen fühlen?«

»Überhaupt nicht. Aber ich habe noch einmal über diesen ganzen neumodischen Genderquatsch nachgedacht und bin zu dem Entschluss gekommen, dass ich zu alt für diesen Unsinn bin.«

Ich merke, wie mir die Augen zufallen.

»Da draußen!«, ruft er laut und deutet mit dem Finger zum Fenster hinaus. »Diese alte Platane vor der Tür … die ist mein Unisex-Klo. Da kann dranmachen, wer und wie er will.«

Ich rutsche mit der Wange vom Besenstiel ab und befürchte,

einen entscheidenden Teil des Gesprächs verpasst zu haben. »Dein Wort in Gottes Ohr«, murmele ich in der Hoffnung, dass dies die richtige Reaktion ist.

»Gott? Was hat denn Gott schon wieder damit zu tun? Der kann mich genauso am Arsch lecken wie alle anderen.«

Müde schleife ich den Besen hinter mir her ins *altmodische* Männerklo. Wäre ich nicht so furchtbar müde … wäre ich jetzt etwas mehr bei der Sache … würde ich ihm vielleicht erklären, dass es bei diesem *neumodischen Genderquatsch* nicht darum geht, ob *er* zu alt dafür ist oder ob *er* mit diesem Thema nichts anfangen kann. Vielmehr geht es darum, dass niemand von gesellschaftlichen Normen in ein Korsett gequetscht werden sollte und dass es um Freiheit und Akzeptanz geht. Aber jetzt … in meinem Zustand, interessiert es mich fast noch weniger als ihn, wer wohin pinkelt. Hauptsache, man zielt genau.

»Und?«, fragt mich Henry und steht plötzlich hinter mir im Türrahmen. »Hast du deinen Ruben heute Nacht noch gefunden?«

»Wie oft eigentlich noch? Er ist nicht *mein* Ruben!«, zische ich ihn an.

»Wenn du meinst. Ich meine etwas anderes … und ich habe eigentlich *immer* recht.«

Ich schließe kurz die Augen und atme ganz tief durch. Eigentlich sollte ein Mann in seinem Alter andere Interessen als das Liebesleben seiner Aushilfskräfte haben, aber dem ist anscheinend nicht so. »Schön, wie du willst. Ja, ich habe ihn noch gefunden. Und ja, du hattest recht …«

»Siehst du?«, meint er selbstzufrieden. »Ich habe immer recht. So etwas nennt sich Altersweisheit.«

»Du hattest damit recht, dass Rubens Päckchen schwerer ist als das anderer«, fahre ich fort, um ihm den Wind aus den Segeln zu nehmen.

»Und mit dem Rest habe ich auch recht. Du bist nur zu dumm und zu jung, um es einzusehen. Und jetzt an die Arbeit!« Er klatscht zweimal in die Hände. »Ich bezahle dich schließlich nicht fürs Rumstehen und Quatschen.«

Vor Fassungslosigkeit klappt mir die Kinnlade herunter. Grummelnd ziehe ich mir die gelben Gummihandschuhe über und mache mich ans Werk. Von den ganzen Kneipen- und Nacktbar-Möchtegernpsychologen habe ich endgültig die Nase voll.

Ich erschrecke mich fast zu Tode, als ich die Tür zur Wohnung aufschließe und feststelle, dass ich nicht allein bin. »Was machst du hier?«, frage ich überrascht.

»Zufällig wohne ich hier.« Mit konzentriertem Gesichtsausdruck beugt Ruben sich an der Arbeitsplatte in der Küche über ein Blatt Papier und zeichnet mit einem Fineliner schwarze Linien nach.

»Aber nicht um diese Uhrzeit«, stelle ich klar.

Sonst ist er nie zu Hause, wenn ich mit der Frühschicht bei Henry fertig bin, bis auf ein einziges Mal. Nervös sehe ich mich um und vergewissere mich, dass Sandy nicht irgendwo knapp bekleidet herumsitzt … oder -liegt. Doch außer uns beiden scheint sonst niemand hier zu sein. Ich ziehe den Mantel aus, streife mir die Stiefel von den Füßen und stehe unschlüssig herum. Für gewöhnlich nutze ich die Einsamkeit, um ganz in Ruhe auf die Toilette zu gehen, ohne befürchten zu müssen, Ruben könne jeden Moment dieses schreckliche Scheunentor aufschieben, das noch nicht einmal ein Schloss oder wenigstens einen Riegel zum Vorschieben besitzt. Und ich nutze die Zeit ohne ihn, um Schlaf nachzuholen.

»Frühstück?«, fragt er und deutet auf den Küchentisch. »Ich habe uns vorhin Croissants besorgt.«

Dieser Tisch … Ich glaube, ich kann nie, nie wieder an diesem Tisch sitzen … und essen.

Ich schnappe mir die Tüte, fische mir ein Croissant heraus und halte sie ihm hin. »Du bist meine Rettung«, stöhne ich beim Hineinbeißen. »Ich bin so hungrig, ich könnte eine halbe Kuh verschlingen.«

»Und ich dachte, du bist Vegetarierin.« Er grinst und nimmt sich das zweite Croissant. »Welche Hälfte der Kuh magst du denn lieber? Die vordere, die muht, oder die …«

»Was zeichnest du da?«, unterbreche ich ihn, bevor er den Satz beenden kann. »Darf ich das sehen?«

Ruben kratzt sich am Kopf und wirkt plötzlich total verunsichert. »Ach, es ist nichts. Nur eine Skizze.«

»Darf ich sie trotzdem sehen?«

Kurz scheint er mit sich zu hadern, doch dann schiebt er mir die Zeichnung herüber.

»Das ist wunderschön!«, rufe ich begeistert beim Anblick der filigranen Schlange.

»Es ist nur ein Entwurf.«

»Für Sandy?«

Er nickt. Angespannt. »Sie hat sich eine Schlange gewünscht. Ein schönes und symbolträchtiges Motiv, allerdings auch ziemlich ausgelutscht. Ich dachte mir, ich weiche ein bisschen von der üblichen naturgetreuen Darstellung ab und gestalte ihr nächstes Tattoo als das, was es für sie – und die meisten Menschen – ist. Körperschmuck.«

»Ja, es sieht aus wie ein ägyptischer Armreif im Art-déco-Stil.«

»Genau so habe ich es mir auch gedacht.«

Ich gebe ihm die Zeichnung zurück und sehe ihn an. »Es wird ihr mit Sicherheit gefallen.«

Er zuckt mit den Achseln und lässt sich aufs Bett fallen. »Niemand soll meine Arbeiten schön finden«, sagt er und klingt irgendwie frustriert. »Sie soll aufregen, sie soll zerstören und wütend machen … im besten Fall nachdenklich.« Er hält sich die Hände vors Gesicht. »Manchmal habe ich das Gefühl, mich zu prostituieren, nur um einen geblasen zu kriegen.«

Ich muss lachen. »Und jetzt kriegst du nicht einmal *das* mehr«, erinnere ich ihn. »Aber es hat doch auch was Gutes. So muss sich wenigstens Sandy nicht mehr dafür prostituieren.«

»Stimmt.« Er mustert mich mit merkwürdigem Blick, sodass ich schon wieder das dringende Bedürfnis verspüre, seine Gedanken zu entschlüsseln.

Ich lege mich neben ihn und schließe müde die Augen. »Sandy meinte, dass ihr Künstler alle so extrem selbstzerstörerisch drauf seid, weil ihr mit eurer Kreativität nicht klarkommt.«

Er lacht kurz auf. »Damit kommen *wir Künstler* ganz gut klar. Nur vielleicht nicht immer mit der Welt, so wie sie ist. Aber das ist typisch für die Menschen«, seufzt er. »Sobald sie auf jemanden treffen, der ihnen keine Infos über sich selbst liefert, müssen sie sich irgendetwas ausdenken.«

»Wirst du ihr das Tattoo stechen?«, frage ich ihn leise und hoffe, dass der Eifersuchtsfunke, den ich bei diesem Gedanken verspüre, kein Feuer entfacht.

»Vielleicht.«

Ich merke sofort, wie das neidische kleine Monster in mir bei dieser Antwort Feuer fängt. Dabei hasse ich es so sehr. Ich hasse es, dass ich solche Gefühle hege. So will ich nicht sein. So besitzergreifend und missgünstig. Denn damit tue ich letztendlich uns dreien unrecht. »Wann musst du heute arbeiten?« Die ablenkenden Worte kommen mir nur noch schwer über die Lippen, und ich schaffe es nicht mehr, die Augen länger als eine Sekunde offen zu halten. Mir ist schon ganz schlecht vor lauter Müdigkeit, und mein Herz rast wie wild.

»Gar nicht. Sonntags habe ich frei.«

»Immer?«

»Immer!«

»Warum …« Ich bemühe mich, meine Gedanken zu ordnen und nicht vorher in den Schlaf abzudriften. »Warum bist du dann an den anderen Sonntagen immer weg gewesen? Bin ich so furchtbar?«

»Nein«, flüstert er und nimmt mich in die Arme. »Ganz im Gegenteil.«

Doch ich weiß nicht, ob das wirklich Rubens Worte sind oder ob ich nicht schon längst träume.

*Ich gehe über eine Wiese, doch das Gras ist so grau wie der Himmel.*

*Das ist jetzt also deine neue Adresse?*

*Ohne dich dagegen wehren zu können, endet dein Dasein hier?*

*Ich glaube, es wäre der letzte Ort, den du gewählt hättest.*

*In sicherem Abstand lehne ich mich an eine hohe Kiefer.*

*Die Augen einzig und allein auf die Urne in den Händen deiner Mutter gerichtet.*

*Das ist alles, was von dir übrig geblieben ist. Ein Häuflein Asche.*

*Tränen kullern mir lautlos über die Wangen, vermischen sich mit den Regentropfen auf meinem Gesicht und kitzeln an den Mundwinkeln.*

*Ich lecke sie weg, doch die Quelle versiegt einfach nicht.*

*Mit zittrigen Händen halte ich die Zeichnung in der Hand. Ich weiß nicht, wann der richtige Zeitpunkt ist, sie deiner kleinen Schwester zu geben.*

*Ich weiß nicht, ob es diesen Moment jemals geben wird.*

*Ganz vorsichtig falte ich das Stück Papier auseinander und betrachte dein Werk. Es ist die Skizze von Daisy. Das gleiche Bild, das auch einen Platz über deinem Herzen hat.*

*Plötzlich verspüre ich so etwas wie Hoffnung, als mir bewusst wird, dass mehr als nur das bisschen Asche von dir übrig geblieben ist. Du hast schließlich deine Spuren in ganz Berlin hinterlassen.*

*Ich stehe bis zu den Knöcheln in zerknülltem Papier mitten auf dem Friedhof. Habe alles gerettet, damit es dir wenigstens diesmal erspart bleibt, dass deine Arbeiten zerstört oder konfisziert werden ... Auch wenn dir das jetzt vielleicht nicht mehr wichtig ist.*

*Aber mir ist es wichtig.*

*Absolut wichtig.*

*Unentwegt will ich Luft holen, doch meine Brust scheint unter einem zentnerschweren Felsen zu liegen.*

*Aber ich muss atmen, denn solange ich atme, wirst du nicht vergessen sein.*

*Sandy steht neben mir in Dessous und mit der roten Perücke in der Hand. Ich habe sie vorher gar nicht bemerkt. Ich zeige ihr deine Zeichnung.*

*»Wo? Zeig mir, wo das ist!«, flehe ich sie an.*

*Sie sieht mich an und schüttelt den Kopf. Ganz langsam. »Ich hatte zuerst einen Termin«, sagt sie völlig unaufgeregt. Fast emotionslos.*

*Ich renne los. Renne und renne und renne, ohne dass meine Beine jemals müde werden.*

*Versuche, die Orte auf deinen Bildern ausfindig zu machen, um dir nahe zu sein.*

*Wenn ich sie finde, finde ich auch dich wieder.*

*Ich stehe mitten auf einer Kreuzung und drehe mich suchend im Kreis. Wie aus dem Nichts tauchen deine Worte an den Wänden plötzlich auf, als seien sie nur für mich bestimmt.*

*Dabei weiß ich genau, dass du sie an die ganze Welt gerichtet hast.*

*Aber du bist nicht da.*

*Du bist nicht da.*

*»Nein«, flüstere ich. »Nein. Nein.« Ich werde lauter. »Nein. Nein.*

*Nein.« Atemloser. Ich bekomme keine Luft, weiß nicht, wohin. Wohin mit mir? »Nein!«, schreie ich, bis mir die Kehle schmerzt.*

*Verzweifelt sinke ich auf die Knie. Es fühlt sich an, als müsse ich ertrinken.*

*Nach und nach, aber unaufhaltsam.*

*Ohne Chance auf Rettung.*

Ich schrecke hoch. Schweißgebadet, nach Luft ringend.

»Was ist, Juli?«, fragt Ruben besorgt. Er kniet vor mir auf dem Boden und hält meine Hand.

»Nichts. Nur ein Traum«, keuche ich außer Atem. »Ein Traum.« Ich versuche mich zu orientieren. Die Sonne draußen vor dem Fenster steht tief. Es scheint schon später Nachmittag zu sein. Am ganzen Leib zitternd ziehe ich mir den verschwitzten Pullover und das T-Shirt über den Kopf.

Ruben reicht mir ein Glas Wasser. Ich stürze es in einem Zug hinunter und lege mich wieder hin. Ich muss mehrere Stunden geschlafen haben, aber nach diesem Traum fühle ich mich ausgelaugter als zuvor.

»Willst du mir davon erzählen?«, fragt er und küsst sanft meine Schulter.

Ich schüttele den Kopf. Schon allein bei dem Gedanken daran bekomme ich Luftnot. »Nein, ich will den Albtraum einfach nur vergessen.« Ich kuschele mich an seine Brust, atme seinen vertrauten Geruch ein und kann ihn einfach nicht ansehen.

Weil mir gerade zwei Dinge schmerzlich bewusst geworden sind, und weil ich damit in diesem Moment überhaupt nicht klarkomme. Nicht weiß, wie ich damit umgehen soll. Denn ich hatte nichts weiter als einen filmreifen Albtraum, aber für Ruben ist das die Realität. Etwas, aus dem er nicht einfach so aufwachen kann.

Ruben muss mit dem Tod seiner Freunde leben.

Und ich will und darf ihn nicht verlieren. Niemals.

»Ruben?«, sage ich plötzlich und wage ihm immer noch nicht in die Augen zu blicken. »Ich will, dass du mich tätowierst.«

Er schiebt mich von sich weg. »Wie kommst du denn darauf?«

»Ich vertraue dir … und ich will für immer etwas von dir auf meiner Haut haben.«

»Reicht dir der nicht?«, fragt er mich und schiebt mir das Haar beiseite, um sich den schrecklichen Knutschfleck anzusehen.

»Nein. Der ist nicht für immer.«

Ich habe keine Ahnung, was gerade in mich gefahren ist, aber ich möchte wirklich eine Tätowierung von ihm bekommen. Ich will etwas, das mich jeden Tag an die Zeit mit ihm erinnert. Denn ich bin mir sicher … das hier … was auch immer wir gerade miteinander haben … ist nicht für die Ewigkeit.

Er küsst sich von meinem Hals übers Schlüsselbein zum Brustkorb. »Du schmeckst salzig«, sagt er, als wäre ich ein gebratenes Hähnchen.

»Lenk nicht ab! Wirst du es tun?«

Er zieht mir das Unterhemd aus der Jeans und hält kurz inne. »Nein.«

»Und wieso nicht?«, frage ich und vergrabe die Finger in seinem Haar.

»Weil …« Er schiebt mein Unterhemd immer höher und höher bis zum BH, küsst meinen Bauch und legt sich dann neben mich, um mir in die Augen zu sehen. »… weil nichts schöner auf deiner Haut aussieht als das Licht der untergehenden Sonne.«

# 47

## Juli

»Fuck!«, fluche ich laut.

»Halt still!«

»Aber es tut weh«, jammere ich. »Hast du eigentlich eine Vorstellung davon, *wie sehr* das wehtut?«

Ruben sieht mich an und zieht eine Augenbraue hoch.

»Ja, schon gut«, seufze ich und betrachte die drei tiefschwarzen Raben auf seinem Arm. Mittlerweile weiß ich, dass sie Finn, Pablo und Ruben symbolisieren. »Du weißt, wie sehr es wehtut.«

»Ich habe noch nie jemanden erlebt, der eine niedrigere Schmerzgrenze hat als du. Dabei habe ich dich bisher kaum berührt.«

»Entspann dich einfach!«, empfiehlt mir Sandy.

Dass sie noch anwesend ist, habe ich seit dem ersten Stich komplett vergessen. Und überhaupt … Was heißt hier *einfach?*

»Bist du sicher, du weißt, was du da tust?«, frage ich und schlage mir die Hände vors Gesicht. »Mit diesem … diesem Schaschlikspieß?«

Volle drei Wochen hat Ruben sich geweigert, über meinen Wunsch nach einer Tätowierung auch nur nachzudenken. Bis ich meine Taktik geändert habe. Doch dass ich jetzt hier auf der Luftmatratze liege, weil er das Bett nicht mit Tinte und Blut einsauen will, und von ihm per Hand mit einer richtig fiesen Nadel malträtiert werde, damit habe ich wirklich nicht gerechnet. Und auch nicht damit, dass er doch überraschend gut auf die ganze Aktion vorbereitet ist. Ich fühle mich wie beim Zahnarzt. Er trägt ein Paar schwarze Einweghandschuhe, hat sich einen sterilen Arbeitsbereich geschaffen, dann alles desinfiziert … inklusive mich. Danach hat er mir eine dünne Schicht Vaseline auf die Haut geschmiert und sich ans Werk gemacht, ohne großartig zu fackeln.

»Natürlich weiß er, was er tut«, antwortet Sandy für ihn. »Du kannst ihm ruhig vertrauen.«

»Er hat mich sogar rasiert«, erzähle ich ihr mit vorwurfsvoller Stimme. »Am Bauchnabel.«

»Wenn du es ohne Rasur gewollt hättest, würde ich dir jetzt die Fußsohlen oder Handinnenflächen tätowieren«, erwidert Ruben. Hoch konzentriert und ohne auch nur einmal zu mir aufzublicken, strafft er mit Daumen und Zeigefinger den Bereich rings um meinen Bauchnabel, während er mir Stich für Stich die Tinte unter die Haut bringt.

»Wie konntest du ihn eigentlich überzeugen, dich zu tätowieren?«, fragt sie mich neugierig.

Ich drehe ihr den Kopf zu, lächele breit (und sicher ziemlich schmerzverzerrt) und wackele mit den Augenbrauen.

»Oh … schon klar«, lacht sie. »Wie sonst sollte man ihn auch überzeugen.«

»Könnt ihr euren Kaffeeklatsch vielleicht auf ein anderes Mal verschieben? Zum Beispiel, wenn ich *nicht* dabei bin?«

»Na klar. Ich lass euch zwei Hübschen dann wieder in Ruhe.

Ich wollte mich nur noch mal bei dir für dein Motiv bedanken … Ist wirklich toll geworden.«

»Kein Ding«, sagt Ruben kurz angebunden und wischt mir mit einem Stück Küchenkrepp überschüssige Farbe vom Bauch.

»Ich will alles wissen … bis ins kleinste Detail«, flüstert sie mir ins Ohr.

»Das habe ich gehört«, knurrt Ruben.

»Okay, okay, bin ja schon weg.« Sandy zwinkert mir zu, und kurz bevor sie die Wohnungstür hinter sich schließt, haucht sie mir noch ein Luftküsschen zu.

Kaum ist sie gegangen, atme ich tief durch und versuche, ihren Rat zu befolgen und mich endlich zu entspannen. Doch es gelingt mir partout nicht.

Ruben mustert mich skeptisch. »Wenn ich jetzt damit aufhöre, siehst du aus, als hätte ich dich über eine frisch geteerte Straße geschleift.«

»Ich will auch nicht, dass du aufhörst«, presse ich zwischen zusammengebissenen Zähnen hervor. »Es dauert bloß eine Weile, bis ich mich an den Schmerz gewöhnt habe.«

»Du darfst dich einfach nicht so sehr verkrampfen. Du musst dich auf das Gefühl einlassen, das die Nadel unter deiner Haut verursacht … und dich nicht dagegen wehren.«

»Ich versuch's.«

»Vertraust du mir?«, fragt er und reicht mir ein Glas Leitungswasser.

»Ja, ich vertraue dir.«

Wie gern würde ich ihm sagen, dass ich noch nie jemandem mehr vertraut habe, denn genauso ist es. Aber ich möchte nicht übertrieben theatralisch wirken. Und er soll auch nicht denken, ich sage das nur, weil ich wegen der Schmerzen nicht mehr ganz zurechnungsfähig bin.

»Gut«, antwortet er zufrieden und setzt die Nadel wieder an.

Ich schließe die Augen und presse die Lippen aufeinander. Am liebsten möchte ich mir in die Hand beißen oder auf einem hölzernen Kochlöffel herumkauen. Allerdings bezweifle ich, dass ich den Schmerz damit wirklich willkommen heiße. Trotzdem kann ich nicht verhindern, wieder zusammenzuzucken. »Entschuldigung«, stammele ich und gebe mir Mühe, meine Atmung zu beruhigen.

Warum habe ich letztes Jahr mit Wanda nicht an diesem Yoga- und Meditationskurs im Fitnessstudio teilgenommen? Dann könnte ich meinen Körper vielleicht in einen Trancezustand versetzen und den Schmerz besser ausblenden.

»Ein Tattoo mit der Hand zu stechen, ist die ursprünglichste und ehrlichste Form«, erklärt Ruben.

»Machst du das denn öfter?«

»Manchmal ... bei mir selbst. Da stehe ich einfach mehr drauf, als wenn es maschinell gemacht wird.«

»Warum?«, frage ich und spüre, dass mich allein der Klang seiner Stimme ablenkt und entspannt.

»Es ist einfach stressfreier. Für dich und deinen Kreislauf, weil dein Körper viel, viel weniger Einstiche in der Minute verkraften muss als mit einer elektrischen Nadel. Und das Geräusch einer Tätowiermaschine nervt auf die Dauer. Außerdem mag ich es, ein Motiv auf das Wesentlichste herunterzubrechen. Es muss durch seine Einfachheit überzeugen. Kein Schnickschnack, keine Farben, keine großen Flächen. Ich male dich nicht einfach nur aus und finde es ...«

»Intimer.«

Er nickt zustimmend und schluckt. »Genau.«

Ich schließe wieder die Augen, atme ein weiteres Mal tief durch und versuche, mich auf den Schmerz einzulassen. So gut ich mich eben auf ein Gefühl einlassen kann, das mir im Moment wie ein Sonnenbrand mit Verbrennungen dritten Grades vorkommt, bei dem die Haut in Fetzen vom Körper hängt.

Doch nach einer Weile merke ich, dass es funktioniert. Ruben sticht nicht permanent auf dieselbe Stelle ein, sodass sich das unangenehme Gefühl ein wenig verteilt und sich nicht die ganze Zeit auf einen Punkt konzentriert. Er hat mir zwar immer noch nicht verraten, um welches Motiv es sich handelt, und er benutzt auch keine Vorlage. Aber wie schon gesagt … Ich vertraue ihm zu hundert Prozent.

Die letzten drei Wochen mit ihm waren merkwürdig. Merkwürdig schön. Und merkwürdig anders. Ja, *anders* trifft es wohl am besten.

Mittlerweile arbeite ich jeden Abend ab acht Uhr bei Henry in der Kneipe. Natürlich schwarz. Es tut uns beiden gut, auch wenn keiner von uns das zugäbe. Er braucht meine Hilfe und mag meine Gesellschaft, und ich brauche Geld und bin froh, nicht den lieben langen Tag allein sein zu müssen. Die Putzschicht hänge ich jetzt immer nachts hintendran, wenn Henry endlich die letzten Gäste losgeworden ist, und so kann ich morgens wenigstens ausschlafen.

Ruben hilft ihm weiterhin an den Vormittagen, an denen Henry eine Lieferung erwartet, und quält sich todmüde aus dem Bett, um die Getränke entgegenzunehmen und die Fässer anzuschließen. Wir sind ein gut eingespieltes Team.

Und auch sonst betreiben Ruben und ich unser Spiel perfekt weiter.

Dass es überhaupt so lange funktioniert, hätte ich nie gedacht. Ich bin mir sicher, wenn ich nicht da bin, treibt er sich jede Nacht herum. Das weiß ich. Das spüre ich. Ich spüre es zwischen drei und fünf Uhr morgens, wenn ich ihn berühre und er manchmal vor Schmerzen so heftig zusammenzuckt wie ich gerade. Trotzdem liebe ich diese wenige Zeit mit ihm und brauche sie so dringend wie die Luft zum Atmen. Genieße die Momente, in denen wir nicht mehr einsam … oder vielleicht auch zu zweit einsam sind.

Zweisam.

Denn was wir jede Nacht und ohne viele Worte miteinander teilen, bedeutet mir so viel mehr als jedes öffentliche Händchenhalten oder jedes Status-Update auf Social Media von *Single* auf *vergeben*.

Wir sind kein Paar … dafür ist Ruben einfach nicht gemacht, aber damit komme ich besser klar, als ich es jemals von mir erwartet hätte. Und ich stelle fest, dass ich mich so langsam in dieser Stadt einlebe und immer seltener an mein zurückgelassenes Leben denke. Denn wie meinte Sandy? Das hier ist auch ein Leben.

Ich möchte gerade an keinem Ort lieber sein als hier. Ich möchte nicht darauf verzichten, so vor ihm zu liegen und mich in seine Hände zu begeben, auch wenn es (nicht nur jetzt) schmerzhaft ist. Ich will mir einreden, dass ich mit *unserer Situation* klarkomme. Ich will diesen ganzen beschissenen Gefühlsschmerz, denn er ist mir willkommener als gar kein Schmerz.

Vielleicht meinte Ruben das damit, als er sagte, ich müsse mich auf das Gefühl einlassen. Schmerz – auch körperlich – zu spüren, ist vielleicht besser, als gar nichts zu spüren. Auf jeden Fall lerne ich heute wieder etwas Neues über mich dazu. Ich sauge emotionalen Schmerz geradezu in mich auf, aber für körperlichen bin ich einfach nicht geschaffen.

Ruben hingegen hat von beidem mehr als genug in sich.

Es ist nicht mehr nötig, mit ihm über seine, über meine, über unsere Gefühle zu reden. Wir wissen, was der andere fühlt. Ich spüre, dass er jeden Tag mit seinen Gefühlen ringt. Ich spüre, dass ich ihm näher bin, als ihm lieb ist, und dass ich ihm nachts nicht nahe genug sein kann. Wir sind beide Egoisten und nehmen uns von dem anderen, was wir brauchen, um den restlichen Tag zu überstehen.

»Kommst du nachher mit?«, flüstere ich in die Stille hinein. »Zu Henry?« Es ist Sonntag, er muss nicht arbeiten, dennoch glaube ich, seine Antwort auf meine Frage schon zu kennen.

»Nein.«

Ich erwidere nichts darauf. Lasse es so stehen, denn ich will nicht vorwurfsvoll klingen. Ich will nicht klammern, ihn nicht bedrängen oder zu einem Menschen machen, der er nicht ist. Ich will an Ruben nicht das ändern, wofür ich ihn doch eigentlich so mag, nur damit er öfter bei mir ist.

Für einen Moment hält er inne. Der furchtbare Schmerz lässt ein bisschen nach. Ich stoße die angehaltene Luft aus und atme flach und schnell, als hätte ich einen Sprint hinter mir.

»Hältst du es noch aus?«, fragt er besorgt.

Ich nicke stumm.

Dabei ist das einfach nur gelogen.

Ich will das hier alles so sehr, halte aber nichts mehr aus. Ich will das Tattoo und werde bald verrückt vor Schmerzen, und ich will ihn. Immer. Tag und Nacht, halte es aber kaum aus, wenn er nicht bei mir ist. Ich kneife die Augen zusammen, um die Tränen zurückzuhalten, aber es gelingt mir nicht. Ich spüre, wie sich eine einzelne Träne einen Weg durch das geschlossene Lid sucht und zu meinem Ohr hinabrinnt.

Ruben zieht sich einen Handschuh aus und wischt sie sanft mit dem Daumen weg. »Du hast es gleich geschafft, okay? Ich brauche nicht mehr lange.«

Wieder nicke ich. Das eine wäre dann geschafft, aber das andere …

»Lass dich nicht von mir verunsichern! Wahrscheinlich bin ich nur eine ganz schreckliche Mimose.«

»Ganz im Gegenteil. Wusstest du, dass der Bauch zu den

schmerzempfindlichsten Körperstellen beim Tätowieren zählt?«

»Warum …?« Entsetzt starre ich ihn an. »Warum machst du es dann ausgerechnet dort?«

Er zuckt mit den Achseln. »Das ist dem Motiv geschuldet. Es hätte schlecht auf deine Wade gepasst … übrigens eine der Stellen, an denen es am wenigsten schmerzt … falls du irgendwann über ein weiteres Tattoo nachdenken solltest.« Er lächelt und zieht den Handschuh wieder über.

Ich mache mich wieder auf das Gefühl der Nadel gefasst, und als sie mich trifft, heiße ich sie willkommen und verspüre eine gewisse Genugtuung, dass Elias' Heath-Ledger-Wade quasi Pipifax war im Vergleich zu dem, was ich gerade aushalte.

Ein *Gleich* lässt sich natürlich unterschiedlich definieren. Für Ruben ist es vielleicht ein Wimpernschlag, für mich bedeutet es eine Ewigkeit, bis er endlich die erlösenden Worte ausspricht. »So, wir sind fertig.«

Zitternd richte ich mich auf und könnte gleich wieder zusammenbrechen. Vorsichtig hilft er mir hoch, und kaum stehe ich, falle ich ihm sofort in die Arme. »'tschuldigung«, schluchze ich in sein T-Shirt. »Ich wollte ehrlich nicht die ganze Zeit so jammern, aber … es war mir echt ein bisschen zu heftig.«

Er vergräbt die Hände in meinem Haar und bemüht sich, mich nicht am Bauch zu berühren. »Nein, mir tut es leid. Ich wollte dir nicht wehtun. Aber sieh es dir erst einmal an! Danach kannst du dir überlegen, ob du mich verklagen willst.«

Ich schlucke. Er würde mir doch keinen Penishamster oder irgendeinen anderen Mist in die Haut ritzen, damit ich es später als dumme Jugendsünde in Erinnerung habe, oder? Nein, das würde er nicht. Da bin ich mir zu tausend Prozent sicher.

Ich gehe ins Bad und traue mich kaum hinzusehen, doch

nach einem kurzen Augenblick erkenne ich, was die vielen filigranen Punkte, Linien und Sterne zu bedeuten haben. Ich hebe den Kopf und blicke Rubens Spiegelbild in die Augen. »Ein Kompass?«

Er hat die Hände vor der Brust verschränkt und nickt. »Gefällt er dir?«

»Ob er mir gefällt? Ich … liebe ihn.« Vergessen sind die Schmerzen und die damit verbundenen abstrusen Gedanken. Am liebsten würde ich das Tattoo mit den Fingern berühren, aber ich halte mich zurück. »Es ist wunderschön. Danke.«

Ruben schmiegt sich von hinten an mich und legt mir das Kinn auf die Schulter. »Ich glaube, du bist jemand, der seine Entscheidungen immer mit dem Herzen oder aus dem Bauch heraus trifft. Der Kompass soll dich daran erinnern, dass du niemals an den Wegen zweifeln sollst, die du einschlägst. Dass es die richtigen sind, solange du nur selbst wählst.«

»Wenn du so etwas sagst, fange ich gleich wieder an zu heulen«, warne ich ihn und lege ihm eine Hand an die Wange.

Er lächelt mich an und wirkt sichtlich zufrieden über den Effekt seiner Worte und seines kleinen Kunstwerks. »Ich habe eine ganze Weile hin und her überlegt, ob ich ihn dir auf die Brust oder um den Nabel herum steche … Ich persönlich würde dich an beiden Stellen gern stundenlang berühren, aber falls es dein einziges Tattoo bleibt – wovon ich nach dieser Tortur stark ausgehe –, wirkt eine einzelne Tätowierung über dem Herzen doch etwas verloren. Und es sieht wirklich wunderschön aus … Du siehst wunderschön aus.«

Ich drehe mich zu ihm um und will ihn küssen, will ihm so viel sagen und erkenne, dass er es auch will.

Und dass er es nicht will.

Dass er vor den eigenen Worten erschrickt, und gehe ihm zuliebe wieder auf Abstand. Nervös fährt er sich durchs Haar und fängt sich kurz darauf wieder. »Wir kleben es jetzt gut ab, und du bist heute vorsichtiger und fegst nicht so überschwänglich die Kneipe, okay?«

»Okay.« Ich räuspere mich, weil mir die Stimme versagt.

»Und versprich mir, die Stelle in den nächsten Wochen gut zu pflegen.«

Ich nicke nur noch. Er lässt mich im Badezimmer zurück. Sprachlos.

Kann man zur selben Zeit glücklich und unglücklich sein? Geht das?

Ein Blick in den Spiegel genügt, um zu erkennen, dass es möglich ist. Ich sehe das Strahlen meiner Augen, das Rot meiner Wangen, und trotzdem spüre ich das Ziehen in meiner Brust, genau auf Höhe des Herzens.

Ruben kehrt zu mir zurück und kniet vor mir nieder. Ich bemerke, dass seine Hände zittern, während er die Wunde abermals säubert, ein antibakterielles Spray aufträgt und dann vorsichtig einen Folienwundverband aufklebt. Als er damit fertig ist, sieht er zu mir hoch. »Jetzt verstehe ich, weshalb du mich so gern verarztest«, haucht er gegen meine Haut und schiebt den Bund meiner Jeans mit dem Zeigefinger hinunter.

Kurzerhand knipse ich das Licht im Bad aus, wiege mich in dunkler Sicherheit und vergrabe die Hände in seinem Haar. Spüre seine Lippen und Zähne an meinem Beckenknochen. Er öffnet den Knopf meiner Jeans und zieht ganz langsam am Reißverschluss. Ich lege den Kopf in den Nacken und höre nur noch seinen Atem und meinen Atem, während seine Lippen immer weiter hinabwandern.

Ich stehe draußen auf der Straße, starre in den klaren, dunklen Himmel und inhaliere die hartnäckige kalte Winterluft. Dabei sind es nur noch wenige Tage, bis es endlich März ist. Ich wünsche mir im Moment nichts sehnlicher als Frühling und Sommer. Als Wärme, Sonne und Ruben auf meiner Haut. Und ich frage mich, wie es sich wohl anfühlt, einen ganzen Sommer mit ihm zu verbringen. Ich hoffe, ich werde es erfahren und ihm nicht vorher meine Liebe gestehen und ihn damit in die Flucht treiben.

Diese scheißverdammte Sache mit der Liebe.

Wieso kann ich es nicht einmal im Leben etwas emotionsloser angehen und mich einfach nur über guten Sex ohne jegliche Verpflichtung freuen? Weil ich es nicht kann. Weil ich es keinen Tag länger mehr aushalte.

Ich schüttele den Kopf über mich selbst und gehe die wenigen Meter zum Eingang des *Soul Kitchen*. Ich will die Tür öffnen, doch es gelingt mir nicht. Ich ziehe fest daran, vermute, dass sie klemmt, doch in diesem Moment erst fällt mir auf, dass überhaupt kein Licht brennt. Verwundert trete ich einen Schritt zurück, um mich zu vergewissern, dass ich wirklich vor der richtigen Tür stehe.

Seit ich in Berlin lebe, war Henrys Kneipe an keinem einzigen Tag geschlossen. Er hat zwar unregelmäßige Öffnungszeiten, frei nach dem Motto: *Wenn Licht brennt, ist auf, wenn's aus ist, dann nicht.* Aber letztendlich steht er jeden Abend hinter seinem Tresen.

Ich werfe einen Blick durch die schmutzigen Fensterscheiben, kann aber kaum etwas erkennen. Ich will mich gerade umdrehen und wieder nach Hause gehen, als ich aus den Augenwinkeln im Innenraum einen dunklen Schatten wahrnehme. Ich erkenne die Umrisse sofort. Panisch suche ich nach den Ersatzschlüsseln in meiner Hosentasche, doch sie fallen mir aus den Händen, kaum dass ich sie ans Tageslicht befördert habe. Ich hebe sie auf, probiere hektisch einen Schlüssel nach dem anderen, bis endlich einer passt, und stürme durch die Tür.

»Henry!«, rufe ich. »Henry, sag doch was! Bitte!« Ich hocke mich neben ihn und rüttele an seinem Arm.

Er dreht den Kopf zu mir, und ich atme hörbar erleichtert auf. »Hey … Julikind.« Seine Stimme klingt so schwach, dass mir Tränen in die Augen schießen. »Irgendwie … geht es mir heute gar nicht gut.«

»Ja.« Ich nicke und schluchze laut. »Das sehe ich dir an.«

»Ich habe so ein beengtes Gefühl …« Schwach hebt er einen Arm und fasst sich an die Brust. »Genau hier.«

Ich stehe auf und wähle kurzerhand die Nummer des Notarztes. Während ich der Frau am anderen Ende der Leitung die Adresse vom *Soul Kitchen* nenne, renne ich nach Hause, um Ruben zu holen.

Doch die Wohnung ist leer. Er ist nicht mehr da.

# 48

## Ruben

Nichts hält mich hier, wenn sie nicht da ist.

Sobald Juli aus der Tür verschwunden ist, gehe ich in Henrys Lagerraum, kontrolliere den Inhalt meines Rucksacks auf seine Vollständigkeit und verlasse das Haus. Mir bleiben noch mehrere Stunden Zeit, aber in der Wohnung allein zu sein, ertrage ich nicht mehr. Mir sind meine Gedanken zu laut, die sich vollständig und ausschließlich um Juli drehen.

Sie macht mich wahnsinnig. Auf eine so gute Art.

Am liebsten säße ich die ganze Nacht bei ihr am Tresen und sähe sie einfach nur an. Zwischendurch würde ich sie auf dem Klo vögeln, und ich weiß, dass sie es lieben würde. Danach müssten wir uns die ganzen überflüssigen Kommentare von Henry anhören. Etwas, worauf wir beide verzichten könnten.

Die Enttäuschung, dass ich wieder nicht mitkomme, stand ihr geradezu ins Gesicht geschrieben. Sie kann ihre Gefühle nur schlecht verbergen, aber das mag ich so an ihr. Manchmal möchte ich diesem Elias am liebsten persönlich danken, dass er so dämlich war und nicht merkte, was er an Juli hatte. Und sie daraufhin glücklicherweise *mir* über den Weg lief. Ich freue mich, dass ich wenigstens einmal im Leben schlau genug war, sie nicht wieder gehen zu lassen, obwohl ich ihr mittlerweile ausreichend Gründe dafür geliefert habe.

Ich weiß, dass sie weiß, dass ich nachts nie zu Hause bin, auch wenn ich mich bemühe, immer ein paar Minuten vor ihr anzukommen. Aber sie sagt nichts, obwohl ich ihr genau ansehe, dass sie sich Sorgen macht.

Dafür liebe ich sie.

Und den alten Mann, auch wenn er manchmal nervt.

Sie sind die Einzigen, die sich jemals Sorgen um mich gemacht haben. Die Einzigen, die mir nicht das Gefühl geben, einfach nur ein Ärgernis zu sein. Für die beiden müsste ich eigentlich jede Nacht mit meinem Arsch zu Hause sitzen bleiben, aber ich kann nicht.

Ich kann nicht aus meiner Haut.

Ich setze mich auf eine Bank in einer kleinen Parkanlage gegenüber der alten Kirche, lehne mich zurück und blicke zum spitzen Kirchturm mit dem Dach aus oxidierter Kupferpatina hinauf. Vor Monaten wurde ein Teil des Glockenturms eingerüstet, doch seitdem herrscht bei den Bauarbeiten absoluter Stillstand. Bisher habe ich noch keinen einzigen Handwerker gesehen. Ich habe mir richtig viel Zeit gelassen, den Ort auszukundschaften. Ich weiß, wie oft ein Streifenwagen vorbeifährt und wann die zwei Typen vom Ordnungsamt ihre Runde drehen. Ich weiß, wer hier wann mit seinem Hund Gassi geht und wann der Obdachlose im Seiteneingang besoffen genug ist und schläft. Ich weiß, wann die Lichter in den angrenzenden sechsstöckigen Neubauten ausgehen, die an den Außenwänden der Kirche hochgezogen wurden. Und ich weiß, wann die Kirchtür offen steht und wann nicht. Doch selbst abgeschlossen stellt dieses alte Schloss für mich kaum ein Hindernis dar.

Ein paar Tage nachdem mich Juli auf dem Hochhausdach überrascht hat, habe ich Finns Plan doch noch in die Tat umgesetzt. Jetzt ist endlich der von Pablo dran.

Schon vor Jahren haben wir gemeinsam daran getüftelt. Haben am helllichten Tag abgecheckt, wie wir in den Dachstuhl und von dort aus zum Turm gelangen. Ich vermute und hoffe, dass sich bis heute nichts daran geändert hat und die Vorgehensweise für mich dieselbe bleibt. Wenn auch dieses Mal allein.

Stunden später ist die Stadt endlich zur Ruhe gekommen. Stunden, in denen ich genug Zeit hatte, alle Gedanken um Juli zigmal im Kopf durchzukauen und schließlich eine Entscheidung zu treffen. Damit fühle ich mich erstaunlich gut und befreit. Seit Jahren bestrafe ich mich dafür, dass ich bin, wie ich bin. Aber ich habe es so satt, mich immer nur selbst zu quälen. Ich habe die Einsamkeit satt. Wir haben beide ein bisschen Liebe verdient, auch wenn ich weiß, dass ich sie früher oder später ruinieren werde. Aber wenn ich es nicht versuche, ruiniere ich uns auch.

Ich schultere den Rucksack und husche über die Straße in Richtung der schweren Holztür. Sie hat eins dieser simplen Buntbartschlösser, deren Mechanismus leicht zu manipulieren ist und sich mit einem stabilen Draht knacken lässt. Damit schiebe ich die Riegelplatte im Schloss zur Seite und bin innerhalb weniger Sekunden im Innern der Kirche. Ich bin völlig klar im Kopf und hoch konzentriert. Nichts darf mich ablenken, und ich muss vollstes Vertrauen haben. In mich, in mein Abseilgerät, in die Knoten, in die Bausubstanz.

Ich steige die Treppe zur Empore hinauf, in deren Mitte sich die Orgel erhebt. Die Versuchung ist groß, doch ich kann mich davon abhalten, ihr ein paar Töne zu entlocken. Von der Galerie aus habe ich die ideale Aussicht auf das Mittelschiff und den protzigen Altar. Ich würde sagen, die Kirchensteuergelder wurden gut investiert. In Gold. An der Seite der Empore befindet sich eine unscheinbare kleine Tür, hinter der eine Treppe zum Glockenturm hochführt. Ich steige die schmalen Stufen hinauf, immer höher und höher, und knacke auf dieselbe einfache Art das Schloss der letzten Tür. Dann bin ich im Glockenturm.

Hier oben ist es zugig, und der Wind pfeift durch das morsche Gebälk. Ich klettere auf das wackelige Baugerüst und hangele mich immer weiter nach oben, bis ich den unteren Teil der Turmspitze erreiche. Ab hier wird es kompliziert, da ich erst bis ganz nach oben gelangen muss, um mich von dort aus wieder abzuseilen. Ich brauche eine Weile, bis ich mich für einen Weg entschieden habe, dann mache ich mich an den Aufstieg. Es gibt kaum eine Möglichkeit, mit den Fingern und den Füßen Halt zu finden, doch ich muss irgendwie zu dem ersten Vorsprung gelangen, um mich an dem Stahlgriff sichern zu können, der aus dem Kupferdach herausragt. Die dicke Hornhautschicht an meinen Fingerspitzen schützt mich vor dem scharfkantigen Metall, ich komme dem Griff immer näher und näher, halte Sicherungsgerät und Karabinerhaken bereit, erreiche ihn endlich und klinke mich erleichtert ein.

Doch der Stahlgriff scheint dermaßen korrodiert zu sein, dass er nachgibt.

Schockiert sehe ich ihn wie in Zeitlupe aus dem Dach herausbrechen.

Alles, was danach passiert, geschieht so unfassbar schnell, dass ich weder handeln noch schreien kann. Ungebremst rutsche ich über das Spitzdach hinab, schneide mir die Finger auf, will mich am Gerüst festhalten, doch der Schwung ist zu heftig.

Ich falle. Ins Nichts.

Sollte nicht eigentlich genau jetzt mein Leben noch einmal an meinem inneren Auge vorbeiziehen?

Es passiert nicht.

Vielleicht war es doch zu kurz und unspektakulär, denn als Letztes denke ich: *Echt jetzt?!*

# 49

# Juli

»Wieso dauert das so lange?« Ich sitze neben Henry und halte seine Hand, weil ich nicht weiß, was ich sonst machen soll.

Ginge es ihm gut, würde er jetzt mit Sicherheit so etwas darauf erwidern wie: *Das wundert mich überhaupt nicht. Seitdem die Grünen für die Verkehrspolitik zuständig sind, werden die Ampeln sowieso nur für Sonntagsfahrer geschaltet.* Und dann würde ihm Norbert, der Neigentrinker, kopfnickend zustimmen. Darauf würde Henry ihm (und natürlich sich selbst) einen Korn spendieren, und Henry würde danach weiter mit sich selbst diskutieren, weil niemand Lust hat, ihm zu widersprechen. Am Ende würde er zu dem einzig plausiblen Schluss gelangen, dass die Welt dem Untergang geweiht ist.

Aber es geht ihm nicht gut. Er sagt nämlich gar nichts, sondern starrt mit offenem Mund und trübem Blick an die Decke und ist irgendwo, aber ganz gewiss nicht hier.

»Wehe, du stirbst mir jetzt weg, Henry!«, warne ich ihn. »Das tust du mir nicht an, oder?«

Er blinzelt nur ein ganz kleines bisschen, während mir die

Tränen unaufhaltsam über die Wangen fließen und auf sein kariertes Hemd tropfen.

Wie sehr wünsche ich mir Ruben an unserer Seite! Vielleicht könnte er ihn besser beruhigen. Vielleicht wüsste er, ob ich Henry anders hinlegen oder ihm das Hemd aufknöpfen sollte, damit er besser atmen kann. Aber ich … Ich habe gerade nicht die leiseste Ahnung, ob ich mich richtig verhalte oder seinen Zustand nur noch verschlimmere.

Nach ungefähr zehn Minuten höre ich von Weitem die Sirenen. »Ich bin gleich wieder da«, verspreche ich ihm und drücke sanft seine Hand. »Lauf ja nicht weg!«

Ein schwaches Lächeln zeichnet sich auf seinem Gesicht ab, doch gleich darauf verschwindet es wieder. Ich reiße die Kneipentür auf und klemme einen Keil darunter, damit sie offen bleibt. Dann stelle ich mich gut sichtbar auf den Gehweg und winke den Rettungswagen ungeduldig heran. Er bleibt dicht neben mir stehen, trotzdem möchte ich die Sanitäter am liebsten aus dem Wagen zerren, damit es schneller geht.

»Haben Sie angerufen? Verdacht auf Herzinfarkt?«, fragt mich die Notärztin. »Wo befindet sich der Patient? Dort drin?«

Ich nicke viermal und laufe neben ihr her.

Zwei Rettungssanitäter folgen uns, einer mit Rucksack, der andere hält einen großen Koffer in der Hand. Im Türrahmen bleibe ich wie angewurzelt stehen. Ich traue mich nicht weiter hinein und will niemandem im Weg stehen. Das Rettungsteam legt Henry sofort eine Manschette um den rechten Oberarm und befestigt eine Klammer an seinem Zeigefinger. Einer der Sanitäter redet während der ganzen Prozedur beruhigend auf ihn ein. Mit einem dünnen Schlauch leitet er ihm Sauerstoff in die Nase. Zusätzlich klebt er ihm überall Pads auf die Haut und verkabelt ihn mit dem Koffer-EKG-Gerät.

»Wir werden Ihnen jetzt einen venösen Zugang legen und

Medikamente gegen den Schmerz, die Angst und für Ihr Herz verabreichen«, informiert die Ärztin Henry mit ruhiger und angenehmer Stimme. Sie zieht eine bedrohlich wirkende Nadel auf und gibt ihm die Injektion. Dann wendet sie sich an mich. »Sie halten bitte die Tropfflasche schön senkrecht!« Freundlich lächelnd reicht sie mir das Teil, während ihr Kollege die Trage aus dem Rettungswagen organisiert.

Mit der Flasche in der Hand stehe ich da und habe Angst, etwas falsch zu machen. Dabei weiß ich eigentlich ganz genau, dass die Ärztin mich nur mit der Aufgabe betraut hat, damit ich mich ein wenig beruhige. Das hilft nur bedingt, denn jetzt nehme ich alles wahr, als hätte ich meinen Körper verlassen und würde uns alle von außen betrachten. Ich sehe mich, mucksmäuschenstill und zur Reglosigkeit verdonnert, die Flasche halten, obwohl in meinem Innern die totale Panik tobt. Während ich Henry betrachte, kann ich es nicht fassen, dass dieser Mann plötzlich so schrecklich schwach, so zerbrechlich wirkt. Mein ganzer Körper zittert, und ich kann kaum stehen.

Mit einem Mal geht aber alles ganz schnell. Auf drei hieven die Sanitäter Henry auf die Trage, schnallen ihn an, legen ihm die Tropfflasche in die Hand und die Sauerstoffflasche zwischen die Beine. Während er mithilfe eines kleinen Lifts im Innern des Rettungswagens verschwindet, schließe ich die Kneipe hinter mir ab. »Darf ich mitfahren?«, sind die ersten Worte, die ich über die Lippen bringe.

»Sie sind die Enkelin?«, fragt der Fahrer.

Ich nicke und hoffe, dass er mir die Notlüge nicht anmerkt.

»Dann steigen Sie vorn bei mir ein!«

Mit Blaulicht rasen wir durch die Stadt, und ich hasse jeden Autofahrer abgrundtief, der uns zu langsam den Weg freigibt. Es dauert nur wenige Minuten, bis ich komplett die Orientierung verloren und keine Ahnung mehr habe, wo wir uns befinden, geschweige denn, wie ich wieder nach Hause komme. Allerdings habe ich auch nicht vor, das Krankenhaus ohne Henry zu verlassen. Und er kennt den Weg bestimmt.

Wir erreichen das Krankenhaus und halten unter einer überdachten Auffahrt an. »Wir haben Ihren Großvater in der Intensivstation angemeldet. Er kommt sofort in den Schockraum. Machen Sie sich keine Sorgen, und holen Sie sich erst einmal etwas zu trinken!«

*Etwas zu trinken? Ich will nichts trinken.*

Ich folge Henry noch ein Stück durch die Notaufnahme, doch dann wird er zu einem Fahrstuhl geschoben. Die Türen schließen sich hinter der Notärztin, dem anderen Sanitäter und … hinter Henry. Ich bleibe zurück. Ich weiß nicht, wie lange ich hier stehe und die geschlossenen Türen anstarre. Aber als sie sich das nächste Mal öffnen, ist Henry nicht mehr im Aufzug.

Noch niemals habe ich mich so hilflos gefühlt. Verzweifelt ziehe ich mein Handy aus der Hosentasche und wähle Rubens Nummer. Ich lasse es ewig klingeln, doch er geht nicht dran. Ich wähle sie erneut. Dasselbe. »Geh schon ran!«, rufe ich in den Hörer und werde von den Menschen ringsum merkwürdig beäugt. Doch er tut es nicht.

Ich schicke ihm eine Nachricht und hoffe, dass er sich gleich bei mir meldet. Dann rutsche ich an der weißen Wand gegenüber der Anmeldung hinunter und warte. Ich will nicht weiter lügen und behaupten, ich wäre seine Enkeltochter. Also warte ich darauf, dass Henry gleich wieder entlassen wird und mich nach Hause begleitet.

Stunden vergehen. Ich warte drinnen. Ich warte draußen. Ich tigere unruhig am Kanalufer entlang.

In der Zwischenzeit besorge ich mir ein Wasser am Automaten. Dann warte ich wieder. Rubens Nummer habe ich währenddessen bestimmt an die Zehnmal gewählt. Doch er ruft einfach nicht zurück. Und über Henry erfahre ich auch nichts Neues.

Als ich endlich begreife, dass er heute wahrscheinlich nicht mehr mit mir zusammen das Krankenhaus verlässt, spreche ich eine der Schwestern an. »Können Sie mir vielleicht sagen, wie es Henry Wetzlaff geht?«, frage ich sie unsicher.

»Ach, Sie sind die Enkelin, richtig? Wir dachten schon, Sie wären gar nicht mehr hier. Also, Ihr Großvater liegt im Moment zwar noch auf der Intensivstation, aber er befindet sich in halbwegs stabilem Zustand.«

»Kann ich denn zu ihm?«

»Nein, heute leider nicht mehr. Gehen Sie nach Hause, ruhen Sie sich ein bisschen aus, und kommen Sie morgen wieder! Und bringen Sie ihm ruhig ein paar Sachen mit. Unterwäsche, Zahnbürste! Das kann er bestimmt bald gut gebrauchen.«

Die Vorstellung, in Henrys Unterhosen herumzukramen, ist geradezu absurd. Momentan sieht es aber so aus, als wäre ich die Einzige, die sich dafür zuständig fühlt. »Okay, danke«, sage ich und drehe mich um. »Dann ... bis morgen.«

Die Schwester nickt nur und wendet den Blick wieder auf den PC-Bildschirm.

Ich verlasse die Notaufnahme und stehe unschlüssig in der Auffahrt herum. Ich habe keine Ahnung, wo ich mich gerade befinde. Der Landwehrkanal fließt zwar am Krankenhaus vorbei, und eigentlich müsste ich ihm einfach nur folgen, um nach Hause zu finden, aber ich bin mir unsicher, in welche Richtung, und aktiviere die Standortsuche auf meinem Smartphone.

Ein Rettungswagen rast die Auffahrt entlang, und ich trete lieber beiseite, um nicht schon wieder im Weg zu stehen. Ein Gefühl, das mich mittlerweile die ganze Nacht über begleitet. Ich starre auf den Bildschirm, versuche, mir die Strecke zurück zur Wohnung einzuprägen – es ist zum Glück nicht allzu weit – und wähle ein weiteres Mal Rubens Nummer. Doch er nimmt immer noch nicht ab. Enttäuscht lasse ich das Handy in meine Manteltasche sinken und hoffe, dass er wenigstens schon zu Hause ist, wenn ich ankomme. Ich will jetzt auf gar keinen Fall allein sein und brauche ihn, um die Sachen für Henry zusammenzusuchen.

Die hinteren Türen des Krankenwagens werden geöffnet und die Trage heruntergelassen. Ein Ärzteteam steht schon in der Auffahrt bereit, um den Patienten zu übernehmen. »Sturz aus großer Höhe, Störung der Vitalfunktionen, Reanimation ist erfolgt, Blutstillung …«

Mehr verstehe ich nicht, denn das Rauschen in meinen Ohren unterdrückt alle Geräusche ringsum. Mir wird schwindelig. Alles dreht sich. Ich merke, wie mir schwarz vor Augen wird, sinke auf dem braunen Rasen neben der Auffahrt in die Knie und beobachte, wie Rubens lebloser Körper ins Krankenhaus geschoben wird.

Fassungslos starre ich ihm hinterher.

Zwei der Sanitäter kehren zum Wagen zurück und schließen kopfschüttelnd die Türen. »Ob er die Nacht überlebt?«, fragt der eine den anderen.

»Keine Ahnung.« Der andere seufzt und klopft seinem Kollegen auf die Schulter. »Aber es sieht nicht gut für ihn aus.«

Ich springe auf und stürze Ruben hinterher. Renne die beiden Sanitäter fast über den Haufen und bremse mich erst vor den automatischen Türen ab, weil sie sich einfach nicht schnell genug öffnen. Nichts geht schnell genug. Niemand geht mir schnell genug aus dem Weg. Als würden alle darauf warten, sich miteinander zu einer undurchdringbaren Menge zu verbinden, sobald die Trage mit Ruben durch ist.

Sie halten nicht vor dem Aufzug, sondern schieben ihn weiter bis ans Ende des Gangs und biegen dann nach links ab. Ich laufe an der Anmeldung vorbei und schlittere um die Ecke.

»Hey, hey, hey!«, schreit mir die Schwester hinterher, die mir eben noch empfohlen hat, ein wenig auszuruhen. »Da dürfen Sie nicht rein!«

Mir ist alles egal. Ich laufe weiter. Ich muss. Ich muss zu Ruben.

Dann merke ich, dass sich hinter mir etwas in Bewegung setzt. Tumultartig. Ich höre Stimmen. Sie brüllen, sie keifen.

Sie können nicht *mich* meinen!

Plötzlich spüre ich ein Reißen am Arm und fahre herum. »Nein!«, schreie ich. »Lassen Sie mich los! Ich muss da durch.« Ich schaffe es, mich zu befreien. Doch nur kurz.

»Halt! Stehen geblieben!«, presst der Riese vom Sicherheitsdienst hervor, während er mich mit seinen kräftigen Armen von hinten umklammert.

»Bitte … ich muss zu ihm!«, bettele ich und versuche mich aus dem eisernen Griff zu befreien.

Ich trete dem Kerl auf die Füße, winde mich hin und her, um irgendwie von ihm loszukommen, doch er lässt nicht locker. Ich habe keine Chance. Er kommt mir so nahe, dass ich das Piksen seines Vollbarts spüre und seinen Atem nach Kaugummi, Zigaretten und kaltem Kaffee rieche.

Mir wird übel. Nicht von seinem Geruch, sondern von dem Gefühl der Ohnmacht, das mich überwältigt. Verzweifelt sinke ich auf die Knie, und erst dann lässt er mich los.

»Nein«, flüstere ich. »Das darf nicht sein.« Die Tür, hinter der Ruben verschwunden ist, verschwimmt vor meinen Augen, und Tränen tropfen mir dick und schwer in den Schoß. »Ich muss ihm doch sagen, dass ich ihn liebe.«

# 50

## Juli

Zeit kann unfassbar lang sein. Und so erschreckend kurz.

Seit Stunden sitze ich im Treppenhaus der Klinik, während die Minuten wie Stunden vergehen, und verstecke mich.

Vor dem Typen der Security, der bestimmt längst Feierabend hat und vielleicht in seinem Bett davon träumt, noch schneller und fitter zu werden. Dann hätte er mich ein zweites Mal zu fassen bekommen, nachdem ich spontan vor der Krankenschwester geflohen war. Nicht direkt vor ihr, aber vor den Fragen, die sie mir stellte.

Fragen über Ruben. Fragen nach seinem Namen, seiner Adresse, seinem Geburtsdatum.

Da bin ich losgerannt. Weil mir in diesem Moment bewusst wurde, dass ich nicht einmal weiß, wann der Mensch, den ich liebe, Geburtstag hat. Und weil ich mir nach unseren Gesprächen in einem Punkt sicher bin: Wenn er es nicht schon längst ist, wünscht sich Ruben spätestens nach Bekanntwerden seiner Identität, tot zu sein.

Und jetzt sitze ich hier und weiß nicht, wohin mit mir. Habe

Angst, dass die Zeit, die mir so schrecklich lang erscheint, Henry und Ruben vielleicht schon gar nicht mehr erleben. Doch ich rede mir ein, dass es nicht wahr sein kann, solange ich es nicht weiß.

Solange ich nichts weiß, leben sie.

Diese Worte wiederhole ich immer und immer wieder in meinem Kopf, glaube selbst aber keine Sekunde daran.

Ich habe Angst zu bleiben, habe Angst zu gehen. Ich will nicht nach Hause. Denn ohne die beiden habe ich dort nichts verloren.

Nachdem ich kurz überlegt habe, mir eine von Sandys Perücken auszuleihen, um unerkannt an den Schwestern vorbeizukommen, hat mein Gehirn das Denken eingestellt. Seitdem starre ich vor mich hin oder falle immer mal wieder in einen kurzen Sekundenschlaf, aus dem ich jedes Mal mit Herzrasen aufschrecke. Manchmal steigt jemand die Treppe hoch oder herunter, aber bislang hat noch niemand Notiz von mir genommen oder sich für meine Anwesenheit in diesem kühlen Treppenhaus interessiert.

Ich warte still.

Worauf? Da bin ich mir nicht sicher. Vielleicht darauf, dass ein netter Arzt vorbeikommt und mir sagt, dass alles wieder gut ist.

Doch niemand kommt und sagt mir, dass alles wieder gut ist.

In den frühen Morgenstunden hoffe ich, dass die Nachtschicht mit der Frühschicht gewechselt hat und noch keine Fahndungsfotos von mir verteilt wurden, und kehre in den Warteraum der Notaufnahme zurück, um mir am Automaten einen Tee zu kaufen. Er schmeckt nach zuckersüßem Instantpulver, ist aber besser als nichts.

*Nichts* hatte ich die letzten Stunden schon mehr als genug.

Auf der Tafel im Eingangsbereich suche ich nach der Intensivstation, und nachdem ich mich orientiert habe, schleiche ich mich wie ein Verbrecher in die erste Etage. Lange starre ich die Klingel an, die ich betätigen muss, um ins Innere der Station gelassen zu werden, und kann kaum atmen. Erst nachdem ich mehrmals tief Luft geholt habe, wage ich, den Daumen darauf zu drücken. Danach desinfiziere ich mir die Hände an dem Spender, der gleich daneben angebracht ist, und warte unruhig. Darauf, dass mir geöffnet wird, mir Fragen gestellt werden, die ich möglicherweise nicht beantworten kann oder will. Dass ich gleich sprechen muss, obwohl ich meine Stimme seit Stunden nicht mehr benutzt habe und sie mit Sicherheit wie eingerostet klingt. Ich straffe die Schultern. Auch wenn ich heute Nacht für Tumult gesorgt habe, sollte ich auf der Stelle aufhören, mich schuldig zu fühlen. So etwas werden die Leute hier wohl kaum zum ersten Mal erlebt haben. Das ist schließlich ein Krankenhaus, da wird es eine Menge verzweifelter Menschen geben. Ich habe niemanden verletzt, und ich habe keine Straftat begangen. Ich will nur wissen, wie es den Menschen geht, die für mich gerade wie eine Familie sind. Aber eigentlich will ich nur hören, dass es ihnen gut geht.

Eine andere Antwort könnte ich nicht überstehen.

Ein junger Krankenpfleger mit hellblondem, fast weißem Haar öffnet mir mit fragendem Blick die Tür. »Kann ich irgendwie helfen?«, fragt er, lässt mich aber nicht hinein.

»Ich würde gern zu Henry Wetzlaff«, sage ich. Meine Stimme klingt piepsig wie die eines Mäuschens, und ich räuspere mich. »Er ist mein Opa.«

»Um diese Uhrzeit?« Sein Blick ist tadelnd, und meine Hoffnung, Henry gleich in die Arme schließen zu können, sinkt rapide. »Die Besuchszeiten sind – außer in Ausnahmefällen – nicht vor fünfzehn Uhr.«

»Könnten Sie nicht bitte eine Ausnahme für mich machen?« Flehentlich sehe ich ihn an.

Er scheint einen Moment lang mit sich zu hadern, dann seufzt er laut und gibt mir den Weg in die Station frei. »Na schön, warten Sie hier!«, sagt er kurz angebunden. »Wir haben gerade Schichtwechsel und machen die Übergabe. Wenn wir mit allen Patienten durch sind, bringe ich Sie zu ihm.«

Daraufhin verschwindet er in einem der Zimmer und lässt mich allein auf weiter Flur neben der Anmeldung stehen. Sie ist unbesetzt.

Wäre das hier ein Film und nicht das wahre Leben, würde ich jetzt ein großes Buch auf dem Schreibtisch entdecken, aufgeschlagen genau auf der richtigen Seite. Den unbeobachteten Moment würde ich nutzen, mit dem Finger über das Blatt fahren und kurz vor dem Auftauchen des Pflegers im allerletzten Moment Henrys und Rubens Namen und Zimmernummern finden. Und dann würde ich mich unbemerkt zu ihnen schleichen.

In der Wirklichkeit stehe ich einfach nur wie angewurzelt im Gang, warte darauf, dass sich jemand meiner annimmt, und habe Panik, dass nur einer von beiden es überhaupt bis auf die Intensivstation geschafft hat. Bei dem Gedanken daran breche ich beinahe zusammen.

Erschöpft lehne ich mich gegen die Wand und schließe die Augen. Der Krankenhausgeruch ist mir in den letzten Stunden bis in die kleinste Pore gedrungen, doch hier riecht es noch einmal ganz anders.

Henry würde sagen, das ist der Duft nach Tod und Verderben.

Henry … Ich müsste eigentlich froh sein. Er lebt, und ich darf gleich zu ihm. Trotzdem fühle ich mich kein Stück erleichtert. Wie konnte ich mich in weniger als zwei Monaten emotional so stark an zwei völlig fremde Menschen binden? Wie kann es sein, dass sie so schnell einen Platz in meinem Herzen eingenommen haben und mir ein Leben ohne die beiden unmöglich erscheint?

Ein Leben ohne Ruben. Ich bekomme Atemnot, spüre mein Herz hämmern, so heftig, dass es mir eigentlich aus der Brust springen müsste, und reiße die Augen wieder auf. Ein Leben ohne Ruben … war für mich vor zwei Monaten Normalität und ist mir jetzt unvorstellbar.

Es klingelt, und die Tür mir gegenüber wird plötzlich weit aufgerissen. Eine zierliche kleine Schwester mit turmhohem Dutt stürmt heraus und eilt zum Stationseingang. Doch mein Blick folgt ihr nicht. Er bleibt an der Jacke auf dem Arm des Pflegers mit den weißblonden Haaren haften.

An Rubens Jacke.

Ich schnappe erschrocken nach Luft und halte mir die Hand vor den Mund. Einzelne Wortfetzen dringen bis zu mir. »… gründlich durchsuchen … Identität … nicht bei Bewusstsein … ernst, aber stabil … innere Blutungen … mehrere gebrochene Rippen … Lunge teilweise kollabiert … Pleura-keine-Ahnung-was-Punktion noch am Unfallort … atmet wieder selbstständig …«

Das alles höre ich, doch für mich bedeuten diese Worte nur eines: Ruben lebt. Und nur diese Tür trennt uns. Mir fällt nicht nur ein Stein vom Herzen. Es ist ein Felsbrocken, dessen Gewicht mich bis eben noch zu zerquetschen drohte.

»Zu Herrn Wetzlaff?«, höre ich die Schwester an der Tür ungehalten fragen und widme ihr für einen kurzen Moment meine Aufmerksamkeit. »Dann stellen Sie sich hinten an, und das nächste Mal sprechen Sie sich bitte besser ab! Wir sind hier schließlich kein Wellnesshotel.«

»Ich verspreche es. Hoch und heilig.«

Die Stimme kommt mir merkwürdig vertraut vor. Dieser übertrieben verführerische Klang, bei dem mir sämtliche Haare zu Berge stehen, weil ich weiß, dass jedes einzelne Wort gelogen ist. Sie kann nur einem gehören.

Rocco Wolf betritt die Intensivstation und hält zur Krankenschwester weniger Abstand, als es der Anstand verlangt. Meine Anwesenheit nimmt er gar nicht wahr, denn dafür ist er viel zu sehr damit beschäftigt, sein Gegenüber abzuchecken. Ich vermute, das ist bei ihm schon eine Berufskrankheit. Doch als er mich entdeckt, verschwindet das oberflächliche Lächeln aus seinem Gesicht und weicht einem ehrlichen und tief besorgten Ausdruck. »Wie geht es ihm?«, fragt er mich sogleich und lehnt sich neben mir an die Wand.

»Woher weißt du, dass Henry im Krankenhaus ist?«

»Letzte Nacht habe ich den Krankenwagen auf der Straße gesehen. Nachdem er mir heute Morgen nicht geöffnet hat, konnte ich eins und eins zusammenzählen. Herzinfarkt?«

Ich nicke stumm und starre wieder auf Rubens Tür, die sich erneut hinter der Schwester schließt.

»Bist du schon bei ihm gewesen?«

Ich schüttele den Kopf. »Ich muss noch warten … Hab gesagt, dass ich Henrys Enkelin bin. Was hast du ihr erzählt, damit sie dich reinlässt? Dass du sein Bruder bist?«

Rocco lacht kurz auf und kratzt sich schon fast verlegen am Nacken. Ein paar Hautschuppen setzen sich auf dem Kragen seines schwarzen Mantels ab. »Das ist mir so spontan gar nicht eingefallen.«

»Nicht? Was dann?«

»Dass ich sein Ehemann sei. Sein sehr viel jüngerer Mann.«

Ich muss schmunzeln. »Das sollte er besser nicht erfahren, sonst erleidet er gleich noch einen Infarkt.«

»Ich denke auch«, stimmt er mir zu.

Es dauert nicht lange, und das gesamte Personal verlässt Rubens Zimmer. Angespannt halte ich die Luft an und bin zu keinem klaren Gedanken mehr fähig. Der Pfleger bleibt vor mir stehen. Über dem Arm trägt er immer noch die Jacke, die ich ihm auf der Stelle entreißen möchte.

»Bitte haben Sie noch einen kleinen Moment Geduld!«, bittet er so freundlich, als wäre er die Stimme in einer Telefonwarteschleife, und folgt den anderen ins nächste Zimmer.

Allen außer der Schwester, auf die Rocco ein Auge geworfen hat. Sie nimmt am Schreibtisch Platz … und mir damit jede Möglichkeit, ungesehen in Rubens Zimmer zu schlüpfen.

»Verdammt«, fluche ich leise und spüre Roccos neugierigen Blick. »Dort drinnen …«, flüstere ich, ohne die Augen von der Tür abzuwenden. »Dort drinnen liegt Ruben.«

»Was? Wieso?«

»Das weiß ich nicht. Aber ich muss unbedingt zu ihm.«

»Verstehe«, antwortet er kaum hörbar und schlendert gemächlich auf die Schwester zu, die wachsam die Stellung in der Anmeldung hält.

Sofort durchschaue ich seinen Plan und nehme auf der Stelle jeden schlechten Gedanken zurück, den ich jemals über Rocco Wolf gehegt habe.

Er baut sich so vor der Krankenschwester auf, dass ihre Sicht auf Rubens Tür nur noch sehr eingeschränkt ist. »Wissen Sie eigentlich …«, säuselt er in einem Ton, den ich nur zu gut von ihm kenne. »Wissen Sie eigentlich, dass ich selten eine Frau mit so wundervollem Teint wie dem Ihren gesehen habe?«

Ich verdrehe die Augen, rutsche an der Wand hinunter, begebe mich in die Hocke und laufe gebückt bis zur Tür. Vorsichtig drücke ich die Klinke hinunter und schlüpfe durch den schmalen Spalt. Erst jetzt zögere ich und wage keinen Schritt weiter. Erst jetzt überfällt mich der Gedanke, dass ich möglicherweise gar nicht damit klarkomme, was mich gleich erwartet.

*Doch. Du musst!*, befiehlt mir meine innere Stimme. Sie hat wie immer kein Verständnis für mich und meine Befindlichkeiten.

Ich atme tief durch und sehe mich um. Was habe ich erwartet? Zumindest nicht, dass es wie ein gewöhnliches Krankenzimmer aussieht, und auch nicht, dass Ruben nicht allein ist, sondern ein weiterer Patient im Bett gegenüber liegt.

Ich sollte aufhören, mir meine Allgemeinbildung mithilfe von Netflix anzueignen.

Was wirklich ängstigt, sind die Vielzahl der Geräte und Monitore, das permanente Piepen und dass keiner der beiden bei Bewusstsein ist. Auf leisen Sohlen schleiche ich zu Rubens Bett. Er sieht schlimm aus, aber er sieht immer noch wie Ruben aus. Sein linkes Bein ist geschient. Sein Kopf ist bandagiert, sein Nacken wird durch eine futuristisch aussehende Halskrause stabilisiert. An seinem Finger wurde, genau wie bei Henry, ein Clip angebracht. Neben dem Überwachungsmonitor befindet sich ein mit vier Beuteln voll besetzter Infusionsständer, deren Inhalt Ruben über einen Katheter unterhalb seines Schlüsselbeins verabreicht wird. In seinem Handrücken steckt eine weitere Kanüle, die anscheinend mit einem Blutdruckmessgerät verbunden ist. Auf seinem Brustkorb kleben mehrere Elektroden, deren Kabel zum EKG-Gerät führen.

Ich ertrage den Anblick nur mit größter Mühe. »War doch klar, dass dein selbstzerstörerischer Selbstfindungsprozess irgendwann schiefgeht«, flüstere ich und spüre, dass sich zwischen Angst und Sorge ein drittes Gefühl in mir ausbreitet.

Wut. Wut darüber, dass er so leichtfertig sein Leben aufs Spiel setzt. »Kannst du dich nicht lieber so wie ich von den Menschen abnabeln, die dir nicht guttun, in eine andere Stadt ziehen und dich in den ersten Typen verlieben, der dir über den Weg läuft? Ich weiß, das klingt absurd und bescheuert und kann eigentlich nur in einer dieser schlechten Serien vorkommen, die nach einer Staffel wieder abgesetzt werden, aber es ist wahrscheinlich nicht annähernd so schmerzhaft wie … das hier.« Ich wische mir eine Träne aus dem Auge, bevor sie die Chance hat, herauszufließen und damit vielen weiteren den Weg zu ebnen. »Ich will damit ja gar nicht sagen, dass du dich für irgendjemanden verändern sollst, schon gar nicht für mich. Aber du solltest vorsichtiger sein. Um deinetwillen.« Behutsam beuge ich mich über ihn und kann die Tränen nun doch nicht mehr zurückhalten. »Du verdammter Idiot!«, schniefe ich laut. »Und noch etwas … Wenn du wieder aufwachst – und ich rate dir, das ja zu tun –, solltest du eine Amnesie vortäuschen. Falls das bei deinem Zustand überhaupt nötig ist.«

»Wie … wie…so?«, stöhnt er leise.

»Was?«, frage ich erschrocken und halte die Luft an.

Unter seinen Lidern bebt es, bis er ganz langsam die Augen öffnet.

Mein Herz überschlägt sich.

Mehrfach.

Wäre ich jetzt an eins dieser Geräte angeschlossen, schlüge es mit Sicherheit Alarm.

Er leckt sich über die Lippen und wiederholt sichtbar angestrengt die Frage. »Wie…so?«

Mir entfährt ein erleichtertes Lachen, gepaart mit etwas Hysterie, und gleichzeitig wische ich mir verlegen die Tränen mit dem Handrücken von den Wangen. »Na, weil du sonst wahrscheinlich eine Menge Ärger bekommst.«

»Ach … so.« Er schließt die Augen, und ich denke für einen kurzen Moment, dass er wieder weggetreten ist. »Das … müssen«, sagt er nach ein paar Sekunden der Stille mit schwacher

Stimme und langen Pausen zwischen jedem einzelnen Wort. »Echt … Hammer … Medikamente … sein.« Seine Mundwinkel verziehen sich zu einem leichten Lächeln.

»Gewöhn dich bloß nicht dran!«

Wieder öffnet Ruben die Augen und sieht mich an. »Hi«, haucht er, als nähme er mich jetzt erst wirklich wahr.

»Hi.« Ich beuge mich noch näher über ihn. »Sieht ganz so aus, als wärst du doch nicht gestorben«, stoße ich hervor. Dabei möchte ich ihn vor lauter Glück einfach nur in die Arme schließen und ihn nie wieder loslassen. Aber ich wage ihn nicht anzurühren.

»Wollte dir … das … nicht nehmen«, antwortet er kaum hörbar. »Dachte … du willst …« Vor Anstrengung schließt er wieder die Augen. »… mich lieber … selbst umbringen.«

Ich schüttele nur den Kopf, ungeachtet dessen, dass er mich gar nicht sehen kann. »Erst wenn du wieder zu Hause …« Als ich auf dem Flur einen ziemlich gekünstelt wirkenden Hustenanfall höre, halte ich inne. »Ich muss gehen«, sage ich panisch, meine aber eigentlich: *Ich liebe dich. Ich bin immer für dich da und komme so bald wie möglich zurück.*

Noch bevor ich zur Tür hinaus bin, wird sie auch schon aufgerissen. Ich verstecke mich dahinter und versuche nicht zu atmen.

»Wie schön! Endlich sind Sie wach«, stellt die Schwester erfreut fest. Anscheinend konnte Rocco sie wohl doch nicht davon überzeugen, alles stehen und liegen zu lassen und ihre pinkfarbenen Crocs gegen High Heels und ihre Arbeitskleidung gegen einen freizügigeren Schwesterndress mit Häubchen einzutauschen, um eine Karriere im *Red Mill* zu starten.

Sobald sie mit dem Rücken zu mir steht, quetsche ich mich an ihr vorbei und verlasse so leise und so schnell wie möglich das Zimmer.

»Meine Güte, Kleine!«, ruft Rocco mit hochrotem Kopf und Schweißperlen auf der Stirn. »Du machst es ganz schön spannend. Beinahe hätte ich eine Ohnmacht vortäuschen müssen.«

Geräuschvoll stoße ich die angestaute Luft aus. »Danke … wirklich … vielen Dank.«

»Kein Ding. Du hattest etwas gut bei mir … nach Lucas' unmöglichem Verhalten dir gegenüber.«

»Ach, Unsinn!«, widerspreche ich ihm. »Das war ja nicht deine Schuld.«

»Vielleicht schon. Vielleicht habe ich ihn einfach nicht richtig erzogen.«

»Ja.« Ich lache bitter. »Das denken sich meine Eltern bestimmt auch jeden Tag.«

Er grinst breit und nickt verständig. »Ist schon alles nicht so einfach. Es heißt zwar immer, Kinder können sich ihre Eltern nicht aussuchen. Aber manchmal denke ich, das gilt auch andersherum.«

Ich werde nachdenklich. Vielleicht hat er gar nicht mal so unrecht. Wenn ich diesen Tag irgendwie überstanden habe, werde ich mich bei meiner Familie melden. Und wenn Ruben das alles hier übersteht, werde ich ihm dasselbe ans Herz legen … so lange, bis er es endlich einsieht.

»Wir können dann«, reißt mich der Pfleger aus meinen Gedanken.

Ich folge ihm bis zum Ende des Flurs. Vor der letzten Tür bleibt er stehen und mustert mich eindringlich. »Aber bitte … fassen Sie sich kurz! Und lassen Sie alles weg, was Ihnen Sorgen bereitet und Sie belastet! Erzählen Sie ihm einfach etwas Schönes, das trägt erfahrungsgemäß sehr zur Genesung bei.«

Ich nicke stumm und drücke ganz langsam die Klinke herunter, darauf bedacht, bloß kein Geräusch zu machen.

»Julikind!«, ruft Henry sofort und klingt tausendfach lebendiger als Ruben, obwohl seine fahle, fast schon graue Gesichtsfarbe Schlimmeres vermuten lässt.

Ich fühle mich emotional dermaßen ausgelaugt, dass ich vor lauter Erschöpfung sofort losheulen könnte. Unendlich dankbar, dass diese Nacht am Ende doch so glimpflich ausgegangen ist, setze ich mich vorsichtig an den Rand seines Bettes und halte seine Hand. »Wie geht es dir?«, flüstere ich, um seinen Zimmernachbarn nicht zu stören.

»Ach!«, winkt er ab. »Wie heißt es so schön? Unkraut vergeht nicht. Eigentlich dachte ich ja, dass ich endlich meine Hanne wiedersehe, aber anscheinend bin ich doch nicht so krank.«

»Ich bin froh, dass Hanne sich noch gedulden muss«, erwidere ich und schenke ihm ein Lächeln. »Und wer weiß, vielleicht will sie ja lieber noch ein Weilchen ungestört mit Jim Morrison abhängen.«

»Das wäre mal wieder typisch. Sie hat ihren Spaß, und ich bin angeblich – laut der Schwestern – nicht einmal krank genug, um den Schwanz gewaschen zu kriegen.«

»Du Ärmster.« Ich muss lachen und versuche erfolglos, das Bild zu verscheuchen, das daraufhin vor meinem inneren Auge aufploppt.

»Das Leben ist ungerecht«, seufzt er. »Sieh dir den Kerl dort drüben an! Sieht der kränker aus als ich? Nein. Aber er bekommt den Schwanz gewaschen.«

»Äh«, sage ich leise und schüttele den Kopf. »Er liegt im Koma und wird beatmet.«

Henry verdreht die Augen. »Schon gut, schon gut … Na ja, vielleicht beim nächsten Mal.«

Jetzt verdrehe ich die Augen, erhebe mich vom Bett und blicke aus dem Fenster. »Übrigens wartet auch Rocco draußen«, wechsele ich das heikle Thema.

»Wahrscheinlich hat er Angst, ich sterbe ihm weg, bevor wir alle Verträge unterzeichnet haben.«

»Was denn für Verträge?«

»Er übernimmt meine Kneipe.«

»Was?«, frage ich schockiert. »Wieso denn das?«

Henry starrt an die Zimmerdecke, die Hände liegen übereinandergefaltet auf seiner Brust, als läge er Probe in einem Sarg. »Ich bin alt, und das *Soul Kitchen* ist ökonomisch betrachtet ein halb totes Pferd, von dem ich bisher einfach nicht absteigen wollte.«

»Aber der Laden ist doch jeden Abend voll ...«

»Ja, und die Hälfte meiner Gäste lässt jeden Abend anschreiben. Nein, nein, das ist schon alles richtig so! Rocco und ich haben längst alles ausgehandelt. Er übernimmt sogar meine offenen Rechnungen. Bis zuletzt hatte ich gehofft, dass sich die Mahnungen in den Untiefen der Bürokratie kompostieren und irgendwann auflösen.« Er seufzt erneut. »Meine Hanne hat das immer alles im Griff gehabt, aber für mich ... Für mich ist das einfach nichts mehr.«

»Ich kann mir den Laden ohne dich nicht vorstellen.«

»Ich kann mir mich ohne den Laden auch nicht vorstellen, aber der Papierkram wächst mir über den Kopf. Wenn ich Post vom Finanzamt bekomme, habe ich das Gefühl, dass mir ein Hund ins Haus gekackt hat. Ich rieche den Haufen, ich sehe den Haufen, aber ich will ihn nicht wegmachen.«

Ich lege Henry eine Hand auf den Arm, und er wendet den Kopf zu mir um. »Morgen komme ich wieder«, verspreche ich mit ruhiger Stimme. »Soll ich dir irgendetwas mitbringen? Vielleicht einen Walkman mit deiner Lieblingskassette?«

Wir müssen beide schmunzeln.

»Das ist lieb, aber nein. Dass du mich besuchst, reicht mir und meinem alten Herzen vollkommen.«

Ich presse die Lippen aufeinander und lehne mich vor, um ihn ganz vorsichtig zu umarmen. Er erwidert meine Geste und tätschelt mir unbeholfen den Rücken.

»Mach dir keine Sorgen um mich alten Griesgram!«, bringt er mit brüchiger Stimme hervor.

»Du weinst doch nicht etwa, Henry? Wenn du weinst, kommen mir auch die Tränen.«

»Nein, natürlich nicht. Und wenn, dann ist das höchstens eine einzelne, ganz männliche Träne.«

»Eine aus Stahl, stimmt's?«

»Was sonst?«

Ich muss lächeln und drücke ihn noch fester. »Bis morgen, Henry«, nuschele ich an seiner Schulter.

»Bis morgen, Julikind.«

# 51

## Juli

Wie in Trance folge ich dem Trauerzug in sicherem Abstand und überquere den Rasen, dessen Gras so grau ist wie der Himmel. Es fühlt sich an, als hätte ich gerade ein Déjà-vu-Erlebnis. Die ganze Szenerie kommt mir beängstigend bekannt vor.

Viele Menschen sind gekommen. Sogar Rocco und Papa Bär.

Ich traue mich nicht näher heran und nehme lieber aus der Ferne Abschied. Ich schäme mich meiner Tränen, denn von allen Anwesenden habe ich ihn wahrscheinlich am wenigsten und am kürzesten gekannt. Zu kurz, um das Recht zu haben, um ihn zu weinen. Aber ich kann nicht anders. Hier neben der Kiefer rinnen sie mir lautlos die Wangen hinunter. Ich kann es nicht verhindern. Bei mir liegen Tränen der Trauer und der Freude schon immer dicht beieinander.

»Man möchte eigentlich meinen, dass in fortschreitendem Alter die Anzahl der Trauergäste abnimmt.«

Ich drehe mich um. »Du hast es doch noch geschafft!«, rufe ich überrascht und mit einer Lautstärke, die für die Örtlichkeit nicht angemessen ist, und falle Ruben um den Hals.

»Psssst! Sonst weckst du die Toten auf«, sagt er und legt das Kinn auf meiner Schulter ab.

Zögernd weiche ich ein Stück zurück. Ich weiß nicht, ob ihm so viel Nähe lieb ist, ob ich ihm Schmerzen bereite, und überhaupt …

Mein Blick schweift zu Henrys Begräbnis hinüber. Die Urne mit seinen Überresten wird gerade in das ausgehobene Erdloch hinuntergelassen und verschwindet für immer. Ich schluchze laut auf. »Jetzt ist er wirklich weg … einfach so. Weißt du, was er als Letztes zu mir gesagt hat?«, frage ich Ruben, ohne ihn anzusehen. »*Bis morgen, Julikind*. Aber er hat gelogen. Es gab kein Morgen.«

Ruben seufzt. »Ich weiß nicht mehr, was er als Letztes zu mir gesagt hat, aber es war bestimmt irgendetwas in der Art, dass ihn die ganze Welt am Arsch lecken soll.«

Ich muss lächeln. »Ja, das klingt nach Henry. Er fehlt mir, Ruben.«

»Ja«, bestätigt er mit belegter Stimme. »Mir auch.«

Ich sehe ihm in die Augen. Sie wirken so traurig, irgendwie hoffnungslos, als wäre das Strahlen darin für immer erloschen.

Seit ich Ruben das letzte Mal gesehen habe, geht es ihm zwar deutlich besser, aber er hat stark abgenommen und wirkt immer noch sehr geschwächt. »Warum darf ich dich eigentlich nie in der Reha besuchen?«, frage ich ihn und bemühe mich, nicht allzu vorwurfsvoll zu klingen.

»Die Klinik liegt am anderen Ende der Stadt. Das wäre jedes Mal eine kleine Weltreise für dich.«

»Das würde mich nicht stören.«

»Ich weiß.« Er geht ein paar Schritte bis zur nächsten Bank, lässt sich erschöpft darauf nieder und befreit sich von den Krücken. »Was willst du von mir hören, Juli?«

Ich setze mich neben ihn und betrachte meine Schuhspitzen.

»Nur die Wahrheit«, antworte ich und wappne mich innerlich für das Kommende.

»Die Wahrheit«, wiederholt er leise und schüttelt den Kopf. »Als ob es nur eine Wahrheit gäbe.«

Ich möchte ihm so gern gestehen, dass ich ihn vermisse und mich ohne ihn in seiner Wohnung total einsam fühle. Aber ich traue mich nicht, weil er mir sicher sagen wird, dass jeder von uns wieder seiner eigenen Wege gehen soll.

»Die Wahrheit ist … Ich will nicht, dass du mich so siehst. Im Krankenhaus habe ich mich die ganze Zeit über wie ein Stück Fleisch gefühlt. Kaum wie ein Mensch. Und jetzt in der Rehaklinik … keine Ahnung …« Mit den Händen reibt er sich über das Gesicht und atmet tief durch. »Zurzeit ist alles so frustrierend. So ungewiss. Außerdem weiß ich auch noch nicht, was mich strafrechtlich erwartet, obwohl mir nicht viel nachgewiesen werden kann. Trotzdem will ich dich nicht damit belasten.«

»Ich kann selbst entscheiden, womit ich belastet werden möchte und womit nicht.«

»Ehrlich? Das denkst du wirklich? Ich glaube, ich kenne dich mittlerweile ziemlich gut und weiß, dass du dich allzu sehr mit den Problemen anderer beschäftigst. Dagegen kannst du dich einfach nicht wehren.«

»Vielleicht hast du recht. Aber so bin ich nun mal.«

»Genau. Und am Ende leidest du darunter, ohne dass jemand etwas ahnt. Und dann flüchtest du still und leise, landest in einem Kaff namens Wuppertal und verliebst dich in den erstbesten Typen, der dir einen Tee spendiert.« Er betrachtet mich. So intensiv wie nur wenige Wochen zuvor dringt er mit seinem Blick in mein Inneres. Mein Herz rast. »Und das … will ich nicht.«

»Das wird nicht passieren«, flüstere ich. »Versprochen.«

Ruben nimmt meine Hand und streicht mir mit dem Daumen über den Handrücken. »Wir werden sehen.«

Ich genieße die kleine Berührung, wünsche mir, dass sie niemals aufhört, und beobachte, wie Rocco und Papa Bär je dreimal eine Handvoll Erde in das Loch werfen. »Schon merkwürdig, oder?«

»Was?«

»Dass Henry mit diesen christlichen Symbolen bestattet wird, obwohl er mit Gott so gar nichts am Hut hatte.«

»Vermutlich hätte er es lustiger gefunden, wenn jeder einen Nagel mitgebracht hätte.«

Fast müssen wir lachen. Doch nur kurz.

Schweigend beobachten wir das Geschehen. Sehen Blumen und Blüten fallen, Hände schütteln, Schultern klopfen, Umarmungen. Dann zerstreuen sich nach und nach alle und machen sich auf den Weg. Weiterleben.

Ich betrachte unsere miteinander verschränkten Hände. »Ich habe dich bisher nie danach gefragt … aber was wolltest du eigentlich in dieser Nacht malen?«

Mit der linken Hand kramt er umständlich einen mehrfach gefalteten Zettel aus der kleinen Münztasche seiner Jeans hervor und reicht ihn mir.

Ich lasse seine Hand los und falte das Blatt Papier vorsichtig auseinander. »*Believe in yourself not in God*. Auf den Turm einer Kirche?« Verständnislos starre ich ihn an und schüttele den Kopf.

»Nun schau nicht so vorwurfsvoll! Das ist alles auf Pablos Mist gewachsen.«

Ich muss lächeln. »Du hast echt Glück, dass du auf dem Dach des Nebengebäudes aufgeschlagen bist«, sage ich. »Denn hättest du den Sturz nicht überlebt, wärst du ohne Umweg direkt in der Hölle gelandet.«

»So viel mieser als im Krankenhaus kann das Essen dort auch nicht sein.«

»Ich hoffe für dich, dass du es niemals herausfinden musst.«

Ich schließe für einen Moment die Augen und inhaliere die Luft. Sie riecht nach Frühling und – selbst an diesem Ort – nach neuem Leben. Irgendwie hat Ruben recht. Alles ist ungewiss. Jedenfalls fühlt es sich so an. Henry fehlt mir jetzt schon, genauso wie der Job bei ihm. Er hat zwar mit Rocco ausgehandelt, dass wir die Wohnung behalten dürfen, aber wann und ob Ruben je wieder in der Boulderhalle arbeiten kann, steht noch in den Sternen. Und auch ich war bei der Jobsuche bislang zu einhundert Prozent erfolglos. Nur in einer Sache bin ich mir immer noch völlig sicher. Meiner Gefühle für Ruben.

Plötzlich ergreift er wieder meine Hand, dreht sie sanft um und legt etwas Kleines hinein. »Hier, das wollte ich dir schon lange geben.«

Ich betrachte das winzige Stück Plastik in meiner Handfläche.

»Falls du irgendwann mal wieder Kontakt mit deinem alten Leben aufnehmen willst.«

»Woher hast du die?«, frage ich überrascht und drehe meine alte SIM-Karte zwischen den Fingern hin und her.

»Könnte sein, dass ich sie vor ein paar Wochen aus dem Mülleimer herausgefischt habe.«

»Und? Hast du …?«

»Nein. Natürlich nicht. Und ich kenne auch wirklich niemanden, der so dreist wäre, sich die Inhalte fremder Speicherkarten anzusehen.« Mit der Schulter schubst er mich leicht an und grinst.

»Ich weiß nicht. Eigentlich ging es mir ganz gut damit, sie endgültig entsorgt zu haben.«

»Wen? Die Karte oder die Menschen?«

Ich zucke mit den Achseln. »Vielleicht beides.«

»Du musst sie dir ja nicht ansehen, aber du solltest dir die

Möglichkeit offenhalten, es zu können … für den Fall, dass du es irgendwann doch einmal willst.«

Ich seufze schwer. So vieles ist zu Hause noch ungeklärt, und es wäre wichtig, eines Tages damit abschließen zu können. Doch viel wichtiger ist mir gerade das hier. Eine weitere Baustelle, die mich Tag und Nacht nicht zur Ruhe kommen lässt, und ich will nicht, dass Ruben noch länger meine *Baustelle* ist. Ich habe keine Ahnung, was die Zukunft bringen wird, aber ohne ihn kann ich sie mir einfach nicht vorstellen. Er muss wissen, was ich für ihn empfinde, damit ich endlich weiß, woran ich bei ihm bin. »Ich sollte meine Familie vielleicht wirklich mal … besuchen. Nicht gerade heute oder morgen … oder diesen Monat, aber wenn ich so weit bin … Hättest du dann Lust, mich zu begleiten?«

»Nach Lehrte? Dorthin, wo perfektes Hochdeutsch gesprochen wird?« Er schüttelt den Kopf und mustert mich irgendwie traurig.

Die Enttäuschung muss mir ins Gesicht geschrieben stehen.

»Juli«, sagt er und streicht mir eine Haarsträhne hinters Ohr. »Ich bin wirklich nicht der Typ, den man seinen Eltern vorstellt.«

»Aber du bist mein Typ«, platzt es aus mir heraus. »Und ich will dich auch nicht bei ihnen vorführen. Ich will dich eben nur … bei mir haben. Immer.«

»Immer?«

Ich nicke. »Für immer. Eigentlich würde ich dir gern etwas anderes sagen, denn das willst du bestimmt nicht hören. Aber du kannst gerade nicht wegrennen, und wenn doch, hole ich dich in zwei Sekunden wieder ein. Und ich denke …« Ich muss schlucken, tief Luft holen und meinen ganzen Mut zusammennehmen. »Ich denke, ich sollte dir endlich gestehen, dass ich dich nicht nur heiß finde, sondern dass das, was ich für dich empfinde … dass das … dass …« Ich stottere und weiß nicht mehr, wie ich den Satz zu Ende bringen soll, ohne dass er mir danach das Herz bricht.

Ruben nimmt mein Gesicht zwischen seine Hände. Sein Blick wandert zwischen meinen Augen und meinem Mund hin und her. »Dass man das Liebe nennt«, vollendet er meine Worte.

Ich blinzele verwundert. »Ja«, flüstere ich. »Aber wieso läufst du nicht weg?«

Er legt mir die Lippen auf den Mund und küsst mich. Am helllichten Tag … in aller Öffentlichkeit … auch wenn es sich um einen plötzlich menschenleeren Friedhof handelt.

Nach all den einsamen Wochen, seit dieser schrecklichen Nacht, habe ich fast wieder vergessen, wie unvergleichlich und überwältigend sich seine Küsse anfühlen. Doch sobald ich ihn spüre und schmecke, erinnere ich mich sofort und erwidere seine Berührung ohne Zögern.

Wie habe ich das vermisst!

Habe ihn vermisst.

Ich kann mir nicht vorstellen, einen anderen Menschen jemals wieder so nah an mich heranzulassen. Kann mir nicht vorstellen, dass irgendwo noch jemand existiert, der solche Gefühle in mir auszulösen vermag wie Ruben.

»Weil ich nicht will«, beantwortet er atemlos meine Frage, die ich während der letzten wundervollen Sekunden schon fast wieder vergessen hatte. »Weil ich mein ganzes Leben lang dachte, ich sei zu viel oder zu wenig, zu laut, zu leise, zu wild, zu langweilig, zu chaotisch. Und dann kommt ein Mensch und sagt: *Ich finde dich gut, so wie du bist.* Diesen Menschen sollte ich unbedingt festhalten.«

# Epilog

8. Januar, 23:18
Wanda: *Bitte hass mich nicht!*

8. Januar, 23:23
Elias: *Tut mir leid, dass du das sehen musstest*

9. Januar, 07:03
Mama: *Was hat dieser Brief zu bedeuten? Wo bist du? Komm nach Hause! Das renkt sich alles schon wieder ein.*

9. Januar, 10:00
Elias: *Wo bist du? Lass uns reden!*

9. Januar, 14:43
Mama: *Elias war gerade hier. Er ist deinetwegen auch besorgt.*

9. Januar, 14:47
Mama: *Willst du eure Beziehung einfach so wegwerfen? Höhen und Tiefen gibt es in jeder Beziehung, da muss man nicht gleich überreagieren.*

9. Januar, 15:08
Wanda: *Juli? Wo steckst du? Ich habe überall nach dir gesucht*

9. Januar, 15:09
Wanda: *Deine Mutter sagt, du bist von zu Hause abgehauen. Bitte, bitte komm zurück!*

9. Januar, 15:27
Elias: *Wanda ist total fertig wegen dir*

9. Januar, 17:30
Papa: *Nimm es ihm nicht so übel. Elias ist doch auch nur ein Mann.*

9. Januar, 22:59
Wanda: *Mir tut alles so leid*

10. Januar, 9:00
Mama: *Was ist mit der Schule? Heute Abend bist du bitte wieder zu Hause!!!*

10. Januar, 11:07
Elias: *Ist alles okay bei dir? Du tust dir doch nichts an, oder?*

10. Januar, 13:44
Wanda: *Ich weiß, ich war dir die mieseste Freundin der Welt. Bitte verzeih mir!*

10. Januar, 13:45
Wanda: *Sehen wir uns morgen in der Schule?*

10. Januar, 22:15
Mama: *Julika! Wo bist du? Geht es dir gut?*

10. Januar, 23:15
Mama: *Wenn du dich nicht bald bei mir meldest, gehe ich zur Polizei.*

11. Januar, 08:00
Wanda: *Hast du heute nicht zum ersten Block?*

11. Januar, 14:45
Elias: *Ich wollte wirklich nicht, dass es so kommt. Bitte geh endlich ans Telefon!*

11. Januar, 17:30
Papa: *Ich hoffe, du weißt, dass ich immer für dich da bin.*

12. Januar, 00:22
Wanda: *Ich weiß auch nicht, wie es passieren konnte, aber ich habe mich einfach in Elias verliebt. Ich hätte es dir sagen müssen. Bitte verzeih mir!*

12. Januar, 11:50
Elias: *Ich verstehe, wenn du mich jetzt hasst, aber sprich doch wenigstens mit Wanda. Ich will nicht, dass die Sache zwischen uns steht*

12. Januar, 20:15
Mama: *Bei der Polizei will man uns nicht helfen. Sag doch bitte wenigstens Bescheid, ob es dir gut geht!*

12. Januar, 20:16
Mama: *Ich hab dich lieb.*

15. Januar, 18:12
Elias: *Ich wollte wirklich nicht, dass es mit uns beiden so endet. Vielleicht kannst du mir ja eines Tages verzeihen*

16. Januar, 01:33
Wanda: *Ich hoffe, es geht dir gut. Bitte melde dich bei mir, wenn du dazu bereit bist! Egal wann, auch mitten in der Nacht!!!*

27. Januar, 15:00
Wanda: *Ich vermisse dich*